Dominique Marny

UN CIEL PROMETTEUR

Roman

TERRES DE FRANCE

Les Presses de la Cité

92, avenue de France – 75013 Paris
ISBN 978-2-258-20183-5
Dépôt légal : mai 2024

Pour ma petite-fille, Camille

Nice reste un endroit exquis, où je me félicite
chaque jour d'avoir réfugié ma solitude.
La saison y est particulièrement capiteuse.
Je ne sors que le soir, mais les nuits sont féeriques !
Les squares embaument. Il y a des champs
de pétunias, dont la senteur sucrée vous enveloppe…

Roger MARTIN DU GARD,
Lettre à André Gide,
10 septembre 1935

1965

1

— Rien ne va plus, annonça le croupier.

Tous les regards se fixèrent sur la roulette. Un homme s'épongea le front. Une femme aux cheveux trop blonds écrasa une cigarette à demi consumée dans un cendrier. Au bout de quelques secondes, la bille ralentit sa course puis s'arrêta.

— Douze rouge, pair et manque.

Lise se leva. Elle venait de perdre 27 000 francs et il ne lui restait ni plaques ni jetons. Après avoir salué les amis avec lesquels elle était venue au casino, elle traversa le vestibule puis, sur le perron, demanda au chasseur d'approcher sa voiture. Éclairée par les réverbères, la baie des Anges déroulait son ruban lumineux. Après la touffeur des salles, la brise lui sembla bienfaisante. Au point de décapoter son cabriolet.

Avant de s'asseoir derrière le volant, Lise ôta ses sandales. À faible allure, elle s'engagea dans la promenade des Anglais quasi déserte. Elle aurait dû bifurquer dans une rue perpendiculaire pour rejoindre la colline de Cimiez, mais elle poursuivit son chemin. L'alcool absorbé lui donnait envie d'appuyer sur l'accélérateur. Alors qu'à sa droite défilaient hôtels et immeubles, elle prit de la vitesse. En roulant jusqu'au lever du jour, elle rentrerait chez elle au moment où d'autres iraient travailler. Après avoir traversé le Var, elle obliqua vers Cagnes et commença de chantonner *Mes mains sur tes hanches* de Salvatore Adamo. Soudain, il y eut un crissement de freins. Débouchant d'un virage, une voiture s'écarta brusquement. Éblouie par les phares, Lise perdit la route des yeux. Son cabriolet fit une embardée et roula en cahotant sur le bas-côté jusqu'à ce que l'une des roues avant s'enfonçât dans un talus. Sous le choc, elle demeura figée. Puis elle tenta de bouger, mais sa position déséquilibrée entravait ses mouvements. Elle entendit une auto qui reculait. Il y eut un claquement de portière. Dans le halo des phares, une silhouette traversa la chaussée.

— Vous allez bien ?

— Je crois...

Après avoir fait le tour du véhicule et évalué la situation, l'homme déclara :

— Il faut que vous sortiez. Agrippez-vous à mon bras.

— Le volant bloque mes jambes.

Au bout de deux tentatives, Lise sentit qu'on la tirait par les épaules pour l'extirper de l'habitacle. Soulagée de fouler le sol, elle esquissa quelques pas.

— Aviez-vous conscience de rouler à gauche ? lui reprocha son interlocuteur.

— À gauche ?

— Si je ne vous avais pas évitée, nous serions dans un sale état.

— C'est vous qui avez surgi en plein tournant !

— Je tenais ma droite.

— Puisque vous le pensez…

— Il n'y a rien d'humiliant à reconnaître ses torts !

Lise se contenta de hausser les épaules.

— Il va falloir trouver une solution pour que vous rentriez. Où habitez-vous ?

— À Nice.

— J'allais vers Villefranche. Vous êtes sur mon chemin.

— Mais… ma voiture.

— On va baisser la capote et la fermer à clé. Vous enverrez une dépanneuse.

Sachant qu'il n'existait pas d'autre solution, Lise acquiesça.

— Je vais prendre mon sac et…

En la voyant se rechausser, l'inconnu s'exclama :

— Ne me dites pas que vous conduisiez pieds nus !

— Et alors ?

L'agressivité du ton lui donna envie de tourner les talons. Il se ravisa et glissa derrière le pare-brise la page déchirée d'un agenda sur laquelle il venait d'écrire *En attente de dépannage*.

— Allons-y !

Il ouvrit la portière d'un coupé sport dans lequel elle s'installa. Durant les premières minutes, ils restèrent silencieux. La griserie de Lise s'était dissipée pendant son arrêt forcé. À la place, elle éprouvait une contrariété grandissante. Si elle n'avait pas eu la stupidité de quitter la ville, elle ne se trouverait pas dans cette situation de dépendance. Son conducteur roulait vite, mais ses gestes étaient sûrs.

— Où voulez-vous que je vous dépose ?

— J'habite Cimiez.

En faisant un effort d'amabilité, elle demanda :

— Et vous… à Villefranche ?

— J'y viens de temps en temps. Mais je travaille à Dieppe.

Lise sentait la migraine poindre. Une journée allait débuter. Semblable aux autres. Pour perpétuer les habitudes, elle se rendrait à la plage, cultiverait son bronzage, tournerait les pages de magazines insipides, rencontrerait des amis. Le temps s'écoulerait sans que rien d'important s'accomplisse.

— Ah oui ? Dans quel secteur ? s'entendit-elle questionner.

— Chez un constructeur automobile. Alpine, vous connaissez ?

— Ne roulons-nous pas dans une Alfa Romeo ?

— On a le droit d'être infidèle !

Il l'entendit rire. L'obscurité l'empêchait d'avoir une idée précise de cette femme qui aurait pu les blesser ou les tuer s'il n'avait pas eu de bons réflexes.

Ses cheveux formaient un halo sombre autour d'un visage qu'il discernait mal. Lorsqu'ils entrèrent dans Nice, les éclairages lui permirent de la voir davantage. Son nez était petit et droit, sa bouche plutôt boudeuse. Selon toute vraisemblance, elle avait bu. Était-ce suffisant pour expliquer sa présence, à quatre heures, au milieu de nulle part ? Il refréna un bâillement. Lui aussi avait abusé du champagne et des bons vins. On ne fêtait pas tous les jours les fiançailles d'un ami d'enfance !

— Vous connaissez un dépanneur ? demanda-t-il.

— Je vais chercher dans l'annuaire.

— Il en existe un à Saint-Laurent-du-Var. Vous pourriez l'appeler de ma part.

Alors qu'ils atteignaient le bas de Cimiez, elle lui indiqua le chemin jusqu'à ce qu'ils s'engagent dans une rue bordée de propriétés.

— Nous sommes arrivés. Merci de m'avoir raccompagnée.

Sans répondre, il griffonna un nom et un numéro de téléphone sur une nouvelle feuille de son carnet.

— Dites-lui que vous venez de la part de Christian.

— D'accord.

— Et vous ? Comment vous appelez-vous ?

— Lise.

Elle alluma une lampe dans la maison silencieuse. Puis elle se rendit dans la cuisine pour boire un verre d'eau. Au lieu de monter dans sa chambre, elle ouvrit la porte-fenêtre et s'installa sur la terrasse d'où elle regarda le ciel s'éclaircir. Incapable de trouver le sommeil, Lise se remémora son embardée. Jusque-là, elle ne s'était pas appesantie quant à son éventuelle responsabilité. Sans doute roulait-elle sur la partie gauche de la chaussée lorsque l'Alfa Romeo avait surgi. De la villa voisine, elle entendit un chien aboyer. Puis il y eut des crissements de pas sur le gravier et le grincement d'un portail. Réceptive à ce qui l'entourait, elle assistait à l'éveil de la nature. Dans les arbres et les buissons, les oiseaux voletaient en poussant des cris aigus. Le parfum de l'herbe et des fleurs humides de rosée montait à ses narines. Cinq ans auparavant, elle s'était installée dans cette maison en imaginant qu'elle y serait heureuse et qu'elle tenait enfin sa revanche sur sa sœur cadette dont on vantait les qualités depuis leur enfance. Lorsqu'elle avait annoncé à ses parents que Daniel Frontignan l'avait demandée en mariage, ceux-ci n'avaient pu cacher leur étonnement. Comment était-elle parvenue à ferrer un si bon parti ? Elle-même s'était posé la question. D'autant qu'elle n'avait accompli aucun effort pour le séduire. Sans doute l'avait-elle intrigué par son mépris des convenances. Lise était née rebelle. Dès son plus jeune âge, elle s'était opposée à toutes les formes d'autorité. Après avoir épuisé sa gouvernante, elle s'était fait renvoyer de deux institutions religieuses où seuls les cours de français et d'histoire l'avaient intéressée. Adolescente, elle avait compris que sa mère préférait sa seconde fille. Jolie, gracieuse, bonne élève, Béatrice ne pouvait que s'attirer des louanges. Sauf que Lise la soupçonnait d'être hypocrite. Sous une apparence policée se cachait une nature ambitieuse, calculatrice et peu généreuse. Elle songeait au tour qu'avaient pris leurs existences quand elle entendit le bruit d'un solex qui se rapprochait.

— Bonjour, madame. Vous êtes déjà réveillée ? s'étonna l'employée de maison en la découvrant sur la terrasse.

— Bonjour, Agostina.

Lise quitta son siège. Voyant ses cheveux emmêlés et sa robe froissée, l'Italienne comprit qu'elle s'était trompée. Mme Frontignan venait de rentrer.

— Je vais préparer votre petit déjeuner.

Dans la cuisine, elle versa le café en grains dans un moulin. Puis elle sortit de son cabas le pain qu'elle avait apporté. Sur un plateau, elle disposa sucrier, tasse et soucoupe. Les Frontignan l'avaient engagée alors qu'ils venaient d'acquérir leur résidence secondaire. Le couple aimant recevoir, elle bénéficiait d'une aide à laquelle s'ajoutait parfois un extra. Pendant deux ans, la gaieté avait régné et les fêtes s'étaient succédé. Dirigeant une fructueuse société d'électroménager, M. Frontignan aimait dépenser sans compter. Il était mort, à Paris, en 1962 et des mois s'étaient écoulés avant que son épouse ne revînt à Nice. En la revoyant,

Agostina avait été frappée par sa nervosité, son incapacité à tenir en place, sa soif de divertissements. À se demander si elle regrettait le défunt ! Un temps, Mme Frontignan avait songé à vendre la maison puis s'était ravisée.

Allongée dans la baignoire emplie d'eau savonneuse, Lise sentait son corps se détendre. Si seulement il en avait été de même pour l'esprit ! Depuis la disparition de Daniel, elle enchaînait insomnies et cauchemars. En l'épousant, elle avait cru trouver un équilibre. Il avait su la complimenter, lui insuffler confiance en elle. Pas un instant elle n'avait pensé que cette situation volerait en éclats. Ils revenaient d'un séjour à Val-d'Isère quand il avait contracté une pneumonie nécessitant une hospitalisation. Son décès s'était produit si soudainement qu'elle s'était sentie comme anesthésiée et avait laissé sa belle-famille organiser les obsèques. Le père de Daniel ayant cédé à son fils unique cinquante-deux pour cent des parts de sa société, Lise avait hérité d'un pactole. Désireuse de prendre un nouveau départ, elle s'était séparée de l'appartement conjugal pour acquérir un pied-à-terre rue Saint-Honoré. Une grande partie de l'année, elle séjournait sur la Côte d'Azur qu'elle avait découverte lorsqu'elle était enfant. Chaque été, ses parents retournaient au cap d'Antibes où ils louaient la même villa. Entre mer et pinède, le lieu ressemblait à un paradis terrestre. D'autant que Lise et Béatrice partageaient avec leurs voisins surprises-parties, baignades au clair de lune et promenades dans l'arrière-pays.

Vêtue d'un peignoir, elle descendit dans le salon où Agostina nettoyait un miroir. Sobrement meublée, la pièce ouvrait sur le jardin par de larges baies vitrées. Hormis les pivoines qui s'épanouissaient dans un vase, rien n'égayait le décor. Sur les guéridons, aucun objet, aucune photographie ne donnait d'indications quant à l'entourage de la propriétaire. Lorsque Mme Frontignan avait enlevé bibelots et cadres, Agostina s'était réjouie. Le ménage serait simplifié ! Puis elle s'était étonnée quand celle-ci avait peu à peu vidé la maison de tout ce qui rappelait le disparu, des vêtements jusqu'aux plus infimes souvenirs.

2

Lise avait beau préférer le sable aux galets, elle fréquentait les plages niçoises. À l'inverse de certains habitants, elle n'avait pas d'habitudes établies. Il lui arrivait de se rendre à la plage des Ponchettes comme de s'installer devant le célèbre Negresco. Aujourd'hui, elle avait rendez-vous devant l'hôtel Le Royal. En milieu d'après-midi, la promenade des Anglais était fréquentée par des touristes qui flânaient, s'apostrophaient dans différentes langues, s'arrêtaient devant le marchand de glaces pour acheter un cornet ou se prélassaient sur les chaises bleues qui, tournées vers le large, bénéficiaient d'une vue incomparable. En contrebas, des parasols, des sièges et des matelas s'offraient à ceux qui souhaitaient en profiter.

— Lise !

Une jeune femme était en train de se sécher. Cela faisait plus d'un an que Lise n'avait pas revu son amie. Fidèle à ses habitudes, Juliette était partie à la découverte d'horizons lointains. Semblable aux oiseaux migrateurs, elle revenait régulièrement à Antibes dont elle était native. Tandis qu'elles s'embrassaient, Lise s'étonna d'être si contente de retrouver celle qui, selon les circonstances, pouvait s'apparenter à une complice ou à une rivale. Elle ôta sa robe, abaissa les bretelles de son bikini puis s'assit sur le paréo qu'elle venait de déplier. À ses côtés, Juliette ouvrit une thermos et sortit des gobelets.

— De la citronnade ? proposa-t-elle.

Dès la première gorgée, Lise renoua avec des sensations familières. Elle revit les pique-niques dans les criques du cap d'Antibes où leur bande de jeunes vacanciers se retrouvait. Juliette en avait fait partie quand, à seize ans, elle était devenue la petite amie d'un garçon qui plaisait à toutes les filles. Ses longs cheveux châtain clair, ses yeux noisette et son corps de sirène déclenchaient autant l'admiration que les jalousies. Dès qu'elle entrait quelque part, les regards masculins se faisaient insistants. Plutôt que d'en tirer orgueil, elle avait décidé que ses atouts l'aideraient à atteindre ses objectifs. Un photographe local lui ayant demandé de poser, elle acquit avec ses gains une machine à coudre afin de créer des vêtements que lui achetèrent des connaissances. Ce qui l'encouragea à prendre un train pour Milan où l'une de ses tantes confectionnait des robes de mariée. Grâce à elle, elle apprit à couper des patrons, bâtir et surfiler.

Son besoin de découvertes demeurant inassouvi, elle se rendit en Extrême-Orient puis en Inde. Au début de la semaine, elle avait téléphoné à Lise pour lui annoncer son retour de Madras.

— J'ai du mal à reprendre mes habitudes, avoua-t-elle en nettoyant ses lunettes de soleil.

— Tu regrettes d'être rentrée ?

— C'est le bon moment pour lancer ma griffe ! J'ai trouvé un local au-dessus des remparts.

Depuis quelque temps, Juliette suivait le parcours de Sonia Rykiel, une styliste qui s'était fait connaître en lançant une ligne de tricots courts et ajustés dont raffolaient certaines actrices et chanteuses. Elle avait entendu parler de Jean Bouquin qui, à Saint-Tropez, venait d'ouvrir un magasin où il proposait des robes et des pantalons taillés dans des étoffes chamarrées. En descendant dans la rue, la mode s'ouvrait aux aventures inédites. Si la haute couture continuait de s'adresser aux femmes fortunées, le prêt-à-porter permettait aux jeunes générations de s'émanciper. D'autant qu'une révolution culturelle se propageait. En particulier dans la musique. Les Beatles avaient creusé la brèche en chantant *She Loves You*, *I Want to Hold Your Hand*, *Can't Buy Me Love* et en provoquant des émeutes à chacune de leurs apparitions. Lors de ses périples lointains, Juliette avait rencontré des globe-trotters de diverses nationalités qui, pour la plupart, souhaitaient rompre avec un monde consumériste et figé dans des dogmes éculés.

— J'ai rapporté des tissus magnifiques, des sequins, des passementeries. Et j'ai confectionné quelques modèles.

Juliette adorait mélanger les matériaux. Peu douée pour le dessin, elle se contentait de griffonner des ébauches sur lesquelles elle épinglait des échantillons.

— Je passe commande, annonça Lise en se levant pour aller se baigner.

Pataugeant dans les premières vaguelettes, des enfants s'amusaient à s'éclabousser. D'autres avançaient dans l'eau avec leur bouée. Un peu partout, les cris et les rires fusaient. Alors qu'elle nageait vers le large, Lise ne se lassait pas de contempler le bleu du ciel qui se confondait avec celui plus miroitant des flots. Depuis longtemps, elle avait contracté une alliance avec ce rivage où s'étaient succédé ses plus grandes joies et ses pires tourments. Elle fit la planche en sachant qu'il n'existait pas de meilleur remède à son mal-être. À vingt-neuf ans, elle ne croyait plus en rien. Encore moins en elle-même.

Alors qu'elle rejoignait son amie, elle la vit discuter avec un homme qui maintenait une serviette roulée sous son bras.

— Je te présente Enzo.

En le saluant, Lise s'agaça de cette intrusion. Elle aurait dû se souvenir que Juliette donnait ses rendez-vous sur la plage. Comme elle connaissait beaucoup de monde, le cercle s'élargissait rapidement. Ravalant sa contrariété, elle tordit ses cheveux pour les égoutter et s'allongea sur le ventre. Au début, elle ne prêta pas attention à leurs propos. Puis elle entendit qu'Enzo travaillait aux studios de la Victorine.

— Le tournage se termine demain.

Il ajouta qu'il apprécierait ses prochaines vacances dans le Mercantour. Puis il alla à son tour se baigner.

— C'est une nouvelle conquête ? demanda Lise.

— Pas du tout ! Mais j'aime bien discuter avec lui.

Juliette sortit une cigarette d'un paquet.

— Sa mère a frôlé la dépression quand il est parti pour l'Algérie.

Quelques années auparavant, elles avaient vu plusieurs de leurs amis rejoindre la guerre qui se déroulait de l'autre côté du bassin méditerranéen. Après une rapide préparation, on les embarquait à Marseille pour rejoindre les ports d'Alger ou d'Oran. Pendant dix-huit mois – la durée de leur service militaire –, ils combattaient l'ennemi.

— Dès qu'il est revenu, elle a retrouvé son entrain. C'est un peu la même chose avec maman qui n'aime pas me savoir loin.

— Elle ne t'a jamais demandé de renoncer à tes voyages ?

— Jamais !

— Si je laissais faire la mienne, elle se mêlerait de tout.

À plusieurs reprises, Juliette avait eu l'occasion de croiser M. et Mme Cardec. Leur dédain lui avait rapidement fait comprendre qu'elle ne correspondait pas aux relations qu'ils souhaitaient pour leur fille. Fondé de pouvoir dans une charge d'agent de change, M. Cardec ne pensait qu'à son statut social. Avec son épouse, ils formaient un couple snob et peu sympathique. Pour les fuir, Lise était partie apprendre l'anglais dans un institut londonien dont elle était revenue un an plus tard. À son retour, sa sœur Béatrice s'était fiancée avec un Américain qui travaillait dans une compagnie d'assurances à New York.

— Tes parents vont passer l'été à Antibes ? demanda-t-elle.

— Ils ont réservé au Grand Hôtel du Cap, soupira Lise.

À quelques mètres, deux femmes jouaient aux cartes, tandis qu'une autre faisait du crochet. Plus loin, une mère entassait dans un cabas les jouets de ses enfants. Un marchand de boissons passa avec sa corbeille en annonçant : « Fanta, Coca-Cola, Schweppes ! » À son approche, un caniche aboya. En riant, un garçonnet lui jeta des galets avant de se faire réprimander. Lise vit Enzo revenir. De taille moyenne, il avait une allure sportive, un visage franc et un sourire qui devait faire chavirer les cœurs.

— Si on allait prendre un verre ? proposa-t-il.

Ils trouvèrent une table dans l'un des cafés qui bordaient la Promenade. En cette fin d'après-midi, la clientèle se composait de plagistes, d'employés qui sortaient des bureaux et des commerces voisins, de célibataires en mal d'aventures, de jeunes qui échangeaient des informations sur des boums où ils pourraient tenter de s'incruster. Étouffée par les conversations, Gigliola Cinquetti chantait via le haut-parleur *Non ho l'età*. La saison s'amorçait. Bientôt, les rues se rempliraient de vacanciers et la vieille ville se dévoilerait à ceux qui s'aventureraient dans ses ruelles.

Un serveur déposa leurs boissons sur le guéridon. Enzo leva son verre à la santé de ses deux invitées. Il connaissait Juliette depuis le catéchisme. Mais ils s'étaient perdus de vue lorsque l'un et l'autre avaient quitté la Côte. Quelques jours auparavant, ils s'étaient croisés dans une rue d'Antibes. Elle venait de signer son bail. Il rentrait des studios. Alors que Lise avait craint de se sentir en trop, elle écoutait avec un intérêt non feint leur compagnon raconter le tournage du film de Gérard Oury, *Le Corniaud*, sur lequel il avait travaillé comme régisseur. Elle voulut savoir si Bourvil et Louis de Funès étaient aussi drôles dans la vie qu'à l'écran. Juliette renchérit et, bientôt, tous les trois dérivèrent vers le monde du cinéma et les rumeurs qui ne cessaient de naître ou de mourir. Lise parcourait sans modération les articles qui évoquaient les amours de ses actrices et acteurs fétiches. Catherine Deneuve et Roger Vadim avaient ses faveurs. Ainsi que Liz Taylor et Richard Burton qui s'étaient rencontrés sur le tournage de *Cléopâtre*. Lectrice assidue de *Paris Match*,

Cinémonde, *Noir et Blanc*, elle vibrait pour des histoires qu'elle jugeait palpitantes. À mesure qu'elle le questionnait, Enzo la voyait s'animer. Lui qui l'avait jugée lointaine la découvrit joyeuse, presque enfantine. Ses cheveux avaient séché et auréolaient un visage aux traits délicats. Son sourire, trop rare, dévoilait des incisives légèrement écartées : les dents de la chance. Dans ses yeux noirs filtrait de la vivacité. Si Juliette offrait une beauté solaire, son amie gagnait à être connue. Il fallait juste qu'elle réprimât une méfiance instinctive pour que le charme opérât. D'autant qu'elle possédait le sens de la repartie.

Au moment de se séparer, ils constatèrent que l'environnement avait changé. La plage s'était presque vidée de ses baigneurs. En revanche, toutes les chaises des terrasses de café étaient occupées.

— Vendredi soir, j'inaugure ma boutique. Et je compte sur vous deux ! rappela Juliette avant de prendre congé.

3

Situé au-dessus des remparts qui bordaient le vieil Antibes, le magasin offrait une vue sur le large. Dès que Juliette avait visité le rez-de-chaussée et le premier étage de la maison, elle avait éprouvé un coup de foudre et, en un temps record, s'était installée. La devanture présentait un mélange de vêtements, de colifichets, de sacs, qui changeait de ce que l'on trouvait alentour. Chez Juliette, on privilégiait la sophistication bohème que commençaient à promouvoir les magazines de mode. Elle-même arborait des robes qui lui arrivaient à mi-mollet et nourrissait un goût prononcé pour les bijoux ethniques. Au sud de l'Inde, elle avait eu l'occasion d'acheter, à des prix dérisoires, les colliers et les bracelets qu'elle vendait aujourd'hui. Lise arriva avec les derniers invités. Parmi ceux qui discutaient sur le trottoir, elle reconnut quelques amis d'autrefois. N'aurait-elle pas dû se douter que Juliette avait conservé certains liens ? L'envie de tourner les talons l'envahit.

— Lise.

Elle se retourna… Et la ressemblance lui serra la gorge.

— Hadrien ! Je n'imaginais pas te trouver ici.

L'homme la fixait avec des yeux bleu pâle qui firent surgir des réminiscences qu'elle s'était promis d'étouffer. À travers Hadrien, elle voyait son frère aîné qui vivait en République centrafricaine. Du temps de leur jeunesse, Antoine avait passé plusieurs mois de vacances à Bangui chez un ami de la famille. Il n'en était revenu que pour régler des papiers administratifs et prendre congé de ses proches avant de repartir. Jusqu'au dernier moment, elle avait espéré le faire changer d'avis. En vain !

— Je pensais que tu avais quitté la Côte, avança-t-elle.

— Les parents ont vendu la villa. Mais j'ai trouvé une petite maison à Vallauris. J'y viens de temps en temps avec ma femme et mes enfants.

— J'ignorais que tu étais marié.

— Marié, et père de jumeaux.

En félicitant son interlocuteur, Lise le regarda avec attention. Certes, Antoine et Hadrien avaient tous deux un visage anguleux, mais leur genre différait. Dans son souvenir, Antoine était plus mince, plus sec, plus élancé. Une sorte de fausse indolence accompagnait ses mouvements. Il se mouvait comme les chats. Avec grâce et souplesse. Une qualité pour un guide de chasse qui parcourait la brousse.

— Antoine va bien ? se força-t-elle à demander.

— Maman reçoit régulièrement des lettres. Il semble content.

Lise parvint à sourire avant de prétexter qu'elle n'avait pas encore salué leur amie. Il lui fallut jouer des coudes pour pénétrer dans la boutique où des femmes s'attardaient devant les modèles proposés. Aux couleurs vives Juliette préférait les tons sourds et les demi-teintes. Ce qui donnait un chic supplémentaire à ses créations. En découvrant sa présence, celle-ci s'approcha.

— C'est superbe ! s'exclama Lise qui s'était arrêtée devant un caraco brodé.

— Tout à l'heure, une journaliste est venue. Elle m'a promis de repasser avec un photographe.

Spontanément, leur complicité reprenait ses droits. N'avaient-elles pas partagé quantité de confidences, de conseils et de fous rires, dansé avec leurs amoureux sur les chansons d'Elvis Presley ou des Platters, ne s'étaient-elles pas mutuellement consolées lorsqu'elles traversaient des turbulences ? À cette époque, tout paraissait facile et promis à le demeurer. L'affluence poussa Lise à ressortir. Un verre de rosé à la main, elle prit place sur un banc pour profiter du crépuscule. À quelques mètres, les gens discutaient et riaient autour du buffet. Elle se préparait à les rejoindre lorsqu'une femme vint s'asseoir en déclarant :

— Même s'il est teinté de mélancolie, on ne se lasse pas d'un tel spectacle.

Lise lui adressa un sourire. Puis elles demeurèrent

silencieuses. À l'horizon, le fanal d'un bateau s'était allumé.

— Vous habitez Antibes ? se renseigna Lise.

— Nice.

— Moi aussi.

L'inconnue semblait avoir un peu plus de quarante ans. Son visage était harmonieux. Sa silhouette un peu corpulente. Sa voix basse, légèrement voilée.

— Je connais Juliette et sa mère depuis longtemps, expliqua-t-elle.

Une jeune fille aux longs cheveux noirs s'approcha.

— Voici ma filleule, Virginie. Depuis notre arrivée, elle n'a pas quitté la boutique.

— Bonsoir, Virginie. Je m'appelle Lise.

— Et moi Macha, reprit la femme.

Au fil de la conversation, Lise apprit que celle-ci tenait une pension de famille dans le quartier des musiciens.

— Je ne reçois que trois locataires à la fois. Sinon…

La fin de la phrase fut couverte par les premières notes de *The House of the Rising Sun*. En quelques minutes, l'ambiance changea. De nouvelles bouteilles de vin et des sodas furent apportés. Ainsi que des pissaladières et des soccas découpées en bouchées. Lise vit qu'Enzo s'avançait dans sa direction.

— J'arrive au moment où la fête commence !

Alors qu'il se tournait vers Macha et Virginie, elle les lui présenta.

— Pas question de faire bande à part !

À peine eut-il prononcé ces paroles que des lampions s'allumèrent. Ce qui le fit s'exclamer :

— Quelle synchronicité !

Tous les quatre s'approchèrent du buffet où Lise reprit un verre de vin. Macha l'imita. Virginie opta pour de l'orangeade. À dix-neuf ans, elle avait l'habitude de sortir avec des gens de son âge. Ce soir, c'était différent ! En l'accueillant sur la Côte, Macha avait égayé ses journées. En 1962, ses parents les avaient ramenés d'Oran, elle et son frère, avant les dernières évacuations. Comme de nombreux pieds-noirs, ils avaient perdu ce qu'ils croyaient à jamais acquis. À Paris, elle avait poursuivi ses études dans une institution religieuse où les élèves se moquaient de son accent et la regardaient de haut. Élevée jusque-là dans la facilité, elle découvrit la mise à l'écart, l'impossibilité de se faire des amies. À sa solitude s'ajoutaient le ciel gris, la pluie et le froid hivernal. Son père, qui travaillait pour une compagnie d'assurances, avait intégré le siège parisien. Ce qui lui octroyait un salaire décent. Mais sa mère ne s'était pas adaptée au changement. La perte d'une confortable maison et d'une domesticité dévouée la plongeait dans la mélancolie. Incapable de veiller sur ses enfants, elle les abandonnait à leurs tourments d'adolescents. Pour l'aînée, la solution était venue de sa marraine. Lors d'une visite à Paris, Macha avait compris que la situation ne s'améliorerait pas et proposé à Virginie de s'installer à Nice lorsqu'elle aurait réussi son bac.

En rejoignant ses invités, Juliette fit monter d'un

cran l'atmosphère. Pour l'occasion, elle portait une robe bleu indigo qui épousait les formes de son corps. À ses poignets tintinnabulaient des bangles, ces bracelets indiens qui se présentaient sous la forme d'anneaux rigides. Son regard conquérant indiquait qu'elle considérait son lancement réussi. Enzo s'approcha pour lui murmurer quelques mots à l'oreille. Ce qui poussa Virginie à le regarder avec davantage d'attention. Elle avait croisé de beaux garçons, mais celui-ci ne jouait pas de sa séduction. En revanche, il ne cachait pas le plaisir que lui procurait la fête. D'ailleurs, personne n'était pressé de quitter les lieux. Un couple se mit à danser en entendant les premières mesures de *Promised Land* de Chuck Berry. Juliette fut invitée par Enzo. Un sourire aux lèvres, Virginie suivait leurs mouvements. D'une nature romantique, elle aimait observer les couples. Que ce fut dans les livres ou les films, les histoires d'amour la ravissaient. *Casablanca*, *Autant en emporte le vent*, *Hiroshima mon amour*, *West Side Story*, elle bénissait l'obscurité des salles de cinéma qui permettait de cacher un trop-plein d'émotions. Macha connaissait sa propension à la rêverie. Elle était passée par là, même si la vie s'était chargée de la ramener vers les réalités. Des yeux, elle chercha la jeune femme qui s'appelait Lise. Sans doute était-elle partie. Elle l'aurait imitée si elle n'avait pas craint de gâcher le plaisir de sa filleule. D'autant que celle-ci venait d'être entraînée dans un rock endiablé par un garçon qui, avec sa chemise à carreaux, son jean et ses cheveux brillantinés, semblait sorti de *La Fureur de vivre*.

4

Macha arrêta la sonnerie du réveil puis s'assit dans son lit. Après s'être étirée, elle se leva et gagna la salle de bains. La soirée antiboise lui ayant fait du bien, elle décida de se distraire davantage. Avec l'été qui s'amorçait, la région proposerait quantité de festivals. Macha avait grandi à Nice où sa famille maternelle possédait une vaste demeure. Typique des constructions de la Belle Époque, le bâtiment avait d'abord servi de résidence hivernale à ses grands-parents russes. En 1920, après avoir fui Saint-Pétersbourg, la révolution et les bolcheviques, sa grand-mère – devenue veuve – et sa mère étaient arrivées avec d'autres exilés sur la Riviera. Pour survivre, elles vendirent les deux étages supérieurs de l'édifice et conservèrent le rez-de-chaussée, ainsi que le premier, qui fut cédé à Macha lorsqu'elle épousa Bernard en 1949. Sans doute se serait-elle installée dans un logement indépendant si son mari, officier de marine, n'avait pas parcouru les océans.

Avec naïveté, elle s'était crue capable de supporter ses longues absences. L'illusion se dissipa au bout de six ans de semi-solitude. D'autant qu'après trois fausses couches on lui avait annoncé qu'elle n'aurait pas d'enfants. Quand elle enterra sa mère, son existence s'obscurcit davantage. Aurait-elle imaginé traverser pire période ? Une escale de Bernard lui fit comprendre qu'elle devait se plonger dans une activité. Elle transforma une partie de son logement en pension de famille.

Une fois habillée et coiffée, Macha emprunta le couloir qui menait vers la salle à manger où Virginie prenait son petit déjeuner.

— Tu as bien dormi ?

— J'ai beaucoup rêvé, lui répondit sa filleule.

Elle avait rassemblé ses cheveux en une natte qui atteignait sa taille. De grands yeux noirs brillaient dans son visage hâlé. Lorsqu'elle souriait, son nez se fronçait et deux fossettes creusaient ses joues.

Macha s'assit de l'autre côté de la table, puis se servit du café.

— Ils sont tous partis ? demanda-t-elle en évoquant ses pensionnaires.

— Oui, madame, s'interposa la servante qui apportait du pain grillé et de la confiture d'oranges.

— Merci, Magali.

— Je vais faire leurs chambres.

Macha acquiesça. Appréciant le calme matinal, elle s'arrangeait pour apparaître quand la demeure s'était vidée de ses occupants. Virginie consulta sa montre avant de quitter sa chaise.

— J'ai intérêt à me dépêcher.

Elle suivait des cours d'anglais dans le dessein de devenir hôtesse de l'air. Ce rêve l'habitait depuis qu'elle avait quitté l'Algérie. Puisqu'elle ne pouvait plus vivre dans son ancien foyer, autant ne pas se créer d'attaches. Lorsqu'elle voyait les avions décoller de l'aéroport, elle s'imaginait à bord. En uniforme, elle répondait aux passagers, servait les repas, les boissons, puis débarquait avec l'équipage dans un pays étranger. Bientôt, elle passerait le concours d'Air France. Pour mettre toutes les chances de son côté, elle travaillait l'anglais et révisait l'espagnol qu'elle avait autrefois pratiqué. Depuis qu'elle habitait chez Macha, elle parvenait à mieux envisager l'avenir. Le climat n'y était pas étranger. Certes, Nice n'était pas Oran, mais un ciel clément, la douceur des températures, les plages, l'accent chantant des habitants la réconfortaient après un passage à vide.

Elle longea l'avenue Auber en direction de la rue de la Buffa qu'elle emprunta avant de s'engager dans la rue de France où se situait l'institut de langues. Une sonnerie annonçait le début des cours. Dans une salle de taille moyenne, les étudiants ouvraient leurs cahiers et leurs livres. Avec discrétion, elle gagna sa place. L'enseignant, un homme entre deux âges, demanda à une jeune fille de lire à haute voix un extrait du recueil de nouvelles de Somerset Maugham : *The Casuarina Tree*. Puis la traduction d'un passage fut réclamée par écrit. Virginie eut du mal à en déchiffrer tous les mots. Au troisième rang, son amie Nina jetait des regards plus ou moins discrets sur la copie de son voisin. Dans peu de temps, l'examen de fin d'année leur permettrait ou non de passer au niveau supérieur. Ayant étudié avec régularité, Virginie espérait le réussir. Lorsqu'elles eurent rendu leurs feuilles, des exercices oraux commencèrent. En s'appliquant, elle répondit aux questions du professeur. Nina afficha davantage d'assurance, même si sa prononciation laissait à désirer.

Elle aussi venait d'Algérie. Son père avait perdu la quincaillerie dont il était propriétaire à Philippeville. Avec sa famille, il s'était réfugié à Villefranche. Plusieurs fois, Virginie avait partagé leur repas, mais elle espaçait ses visites afin de ne pas ressasser le passé. Vivre auprès de Macha l'avait aidée à comprendre qu'il n'était pas possible de changer le cours de certains événements. Elle savait que le foyer familial ne se reconstituerait pas. Depuis leur retour à Paris, sa mère était suivie par un psychiatre qui, à deux reprises, l'avait fait hospitaliser. Quant à son père, elle le soupçonnait d'avoir une maîtresse. En l'éloignant de leurs soucis, Macha lui avait rendu service. La voir diriger la pension de famille, montrer de l'entrain quand on lui proposait une sortie, s'intéresser à des sujets variés lui insufflait de l'énergie. À deux reprises, Bernard était revenu de longs périples. Grand, froid, compassé, il avait porté peu d'attention à Virginie qui, en l'observant, s'était demandé ce qui avait autrefois attiré Macha. Sa marraine et sa mère s'étaient rencontrées juste après la guerre, lors d'un séjour à Valloire dans les Alpes. Elles avaient échangé des lettres durant deux ans puis s'étaient mutuellement présenté leurs fiancés au cours d'un nouvel été montagnard. Après avoir porté Virginie sur les fonts baptismaux, Macha était venue passer des vacances à Oran. Toujours seule !

Le cours terminé, Virginie, Nina et deux autres étudiants se rendirent dans leur café habituel où ils commandèrent des banana splits.

— Tant pis pour le régime ! soupira Virginie en plongeant sa cuillère dans la crème Chantilly.

Philippe, qui s'était assis à côté d'elle, se rapprocha. Ils avaient commencé à flirter, alors qu'ils dansaient un slow. Elle hésitait à continuer. Mais il savait se montrer persuasif. Depuis son retour en France, elle n'était tombée amoureuse de personne. En revanche, elle conservait un souvenir lumineux des après-midi avec Pablo. Ils s'étaient rencontrés à Trouville, la station balnéaire que fréquentaient les colons français et espagnols qui vivaient à Oran. Elle avait quinze ans et lui dix-sept. Ses parents républicains avaient fui l'Espagne de Franco et ouvert un commerce de vêtements pour enfants. De retour en ville, ils s'étaient donné rendez-vous au

Colisée pour découvrir des films américains durant lesquels il lui tenait la main. Sinon ils se retrouvaient pour une promenade boulevard Seguin ou dans les rues d'Arzew et d'Alsace-Lorraine où se succédaient quantité de magasins. On les voyait aussi au stand Gasquet, au kiosque des glaces Carmen. Quitter ce lieu où elle avait connu ses premiers battements de cœur avait représenté un double arrachement. D'autant qu'elle s'était inquiétée sur le sort de Pablo, évacué juste avant le début des massacres. Aujourd'hui, il vivait à Salamanque, en Castille. Combien de fois n'avait-elle pas imaginé leurs retrouvailles... Alors qu'elle espérait que l'un ou l'autre pourrait, un jour, traverser la frontière, les lettres de Pablo s'étaient raréfiées. L'avait-il oubliée ? Souhaitait-il se protéger de ce qui avait précédé un tragique exil ?

En lui demandant si elle serait libre le samedi suivant pour l'accompagner au bowling, Philippe la sortit de ses interrogations. Avec leur groupe d'amis, ils finiraient probablement la soirée autour d'une piscine et d'un Teppaz qui diffuserait des chansons. Certains choisiraient de boire de l'alcool. D'autres s'éclipseraient pour s'embrasser. Virginie voulut savoir si Nina viendrait avec eux. Assise sur la banquette de l'autre côté de la table, la jeune fille riait des paroles que lui susurrait Bruno, un garçon boutonneux et dégingandé qui ne manquait ni d'esprit ni de repartie. Dans quelques jours, il commencerait un stage au Negresco. Dans un bureau minuscule, il s'occuperait d'enregistrer des réservations. Rien de palpitant. Mais il espérait gravir les échelons au sein du palace qui, depuis l'enfance, le subjuguait. Le va-et-vient des voitures, les chasseurs en livrée, l'élégance de la clientèle, la somptuosité des bagages témoignaient d'un monde merveilleux. À la fin du mois, il y pénétrerait par la porte de service.

Virginie fit un détour par les Galeries Lafayette. Régulièrement, son père lui envoyait de l'argent, mais pas suffisamment pour s'acheter le superflu. Aussi avait-elle décidé de travailler pendant les vacances. La veille, Macha lui avait parlé d'une fleuriste qu'elle connaissait. Son apprentie allait prendre un congé estival et elle cherchait quelqu'un pour la seconder. Virginie arpenta les étages consacrés à la mode féminine. Jupes à plis plats ou droites, robes à fleurs et larges bretelles, corsaires, marinières, pulls ajustés, escarpins à talons bobines, sandales aux tons nacrés, breloques en tout genre… Au rez-de-chaussée, elle s'arrêta au rayon des parfums, sentit *Y* de Saint Laurent, *L'Air du temps* de Nina Ricci. Des miroirs lui renvoyaient son reflet et, selon l'habitude, elle ne se jugea pas jolie. Trop petite, trop menue. Une vendeuse l'aspergea de Diorissimo, puis lui offrit des échantillons. Étourdie par les senteurs, elle gagna la sortie et se mêla aux gens qui déambulaient. Sans se hâter, elle emprunta le chemin qui la séparait de la pension. Alors qu'elle se préparait à traverser une rue et attendait que le feu passât au rouge, une MG décapotable passa devant elle. Une femme se tenait derrière le volant. Virginie reconnut Lise qu'elle avait rencontrée chez Juliette. Dans un vrombissement de moteur, celle-ci s'éloigna. Qui était cette personne ? Était-elle mariée ? À quoi ressemblait sa vie ? À Oran, les filles ne pensaient qu'à épouser un prince charmant, enfanter des bambins qui leur serviraient de faire-valoir, régner sur une domesticité zélée, posséder une inégalable garde-robe ! La conductrice semblait loin de ces préoccupations banales.

5

Lise et Juliette pénétrèrent dans une enclave en plein air où des gens se dirigeaient vers des sièges. Pour la sixième année, Antibes et Juan-les-Pins invitaient au mois de juillet de célèbres musiciens de jazz à jouer devant un public passionné. En 1960, les deux communes avaient inauguré leur premier festival en proposant à Sidney Bechet et Charles Mingus de se produire. Sous la houlette des organisateurs, des artistes de styles différents furent à tour de rôle invités. Ray Charles vint l'année suivante. Miles Davis captiva l'auditoire en 1963. Dizzy Gillespie et Ella Fitzgerald en 1964. Sur le programme de 1965 se détachaient les noms de Nina Simone et de John Coltrane. Ce soir, Lise et Juliette allaient découvrir le saxophoniste. En bordure de mer, la pinède Gould accueillait résidents et vacanciers. Après avoir circulé à travers les allées, elles trouvèrent des chaises qui bénéficiaient d'une bonne visibilité. Une température idéale ajoutait de l'agrément au site. Avec un peu de retard, la scène s'éclaira et le calme s'installa parmi les spectateurs dont beaucoup n'avaient pas réussi à s'asseoir. Vêtus de smokings, les quatre musiciens afro-américains apparurent et saluèrent l'auditoire. Ils allaient interpréter *A Love Supreme*. La musique s'éleva. D'abord le saxophone de John Coltrane qui avait composé ce morceau comme un acte de foi, puis la contrebasse de Jimmy Garrison... Auxquels se joignit la batterie d'Elvin Jones. Vint plus tard le piano devant lequel s'était installé McCoy Tyner. Empreintes de ferveur, les notes s'élevaient, s'entremêlaient, se stimulaient. À mesure que se déployait la musique, Lise sentait l'émotion l'envahir. Une digue cédait et elle se découvrait plus vulnérable qu'elle ne l'aurait cru. Juliette se laissait elle aussi captiver. Ni les voyages ni les rencontres n'avaient épuisé sa capacité d'émerveillement. Ouverte à toutes les expériences, elle cherchait à accroître ses connaissances. Un paysage, un tableau, une composition pouvait déclencher des sensations dont elle conservait le souvenir. Au sud de l'Inde, elle avait découvert les grands temples et les rizières, les processions religieuses et les danseuses de bharata natyam. À Kyoto, elle s'était attardée dans les parcs quand l'automne les parsemait d'or et de pourpre. Dans les musées, elle avait admiré des estampes d'Hokusai, d'Utamaro, d'Hiroshige, des kimonos de soie, des éventails ornés de nacre, des statuettes en jade. Ce soir, elle se concentrait sur la symbiose entre ces quatre hommes qui livraient une création éphémère. Certes, ils la rejoueraient ailleurs, mais les improvisations de chacun la rendraient différente. Lorsqu'ils eurent terminé, le public attendit quelques secondes avant de réagir. Puis ce fut un tonnerre d'applaudissements, ponctués de rappels et de cris. Heureux du succès remporté, le quartet remercia longuement avant de quitter la scène. À la musique succéda l'habituel brouhaha. On échangeait des impressions, se félicitait d'avoir assisté à un concert qui ferait date. Rebroussant chemin, Lise et Juliette quittèrent les lieux.

Elles s'installèrent à la terrasse du Crystal qui conservait leurs faveurs.

— J'ai proposé à Enzo de nous rejoindre, annonça Juliette.

Le bruit étant à son paroxysme, elles durent forcer la voix pour se parler. Dans un défilé continu, des voitures longeaient la chaussée où les gens marchaient par petits groupes. Certains avaient déjà passablement bu. D'autres se préparaient à danser sur les chansons à la mode.

En cette dernière semaine de juillet, de nombreux vacanciers avaient répondu à l'appel de la Méditerranée. Les parasols fleurissaient sur les plages. Des baigneurs plongeaient des pontons, tandis que d'autres préféraient le pédalo en duo ou le ski nautique. Du port de plaisance, des bateaux de toutes sortes prenaient le large. Cette effervescence existait depuis que des Américains avaient découvert et lancé Juan-les-Pins durant les Années folles. En 1926, le milliardaire Frank Jay Gould avait fait construire un casino, un palace, Le Provençal, et des villas. Un peu plus tard, ses excentriques compatriotes Gerald et Sara Murphy invitèrent des amis à goûter aux agréments de la Riviera. Perméables à leurs conseils, Francis Scott et Zelda Fitzgerald séjournèrent à la villa Saint-Louis où l'écrivain trouva l'inspiration pour son roman *Tendre est la nuit*.

En buvant un gin-fizz, Lise observait les passants. Ceux dont le bronzage accentué indiquait qu'ils habitaient la région ou avaient défait leurs bagages depuis quelque temps. Les nouveaux venus qui affichaient des coups de soleil. Enlacés, des couples s'embrassaient sans se préoccuper de ce qui les entourait. Une odeur de sucre monta à ses narines. À la table voisine, une jeune fille était allée chercher une barbe à papa. L'un de ses camarades tenta de la lui prendre sous les ricanements de leurs comparses. Elle suivait leur manège quand Juliette se leva pour se diriger vers le trottoir où des personnes entouraient quelqu'un qui semblait mal en point.

— Laissez-moi passer, intima-t-elle.

Une femme d'une quarantaine d'années était assise sur le bitume.

— Elle est tombée ?

— Elle a seulement dit qu'elle se sentait mal, informa un adolescent.

— C'est ta maman ? se renseigna Juliette.

— Oui.

Un homme les avait rejoints. Il s'accroupit pour poser des questions à la personne indisposée qui répondit de façon peu intelligible.

— Il faudrait appeler les pompiers.

— Le propriétaire du café vient de le faire, indiqua une dame âgée.

Juliette réclama une carafe d'eau et des serviettes propres.

— Est-ce que vous êtes restés longtemps au soleil ? demanda-t-elle au garçon.

— Tout l'après-midi.

— Sans parasol ?

Il hocha la tête.

— Il pourrait s'agir d'une insolation, dit-elle à l'homme qui commençait d'humecter le visage de l'inconnue.

— C'est aussi mon avis.

Juliette mouilla un deuxième linge pour la rafraîchir davantage. Autour d'eux, l'attroupement s'était élargi.

— Ce n'est pas un spectacle ! s'agaça-t-elle.

Couvrant ses paroles, une sirène se fit entendre. Bientôt les pompiers furent présents. Ouvrant un sac de secours, l'un d'entre eux se pencha vers la femme pour lui parler.

— Vous êtes de la famille ? se renseigna-t-il auprès de Juliette.

— Non. Voici son fils.

Elle s'écarta pour les laisser discuter. L'homme fit de même.

— Je ne pense pas que ce soit grave, avança-t-il.

Jusque-là, Juliette lui avait peu prêté attention. D'épais cheveux bruns couronnaient un visage ouvert. Ses yeux vifs avaient la couleur du café. À peine busqué, son nez lui octroyait du caractère. En observant les consommateurs, il s'indigna :

— Si nous n'étions pas intervenus, est-ce que l'un d'entre eux aurait bougé ?

Elle allait s'éloigner, quand il lui demanda :

— Vous êtes en vacances ?

— Pas exactement. Je travaille à Antibes.

Lorsqu'elle retrouva Lise, celle-ci la questionna sur ce qui l'avait occupée sans écouter les réponses. Juliette la connaissait suffisamment pour savoir que les problèmes d'autrui la concernaient peu. Ce n'était pas de l'indifférence, seulement l'incapacité à s'extirper de ses propres préoccupations.

— Enzo est en retard, remarqua-t-elle.

Juliette constata que la foule se disséminait. Une fois les pompiers partis, les badauds avaient quitté les abords de la terrasse. Restaient les noctambules. Et parmi ceux-ci, l'homme qui lui avait parlé. Sur sa table, de nombreux verres vides indiquaient que la soirée avait été arrosée. Néanmoins, personne ne semblait en état d'ébriété. Elle le vit allumer la cigarette de sa voisine, lui parler à l'oreille.

— Désolé de vous avoir fait attendre !

Enzo venait de les rejoindre.

— Le tournage s'est éternisé. Ils ont refait des prises !

En se laissant tomber sur un siège, il ajouta :

— Je suis crevé et j'ai une soif de tous les diables. Au point de ne pas avoir envie d'alcool ! Mais je ne parle que de moi ! Racontez-moi ! Coltrane ?

Alors que Juliette ne tarissait pas d'éloges sur le saxophoniste, il s'étonna du silence de Lise.

— Tu n'as pas aimé ?

— Si... Beaucoup !

Il allait insister pour en savoir davantage quand une main se posa sur son épaule.

— Salut, Enzo.

— François ! Qu'est-ce que tu fais là ?

— La même chose que toi !

— Impossible ! J'ai décidé d'être sobre !

— En si bonne compagnie ?

— Lise... Juliette... Je vous présente François.

— Qui est Lise ? Qui est Juliette ? se renseigna celui-ci.

— On te laisse deviner !

Amusée par le manège, Juliette croisa le regard de celui qui avait porté secours à la victime de l'insolation.

— Vous êtes Juliette, affirma-t-il.

Elle lui adressa un sourire sibyllin.

— Et vous, Lise, poursuivit-il en se tournant vers celle-ci.

— Tu avais une chance sur deux de ne pas te tromper, souligna Enzo.

— Quelle subtile appréciation ! ironisa François avant d'ajouter : À une heure pareille, on ne peut pas réclamer des étincelles de génie !

— Toujours aussi aimable !

En dépit de leurs piques, il était aisé de comprendre que tous les deux s'appréciaient.

— Tu le connais depuis longtemps ? demanda Juliette à Enzo quand François s'éloigna.

— Plusieurs mois. On s'est rencontrés au club de tennis.

6

Lise emprunta les allées et les escaliers qui menaient au bord de l'eau. Chaque fois qu'elle venait au Grand Hôtel du Cap, la vue sur les îles de Lérins lui coupait le souffle. En cette fin d'après-midi, il y avait du monde sur les terrasses qui surplombaient la mer. À l'ombre de parasols blancs, les résidents se reposaient. Certains revenaient d'une promenade dans les environs, d'autres d'une longue sieste. Depuis l'ouverture du palace, une clientèle internationale et fortunée y séjournait. Acteurs, magnats, personnalités des mondes politique et financier appréciaient un luxe de bon aloi, la tranquillité et un service attentif. Quiconque ouvrait le livre d'or découvrait les signatures de gens célèbres. Elle n'eut aucune difficulté à trouver sa mère qui, allongée sur un transat aussi confortable qu'un lit, lisait un magazine. En s'approchant, elle constata que celle-ci présentait un corps que de plus jeunes pourraient lui envier. Sylvie Cardec ne rechignait pas aux heures de gymnastique et de massage. Tout au long de l'année, elle courait les instituts. Lise se demandait pour quelle raison elle se donnait autant de mal. Pour retenir un époux qui la regardait à peine ? Pour plaire à d'autres hommes ? Pour montrer à ses deux filles qu'elle n'avait pas dit son dernier mot ? Coiffée d'un chapeau de paille, elle semblait absorbée par sa lecture.

— Bonjour, maman.

— Ah ! Te voilà... Ne m'embrasse pas. J'ai le visage couvert de crème.

Plutôt satisfaite de la mise en garde, Lise recula et s'installa sur le siège voisin.

— Ton père nous rejoindra plus tard.

Au large, plusieurs bateaux tiraient des skieurs dont certains montraient de l'aisance et de l'élégance. Alain Cardec en faisait partie. Pour conserver sa forme et maintenir ses acquis, il ne s'accordait aucun répit durant les vacances. L'immobilité et le silence le rendant inquiet, il lui fallait quantité d'occupations.

— J'imagine que vous êtes bien installés.

— Ils nous ont donné la même chambre que l'an dernier.

Sylvie Cardec se leva.

— Je vais nager. Tu ne te baignes pas ?

— Pas tout de suite.

Lise demeura quelques instants à contempler la vue, le va-et-vient des bateaux, les mouettes qui tournoyaient. Elle aurait mieux profité de ces images si elle ne s'était pas sentie aussi énervée contre elle-même. Quelle idée avait-elle eue de prolonger la soirée avec Enzo, alors que Juliette les avait quittés ! Lui, qui n'avait jusque-là bu que des sodas, s'était commandé des bourbons dans un bar qui fermait à l'aube. Elle l'avait accompagné avec des gin-fizz. Et ce qui devait arriver s'était produit. Il avait terminé la nuit chez elle ! Allait-il raconter à Juliette ce qui s'était passé ? En tout cas, il avait eu la bonne idée de partir pendant qu'elle dormait. À côté d'elle, des gens s'installèrent. Dans la piscine, sa mère nageait la brasse en prenant soin de ne pas mouiller ses cheveux. À demi allongée sur le parapet, une jeune fille blonde s'offrait aux regards de garçons qui partageaient un même espoir de la séduire. Sur les terrasses supérieures, un ballet de serveurs officiait. Tout semblait fluide, comme dans un film au ralenti.

Sylvie sortit de l'eau et revint vers son siège pour s'emparer d'un drap de bain. À peine eut-elle terminé de se sécher qu'un lot de serviettes lui fut apporté par un garçon de plage.

— Tu es restée habillée, s'étonna-t-elle en découvrant que sa fille n'avait pas quitté sa robe.

Pendant que sa mère s'allongeait sur le ventre, Lise éprouva du mépris à son encontre. Au fond, cette femme égoïste et narcissique s'était montrée incapable de l'élever. Quel exemple lui avait-elle offert ? Quels conseils lui avait-elle prodigués ? Dans le désordre lui revinrent les interminables journées où elle ne la voyait pas, le peu d'intérêt qu'elle montrait pour ses carnets de notes ou ses projets. Lise allait au spectacle et au parc avec sa gouvernante, elle ne prenait ses repas avec ses parents que lorsque celle-ci bénéficiait d'un jour de congé. Plus tard, elle avait connu les interdictions de fréquenter des gens qui n'étaient pas de son milieu. Combien de fois n'avait-elle pas entendu l'interrogation : « Que font les parents de ton amie ? » Comment pouvait-on juger quelqu'un selon sa position sociale et son compte en banque ? Cette femme bornée et peu intelligente ne lui avait insufflé aucune ambition, hormis celle d'épouser un « bon parti ». Sans doute aurait-elle dû elle-même se stimuler. Mais elle ne fréquentait que des gens enfermés dans la thermos des bonnes manières. Le pire s'avérant les rallyes auxquels filles et garçons étaient invités à danser dans des lieux où ne s'infiltrait aucun élément indésirable. Quand des images lui revenaient en mémoire, elle éprouvait de la honte d'avoir grandi sous la tutelle de parents rigides et inconsistants. Certes, son père était connu dans le milieu de la finance où il avait réussi, mais son érudition laissait à désirer. Seul comptait le vernis qui cachait les défauts et les manques.

Lorsqu'elle les quitta – après un dîner servi dans un décor de rêve –, Lise se sentit soulagée. Pendant quelques jours, elle n'aurait plus à leur rendre visite. La conversation s'était fixée sur sa sœur qui venait de quitter New York pour se réfugier dans sa maison des Hamptons. Enceinte de cinq mois, Béatrice avait déjà choisi les prénoms de l'enfant avec son époux. Il faisait encore jour quand Lise s'éloigna du palace. Sans réfléchir, elle prit la direction de la villa où elle avait passé plusieurs étés. La route serpentait entre les pins maritimes, les chênes-lièges, les lauriers et les figuiers. Derrière cette végétation luxuriante se cachaient des maisons. Celle que sa famille louait autrefois n'étant pas visible de la route, elle poursuivit son chemin et, au bout d'un kilomètre, s'engagea dans une piste qui menait vers un rond-point où stationnaient plusieurs véhicules dont une Mercedes à la carrosserie étincelante. Se savoir si proche de l'endroit où elle avait cru au bonheur lui serra la gorge. Dans cette enclave préservée, les parents d'Antoine habitaient une demeure dont ils s'étaient séparés pour des questions d'héritage et d'indivision. Les amis de leurs enfants y étant accueillis à bras ouverts, Lise avait découvert la fantaisie, l'humour et la gentillesse chez des personnes qui savaient s'affranchir des conventions. Certes, les Salmon bénéficiaient de nombreux privilèges, mais ils ne considéraient pas ceux-ci comme un dû ou un passe-droit. À leur contact, elle s'était sentie vivante. D'autant qu'elle était tombée amoureuse d'Antoine, le fils aîné. Derrière le rideau de verdure se profilait le ponton d'où elle avait tant de fois plongé. Lorsqu'on vivait dans le sillage d'Antoine, il n'était pas question de refuser les activités qu'il choisissait. Pour se faire aimer de ce garçon de dix-huit ans qui privilégiait les sensations fortes, elle avait vaincu ses peurs. Sans doute s'était-il rendu compte de ses efforts, mais il ne l'en avait jamais félicitée. Aveuglée par son charisme, elle s'était contentée de ce qu'il lui donnait. D'autres images repoussèrent des griefs qui ne demandaient qu'à s'imposer. Lui et elle partant en bateau et jetant l'ancre dans des criques où ils se baignaient en ne résistant pas à s'enlacer sous l'eau. Les soirées à la belle étoile où ils découvraient le pouvoir des caresses et la crainte d'être surpris. Ces mois d'été lui faisaient oublier la banalité de son existence lorsqu'ils n'étaient pas ensemble. Antoine habitait Genève. Ce qui signifiait de longues séparations durant lesquelles elle lui écrivait plus régulièrement que lui. L'idée qu'il pût lui en préférer une autre la tourmentait. S'il lui arrivait fréquemment de redouter leur séparation, elle n'avait pas pensé qu'il la quitterait pour un motif différent d'un engouement sentimental. L'Afrique s'était révélée une rivale sans merci. Lorsqu'il était parti à Bangui pour devenir guide de chasse, elle avait compris que rien ne le ferait changer d'avis. Elle regarda l'heure. Rentrer lui semblant insurmontable, elle songea que le casino serait un excellent remède à la tristesse.

Lise venait de perdre 15 000 francs. Le chasseur lui tendait les clés de son cabriolet quand un homme, qui attendait lui aussi son véhicule, l'interpella :

— On se connaît.

Alors qu'elle le regardait sans répondre, il demanda :

— Vous êtes bien Lise ?

— Oui.

— Nous nous sommes croisés sur une route déserte... au milieu de la nuit.

— Je me souviens ! Les phares... Le fossé...

— J'ai reconnu votre voiture.

Pour la première fois, ils se voyaient en pleine lumière. Leur rencontre remontant à plus de deux mois, elle n'avait gardé de lui qu'une image imprécise. Très mince, son interlocuteur avait de l'allure et une décontraction naturelle. Dans son visage aux traits décidés, elle découvrit des yeux gris et observateurs.

— Grâce au dépanneur que vous m'aviez conseillé, elle a repris du service !

Ses derniers mots furent couverts par une musique et des rires qui provenaient de la plage. En contrebas de la Promenade, des jeunes s'étaient installés sur les galets. L'un d'entre eux jouait de la guitare, tandis que les autres chantaient. Une bouteille circulait et personne ne rechignait à boire au goulot. Accoudés au parapet, ils les écoutèrent. L'une des filles possédait une jolie voix, mais les exclamations de ses camarades la couvraient à demi.

— Vous m'aviez indiqué votre prénom. Mais je l'ai oublié, avoua Lise.

— Christian.

— Est-ce que je me trompe ou m'avez-vous dit que vous construisiez des autos ?

— Vous ne vous trompez pas. Mon père était garagiste à Juan-les-Pins. J'ai grandi dans l'odeur de l'huile et du cambouis.

Christian revit le garage où il aimait se réfugier pour admirer les véhicules de marque – en particulier les grosses américaines – qui attendaient une révision ou une réparation. Aidé de deux mécanos, son père allait du purgeur de freins au régleur d'allumage en passant par le poste de soudure. Ayant l'interdiction de toucher au moindre instrument, il suivait les gestes de chacun, entendait les mots culasse, bielle, piston, vilebrequin, soupape, allumeur, carburateur, batterie, bougies. Il existait dans ces rites quelque chose de magique qui l'avait suffisamment marqué pour lui insuffler la passion des belles voitures. Avec son argent de poche, il achetait les journaux qui présentaient les derniers modèles. Il accumulait aussi les images publicitaires qu'il trouvait dans certains produits alimentaires. Son rêve aurait été de posséder une collection étoffée de voitures miniatures. Au gré des fêtes et des anniversaires, il était parvenu à s'en faire offrir quelques exemplaires qu'il exhibait avec fierté devant ses camarades de classe. Tous ignoraient qu'il s'était promis de travailler dans le secteur de l'automobile. En attendant d'atteindre son rêve, il se montrait un élève appliqué. Dans sa famille, on croyait en la méritocratie. À force de se donner du mal, on pouvait se faire une place dans la société. Son grand-père, jardinier, avait longtemps économisé pour acquérir un lopin de terre. Son père s'était endetté pour devenir son propre patron. Ce qui avait obligé sa mère à proposer ses services de repasseuse à plusieurs employeurs.

Ils évoquèrent des généralités jusqu'à ce que Christian demandât à Lise si elle avait toujours résidé à Nice.

— Je n'y habite que depuis quelques années.

Après un silence, elle ajouta :

— Auparavant, je vivais à Paris. Ce qui n'est pas un point positif pour se faire accepter dans votre région.

— Nous ne sommes pas toujours accueillants. Je le reconnais !

Ils s'assirent sur un banc et elle se demanda pourquoi elle discutait avec un quasi-inconnu. Par crainte de retrouver sa maison silencieuse et de chercher un sommeil qui se ferait attendre ? D'autant qu'elle avait oublié de passer à la pharmacie pour y renouveler son habituel somnifère ! Par désir d'en apprendre davantage sur lui ?

— Êtes-vous joueur ?

— Des amis m'ont proposé de les accompagner au casino. J'ai peu misé et tout perdu !

— Ce n'était pas non plus mon jour de chance.

Depuis leur première entrevue, elle le surprenait. Connaissait-il beaucoup de femmes qui circulaient dans une décapotable à quatre heures du matin, conduisaient pieds nus, fréquentaient les salles de jeu en se moquant de perdre ? Il se leva. Tôt dans la matinée, il lui faudrait se rendre à Gênes afin d'y rencontrer un fabricant de phares.

Il attendit qu'elle s'installât derrière le volant de sa voiture pour la quitter.

— À notre prochaine rencontre.

— Vous comptez sur le hasard ?

— Jusqu'à présent, il a plutôt bien fait les choses !

7

Lise aimait déambuler dans les rues du vieil Antibes. Elle en appréciait les maisons étroites, les échoppes et les senteurs de bonne cuisine. Surplombée par deux tours sarrasines, la ville s'abritait de la chaleur et d'une trop forte luminosité derrière ses volets clos. Sans se hâter, elle se dirigea vers la boutique de Juliette.

— Rien n'avance comme je le voudrais ! l'accueillit son amie.

Une pelote d'épingles accrochée au poignet, elle rectifiait le tombé d'une veste sur un mannequin de bois.

— J'ai accepté trop de commandes et je ne m'en sors pas !

— Moi qui comptais t'en fournir un peu plus !

— Tu veux ma mort !

En observant les gestes minutieux de la styliste, Lise envia sa patience. Serait-elle capable de faire, défaire, refaire un ouvrage jusqu'à obtenir le résultat escompté ? Ne s'étant jamais penchée sur un projet, elle ignorait sa capacité de persévérance. Pendant la visite d'une cliente, elle constata que Juliette avait encore amélioré le lieu. Avec trois fois rien, elle confectionnait un décor dont étaient bannis le plexiglas, les formes géométriques et les couleurs psychédéliques en vogue.

— Si je ne me singularise pas, on ne me remarquera pas !

Alors qu'elle passait en revue des vestes ornées de broderies, Lise découvrait combien celles-ci se mariaient avec des vêtements aussi simples que les jeans. En choisissant de s'habiller chez Juliette, ses adeptes adoptaient un style. Adolescente, son amie affichait déjà un goût prononcé pour le raffinement. Était-ce d'avoir grandi au milieu des fleurs ? Depuis les années vingt, son grand-père et son père se consacraient à la culture de l'œillet, l'une des fiertés de la région.

L'heure de la fermeture approchait lorsqu'une jeune fille poussa la porte.

— Virginie ! Je pensais que tu m'avais oubliée !

— Pas du tout ! Mais Macha est passée chez ta mère. Elles se sont mises à discuter.

— Et tu as préféré ne pas l'attendre, l'interrompit Juliette. Tu as eu raison ! Voici ta jupe ! Il faudrait que tu l'essaies.

En passant devant Lise, Virginie la salua. Puis elle pénétra dans la cabine dont le miroir lui renvoya une image déplaisante. Elle avait transpiré et son visage brillait. Avec rapidité, elle enfila le vêtement puis rouvrit le rideau et attendit que Juliette formulât un avis.

— La longueur me semble bonne. Marche un peu…

Déambuler devant deux personnes dont elle enviait l'allure accentua les complexes de la jeune fille. D'autant que Lise la suivait du regard.

— Ce vert te va bien ! la complimenta celle-ci.

Une fois rhabillée, Virginie se dirigea vers le comptoir et sortit son portefeuille de son sac. Depuis le début du mois de juillet, elle travaillait chez la fleuriste que connaissait sa marraine. Proche de la place Masséna, la boutique était appréciée. On y faisait de magnifiques bouquets que des coursiers emportaient vers divers quartiers de la ville. Non sans fierté, elle avait empoché sa première paye. La somme était modeste, mais elle représentait le fruit d'un travail. Certes, elle balayait, nettoyait, changeait l'eau des seaux dans lesquels trempaient les végétaux, arrosait les plantes, effeuillait des tiges, en entourait d'autres avec du fil de fer. C'était souvent fastidieux, mais cet ouvrage en coulisses lui donnait l'impression d'être utile.

— Je vais te faire un prix, l'informa Juliette.

L'entrée d'Éliane, sa mère, et de Macha l'interrompit. Toutes les deux semblaient d'humeur joyeuse.

— Vous arrivez à temps. J'allais fermer.

Pendant que Macha découvrait ses dernières

créations, Juliette glissa la jupe dans un sac. Puis elle proposa de monter dans l'appartement.

Alors que Lise et Virginie s'installaient sur un *charpoy* recouvert de coussins, Macha préféra s'asseoir sur une chaise. Juliette mit de l'eau à bouillir dans la cuisine, tandis que sa mère disposait des tasses sur un plateau. Brune, petite, plutôt trapue, Éliane aurait eu un physique passe-partout si un charme certain n'avait corrigé cette impression. La douceur de son regard et son sourire pouvaient consoler les plus tenaces chagrins. Dès que sa fille revint avec la théière, elle s'en empara pour servir les invitées. Plongée dans la pénombre, la pièce livrait peu à peu ses trésors. Des tabourets bas voisinaient avec de petites tables qui disparaissaient sous quantité d'objets. Plus encore que dans la boutique, Virginie éprouvait la sensation qu'un tapis volant l'avait déposée dans une contrée où disparaissaient ses repères. Elle – qui rêvait de voyager – enviait Juliette d'avoir parcouru une partie du monde. Pour sa part, il lui faudrait attendre vingt et un ans, l'âge de la majorité, ainsi que l'hypothétique entrée dans une compagnie aérienne.

Éliane lui apporta une tasse, puis lui proposa un sablé. À côté d'elle, Lise demeurait silencieuse. Ce qui contrastait avec Macha qui leur racontait les lubies d'un pensionnaire. Juliette enviait sa vitalité. Leur amie ne se plaignait jamais. N'attendant rien d'un époux sans cesse absent, elle dédiait du temps à des passions dont certaines perduraient. Depuis plusieurs années, elle s'intéressait aux plantes médicinales. Au point de prescrire à son entourage des décoctions contre des maux sans gravité. Sur son apprentissage, elle demeurait secrète. Juliette savait seulement qu'elle se rendait avec régularité dans l'arrière-pays pour herboriser. Éliane resservit du thé. Non sans fierté, elle assistait à l'établissement de sa fille. Qui aurait prédit qu'elle renoncerait à ses pérégrinations pour monter son entreprise ? Lorsque celle-ci manquait de temps, il lui arrivait de l'aider à terminer un ourlet et à coudre des boutons. Jusqu'à présent, Éliane ne s'était consacrée qu'à la bonne marche de son foyer. Le regrettait-elle ? Il était trop tard pour s'appesantir sur le sujet. Depuis son mariage, elle s'était évertuée à ce que son conjoint trouvât du repos lorsqu'il rentrait de son travail. Rien n'avait été facile depuis qu'ils s'étaient rencontrés. La famille de Giulio possédant une affaire prospère, le garçon se révélait un bon parti. Qu'il fût tombé amoureux d'Éliane ne correspondait pas à ce que l'on attendait de lui. Sans les prémices de la guerre, qui avait précipité les événements, l'aurait-il épousée ? Juliette était née durant le conflit.

Peu préoccupées du temps qui s'écoulait, elles continuèrent de bavarder. Petit à petit, Virginie devint plus loquace. Elle parvint même à expliquer ses activités.

— Mon mari fournit en œillets la fleuriste qui t'emploie, lui apprit Éliane.

— Qui ne fournit-il pas ! releva Juliette en riant. L'entreprise de son père comptant parmi les plus réputées de la région, il y mettait toute son énergie ou presque. À maintes reprises, elle avait vu sa mère se rendre seule à des fêtes où elle aurait souhaité qu'il l'accompagnât. Ce qui l'exhortait à cultiver son indépendance. Chaque fois qu'elle entamait une aventure sentimentale, elle se cuirassait contre les belles paroles, les fausses promesses ou les velléités d'autorité. Aucun homme n'avait jamais bouleversé ses plans et, aujourd'hui, elle ne regrettait pas de s'être protégée. En observant Lise, elle se rendit compte que celle-ci semblait ailleurs. La présence de ses parents au Grand Hôtel du Cap devait la perturber. Même si elle lui avait dit qu'elle leur rendrait peu visite. Depuis son veuvage, son amie lui faisait moins de confidences. Après la mort de Daniel, elle n'avait plus prononcé son prénom. D'étrange façon, elle paraissait traverser la vie en y prêtant peu d'attention et dilapidait son héritage comme s'il lui brûlait les doigts. La tristesse ne pouvant en être l'unique explication, Juliette se posait des questions.

Macha en apprit davantage au cours d'une conversation que Juliette en plusieurs années. Avant de quitter la boutique avec Virginie, elle avait invité Éliane, Juliette et Lise à venir chez elle la semaine suivante. Les deux premières ayant eu un empêchement au dernier moment, Lise fut la seule à s'asseoir dans la véranda de la pension.

— C'est toi qui t'occupes de ces superbes plantes ? remarqua-t-elle.

— Ma mère avait la main verte. Elle m'a formée.

Jusqu'à la fin du repas, elles parlèrent de tout et de rien. Lise, qui s'était attendue à trouver un endroit plutôt modeste, s'étonnait de l'opulence dans laquelle évoluait son hôtesse. Au gré de la conversation, elle apprit que ses grands-parents avaient découvert Nice comme beaucoup de Russes qui souhaitaient échapper aux hivers glacés que leur infligeait leur pays. Lors de leur emménagement, ils avaient apporté des tableaux représentant des canaux enneigés et des troïkas emportées par de fougueux chevaux, des meubles en bois de Carélie, un samovar qui trônait dans le salon où, le repas terminé, elles burent un café. Au fond, ce lieu correspondait à sa chaleureuse propriétaire qui était en train d'expliquer combien l'évolution de Virginie lui tenait à cœur.

— J'espère qu'elle exaucera son rêve. Elle doute tellement de ses capacités.

— Est-ce que nous ne sommes pas passées par là ?

— Plus ou moins.

Sans se montrer indiscrète, Macha expliqua la situation familiale de sa filleule et les raisons pour lesquelles elle l'avait accueillie chez elle.

— Je n'ai pas pu avoir d'enfants… Mais je ne cherche pas à jouer les mères de substitution, précisa-t-elle.

Lise hocha la tête. Jusque-là, Macha n'avait pas évoqué son époux dont aucune photo n'était posée sur un meuble ou une étagère.

— Je ne cherche pas non plus à combler une solitude.

— Tu as de quoi t'occuper. À l'inverse de moi !

— Avoir été veuve si jeune, c'est horrible !

— Il ne s'agit pas de cela !

La phrase avait jailli avec une violence qui surprit Macha.

— Mais de tout ce que j'ai appris après le décès de Daniel, poursuivit Lise.

Un silence s'installa avant qu'elle ne reprît :

— Quand je l'ai rencontré, il ne m'a pas véritablement attirée. Mais je voulais rompre avec mon passé. Nous avons vécu ensemble quelques années dont je garde un bon souvenir. À sa mort, j'ai ressenti une grande peine. Jusqu'à ce qu'une âme charitable m'informe qu'il m'avait légué une fortune usurpée. La guerre terminée, mon beau-père s'est approprié l'entreprise qu'un ami juif lui avait confiée avant d'être déporté. Avec l'aide de Daniel, il l'a développée.

— Ton mari connaissait la vérité ?

— Il ne pouvait l'ignorer ! Depuis que l'on m'a avertie, cet argent me brûle les doigts. Je le dilapide autant que je le peux.

8

Assise sous une tonnelle, Macha écossait des petits pois. À ses pieds, un chien de berger somnolait. En contrebas du jardinet montaient des voix et des roulements de charrettes. Les paysans commençaient à rentrer des champs. Écartant une mouche qui tourbillonnait, elle poursuivit sa tâche. Passer deux jours dans ce village de montagne comptait parmi ses plaisirs. Loin du tumulte et de ses préoccupations quotidiennes, elle approfondissait sa connaissance des plantes. Depuis plusieurs années, elle trouvait refuge chez Jean et Suzanne. Le couple habitait une maison où rien ne troublait leur tranquillité. Tous les deux avaient quitté leur Berry natal pour s'installer dans une région où ils ne s'étaient pas sentis les bienvenus. Une rumeur s'était néanmoins assez rapidement répandue. Jean savait guérir les bêtes et les humains. On l'appela dans les fermes voisines. Modeste et discret, il se contentait de répondre aux demandes. Le reste du temps, il parcourait à mobylette les environs. Sa femme le voyait rentrer avec des plantes qu'il déposait dans la remise où il préparait tisanes et onguents.

Au clocher de l'église, l'angélus sonna. Macha se dirigea vers la cuisine au confort sommaire. À côté d'un évier en pierre, une cuisinière à bois permettait de cuire les aliments. Ainsi qu'une cheminée où l'on faisait griller les viandes. Une femme d'une cinquantaine d'années se tenait devant la table. Un tablier noué autour de la taille, elle pétrissait une pâte.

— Jean m'a réclamé des friands.

Avec quelques ingrédients ordinaires, Suzanne réalisait des merveilles. Préparer un repas pour ses proches était sa façon de leur prouver son affection. Macha, qui avait d'abord connu Jean, s'était demandé si sa femme éprouverait de la sympathie à son égard. Elle avait entendu parler de lui par une amie qui possédait une habitation dans un hameau voisin. Alors qu'elle souffrait d'une douleur récurrente au genou, celle-ci lui avait conseillé de le voir.

— Tout le monde en dit du bien !

Un guérisseur ! Macha n'en avait jamais consulté, mais elle était prête à tenter l'expérience pour recouvrer son agilité. Il pleuvait des cataractes quand elle avait agité la cloche du portail. Suzanne était venue lui ouvrir.

— Mon mari va vous recevoir.

Macha avait attendu dans une petite pièce carrelée où flottait une odeur d'arnica. À travers la fenêtre frappée par la pluie, elle apercevait des fleurs détrempées. Après une brève attente, un homme aux cheveux blancs l'invita à pénétrer dans son antre. Lorsqu'elle eut répondu à quelques questions, il plaça sa main à une courte distance de son genou. Tandis qu'une chaleur bienfaisante se propageait le long de sa jambe, Macha sentit une somnolence la gagner. Les jours suivants, elle constata une légère amélioration. Ce qui la poussa à continuer de boire ses décoctions. À deux reprises, elle était retournée chez lui. Ayant trouvé une oreille attentive, il lui expliqua les bienfaits de certaines préparations. Puis il évoqua son parcours. À Bourges, berceau familial, sa grand-mère avait décelé chez lui un don semblable au sien. Sans lui révéler cette découverte, elle l'avait initié aux plantes et à certaines méthodes susceptibles de soulager des douleurs. Devenu adulte, il avait travaillé dans une compagnie d'assurances jusqu'à ce qu'il eût envie de la quitter. Avec son épouse, ils se décidèrent à déménager dans les Alpes-Maritimes où ils avaient l'habitude de séjourner durant les vacances. Leur existence était devenue différente, plus proche de la nature et de ce qui relevait de l'essentiel. Macha ayant renouvelé ses questions, la conversation s'était poursuivie jusqu'à la fin de l'après-midi où ils burent une grenadine en compagnie de Suzanne. Du temps s'écoula durant lequel Macha découvrit les vertus des plantes. Chez elle, en lisant des livres. À l'extérieur, en herborisant avec Jean. Puis en assistant à certaines préparations dans la remise où il l'autorisait à pénétrer.

Alors qu'ils terminaient de dîner, Macha se remémora sa conversation avec Lise qui s'était plainte d'insomnies. Elle avait pensé au millepertuis qui aidait à lutter contre les idées noires. Fallait-il le lui proposer en tisane et sous quel dosage ? Elle se renseigna auprès de Jean qui chercha à en savoir davantage sur la personne en question.

— Elle n'a pas trente ans. Je la connais peu. Mais j'ai ressenti son mal-être.

— Avant que tu retournes à Nice, je préparerai ce qu'il faut.

Macha laissa la fenêtre de sa chambre grande ouverte. De son lit, elle apercevait le ciel où luisaient quelques étoiles. Parfois, le cri d'un oiseau ou l'aboiement d'un chien rompait le silence. Chaque fois qu'elle se reposait dans cette pièce au confort spartiate, elle ressentait une quiétude qu'elle ne trouvait nulle part ailleurs. Lorsqu'elle passait un jour ou deux chez ses amis, elle confiait la bonne marche de la pension à sa femme de ménage. Ce soir, elle profitait de la liberté qui lui était octroyée. Le drap de coton tiré jusqu'au menton, elle réfléchissait au chemin parcouru pour atteindre un début d'équilibre. Aujourd'hui, elle avait assimilé la mort de sa mère. Accepté qu'elle n'aurait pas d'enfants. Admis que son mariage avec Bernard ne signifiait plus rien. Il lui était devenu tellement étranger qu'elle ne prêtait plus attention à ses activités. Si on lui avait demandé quelle était sa prochaine escale, elle n'aurait su répondre. Plutôt que d'en être attristée, elle acceptait la vérité. Elle ne l'aimait plus. Sans doute était-ce réciproque ? De trop longues séparations avaient eu raison de leurs sentiments. Mais pas seulement ! Loin l'un de l'autre, ils avaient évolué différemment. À quarante-cinq ans, Macha savait qu'elle devait construire sa propre existence et ne compter que sur elle-même. Avec intérêt, elle suivait les combats de certaines femmes qui luttaient pour obtenir l'égalité avec les hommes. En ce qui la concernait, sa grand-mère Natalia et sa mère Irina lui avaient montré l'exemple. La première avait su prendre les bonnes décisions pour adoucir l'exil de sa famille. Son arrivée en France ayant coïncidé avec un début de grossesse, la seconde n'avait eu d'autre choix que d'assumer une situation compliquée. Il n'existait pas un jour sans que Macha ne se posât des questions quant à l'identité de son père. Faisait-il partie des émigrés russes ? Était-il marié à une autre quand elle avait été conçue ? Était-elle née d'un viol ? Doutant que son père fût mort en combattant les bolcheviques – comme on le lui avait raconté –, elle avait tenté d'interroger sa mère… qui n'avait jamais révélé son secret.

Virginie dansait devant le grand miroir du salon en écoutant *Poupée de cire, poupée de son*, quand elle aperçut Macha qui déposait son sac de voyage dans le vestibule.

— Pardon, dit-elle, confuse.

— Ne t'arrête pas pour moi !

Virginie baissa le volume du transistor.

— Ton séjour s'est bien passé ?

— Parfaitement bien !

Jusqu'au soir, Macha fit les comptes de la pension, établit la liste des achats à prévoir, rédigea des chèques. Elle se préparait à quitter son bureau lorsqu'un égouttement attira son attention. Il provenait de sa chambre dont elle avait laissé la porte ouverte. En découvrant la fuite qui coulait du plafond, elle s'énerva. Depuis l'emménagement de nouveaux occupants, elle subissait le bruit et la poussière de leurs travaux. À plusieurs reprises, elle avait sermonné les ouvriers qui salissaient l'escalier de l'immeuble et déposaient des sacs de gravats où bon leur semblait. Après avoir placé un seau pour recueillir les gouttes, elle monta à l'étage supérieur et sonna. Un homme d'une cinquantaine d'années lui ouvrit. Les cheveux en broussaille, la chemise chiffonnée, il semblait sortir d'un somme.

— Bonjour. J'habite en dessous, se présenta Macha.

— La pension ?

— En effet. Et de l'eau coule dans ma chambre. Ce souci s'ajoute à beaucoup d'autres. Avant votre venue, nous vivions agréablement.

— Voilà une entrée en matière peu aimable.

— La journée se termine. Ce qui signifie que nous ne trouverons pas de plombier avant demain. Et que toute la nuit je vais devoir entendre le flic-floc de…

— Flic-floc, l'interrompit-il avec un demi-sourire.

— Arrêtez de ne pas vouloir comprendre !

— Pourquoi vous énerver ? Nous allons vérifier ce qui pourrait produire ce… problème. Où se situe votre chambre ?

En quelques mots, elle le lui indiqua.

— Elle se situe sous ma buanderie.

Il l'invita à le suivre le long d'un couloir puis à pénétrer dans une pièce où flottait une odeur de savon et d'amidon. Les robinets du lavabo étaient fermés et aucune humidité ne maculait le plancher. L'homme se baissa, passa les doigts sur un tuyau et le sol.

— Il va falloir enlever des carreaux.

— J'avais raison de penser que rien ne serait réglé ce soir, soupira Macha.

— J'appellerai mon plombier demain.

En revenant sur ses pas, elle déclara :

— J'ignorais que vous aviez emménagé.

— Cela ne date que d'avant-hier.

9

Macha avait donné rendez-vous à Lise au marché. Faire les courses ensemble leur arrivait de plus en plus fréquemment. Lorsqu'elle se remémorait sa première visite chez sa nouvelle amie, Macha s'était étonnée de trouver un salon qui ressemblait à la salle d'attente d'un dentiste. Et le reste ne l'avait pas plus enthousiasmée. Certes, elle appréciait peu le quartier de Cimiez qu'elle jugeait trop résidentiel, mais cette maison était exempte de tout ce qui aurait pu lui conférer un certain charme. Dans la conversation, elle comprit que Lise n'y rentrait que pour dormir, se laver et s'habiller. Le reste du temps, elle le passait à l'extérieur. Depuis que la jeune femme avait évoqué son tourment, elle semblait ne plus vouloir en parler. Macha respectait ce silence. Alors que tout aurait dû l'agacer chez une personne qui se montrait si peu concernée par les autres, elle éprouvait de l'empathie à son égard. Spontanément, elle lui avait proposé des activités différentes de celles qu'elle pratiquait. Elles avaient fait une randonnée dans l'arrière-pays, s'étaient attablées sous les platanes qui ombrageaient une placette de village. Lise avait paru contente.

Aux alentours du marché couvert, la foule se densifiait. Paniers et sacs à bout de bras, des ménagères de tous âges se dirigeaient vers l'entrée de la halle où étaient rassemblées les productions de la région. Macha vit Lise se faufiler entre deux chariots remplis de pommes de terre. Habillée à la dernière mode, elle détonnait au milieu des clientes dont certaines n'avaient pas enlevé leur blouse.

— J'avais oublié de programmer le réveil ! Heureusement, le téléphone a sonné !

Depuis que Macha lui avait rapporté du millepertuis, Lise souffrait moins d'insomnies.

Elles commencèrent par la partie réservée aux poissons. Rougets, raies, loups, sardines, rascasses, soles et thons conservaient leur fraîcheur sur des lits de glace. Plus loin, une femme à l'accent chantant vantait la qualité de ses olives. Dans un joyeux tintamarre, les gens se saluaient, s'apostrophaient, échangeaient des commentaires sur les marchandises. Un vieil homme à la voix éraillée hélait le chaland pour lui vendre du thym et de la sarriette. En atteignant les étals réservés aux fromages, Lise ralentit sa déambulation pour choisir un chèvre. Puis elle se laissa tenter par des tomates et des aubergines. De son côté, Macha s'était arrêtée devant un étal de fruits. On lui fit goûter une reine-claude. Pendant une demi-heure, elles continuèrent leurs emplettes et, avant de quitter les lieux, achetèrent de la socca.

En pestant contre ses sacs trop lourds, Macha pénétra dans l'immeuble et fut surprise de trouver son voisin assis au bas de l'escalier. Depuis la fuite d'eau, elle ne l'avait plus revu.

— J'ai laissé mes clés chez moi. J'attends le serrurier, expliqua-t-il.

— Vous n'allez pas rester dans ce vestibule. Entrez.

— Je ne voudrais pas vous importuner.

— Installez-vous dans le salon. Je vais ranger mes courses.

Lorsqu'elle le rejoignit, elle constata qu'il était resté debout. Plus grand que dans son souvenir, il lui tournait le dos et contemplait un tableau.

— Le gérant m'avait dit que vous étiez russe, dit-il en posant le regard sur d'autres œuvres. Mais je n'imaginais pas que vous possédiez ces trésors.

— J'ai demandé qu'on nous apporte du café, annonça-t-elle sans relever ses propos.

En observant son visiteur, Macha trouva qu'il ressemblait à l'écrivain Joseph Kessel dont elle avait lu des romans. Même visage énergique, même crinière de cheveux indisciplinés, même stature imposante.

— Vous vous plaisez dans votre nouvel appartement ?

— Depuis que nous nous sommes vus, je l'ai peu habité.

La domestique déposa un plateau sur un guéridon. Tandis que Macha versait du café dans des tasses en porcelaine bleu et blanc, Gilles Flavigny l'observa. En dépit d'un calme apparent et de gestes mesurés, il décela une nature fougueuse.

— Mon travail m'oblige à m'éloigner, précisa-t-il.

Il avait récemment créé un organisme de voyages qui proposait des périples lointains et aventureux. Ce qui l'obligeait à mettre au point des circuits.

— Les gens ont besoin de s'évader et de découvrir de nouveaux paysages. Avec mes associés, nous leur permettons de s'intégrer à de petits groupes. Ce qui les rassure.

Alors que Macha se demandait si elle aimerait voyager avec des inconnus, il ajouta :

— Nous les emmenons dans les endroits insolites que j'ai repérés.

Elle apprit qu'après avoir été journaliste sportif il s'était lancé dans une nouvelle profession qui lui permettait d'être son propre patron.

— ... Et j'ai acheté un appartement.

— Vous aviez des liens avec la Côte d'Azur ?

— Aucun ! Comme j'hésitais entre plusieurs villes, j'ai joué à pile ou face. Nice s'est imposée. J'ai pris contact avec des agences immobilières. Votre quartier m'a plu.

Un éclair de malice brilla dans ses yeux lorsqu'il ajouta :

— Quant au voisinage, il semble de qualité !

— Ne vous bercez pas d'illusions, ironisa Macha. Aujourd'hui, je suis de bonne humeur, mais...

— J'essaierai de ne pas vous contrarier, promit-il sur un ton similaire.

Il regarda sa montre.

— C'est la première fois que je me retrouve à la porte ! J'allais acheter le journal...

— Mon mari est coutumier du fait.

— Votre mari... Je ne l'ai pas encore croisé.

— Il est officier de marine. En ce moment, il navigue aux alentours des Seychelles.

— Mais alors, vous tenez toute seule la pension ?

— J'ai peu d'hôtes et ils sont indépendants.

À l'entendre, rien ne semblait compliqué ! Ce qui le changeait des femmes qu'il côtoyait. En l'observant davantage, il vit que quelques rides marquaient son front hâlé. Dans ses yeux noisette se lisaient fermeté et franchise. Elle était vêtue d'une robe en lin vert pâle à la coupe élégante et chaussée de mocassins en toile. Plutôt que d'être jolie, elle avait du charme, une grâce certaine et de la vivacité.

Elle s'approcha de la fenêtre qui donnait sur la rue.

— Vous voilà sauvé ! Le serrurier vient de garer sa camionnette !

Lorsque Virginie rentra de ses cours, elle alla dans la cuisine pour déboucher une bouteille de ginger ale. Recouvert d'un linge, un cake au citron attendait d'être dégusté. Elle en coupa une tranche puis s'installa sur une chaise pour feuilleter *Elle*.

Depuis la rentrée, les journées s'enchaînaient. Plutôt monotones. Dépêché par la compagnie d'assurances qui l'employait, son père avait travaillé quelques jours dans des bureaux proches du musée des Beaux-Arts. Ils s'étaient vus quotidiennement, mais ces rencontres lui avaient procuré peu de plaisir. D'autant que les nouvelles familiales n'étaient guère réjouissantes. Sa mère accomplissait un nouveau séjour en clinique pour dépression et son frère redoublait sa classe. Lorsqu'il était reparti, Virginie s'était sentie libérée d'un poids trop lourd à porter. Avait-on le droit de ne pas éprouver d'attachement pour ses parents ? Cette question la perturbait. D'autant qu'elle se trouvait au carrefour d'interrogations quant à son avenir. Certes, elle passait du bon temps à Nice. Ses amis n'étaient pas de mauvaise compagnie. Mais la blessure provoquée par le silence de Pablo ne cicatrisait pas. Dans un sursaut de lucidité, elle avait cessé de croire qu'ils se retrouveraient. Un choix qui débouchait sur une sensation de vide que rien ne comblait ! Elle remuait ces pensées quand on sonna à la porte.

Un livreur se tenait sur le seuil, avec un bouquet de fleurs destiné à Macha. En vérifiant dans ses souvenirs qu'elle n'avait pas oublié une fête ou un anniversaire, Virginie le déposa sur la table de l'entrée puis reprit sa place. De la chambre d'un pensionnaire filtrait un bruit de radio. Macha ne se trompait pas lorsqu'elle choisissait les personnes qui habitaient chez elle. Chacun ayant une petite salle de bains et un coin cuisine, ils demeuraient discrets. Le plus ancien était un vieux garçon qui exerçait le métier de comptable. La plus récente travaillait comme serveuse dans un salon de thé. S'ajoutait une femme entre deux âges que l'on apercevait entre de nombreux déplacements. Si la maîtresse des lieux savait se montrer affable et veiller à leur confort, elle refusait d'entrer dans les confidences. Ce qui préservait la vie privée de tout le monde.

Virginie se préparait à réviser son dernier cours quand Macha rentra d'un rendez-vous avec le banquier.

— C'est fou le temps qu'on perd à écouter des explications auxquelles on ne comprend rien, se plaignit-elle. Je le vois trois fois par an. Il me parle de placements qui ne m'intéressent pas. Et...

— Tu as reçu des fleurs. Elles sont dans l'entrée.

— Des fleurs ? Je ne les ai pas vues !

Revenant sur ses pas, Macha découvrit le bouquet. Une petite enveloppe l'accompagnait. Elle l'ouvrit.

Merci de m'avoir si aimablement accueilli !

Gilles Flavigny

— Un admirateur ? la questionna Virginie.

— Le voisin.

— Celui qui a provoqué la fuite ?

— Il est plus courtois que je ne le pensais, répliqua Macha en plaçant un vase sous le robinet de l'évier.

10

En automne, la plage de la Garoupe continuait d'être fréquentée. Macha et Virginie furent les premières à s'y installer. Il était midi trente et les rayons du soleil miroitaient sur la mer où croisaient voiliers, Riva et embarcations plus modestes. Juliette avait convoqué plusieurs amis à ce rendez-vous dominical, mais aucun n'était encore arrivé. En revanche, d'autres personnes avaient eu l'idée de profiter de cette enclave paradisiaque où Picasso et ses proches se baignaient durant les années trente. En couple, en famille, entre amis, on paressait, jouait aux cartes, lisait le journal ou somnolait sur une natte en raphia. Virginie déplia un drap-éponge tandis que Macha faisait quelques pas. Lorsqu'elle était enfant, sa mère l'emmenait se promener au bout du cap jalonné de rochers, de criques et de calanques, bordé de myrtes et de pins. Plus que tout, elle aimait la lumière qui nimbait l'horizon quand il faisait beau. En se retournant, elle vit que

Lise était là. Le visage masqué par d'imposantes lunettes noires, elle s'était assise à côté de Virginie et enlevait sa marinière.

— Est-ce que je vais me baigner ?...

— Tu nous serviras de cobaye, l'encouragea Macha en dépliant le fauteuil de toile qu'elle avait apporté.

À l'autre bout de la plage, un groupe de personnes semblait fêter un événement à grand renfort de champagne. Entre deux rasades, quelques-unes allèrent nager. Un bruit de voix familières alerta Lise. Juliette et sa mère s'approchaient en bavardant avec Enzo et deux inconnus. Tous étaient chargés de sacs qui contenaient une partie du pique-nique.

— Il était temps. Je commençais à avoir faim !

Éliane ouvrit un parasol sous lequel la rejoignit Macha. Enzo déposa ses affaires assez loin de Lise. Depuis qu'ils avaient passé une nuit ensemble, ils s'étaient revus plusieurs fois, mais chacun souhaitait oublier ce dérapage. Même si sa conquête était séduisante, Enzo savait qu'il ne devait pas la relancer. Sans perdre de temps, il partit nager avec Juliette et leurs deux comparses. Virginie aurait aimé les imiter, toutefois aucun d'entre eux ne lui avait proposé de les accompagner.

— Tout va bien ? lui demanda Macha en dépliant une nappe.

— Oui. Pourquoi ?

— Tu sembles contrariée.

Lorsqu'ils revinrent, Enzo ouvrit une bouteille de rosé en plaisantant avec ses amis venus de Marseille pour le week-end. Macha avait préparé des pirojki à la viande. Éliane sortit d'un panier des pans-bagnats et de la tourte de blettes qui furent proposés dans des assiettes en carton. Peu à peu, Virginie changea d'humeur. D'autant qu'Enzo se préoccupa de la servir. Avec intérêt, elle l'écouta évoquer le Mercantour où il avait séjourné avec d'autres randonneurs. Pendant plusieurs jours, ils avaient marché, campé, bivouaqué dans une nature sauvage où il oubliait les tournages à la Victorine. Les rayons du soleil se faisant plus ardents, Juliette se coiffa d'un chapeau et accepta la tranche de génoise que lui présentait sa mère. Lise se leva pour prendre la thermos qui contenait du café puis s'en servit dans un gobelet. Recherchant l'ombre, elle se dirigea vers les pins qui bordaient la plage.

— J'avais raison de compter sur le hasard ! entendit-elle.

Surprise, elle se retourna.

— Christian !

— La Garoupe est l'un de mes lieux favoris. J'étais en train de discuter avec mes amis… quand je vous ai vue !

— Il est difficile de vous échapper ! plaisanta-t-elle.

— Que diriez-vous de prendre un café avec nous ?

— Je viens d'en boire.

— Autre chose, alors !

La voyant hésiter, il ajouta :

— Nous fêtons mon anniversaire.

Ils étaient une dizaine à s'être rassemblés pour l'occasion. Alors que Christian proposait à Lise de s'asseoir sur une natte, l'un des hommes présents rapprocha un parasol.

— Je ne vais pas m'attarder, prévint-elle.

Une jeune femme aux cheveux flamboyants parlait à sa voisine avec un fort accent anglais. Ayant abusé de l'alcool, celle-ci répondait par onomatopées entre deux hoquets. À un chien en maraude, le plus jeune des convives lança un morceau de gâteau. Christian s'empara de son appareil photo pour immortaliser la réunion. Lorsqu'il tourna l'objectif dans sa direction, Lise lui sourit. Il s'installa à côté d'elle. Après plusieurs semaines à Dieppe, il avait éprouvé le besoin de retrouver ses parents et ses proches. Chaque séjour dans sa région natale faisait resurgir des souvenirs lumineux qui contrebalançaient ceux laissés par la guerre. Lorsque la France s'était opposée à l'Allemagne, il n'avait que dix ans. Après l'occupation italienne, le littoral s'était retrouvé sous le joug des nazis. Trop jeune pour tout comprendre, il avait cependant constaté que son oncle maternel quittait fréquemment Juan-les-Pins. Plus tard, on lui avait révélé qu'il rejoignait la Résistance. Sa passion pour l'automobile s'étant accrue, Christian avait décidé de trouver un métier dans ce secteur en plein développement. Après l'obtention du baccalauréat, il avait entamé des études pour devenir ingénieur à l'ETACA, une école située dans le 5e arrondissement de Paris. Ce qui lui permit de fréquenter avec assiduité les cafés du Quartier latin. Au bout de quatre ans, diplôme en poche, il entra chez Simca où il s'ennuya jusqu'à sa rencontre avec Jean Rédélé. Sortant de HEC, cet ancien concessionnaire Renault avait disputé de nombreux rallyes automobiles. Couronnées de victoires, ses successives traversées des Alpes l'incitèrent à créer Alpine en 1955. Christian était entré dans la firme, alors que sortait l'Alpine A110, un coupé deux places. La victoire du prototype M64 aux 24 Heures du Mans, l'inventivité du constructeur et l'énergie de ses employés attirèrent des investisseurs. Une association entre Renault et Alpine venant d'être signée, il devenait nécessaire de briller sur de prestigieux circuits.

En profitant d'un paysage familier, Christian se libérait des responsabilités et des défis à relever. Face à lui, Lise écoutait les propos des uns et des autres. En pleine lumière et en maillot de bain, elle paraissait plus jeune que dans son souvenir. Elle parla peu, mais chaque fois sur le ton mélodieux qu'il lui connaissait. Chez elle, tout était délicat. Ses chevilles, les attaches de ses poignets, ses mains aux doigts déliés.

De sa place, Lise vit que Macha et Éliane s'étaient endormies. En revanche, Juliette regardait dans sa direction. Elle lui fit signe de la rejoindre. Christian se leva pour la saluer et Lise constata que la beauté de son amie ne le laissait pas indifférent. Comment en aurait-il été autrement ? L'expression féline de son visage, son corps aux justes proportions, une sensualité naturelle la rendaient irrésistible. Sans participer à la conversation, elle les entendit découvrir qu'ils avaient grandi dans des bourgades mitoyennes. Et le poison refit surface. Comment lutter contre le charme solaire de Juliette, sa gaieté communicative ? En les entendant plaisanter, elle aurait aimé devenir invisible à leurs yeux. Mais ne l'était-elle pas déjà ? Alors qu'elle se posait la question, Christian s'excusa :

— Pardon d'évoquer nos points communs.

— Je vais retourner lire, répliqua-t-elle en se levant.

À quelques pas, Virginie se familiarisait avec le poker dont on venait de lui enseigner les bases. Ses trois adversaires étant rompus à l'art du bluff, elle ne remporta aucune des parties.

— Tu ne t'es pas trop mal défendue, la rassura Enzo en ramassant les cartes.

— Mon père aurait été meilleur.

— On m'a dit que tu venais d'Oran…

Alors qu'elle n'aimait pas évoquer cette période, elle s'entendit relater certains faits :

— Mes parents parlaient d'attentats, mais j'étais trop jeune pour comprendre ce qui se produisait.

D'autant que nos habitudes ne changeaient pas. L'école, le sport, la danse, les kermesses, le cinéma, le théâtre. Il y avait sans arrêt des fêtes.

Enzo avait passé de longs mois à combattre les membres du FLN avec son régiment. Son retour en métropole s'était produit au moment où le général de Gaulle prônait la décolonisation. C'était sans compter l'OAS qui, dès 1961, œuvra pour que l'Algérie restât française. Les actes terroristes s'étaient enchaînés, causant la mort et l'effroi. Démobilisé, il avait appris – via la presse et la radio – combien la lutte s'intensifiait entre des fellagas qui revendiquaient leur liberté, un gouvernement qui souhaitait la leur accorder et des pieds-noirs accrochés à leurs privilèges et à leurs acquis. Les massacres perpétrés de part et d'autre, ainsi que les évacuations périlleuses de Français, d'Espagnols et de Maltais l'avaient ébranlé. Alors que Virginie évoquait l'insouciance dans laquelle elle avait grandi, il ressentit un malaise. Quelle idée d'avoir provoqué ses confidences ! Afin d'écourter la conversation, il alla se baigner.

Juliette, qui faisait la planche, ne l'avait pas vu nager dans sa direction.

— Te voilà ! s'exclama-t-elle. On fait la course jusqu'à la bouée.

Retrouvant leurs jeux d'adolescence, ils se lancèrent dans un crawl qui la laissa sans souffle.

— Avec qui parlait Lise ? demanda Enzo.

— Un homme originaire de Juan-les-Pins. Il travaille chez Alpine.

— Ah oui ?

— Tu vas en savoir davantage. Il vient vers nous !

Christian les rejoignait sans se presser. L'eau n'était pas froide. Aucun nuage n'occultait les rayons du soleil. À l'inverse de ses amis, il avait peu bu. Pour mener à bien son travail, il veillait sur sa santé. Avoir fait les quatre cents coups quand il était étudiant l'avait vacciné contre les excès. D'autant qu'il avait rencontré Sophie dont il était tombé amoureux. Mariée à un industriel et mère de deux jeunes enfants, elle lui promettait de divorcer… mais n'avait toujours pas abordé le sujet avec son époux. Ce qui les obligeait à cacher leur liaison. S'il s'était montré compréhensif et patient durant un temps, il ne se berçait plus d'illusions. Elle ne quitterait pas de sitôt le confort auquel elle tenait.

— Avec un soleil et une température pareils, c'est difficile d'imaginer que nous fêterons Noël dans deux mois et demi ! s'exclama Juliette quand il atteignit la bouée.

Auparavant, les Français seraient occupés par la deuxième élection présidentielle de la Ve République ! Le sujet les rattrapa lorsqu'ils rejoignirent la plage où les amis de Christian discutaient politique. Le général de Gaulle se présentait pour un nouveau mandat. Contre lui, le centriste Jean Lecanuet tenterait sa chance, ainsi que François Mitterrand qui incarnait une gauche unie. Les avis étaient partagés ! Certains en voulaient au Général d'avoir mal accueilli les rapatriés d'Algérie et de n'avoir pas su empêcher le massacre des harkis. D'autres considéraient Lecanuet comme un bon choix. Mitterrand n'était défendu que par l'Anglaise à la chevelure rousse qui, de toutes les façons, ne voterait pas. Christian écoutait peu leurs propos. Du regard, il cherchait Lise.

11

Lise avait quitté la Garoupe en pensant à tout ce qu'elle avait raté pendant que Juliette traçait un sans-faute. À bientôt trente ans, sans attaches, sans soucis matériels, sans responsabilités, elle enchaînait des journées dont subsistaient peu de faits marquants, hormis certains moments avec Macha dont la compagnie la stimulait. Elle l'avait d'ailleurs invitée à passer quelques jours à Paris où elle séjournerait avant les fêtes. Retourner dans la capitale lui plaisait et lui déplaisait. Elle en aimait la vie trépidante et les distractions, mais l'obligation d'y voir sa famille l'empêchait d'en profiter pleinement. Cette fois-ci, les conversations tourneraient autour de son neveu qui venait de naître. Depuis que Béatrice avait accouché, elle avait eu droit aux coups de fil de leur mère qui s'émerveillait d'avoir un petit-fils. Peu concernée, Lise s'était contentée d'envoyer un cadeau à New York. La maternité ne l'avait jamais intéressée. Ce que Daniel n'avait pas manqué de lui reprocher au cours de leur brève union. Aujourd'hui, elle se félicitait de ne pas être tombée enceinte. Comment aurait-elle pu élever un enfant dont la famille paternelle s'était comportée avec autant de bassesse !

Dans l'appartement parisien, rue Saint-Honoré, elle guida Macha vers la chambre qu'elle occuperait. Le lieu n'avait rien à voir avec la villa niçoise. Tout d'abord, sa surface n'offrait que quatre pièces de taille moyenne. Quant à la décoration, elle privilégiait le confort et la modernité. On avait envie de s'enfoncer dans le profond canapé du salon, d'admirer la toile abstraite qui lui faisait face, de s'installer pour bavarder dans l'un des fauteuils Knoll qui encadraient la cheminée. Leurs bagages rangés, elles allèrent dans la salle à manger où les attendait un dîner froid. Macha n'était pas venue dans la capitale depuis trois ans et elle se faisait une joie d'en arpenter les rues et les magasins. D'autant que les illuminations de Noël octroyaient une magie supplémentaire à la ville. En l'invitant à partager ce séjour, Lise lui offrait un beau cadeau. Non sans curiosité, elle la regarda évoluer dans le cadre qu'elle s'était choisi après le décès de son époux.

— Nous sommes à deux pas du jardin des Tuileries et du Louvre. Il y a de nombreux restaurants… C'est vivant !

Macha s'en rendit compte dès le lendemain matin. À peine sortie de l'immeuble, elle fut emportée par un flot de passants auxquels se mêlaient des livreurs. Emmitouflés contre le froid, tous hâtaient le pas. Sans se presser, elle alla vers la Comédie-Française, regarda les affiches qui annonçaient les prochains spectacles. Puis elle remonta l'avenue de l'Opéra et se dirigea vers les Galeries Lafayette. À mesure qu'elle avançait, la foule augmentait. Devant les vitrines qui recélaient des saynètes animées, les camelots vendaient leurs produits. On sortait des enfants de leur poussette pour qu'ils soient photographiés dans les bras du père Noël. Une odeur de marrons chauds flottait dans l'atmosphère. Sensible à cette joie bon enfant, Macha poursuivit sa promenade jusqu'aux devantures du Printemps, s'arrêta devant une magnifique maison de poupée dont les habitants se mouvaient grâce à un savant mécanisme. Autour de l'église de la Madeleine, des fleuristes proposaient des plantes et des bouquets. Elle acheta un panier de jacinthes pour Lise, qu'elle trouva en robe de chambre dans le salon.

— Quel délicieux parfum ! dit celle-ci en déposant les fleurs sur la table basse.

Jusqu'au milieu de l'après-midi, elles vaquèrent à leurs occupations. Habituée à la solitude, Lise découvrait l'agrément d'une compagnie discrète. Macha savait se faire oublier en se réfugiant dans sa chambre ou en sortant. En revanche, elle ne refusait jamais d'aller voir un film. Le dernier lui ayant provoqué quelques larmes, elle s'étonna que Lise n'eût pas été émue.

— Je ne pleure presque jamais. Ce qui ne veut pas dire que je reste de marbre.

— Moi, je peux me transformer en fontaine. Ce doit être mon côté russe.

— Dans ma famille, les élans de sensiblerie n'ont pas leur place. J'ai adopté ce principe. Ce qui m'a aidée quand Daniel est mort.

C'était la deuxième fois qu'elle évoquait son mari dans la journée. Le matin même, elle avait rencontré l'agent de change qui gérait son portefeuille d'actions. Un homme froid et compassé. Après l'examen de ses comptes et placements, il avait pointé du doigt ses dépenses.

— Nous faisons de notre mieux. Mais votre capital diminue.

Alors qu'elles se rapprochaient des jardins du Palais-Royal, Macha consulta sa montre.

— Je vais faire un détour par la rue des Petits-Champs. On m'a parlé d'une herboristerie.

— Allons-y ensemble !

À peine eurent-elles poussé la porte du magasin qu'elles pénétrèrent dans un monde mystérieux et bienfaisant. Plusieurs personnes attendant d'être servies, elles patientèrent devant le comptoir où du personnel écoutait et conseillait. Lise, qui ignorait tout ou presque des plantes médicinales, regarda les balances en cuivre, les fioles et les flacons, les pots de facture ancienne et les pilons destinés aux préparations. Sur les murs, des dessins semblables à ceux que l'on trouvait dans les manuels de sciences naturelles représentaient certaines parties du corps. En blouse blanche, les préparateurs circulaient à la recherche des produits demandés. Elle entendit parler d'huile, de teinture mère, de dosages. Lorsque leur tour arriva, Macha se fournit en chrysanthellum, marron d'Inde, silicium, curcuma, prêle. En l'écoutant discuter, Lise mesura ses connaissances. Certes, son amie lui avait confié s'intéresser aux bienfaits des plantes mais elle s'était montrée modeste. Non sans curiosité, elle observa le pesage de poudres que l'on versait dans des sachets. Puis elle s'approcha d'un présentoir de livres, en feuilleta quelques-uns, choisit celui qui expliquait le pouvoir des simples et s'approcha de la caisse.

— Je suis contente que ce sujet t'intéresse, lui dit Macha pendant qu'elles regagnaient l'appartement.

— Depuis que tu m'as donné du millepertuis, je n'ai plus d'insomnies. Alors j'ai envie de découvrir ce qui pourrait me faire du bien.

Macha s'était promis de rendre visite à la mère de Virginie avant de retourner à Nice. Elle la reconnut à peine tant elle avait maigri. Qu'était devenue la jeune fille rencontrée à Valloire ? La femme sûre d'elle-même qui régnait sur une joyeuse maisonnée à Oran ? Maud lui proposa de s'asseoir dans une pièce sans âme dont on avait à demi tiré les rideaux. Les yeux cernés, les traits tirés, elle avait l'air ailleurs.

— Comment vas-tu ? s'enquit Macha en connaissant la réponse.

Après avoir aspiré une bouffée de cigarette, Maud murmura :

— Je n'irai plus jamais bien. Et je n'ai plus d'intérêt pour rien. J'aimerais juste dormir et ne plus me réveiller.

Macha proféra des paroles de réconfort en sachant qu'elles n'auraient aucun effet. Incapable de s'extirper de son marasme, Maud ne se préoccupait pas du monde extérieur. Elle demanda des nouvelles de Virginie, mais écouta à peine les réponses. Sa vie s'était arrêtée lorsqu'elle avait quitté l'Algérie. Depuis, elle oscillait entre les dépressions et une dépendance à des médicaments qui la lénifiaient. Face à ce gâchis, Macha éprouvait une peine profonde. Toutes les deux avaient connu la guerre et l'Occupation. Elle, à Nice. Son amie, à Paris. Elles en étaient sorties meurtries, mais avec la volonté de rattraper leur jeunesse volée. En suivant son époux en Algérie, Maud s'était imaginé tenir une revanche. Un paradis s'ouvrait où l'idée de chute était exclue. Refusant d'affronter une réalité qui anéantissait ses aspirations, elle était tombée de haut lorsqu'elle avait tout perdu. Plus rien d'autre ne comptait qu'une haine tenace envers ceux qui l'avaient chassée. Le seul moment où elle sortit de sa léthargie fut pour agonir d'injures le général de Gaulle qui, le 5 décembre, était arrivé en tête des intentions de vote pour la présidentielle. Un second tour serait nécessaire, le 19, pour qu'il demeurât président de la République.

— Sept ans supplémentaires ! Qu'avons-nous fait pour mériter une telle punition ?

L'abandonnant à ses invectives, Macha prit le métro jusqu'à la station George-V. Après ce rendez-vous perturbant, il lui fallait de l'animation. À l'approche des fêtes, l'avenue des Champs-Élysées s'était transformée en un ruban scintillant. Dans une débauche de sapins, de guirlandes, de boules lumineuses, les magasins incitaient à choisir des présents pour ceux que l'on aimait. Cette année, Bernard ne ferait pas escale à Nice, mais elle n'en éprouvait aucune tristesse. Au fil du temps, elle avait pris des habitudes de célibataire. Il lui arrivait même d'appréhender une existence commune lorsqu'il serait à la retraite.

Après s'être acheté un tailleur et des chaussures, elle entra dans le passage du Lido où se situait un disquaire réputé. Avec l'idée de rapporter à Virginie les derniers 45 tours en vogue, elle acheta *Like a Rolling Stone* de Bob Dylan et *Don't Let Me Be Misunderstood* des Animals. Le jour commençait à décliner lorsqu'elle atteignit la place de la Concorde. Cette promenade lui avait rendu son habituelle joie de vivre. Au coin de la rue Royale et de la rue Saint-Honoré, un accordéoniste jouait une vieille rengaine. Devant un kiosque, des gens faisaient la queue pour acheter des billets de tombola. Oublieux du froid et leurs cartables à bout de bras, des enfants rentraient de l'école en parlant fort. Un après-midi parisien se terminait.

12

Chaque fois qu'elle séjournait dans la capitale, Lise faisait un tour chez Shakespeare and Co, une librairie fréquentée par une clientèle fidèle et de célèbres auteurs anglo-saxons. Henry Miller, Allen Ginsberg, William Burroughs en tête, tous avaient poussé la porte de l'institution littéraire fondée par George Whitman en 1951. Il arrivait même que certains passionnés dorment sur des matelas à l'étage. Situé rive gauche, quai de Montebello, le lieu offrait une inégalable atmosphère. Des étagères surchargées de volumes bordaient d'étroits passages où il fallait se faufiler. Disposés çà et là, de rares fauteuils permettaient de s'asseoir pour parcourir quelques pages. Lise aimait la lumière tamisée des lustres et des lampes qui gommait la notion du temps. Pour ne pas oublier la pratique de l'anglais, elle s'efforçait de lire dans la langue. Aujourd'hui, elle cherchait le troisième tome du journal d'Anaïs Nin. Elle passait des titres en revue quand un fracas la fit se retourner. Une importante pile d'ouvrages venait de chuter. Accroupi, un homme les ramassait. Spontanément, elle se baissa afin d'en récupérer quelques-uns. Lorsqu'il se retourna, elle fut surprise par sa séduction. Au point de se sentir intimidée.

— *Thank you*, dit-il en la libérant des exemplaires qu'elle tenait entre ses mains.

Alors qu'ils échangeaient quelques phrases, son accent lui permit de comprendre qu'il venait d'Amérique.

— En évitant le piano, j'ai dû les frôler !

— Circuler dans ce labyrinthe est périlleux !

Pour s'adresser à son interlocuteur, Lise devait lever la tête. Il était très grand et portait avec élégance un long pardessus gris.

— Vous êtes une habituée ?

— Si l'on veut.

— Alors… vous êtes parisienne…

— En partie. Et vous ? Vous venez de New York ?

À La Bûcherie voisine, ils s'assirent sur une banquette proche d'une cheminée où rougeoyaient des braises. À travers la fenêtre se découpait Notre-Dame illuminée.

— On ne pourrait rêver plus belle carte postale, constata Lise.

Débarrassée de son manteau, elle se laissa envelopper par la chaleur de l'âtre. Deux martinis furent bientôt apportés.

— Je m'appelle John, se présenta l'inconnu.

— Et moi, Lise.

— Lise, répéta-t-il en la dévisageant.

John était trompettiste dans un sextet. Il s'était produit avec ses partenaires au Blue Note, une boîte parisienne consacrée au jazz. Le lendemain, il partirait pour Amsterdam avant de poursuivre une tournée européenne. Puis il retrouverait Manhattan et le club de Harlem où il jouait depuis plusieurs années.

— J'ai découvert John Coltrane au festival de Juan-les-Pins, lui dit-elle.

— Quelle chance vous avez eue !

Il chercha ses mots pour décrire les sentiments que lui inspirait le saxophoniste avant de conclure :

— Lui et Miles Davis sont mes deux références. Je les vénère.

Au troisième martini, John commença à parler de son enfance dans le Kentucky et des lois raciales en vigueur. Durant des années, il n'avait pu fréquenter les établissements où se réunissaient les Blancs. Son père lavait des voitures dans une banlieue de Louisville, sa mère s'occupait de leurs six enfants. À l'église, le garçon aimait écouter l'harmonium et les chants. En grandissant, il s'était rapproché de camarades qui, comme lui, rêvaient de jouer d'un instrument. Lors d'une kermesse, l'occasion de souffler dans une trompette se présenta et il ne pensa plus qu'à en apprendre la technique. N'ayant pas un sou, il lui fallut accomplir les tâches les plus ingrates pour gagner de quoi se rendre à New York. Au gré de ses pérégrinations, il se rapprocha de musiciens afro-américains comme lui et, avec une trompette achetée à l'un d'entre eux, se perfectionna. Il ne s'étendit pas sur les logements sordides, la faim, les bagarres, le racisme des Blancs qui avaient jalonné son périple. Il n'évoqua pas non plus les copains qui sombraient dans la drogue et combien lui-même avait lutté pour ne pas pactiser avec la cocaïne. Ces années de rejet, d'injustice et de pauvreté s'étaient depuis peu allégées. Aujourd'hui, on l'engageait dans des clubs recherchés. Quant à son statut et celui de sa communauté, ils commençaient à changer. Deux ans et demi plus tôt, le discours prononcé par Martin Luther King à Washington avait insufflé de l'espoir à ses semblables. « *I have a dream…* » Ces mots résonnaient encore à ses oreilles. Ils avaient permis que soient votés, en 1964 et 1965, le Civil Rights Act et le Voting Rights Act. Dès son arrivée en France, il avait découvert le goût de l'égalité et de la liberté. Si on lui avait prédit qu'une ravissante Parisienne prendrait un verre en sa compagnie, il ne l'aurait pas cru. Elle était pourtant assise à ses côtés et ne semblait pas pressée de le quitter. En revanche, elle parlait peu d'elle-même.

Autour d'eux, la salle s'était remplie. Pour échapper au bruit, ils sortirent. L'air froid leur fouetta le visage et, en même temps, les apaisa. Sans se concerter, ils traversèrent le quai de Montebello puis s'accoudèrent au parapet qui dominait la Seine. Dans l'obscurité se détachait l'éclairage des péniches où vivaient les mariniers. Au moment où il espérait qu'elle ne l'abandonnerait pas, elle demanda :

— Tu connais le quartier ?

— Pas bien.

Tournant le dos au fleuve, ils se dirigèrent vers la rue Saint-Séverin où le dîner commençait d'être servi dans les restaurants. Spontanément, elle glissa son bras sous le sien. Depuis longtemps, elle n'avait pas ressenti une telle disponibilité à tout ce qui pourrait se produire. Alors qu'ils empruntaient la rue Galande, elle se rapprocha de lui et se haussa sur la pointe des pieds pour l'embrasser.

Dans la chambre, elle regarda les aiguilles de la pendulette. Il était une heure. Indifférent aux voix qui résonnaient dans le couloir, John dormait. Avec précaution, elle sortit du lit, passa dans le cabinet de toilette pour se rhabiller puis revint dans la pièce faiblement éclairée où, à côté d'une valise à demi remplie, se profilait l'étui qui contenait sa trompette. Sur une table, un billet d'avion voisinait avec des affichettes qui indiquaient son passage au Blue Note. De son calepin, elle arracha une feuille pour griffonner :

Cher John,

Je te souhaite un excellent voyage au pays des tulipes. Sur un prospectus (que j'emporte), je viens de lire ton nom... Ainsi, je pourrai me tenir au courant de tes parutions de disques et de tes succès !

Lise

Alors qu'elle quittait l'hôtel, elle croisa trois noctambules qui rentraient et comprit qu'il s'agissait des partenaires de John. Dans le taxi qui la ramenait vers son domicile, elle se rendit compte qu'elle n'avait pas prévenu Macha de son retard.

— J'aurais dû téléphoner, s'excusa-t-elle en la trouvant en robe de chambre dans le salon.

— Je m'inquiétais. Rassure-moi… Rien de grave ?

— Rien. Mais j'ai faim. Tu m'accompagnes à la cuisine ?

Du réfrigérateur, elle sortit du jambon et des œufs. Macha, qui l'observait, la sentit d'humeur légère. Discrète, elle ne posa pas de questions et toutes les deux s'en tinrent à des propos anodins jusqu'à ce qu'elles aillent se coucher.

En dépit de sa fatigue, Lise ne trouva pas le sommeil. Dans sa mémoire défilaient des instants si parfaits qu'ils semblaient surgir d'un roman. Tout d'abord, cette rencontre au milieu de livres qui renfermaient tant d'aspirations, de confidences et de révélations. Puis leur plaisir à parler et marcher ensemble, le désir qui les avait menés jusqu'à son hôtel où elle n'avait pensé qu'à ce qu'ils pouvaient s'offrir. Auprès de cet inconnu, elle s'était réconciliée avec l'idée que le sexe ne signifiait ni domination ni soumission, ni prédation ni faiblesse. Il s'était montré attentif. Elle avait réprimé son habituelle mésestime d'elle-même. Leurs ébats et un plaisir partagé les avaient laissés sans souffle.

Pendant un moment, elle était restée auprès de lui. Puis elle s'était décidée à partir en catimini afin de ne pas altérer leur relation par des questions, de fausses promesses et des adieux.

En revenant de chez Fouquet où elle avait acheté des marrons glacés, Macha découvrit que Lise venait seulement de se lever.

— J'ai oublié que je devais déjeuner avec ma mère. Elle m'a sortie du lit en me téléphonant. J'ai eu droit à ses critiques sur mon égoïsme et mon inconséquence. Mais cela ne m'a pas ébranlée.

Tandis qu'elle préparait du thé, Lise ajouta :

— Pourquoi serions-nous obligées d'apprécier notre famille ?

— Aurais-je été une bonne mère ? s'interrogea Macha. Il m'aurait fallu élever seule mes enfants. Et parallèlement dépendre des décisions d'un mari sans cesse absent. Ses retours me pèsent de plus en plus. Quand il m'a appris qu'il n'aurait pas de permission pour Noël, je me suis sentie soulagée !

— N'est-ce pas triste d'en arriver à ce peu d'enthousiasme ? D'autant que tu pourrais plaire à d'autres.

— J'ai quarante-cinq ans.

— Et alors ?

Stimulée par le sujet, Lise raconta sa rencontre avec John.

— L'attirance était si forte que je me suis sentie incapable de ne pas le suivre jusqu'à son hôtel.

— J'obéis encore à de vieux principes. Mais j'envie ta liberté !

— Toute ma jeunesse, on m'a répété de ne jamais faire des avances à un garçon, de lui laisser prendre les initiatives, de me plier à ses souhaits. Résultat : j'ai épousé Daniel… Et ce fut ma pire décision.

Ces paroles trouvaient chez Macha un écho. D'autant que les magazines commençaient à bousculer les idées établies. Certes, on y vantait les vertus domestiques et les produits de beauté, mais on abordait la sexualité et le plaisir revendiqué. On parlait même d'une pilule contraceptive, inventée par un Américain, qui permettait de ne plus subir des grossesses à répétition. Quand serait-elle légalisée en France ? Elle pensait à Virginie. La peur de tomber enceinte frisait l'obsession chez les filles de son âge qui ne comptaient que sur la méthode Ogino, les ablutions et les préservatifs. En cas de grossesse non désirée, elles avaient recours à la faiseuse d'anges, avec les risques que cela comportait. Les plus fortunées pouvaient se rendre en Suisse ou en Angleterre afin d'y avorter. De toutes les façons, elles étaient élevées dans l'idée qu'il fallait arriver vierge au mariage. Macha avait connu ce cas de figure. Avec Bernard, ils avaient beaucoup flirté, mais elle n'avait pas franchi le pas. N'avoir connu que lui semblait, aujourd'hui, aberrant.

13

Macha vérifia que tout était prêt. Sur la nappe en organdi qui recouvrait une table ronde, cinq assiettes de fine porcelaine voisinaient avec des verres en cristal et des couverts étincelants. Dans deux carafes décantait le saint-émilion qu'elle avait remonté de la cave. Elle rajusta une branche de houx dans un vase, le pli d'une serviette, puis retourna vers la cuisine où Virginie arrosait la dinde qui cuisait dans le four.

— J'ai baissé le thermostat.

Alors qu'elle terminait sa phrase, la sonnette retentit. En ouvrant la porte, Macha découvrit Jean et Suzanne. Chargés de paquets, ils pénétrèrent dans le vestibule où les salua Virginie, qu'ils avaient rencontrée à plusieurs reprises.

— Tu as encore embelli ! la félicita Suzanne.

— Je n'arrête pas de le lui dire, renchérit Macha.

Sa filleule se contenta de sourire. Aucun compliment ne la libérait de son sentiment d'insignifiance. En ne lui donnant plus de nouvelles, Pablo l'avait oubliée comme on se débarrasse d'un jouet usagé. Et sa brève histoire avec Philippe n'avait rien arrangé. Depuis la rentrée, il s'était amouraché d'une nouvelle élève. Même si Virginie n'était pas amoureuse de lui, cet abandon l'avait humiliée. Depuis, elle se laissait embrasser par des types qui ne cherchaient qu'à coucher. Peu de ses amies avaient sauté le pas et elle n'était pas pressée de se laisser déflorer ! Ce qui ne l'empêchait pas de leur poser des questions. Était-ce aussi douloureux ou aussi extraordinaire qu'on le racontait ? Les plus averties répondaient qu'il s'agissait d'une simple formalité. Les autres évoquaient à mi-voix des moments pas toujours extatiques.

Alors que Jean et Suzanne déposaient leurs sacs dans la chambre où ils séjourneraient jusqu'au surlendemain, Macha sortit une bouteille de champagne du réfrigérateur puis la plongea dans un rafraîchissoir en argent. Depuis la mort de sa mère, elle avait décidé de ne plus fêter le Noël orthodoxe qui se déroulait début janvier. Perpétuer les fêtes russes lui était devenu trop douloureux. Avec qui aurait-elle partagé la ferveur qui l'habitait lorsque, petite fille et adolescente, elle se rendait à la cathédrale Saint-Nicolas que l'on avait inaugurée en décembre 1912 ? Dans un style néo-russe, l'édifice était construit selon les plans d'une croix grecque et coiffé de coupoles. À l'intérieur, le chœur donnait sur la superbe iconostase.

— J'ai invité une amie que vous ne connaissez pas, annonça-t-elle au couple.

L'avant-veille, au détour d'une conversation, Macha avait compris que Lise serait seule.

« Il n'en est pas question ! Tu vas venir à la maison.

— J'ai l'habitude.

— Qu'importe. Cette année, ce sera différent. »

Durant le déjeuner, Lise ne regretta pas de s'être laissé convaincre. L'atmosphère bienveillante, l'intérêt que lui portaient Jean et Suzanne la libéraient des a priori liés à son passé familial. Pour chacun des convives, elle avait apporté des cadeaux. Virginie fut particulièrement sensible au sac qu'elle lui offrit.

— Je l'avais repéré dans *Marie Claire* !

Macha la rendit encore plus heureuse en lui tendant une enveloppe. Depuis l'été dernier, elle avait mis de côté une partie de l'argent gagné chez la fleuriste. Grâce à un généreux chèque, sa marraine complétait la somme qui lui manquait pour réaliser son rêve : acheter une mobylette !

— Ainsi, tu ne seras plus dépendante des transports en commun !

Virginie ferma les yeux pour mieux visualiser ses prochaines promenades. Elle s'imagina en train de parcourir la ville et ses environs. Parfois, sans but précis. Juste pour se laisser surprendre par des lieux inconnus.

En rentrant de chez son amie, Lise se sentit léthargique. Alors qu'elle se reposait dans le canapé du salon, elle mesura combien la pièce manquait de chaleur. Si l'effort que réclamait un déménagement l'avait arrêtée au début de son veuvage, elle se sentait capable aujourd'hui de l'assumer. Restait à savoir ce qu'elle souhaitait comme cadre de vie. La colline de Cimiez offrait de multiples avantages : une végétation luxuriante, des palmiers et des cyprès à foison, une vue plongeante sur la mer, un calme certain, des ruines romaines, de somptueux bâtiments à l'architecture victorienne et Belle Époque tels le Regina où avait séjourné la reine Victoria, le Majestic, le Winter Palace, l'Alhambra et ses deux minarets, le château de Valrose, la villa Biasini, la villa Nobili ! Autant d'harmonie et d'élégance donnait néanmoins l'impression de se scléroser. L'inverse de ce qu'elle ressentait chez Macha ou dans le « bazar exotique » de Juliette !

Alors qu'elle se dirigeait vers la cuisine pour boire un verre d'eau, elle s'arrêta devant le courrier qui s'empilait depuis plusieurs jours sur la console du vestibule. Pressentant qu'il s'agissait de cartes de vœux, elle décacheta quelques enveloppes afin d'en parcourir le contenu. Sur un bristol, un bolide coloré prenait un virage à la corde. Quelques phrases accompagnaient l'illustration.

Chère Lise,

Tous mes vœux pour que cette année 1966 vous apporte satisfactions et succès. Je serai sur la Côte jusqu'au début du mois de janvier. Au cas où vous auriez un peu de temps, appelez-moi !

À bientôt, j'espère.

Christian

Alors que Lise parvenait au deuxième étage d'un petit immeuble, elle entendit un brouhaha de voix. Quelques secondes après qu'elle eut sonné, Christian lui ouvrit la porte.

— Vous n'avez pas eu de difficultés à trouver la rue ?

— J'avais noté vos explications.

Les présentations faites, elle s'assit à côté d'une jeune femme qui, pour lui laisser de la place, sembla contente de se serrer contre son voisin. Un couple, qui rentrait de New York, commentait l'engagement des soldats américains au Viêt-Nam. Prêtant peu d'attention à leurs paroles, un homme petit et trapu alluma un Montecristo avant de le fumer sur le balcon qui surplombait les ruelles de Villefranche. En apportant des olives à Lise, Christian lui fournit quelques indications sur ses invités. Hubert, l'amateur de cigares, pilotait des bolides dans des compétitions automobiles. Dans une quinzaine de jours, il participerait au rallye de Monte-Carlo.

— Malgré les activités des uns et des autres, nous parvenons toujours à nous réunir en fin d'année.

Tout en parlant, Christian s'étonnait que Lise lui eût téléphoné. Au moment de poster des vœux, il avait songé à lui faire signe. Juliette lui ayant dévoilé son nom de famille à la Garoupe, trouver son adresse ne s'était pas avéré compliqué. Il avait envoyé une carte en pensant qu'elle y prêterait peu d'attention. Non seulement elle l'avait appelé, mais encore elle avait accepté son invitation. Ce soir, il la découvrait différente. Vêtue d'un chandail ajusté et d'une jupe droite, chaussée d'élégantes bottes en daim, elle offrait une apparence plus convenue. Son teint avait perdu son hâle, mais sa pâleur faisait ressortir ses yeux sombres. Alors qu'il s'était demandé s'il avait bien fait de la convier, il fut rassuré en la voyant s'intéresser aux propos de sa voisine. Antiquaire à Cannes, Mathilde s'était spécialisée dans les meubles et objets utilisés pour des films. Dans sa boutique, on pouvait se projeter sur tous les continents et dans diverses époques. Il lui avait acheté les animaux en carton-pâte qui figuraient sur des étagères. À l'inverse de ce que Lise aurait imaginé, rien ne rappelait l'automobile dans la pièce. Des meubles en bois d'une grande simplicité voisinaient avec un sofa et des fauteuils confortables. Sur les murs blancs se détachaient des tableaux représentant des ruines antiques. Elle remarqua une pile de romans policiers à côté de 45 tours et d'un tourne-disque.

Sur la table, où le couvert était dressé, un osso-buco fut bientôt déposé par la femme qui revenait des États-Unis.

— Tessa est un cordon-bleu ! indiqua Mathilde en se glissant sur l'un des bancs.

Tandis que leur hôte débouchait une bouteille de lambrusco, Lise l'observa. Il semblait détendu, voire joyeux, au milieu de ses invités qui, pour certains, se connaissaient depuis longtemps.

— Avec Christian, on s'est rencontrés sur le circuit de Montlhéry pendant des essais, lui raconta le pilote de rallye. Il ne travaillait pas encore chez Alpine.

À leur tour, Tessa et son mari Olivier évoquèrent une rencontre lors d'une réception parisienne. Native de Menton, Tessa avait sympathisé avec le garçon de Juan-les-Pins. Quant au dernier convive, celui qui plaisait à Mathilde, il était comme Lise une pièce rapportée de dernière minute. Le sachant de passage dans la région, Christian lui avait proposé de participer à la soirée. Lors de leurs études, tous les deux fréquentaient le même café du Quartier latin. Il venait d'être engagé comme professeur de latin-grec dans un collège de Saint-Raphaël.

— Je dois travailler demain, protesta Mathilde en refusant qu'Olivier remplisse une nouvelle fois son verre.

— Tu n'as pas fermé ton magasin pendant les fêtes ?

— C'est une période faste pour les ventes !

— Si tu changes ton programme, rejoins-nous à Auron. La neige est tombée. Les pistes sont bonnes.

— Ah oui ! s'interposa Christian.

— Avant-hier, Tessa t'a proposé de venir. Tu ne lui as pas répondu !

14

Christian conduisait vite, mais Lise ne ressentait aucune appréhension et regardait défiler le paysage. Sur la banquette arrière, Hubert somnolait. Au bout d'une heure et demie, ils atteignirent Auron où les parents de Tessa avaient fait construire un chalet après la guerre. En y arrivant, elle s'étonna d'avoir si facilement accepté de séjourner chez des gens qu'elle connaissait à peine.

Olivier leur ouvrit la porte.

— Déposez vos bagages dans le vestibule. Et vos skis dans la remise.

Alors que Lise enlevait son anorak, une petite chienne blanche se précipita vers elle en aboyant.

— Elle adore voir du monde, commenta un garçonnet.

Attirée par la cheminée où crépitait une flambée, elle entra dans la salle de séjour. De l'endroit où elle se trouvait, elle bénéficiait d'une vue sur les sommets enneigés. L'irruption de Tessa la sortit de sa contemplation. Chargée d'un cabas, celle-ci rapportait quelques denrées d'une boutique voisine. En un clin d'œil, Lise fut guidée vers la chambre qu'elle occuperait sous les toits. Avec ses murs lambrissés, sa courtepointe rouge et son bouquet de fleurs séchées, la pièce était accueillante.

— Rejoins-nous quand tu auras rangé tes affaires.

À peine fut-elle redescendue qu'Olivier lui demanda si elle souhaitait louer des skis avant la fermeture du magasin.

— Je vais t'accompagner, proposa Christian.

Il s'avéra de bon conseil pour le choix de son équipement. Pas de skis trop longs, telle hauteur de bâtons… Quant aux chaussures, il insista pour qu'elle en essayât plusieurs paires. Quand elle fut certaine de son choix, elle régla sa facture. Puis ils revinrent en s'arrêtant chez le marchand de journaux où il acheta l'*Argus de l'automobile*.

Jusqu'au soir, chacun vaqua à ses occupations. À la cuisine, Lise aida Tessa à préparer le dîner. En prenant garde de cacher son manque de pratique, elle éplucha des légumes, les fit cuire, prépara des vinaigrettes. Tessa sembla ne pas remarquer sa lenteur. A contrario, Lise lui envia une énergie que rien ne semblait pouvoir entamer. Face à son fils Frédéric, qui venait de fêter ses six ans, elle savait trouver l'équilibre entre la compréhension et l'autorité. D'autant que le cadeau de Christian galvanisait l'enfant, qui téléguidait une voiture de course à travers les pièces du rez-de-chaussée.

Avec appréhension, Lise se préparait à skier. Ce qu'elle n'avait plus fait depuis la mort de Daniel. Retrouverait-elle le niveau d'autrefois ? En descendant, elle croisa le garçonnet qui enfilait son anorak pour rejoindre son cours. Avant de l'y accompagner, son père indiqua qu'il se trouverait à dix heures au départ du téléphérique.

Lise demeura silencieuse. Comment annoncer qu'elle préférerait skier de son côté ?

— Tu es d'accord pour que nous le rejoignions ? lui demanda Christian.

— Je dois passer chez le loueur, objecta-t-elle.

— C'est sur le chemin.

À l'heure prévue, ils aperçurent Olivier qui faisait la queue au bas de la remontée. Dans un raclement de semelles, les passagers avançaient jusqu'à la cabine qui, en neuf minutes, les hisserait au sommet de Las Donnas. À la suite de Christian, Lise monta à bord.

— Il y a longtemps que tu n'as pas pratiqué ? se renseigna-t-il quand ils chaussèrent leurs skis.

— Environ cinq ans...

— On va partir ensemble.

— Non... Non... Ne m'attends pas. Je saurai me débrouiller.

— Tu es sûre ?

Dès qu'il disparut de son champ de vision, Lise s'approcha de la piste qu'il lui avait désignée comme la plus facile. Elle prit un peu de vitesse et, en partie rassurée, sentit ses réflexes revenir. Prises de carres, virages, dérapages, son corps ne la trahissait pas. Elle commençait à prendre confiance en ses capacités quand la piste devint plus étroite. Comprenant qu'elle aurait moins d'espace pour tourner, elle sentit resurgir son inquiétude. D'autant qu'il y avait du monde et qu'elle craignait de provoquer une collision.

En prenant son temps, elle vira avec précaution. Ce qui lui donna chaud et soif. Alors qu'elle atteignait un croisement, elle entendit qu'on l'appelait. En quelques enjambées, Christian la rejoignit. Il remarqua son visage cramoisi et les gouttes qui perlaient sur son front.

— Que fais-tu là ? s'étonna-t-elle.

— Je venais d'une autre piste. Et je t'ai aperçue.

— Ah oui…

— On va terminer la descente ensemble.

— Je risque de te ralentir.

— Nous avons tout notre temps ! Tu es prête ?

Elle hocha la tête.

— Reste dans mes traces…

À vitesse raisonnable, ils atteignirent un chalet où il lui fit signe de s'arrêter. Sur la terrasse extérieure, des gens se détendaient en admirant la vue. Alors qu'il venait de commander leurs cafés, elle le vit sortir un paquet de cigarettes de sa poche puis se raviser. Pendant quelques minutes, ils demeurèrent silencieux. Ce qui permit à Lise de se remémorer certains séjours conjugaux aux sports d'hiver. Avec

Daniel, il fallait se surpasser ! Quitte à se fouler une cheville ou se casser une jambe ! On ne devait pas flancher, encore moins rechigner ou se plaindre. Aujourd'hui, elle découvrait combien il était possible de se laisser guider sans en éprouver de la gêne. Christian, qui l'observait derrière ses lunettes noires, perçut un changement dans son attitude. Pour la première fois, elle ne semblait pas sur la défensive. Que s'était-il produit dans son existence pour qu'elle fût si secrète ? De son passé, il ne savait rien ou si peu. Par recoupements, il avait appris qu'elle était veuve et menait sa vie sans but précis. Tandis que beaucoup de choses chez elle auraient dû l'agacer, il avait envie de la connaître davantage. Il buvait une gorgée quand une silhouette attira son attention. Hubert, parti dès son réveil, était en train de déchausser.

— Hubert !

— Alors, les fainéants ! Vous êtes déjà en train de vous reposer !

— C'est bien ce que tu comptes faire, non ?

— Sauf que je skie depuis l'ouverture des pistes !

Profitant du soleil, ils s'attardèrent jusqu'au moment où Hubert renfila ses gants.

— Qui m'aime me suive !

Jusqu'au milieu de l'après-midi, ils parcoururent des pistes peu difficiles. Il n'était pas question pour le pilote de se tordre une cheville avant le rallye de Monte-Carlo et Christian souhaitait que Lise éprouvât du plaisir à les accompagner. Ce qui se produisit à mesure que les heures passaient. La beauté du paysage, une neige compacte et un effort mesuré rendaient ces moments appréciables. À leur retour, Olivier sortit d'un placard un jeu de Monopoly et une partie commença. La chance aida Christian à devenir propriétaire plus rapidement que ses concurrents. Ce qui agaça Hubert qui décida de le chasser d'avenues trop coûteuses pour les « passants ». Il était l'heure de dîner lorsque s'annonça la victoire d'Olivier. La chienne sur ses talons, Tessa mit un potage à réchauffer. Lise dressa le couvert pendant que Christian ranimait des braises dans la cheminée. L'année s'achevait sur de vraies vacances !

Pour le 31 décembre, Olivier et Tessa avaient prévu de dîner à l'extérieur puis de se rendre dans la boîte de nuit où ils s'étaient rencontrés huit ans auparavant. En attendant que tout le monde fût prêt, Christian aidait Frédéric à terminer un puzzle dans le salon.

— C'est pour toi, l'appela Olivier qui venait de répondre à un appel téléphonique.

Lise, qui descendait l'escalier, vit Christian s'emparer du combiné puis l'entendit prononcer : « Sophie... » Curieuse, elle écouta la suite.

— Tout va bien. Et toi ?... Quand rentres-tu ?... D'accord... Bien sûr que je pense à toi... J'arriverai à Paris le 5 au soir... Promis... Bon réveillon, tout de même... Je t'embrasse... Oui, moi aussi...

Qui était cette Sophie dont personne n'avait jusque-là prononcé le prénom ? Si cette femme comptait dans sa vie, pourquoi l'avait-elle toujours vu seul ? Durant le dîner, il ne laissa rien filtrer de cette relation. En revanche, il rivalisa d'humour avec Olivier qui savait le mettre en verve. Autour d'eux, les serveurs avaient du mal à circuler tant les tables étaient rapprochées. Beaucoup de gens se connaissaient, ce qui contribuait à l'ambiance. Marcher dans le froid jusqu'à la boîte de nuit remit les idées en place de certains. Devant la porte, un cerbère filtrait les entrées. En reconnaissant Tessa, il eut un large sourire. Un couloir menait vers une salle tapissée de noir où les accueillit la voix de Petula Clark. Olivier ayant réservé une alcôve, ils s'installèrent sur la banquette et des tabourets. Alors que Christian commandait des boissons, Hubert invita Lise à danser. À l'exemple des couples qui les entouraient, ils se déhanchèrent sur *Let's Twist Again*. Était-ce d'entrer dans une nouvelle année qui aiguisait les ardeurs ? Lise se méfiait des espoirs et des attentes que suscitaient les changements de cycle. On savait ce qu'on quittait. On ignorait quel mauvais tour jouerait l'avenir. À l'instant même, elle n'avait envie que de faire corps avec la musique. De loin, Christian l'observait. Au milieu de la cohue, elle attirait les regards. Certes, elle avait de la grâce et ses vêtements la rendaient originale. Mais elle semblait si joyeuse !

À l'approche de minuit, des bouchons de champagne sautèrent. Saturée de fumée et de parfums capiteux, l'atmosphère s'était alourdie. La musique s'arrêta pour laisser la place à un décompte. Accompagnant les premières secondes de 1966, une clameur s'éleva, suivie d'embrassades. Dans le brouhaha, tout le monde échangeait des vœux. Christian se dirigea vers la piste pour étreindre Tessa et taper sur l'épaule d'Olivier. Puis il se tourna vers Lise à qui des inconnus lançaient des « bonne année ». Sans mot dire, il l'attira vers lui et déposa un baiser sur sa joue. Alors que la musique reprenait avec *I Put a Spell on You* chanté par Nina Simone, il l'entraîna dans un slow.

1966

15

En rentrant d'Auron, Lise eut l'impression d'être partie longtemps. Christian l'avait déposée devant sa porte. Craignant de rater l'avion qui le ramenait à Paris, Hubert avait hâté les adieux. La voiture était repartie, la laissant face à une fin d'après-midi morose. Chez elle, tout était à sa place et cette immuabilité lui serra la gorge. Après l'animation qui régnait chez Tessa et Olivier, le silence lui sembla si pesant qu'elle chercha un dérivatif. Puis elle se ravisa. Les premiers jours de janvier, l'activité générale était ralentie. On se remettait en douceur des réunions familiales et amicales. Jusqu'au soir, elle rangea des affaires qui ne réclamaient pas de l'être, lut distraitement du courrier, alluma la télévision à l'heure où débutait le programme. Par bribes, les souvenirs de son séjour montagnard prenaient l'ascendant sur le présent et elle n'avait pas envie de les repousser. Skier était devenu un plaisir. Ainsi que patiner, même si cet exercice lui avait valu quelques chutes ! Quand reverrait-elle ses hôtes et leurs invités ? Les uns et les autres ayant des emplois du temps chargés, rien n'était défini. Peut-être l'oublieraient-ils aussi vite qu'ils l'avaient acceptée parmi eux ? Alors qu'elle supputait ses chances de recevoir des nouvelles, le téléphone sonna.

— Où étais-tu ? J'essaie de te joindre depuis la semaine dernière.

Juliette avait terminé l'année en remportant l'un des trois prix décernés à de jeunes stylistes. Non seulement on l'avait récompensée pour ses créations, mais elle bénéficierait aussi d'un financement pour développer sa marque. Accompagnée d'un défilé, une réception aurait lieu pour remettre leurs distinctions aux lauréats.

— J'aimerais que tu viennes. Ce sera le jeudi 20 janvier. À dix-neuf heures.

Fin novembre, son voyage à Londres avait démontré à Juliette combien la mode évoluait. Elle s'était attardée dans les deux magasins de Mary Quant qui récoltait tous les suffrages avec ses minijupes et ses imperméables en plastique coloré : le Bazaar de King's Road et celui plus récent de Knightsbridge. Son séjour lui avait ouvert les yeux sur le renouveau qu'offrait la jeunesse anglaise en matière de prêt-à-porter, de musique et d'art de vivre. Carnaby Street et ses boutiques, les concerts pop et leur vent de liberté l'avaient enthousiasmée. Avec une énergie nouvelle, elle avait repris son travail, raccourci les longueurs des robes, joué avec les matières, ajouté aux tons sourds qu'elle affectionnait des boutons ou des accessoires qui tranchaient. Au fil des semaines, son appartement s'était transformé en annexe de la boutique. Entre la machine à coudre, la table où elle coupait ses patrons, ses rouleaux de tissu, le lit seulement demeurait accessible.

Juliette arriva en milieu d'après-midi devant l'hôtel Annabella qui allait être divisé en appartements. Depuis la guerre, de nombreux établissements connaissaient ce sort. Si des aristocrates, des célébrités et des clients fortunés continuaient de déposer leurs valises dans certains lieux privilégiés, ils n'étaient plus assez nombreux pour assurer leur rentabilité. Les congés payés et une transformation de la société permettaient à des gens moins aisés de passer des vacances sur la Riviera. Ce qui incitait à leur proposer des résidences plus accessibles.

Rien n'avait encore été transformé dans l'immeuble Belle Époque dont elle poussa la porte à tambour. Au milieu du hall, une pancarte indiquait le salon où se déroulerait la remise des prix. Elle y trouva du personnel en train d'aligner les chaises sur lesquelles s'installeraient les invités pour suivre le défilé. Au bout d'un couloir, elle vit les deux autres lauréats – une jeune femme et un homme d'une trentaine d'années – en train d'accueillir les mannequins qui porteraient leurs vêtements. À quelques pas, sa propre équipe l'attendait.

À l'heure dite, les récompenses furent décernées.

Puis le défilé commença. Si chacun des créateurs avait un univers affirmé, celui de Juliette possédait une grâce et une cohérence qui séduisirent l'assistance. Au deuxième rang, Lise, Macha et Virginie applaudirent avec force lorsque leur amie vint saluer. Du regard, celle-ci cherchait ses parents qui se sentaient partagés entre la fierté et l'émotion. Auraient-ils imaginé que son travail fût si rapidement remarqué ? Pendant le cocktail, ils purent à peine l'approcher tant elle fut sollicitée. Des photographes la mitraillèrent. Parmi les journalistes qui la questionnèrent, Juliette remercia la jeune femme qui avait été la première à vanter ses modèles dans un magazine régional. Puis elle se dirigea dans la salle voisine où les gens discutaient devant un imposant buffet. Sur des guéridons en bois doré, des bouquets de tubéreuses écarlates voisinaient avec de lourds chandeliers. Accrochées aux murs, des gravures représentaient Nice au début du siècle. Elle s'approchait d'un miroir pour vérifier sa coiffure lorsqu'un homme la salua. En le dévisageant, elle eut l'impression de l'avoir déjà croisé.

— Nous nous sommes rencontrés à Juan-les-Pins, lui dit-il. Une femme était allongée sur le trottoir…

— Et nous lui avons porté secours, répondit-elle en revoyant la scène.

Il acquiesça avant de la féliciter pour son succès.

— Vous avez assisté au défilé ?

— J'étais debout. Au fond de la salle.

— Vous vous intéressez à la mode ?

— Par curiosité, j'ai traversé le vestibule à la fin d'un rendez-vous.

— Vous travaillez dans cet hôtel ?

— Nous sommes plusieurs associés à vouloir le transformer.

— Est-ce une bonne idée ?

— Le rez-de-chaussée et les parties communes ne seront que restaurés. En revanche, nous allons rassembler les chambres en appartements de différentes surfaces.

Face au silence de Juliette, il insista :

— Rien ne sera négligé pour que ce bâtiment conserve son cachet.

François n'ajouta pas qu'il avait à cœur de préserver le patrimoine architectural de la ville où il était né. Très jeune, il avait été fasciné par les fonds marins qui, à en croire la légende, recélaient épaves et trésors. Avec les années, son goût pour l'histoire s'était développé. D'autant qu'un professeur l'avait stimulé en organisant, pour les élèves du lycée, des promenades autour de l'ancienne fortification qui, sur la colline du Château, abritait une cité médiévale. Détruite par les armées de Louis XIV en 1706, il n'en restait que peu de vestiges. Mais un parc offrait des vues spectaculaires sur la baie des Anges et les contreforts des Alpes.

— Si vous avez quelques minutes, je vous fais visiter le bâtiment.

Juliette hésita. Pouvait-elle s'éclipser ? La curiosité finit par l'emporter. En suivant son guide, elle traversa un bar, un fumoir et une bibliothèque.

— Qu'allez-vous faire de tout cet espace ?

— Nous le louerons pour des événements.

Pendant qu'il lui expliquait le projet, ils s'approchèrent d'un ascenseur.

Au dernier étage, un couloir desservait des chambres aux portes numérotées. De la poche de sa veste, il sortit un passe qui leur permit d'entrer dans une suite dont les fenêtres ouvraient sur la ville éclairée.

— Dans la journée, on voit la mer !

Juliette s'avança vers la croisée sous laquelle s'échelonnaient des toits, certains agrémentés de terrasses.

— Les prochains occupants ne seront pas malheureux, admit-elle.

Vidées de leur mobilier, les deux pièces offraient de beaux volumes. Réunies aux surfaces voisines, elles formeraient un appartement plus ou moins grand selon la déclinaison choisie.

— Les travaux vont bientôt démarrer ?

— Début mars.

François expliqua combien la mauvaise situation financière de l'hôtel Annabella avait occasionné une mise en vente rapide. Pendant plusieurs semaines, lui et ses associés avaient âprement discuté avec des banques, des investisseurs, des architectes et des avocats. Au moment où ils pensaient ne pas remporter l'affaire, leur principal concurrent s'était rétracté.

— Juste avant de signer… Je n'ai pas fermé l'œil !

Treize ans auparavant, il avait commencé à travailler dans le bâtiment. Davantage par opportunité que par choix. Proche de la retraite, son oncle réclamait de l'aide. Sous sa gouverne, il s'était lancé dans la construction et la rénovation d'habitations. On apprécia son sérieux et son savoir-faire. Il se prit au jeu, au point de s'endetter pour racheter l'affaire qu'il s'évertua à développer. Au bout de six ans, il compta parmi les entrepreneurs en vue de la région. L'un de ses concurrents cannois lui proposa de s'associer. Après une longue hésitation, il accepta l'offre. Ce fut le début d'un succès croissant. Par goût et conviction, il accordait une priorité aux restaurations historiques.

— J'ai beaucoup parlé de moi. Et vous êtes restée silencieuse…

— Le prix m'a donné des ailes. Et instillé un peu d'appréhension. Quand je suis rentrée d'Asie, j'ai ouvert une boutique en espérant me constituer une clientèle. Tout est allé plus vite que je ne l'avais imaginé. Et je vais devoir bousculer mes objectifs. Confier la fabrication de mes vêtements à des sous-traitants… Engager du personnel… J'aime créer, mais je n'ai pas l'habitude des affaires.

— Au cas où vous souhaiteriez des conseils, passez me voir, proposa François en lui tendant une carte de visite. Mes bureaux ne sont pas loin d'ici.

16

Juliette termina de coudre une agrafe, puis se leva pour préparer du café. À l'inverse de son entourage qui se contentait de verser de l'eau sur des granulés solubles, elle tassa le moka moulu dans une cafetière italienne qu'elle posa sur l'une des plaques de la cuisinière. Elle rangeait la boîte d'allumettes quand on frappa à la porte de la boutique. L'ouverture n'étant prévue que vingt-cinq minutes plus tard, elle regarda par la fenêtre. Enzo allait remonter sur sa moto quand elle le héla.

— Ah... Je pensais que tu n'étais pas là !

— À cette heure-ci, où voudrais-tu que je sois ?

— Au marché ! plaisanta-t-il avant d'ajouter : En passant à deux rues, j'ai fait un détour. On ne s'est pas vus depuis une éternité.

— Qui est parti à Milan ? plaisanta-t-elle. J'espère, au moins, que tu t'es amusé ?

Après qu'elle lui eut ouvert, ils montèrent dans l'appartement.

— Assieds-toi, proposa-t-elle en ôtant d'un fauteuil des coupons de cotonnade.

— Je suis désolé d'avoir raté ton défilé.

— Il y en aura d'autres.

— J'imagine qu'il a été applaudi.

— L'un de tes amis l'a apprécié.

— Ah oui ? Qui ?

— François Petri.

— François ! Qu'est-ce qu'il faisait là ?

— En fait, on se trouvait chez lui.

À mesure qu'elle lui donnait des informations, Enzo ne cachait pas son admiration.

— J'avais compris qu'il était sur un coup, mais pas d'une telle importance ! Quelle réussite ! À son âge, c'est peu courant !

— Il n'est pas parti de rien…

— Détrompe-toi ! Sa famille n'a pas d'argent. Les personnes qu'il côtoie depuis longtemps te diront que le succès ne lui est pas monté à la tête… et qu'il veille à ce que ses enfants ne deviennent pas prétentieux.

— Tu les connais ?

— Je les ai rencontrés au club de tennis. Un garçon et une fille.

À l'inverse de certains, Enzo n'enviait pas la prospérité de ses amis. Son passé lui avait enseigné combien rien n'était acquis. À l'âge où l'on faisait des projets, il s'était retrouvé en Algérie où on lui demandait de traquer des fellagas au sein de territoires arides. Son régiment rassemblait toutes les facettes de la nature humaine. De jeunes hommes qui, comme lui, se demandaient pourquoi ils se devaient d'exécuter à contrecœur les ordres de leurs supérieurs. D'autres, au contraire, ne pensaient qu'à torturer et tuer. Rien ne l'avait préparé à cet engourdissement de l'esprit, à ces heures d'ennui qui poussaient les plus faibles à boire de l'alcool. Dans les lettres qu'il envoyait à ses parents, il cachait sa révolte contre une guerre qu'il jugeait absurde. Sa démobilisation, la joie de retrouver son foyer, ses proches, ses endroits favoris lui avaient donné l'illusion passagère de revivre. Afin de préserver un début d'équilibre, il ne lisait pas les journaux qui relataient les attentats qui sévissaient à Alger, les actions délétères de l'OAS, le refus des pieds-noirs de quitter l'Algérie. En 1962, lorsque ces derniers avaient débarqué à Marseille en ayant tout perdu, il s'était senti partagé entre la compassion et le regret d'avoir gaspillé deux ans à défendre leurs prérogatives.

En buvant du café, il raconta à Juliette son séjour milanais durant lequel il s'était créé de nouvelles relations.

— J'ai presque envie de m'y installer, avoua-t-il.

— Tu quitterais les studios ?

— Pourquoi pas…

— Beaucoup rêveraient d'avoir ton job.

— C'est ce qui me fait hésiter.

— Passé l'excitation de la nouveauté, tu pourrais regretter.

— C'est une éventualité.

— Tu as rencontré quelqu'un ?

— Nous n'en sommes qu'au début. Mais elle me plaît.

— Voilà la vraie raison !

Il baissa la tête.

— À ta place, je ne me précipiterais pas avant de retourner la voir ! Mieux, je l'inviterais quelques jours à Antibes.

— Ce n'est pas une mauvaise idée. Mais elle travaille.

— Si elle tient à toi, elle trouvera une solution.

Après le départ d'Enzo, Juliette réfléchit. Avait-elle eu raison de le mettre en garde contre son impulsivité ? Libre à lui de prendre des risques ! Elle-même, avant de créer sa marque, avait voyagé et observé. En rangeant leurs tasses, elle posa un regard sur les classeurs qu'elle ouvrirait dans la soirée. Ils renfermaient sa comptabilité, la partie la plus ennuyeuse de son métier. Après plusieurs mois d'activité, elle commençait à engranger des bénéfices. Mais ce qu'elle avait confié à François Petri était véridique. Elle ne devait pas craindre d'investir quand tout semblait lui sourire !

Comme chaque année, Nice allait vivre à l'heure du carnaval. Un moment fort pour la ville qui, du 12 au 24 février, offrirait à une foule en liesse ses défilés et batailles de fleurs. Au cœur d'un vaste hangar de la rue du Docteur-Pierre-Richelmi, les carnavaliers peaufinaient des figures géantes, des grosses têtes et des masques. Juchés sur des chars hauts d'une dizaine de mètres, certains d'entre eux vérifiaient leur mécanisation. Le roi du tiercé correspondant au thème choisi pour 1966, les structures disparaissaient sous des ornements qui rappelaient les courses hippiques. Rien n'avait été omis pour qu'on les remarquât de loin. Ni l'exagération des volumes ni les couleurs éclatantes. Au mois de juin dernier, on avait annoncé aux artisans le sujet retenu. Depuis, ils avaient fabriqué pièce par pièce un décor qui privilégiait le merveilleux, l'absurde et la fantasmagorie. Si la manifestation existait depuis le Moyen Âge, elle avait acquis ses lettres de noblesse en 1873 lorsqu'un comité des fêtes et un premier corso avaient été créés afin que le carnaval se transformât en un spectacle grandiose. Sous la houlette de deux artistes, Alexis Mossa et son fils Gustav-Adolf, des personnages naquirent. Au fil du temps s'y ajoutèrent des illuminations électriques, des affiches publicitaires, des chansons officielles, des confettis de plâtre et de papier. Pour maintenir la réputation de l'événement, ses organisateurs n'étaient jamais à court d'idées.

Lise avait promis à Macha de l'accompagner pour assister à l'arrivée de Sa Majesté Carnaval sur la place Masséna où il trônerait jusqu'à la fin des festivités. Il était difficile de ne pas se perdre de vue au milieu d'une cohue si dense et enthousiaste. Peu adepte des bains de foule, Lise tenta en vain de contrer le courant qui l'emportait. Au milieu du vacarme, un porte-voix annonça l'ouverture officielle des réjouissances. Puis les fanfares reprirent. Ballottée dans tous les sens, elle se retint pour ne pas crier. De loin, elle voyait des têtes immenses et caricaturales, des drapeaux, des silhouettes montées sur échasses, des costumes aux tons bariolés. Du temps s'écoula avant que les gens ne commencent à s'engager dans les artères adjacentes. Emportée par le flot, elle avança en somnambule jusqu'au moment où on l'appela. En se retournant, elle reconnut les parents de Juliette.

— Tu es seule ? s'étonna Éliane.

— J'ai perdu Macha. Et Juliette ? Elle n'est pas avec vous ?

— Elle apprécie peu ce genre de distractions.

C'était la première soirée de repos que s'accordait le couple qui, depuis plusieurs jours, livrait des fleurs fraîches pour la décoration des chars. Soulagée de pouvoir parler à des connaissances, Lise les suivit jusqu'au moment où elle bifurqua pour retrouver sa voiture stationnée non loin. Elle n'était pas la seule à circuler. Avec lenteur, les véhicules roulaient le long du boulevard de Cimiez. Lorsqu'elle parvint à son domicile, elle monta directement dans sa chambre et s'assit sur son lit. Après le tintamarre, le silence qui régnait dans la maison aurait dû l'apaiser. Ce fut l'inverse. Au malaise qu'elle avait ressenti s'ajoutait une solitude qu'elle ne supportait plus. Qui se souciait de son sort, de savoir si elle avait besoin d'aide ou de réconfort ? Sur qui pouvait-elle compter ? Ses liens familiaux étaient quasi inexistants. Elle n'avait pas d'amant officiel. Pas de mari. Pas d'enfants. En cultivant la méfiance, elle s'était isolée de tout et de tous. À qui pouvait-elle se confier ? Elle qui ne pleurait jamais se sentit submergée par un irrépressible chagrin. Le visage enfoui dans ses oreillers, elle sanglota à en perdre le souffle. L'intense sentiment d'isolement qui l'avait submergée, place Masséna, n'était que la conséquence de son inaptitude à s'ouvrir aux autres. Épuisée par sa détresse, elle se recroquevilla en chien de fusil. Une nuit commençait. Et il n'était pas suffisamment tard pour qu'elle plongeât dans un sommeil qui lui apporterait l'oubli. Il aurait fallu qu'elle se déshabillât, mais elle n'en avait pas la force.

La sonnerie du téléphone la fit sursauter. À cette heure-ci, qui pouvait l'appeler ? Sa première réaction fut de ne pas décrocher. L'appel se faisant insistant, elle finit par se redresser.

— Lise ! Je voulais juste m'assurer que tu étais rentrée.

— C'est gentil… Oui… Je suis à la maison.

— J'étais ennuyée de t'avoir perdue.

— Ne t'inquiète pas. Je suis tombée sur Éliane et son mari.

— Ah… Tant mieux !

— Et toi ?

— Des amis russes m'ont fait signe. On a discuté un moment !

Dès qu'elles raccrochèrent, Lise se leva pour ôter sa robe fripée et ses sous-vêtements. Après une brève toilette, elle passa un pyjama, repoussa son oreiller humide de larmes et se coucha. Même si elles n'avaient échangé que des propos anodins, la sollicitude de Macha l'avait en partie consolée.

17

Hormis une interruption forcée pendant la guerre, le carnaval n'avait jamais été ajourné et Macha ne ratait aucun de ses défilés. Depuis l'enfance, elle avait assisté à leurs améliorations techniques et à leur inventivité débridée. En milieu d'après-midi, avant de rejoindre le parcours, elle se changea, s'obligea à choisir des chaussures plates, vérifia le contenu de son sac. Alors qu'elle refermait la porte de la pension, elle se trouva nez à nez avec son voisin qu'elle n'avait pas rencontré depuis plusieurs mois.

— Vous êtes de retour !

— J'étais au Maroc. À Taroudant.

— Pour votre travail ?

— Pour mon plaisir.

En parlant, ils sortirent dans la rue.

— J'allais voir la bataille de fleurs.

— Moi aussi.

À mesure qu'ils s'approchèrent de la promenade des Anglais, l'ambiance s'animait. Des groupes de tous âges cheminaient vers un spectacle dont ils attendaient le meilleur. En jouant des épaules et des coudes, Gilles facilita leur progression. Enfin, ils trouvèrent de la place sur un parapet ! Assourdissante, la musique empêchait toute conversation. Il alluma une cigarette dont il tira une longue bouffée. Enfin, un premier char se profila, recouvert de mimosas. Assise sur un siège, une jeune fille en costume niçois jetait des fleurs vers l'assistance. Avec sa jupe rayée de rouge et de blanc, sa chemise en dentelle, son caraco de velours noir et sa capeline, elle incarnait la ville. À sa suite, des attelages se profilèrent avec leurs jolies ambassadrices et leur foisonnante décoration. Dans le public, certains chanceux attrapèrent à la volée des lys ou des marguerites. Ce fut le cas de Gilles, qui offrit son trophée à Macha. Autour d'eux, les gens saluaient de leurs fanions le cortège. Avec des regards extasiés, des petites filles espéraient qu'elles trôneraient un jour sur ces échafaudages éphémères. Macha agita la main en apercevant des amis qui lui répondirent de la même manière. La région entière s'était regroupée autour de l'événement qui attirait la presse et les étrangers. Cette année, la récente élection d'un nouveau maire déclenchait un redoublement d'intérêt pour l'agglomération. Jacques Médecin succédait à son père décédé.

Macha terminait d'établir une liste de courses avec son employée lorsque le facteur délivra le courrier. Sur l'une des enveloppes, elle reconnut l'écriture de son conjoint. Peu pressée d'en lire le contenu, elle ne l'ouvrit qu'en fin de matinée. Bernard lui annonçait son arrivée pour la fin du mois. Qu'allaient-ils partager durant cette prochaine permission ? Elle n'avait pas envie de lui présenter ses amis, encore moins de le laisser accéder à l'univers qu'elle s'était construit. Un sentiment de désarroi l'envahit face à son mariage qui ne représentait plus grand-chose. Ce n'était pas la première fois qu'elle appréhendait l'avenir et le moment où l'homme qu'elle avait épousé prendrait sa retraite. L'image de leurs deux solitudes arrimées par convenance la fit frissonner. Que connaissaient-ils l'un de l'autre lorsqu'ils s'étaient rencontrés ? À la guerre avait succédé un besoin d'étourdissement, d'amusement, de romance, dans lequel elle s'était engouffrée. Bernard entrait dans la marine. Il avait de l'allure, dansait le be-bop, pratiquait plusieurs sports, la trouvait belle, annonçait des projets auxquels il la mêlait. Sans expérience et presque étonnée de susciter autant d'empressement, elle s'était laissé embrasser. Depuis qu'il parcourait les mers, elle ne s'enfermait pas dans une attente stérile. Elle sortait, rencontrait des gens, mais n'avait entamé aucune liaison. Non par vertu, mais parce que personne ne lui avait suffisamment plu. À l'écart des turbulences amoureuses, elle apprenait à vivre en bonne entente avec elle-même. Elle glissait la lettre dans un tiroir lorsque Virginie passa dans le couloir.

— Déjà rentrée ?

— Le professeur était malade.

— Il a trop fait la fête ?

— Ce n'est pas le genre !

— Tout le monde n'est pas comme lui ! plaisanta Macha.

Ces derniers jours, sa filleule avait passé beaucoup de temps à l'extérieur. Avec ses amis, elle écumait toutes les manifestations, fréquentait ses cafés préférés. Les soirées se prolongeaient plus tard que de coutume. Une légèreté planait, repoussant les corvées ou les contrariétés. Cette atmosphère de liesse perpétuelle la ramenait-elle vers les années oranaises ?

Le lendemain, Gilles débarrassa Macha des livres qu'elle avait proposé de lui prêter.

— Vous saurez tout sur les origines de Nice !

Installée dans le canapé en cuir du salon, elle constata que l'emménagement de son voisin était terminé. Les meubles et les objets avaient trouvé leur place. Elle découvrit des marionnettes balinaises, des paniers tressés, des batiks. Sur une table, des journaux mal repliés s'empilaient à côté d'une cartouche de cigarettes entamée. Après lui avoir servi un verre de porto, il s'assit dans un fauteuil.

— Je me suis pas mal promené ces derniers jours. Du côté de Saint-Paul et de Vallauris. Je n'avais plus d'horaires. Aucune obligation !

Gilles était sincère. Il avait flâné à son rythme,

s'était arrêté dans des galeries, avait poussé les portes d'églises où brûlaient des cierges devant les statues du Christ et de la Vierge. En cette période hivernale, les ruelles étaient tranquilles. L'absence de touristes les rendait à leur authenticité. L'air vif avait purifié ses poumons encrassés par l'abus de tabac. Depuis quelques mois, il s'était trouvé en compagnie d'un trop grand nombre de gens. L'obligation de se montrer aimable, patient, secourable, rassurant devenait parfois si pesante qu'il rêvait de se réfugier dans un endroit retiré. Jusqu'à son installation à Nice, il avait vécu de meublé en meublé. Une seule fois il s'était établi avec une photographe dont il était tombé amoureux. Leur liaison avait duré cinq ans au bout desquels elle était partie. Sonné par la rupture, il s'était voué corps et âme à son métier. Commenter des événements sportifs l'obligeait à voyager. Avec d'autres journalistes, il assista à des combats de boxe, des matchs de basket et de football, des compétitions d'escrime. Tous se retrouvaient dans les bars de villes différentes. S'il n'était pas tombé malade, aurait-il poursuivi longtemps cette fuite en avant ? Une pleurésie l'envoya à l'hôpital. Une fois rétabli, il avait aspiré à un changement d'existence. Un ami montait une agence de voyages...

— C'était l'opportunité parfaite.

Conscient que sa visiteuse l'écoutait plus qu'elle ne parlait, il remarqua :

— Vous savez poser des questions, mais je ne connais rien de votre vie !

Macha se contenta de sourire. Sa mère l'ayant élevée dans l'économie des confidences, elle se livrait peu. S'ajoutait la crainte de ne rien avoir de passionnant à formuler. À force d'observer la société, elle s'était rendu compte que les gens ne s'intéressaient qu'aux ragots croustillants ou négatifs. Sans doute disait-on derrière son dos qu'il était peu enviable d'avoir épousé un marin au long cours.

— Il n'y a rien à raconter...

Sans se laisser intimider par cette dérobade, il la poussa dans ses retranchements et, étonnamment, elle s'entendit relater son enfance bercée par les traditions russes, les goûters autour du samovar, ses premiers cours de danse chez une ancienne ballerine du théâtre Mariinski, la découverte des grands compositeurs, Tchaïkovski, Rimski-Korsakov, Rachmaninov. À mesure qu'elle parlait, il découvrait un monde inconnu. Élevé dans un milieu populaire, le raffinement lui était demeuré étranger jusqu'à ses voyages durant lesquels, en autodidacte, il avait arpenté sites archéologiques et salles de musée.

— Je ne m'attarde jamais devant une œuvre qui ne m'émeut pas.

— Pareil pour moi ! renchérit Macha.

Sous son regard attentif, elle porta son verre à ses lèvres. Depuis son arrivée, la nuit avait eu le temps de s'installer. Il alluma une lampe puis lui resservit du porto. Sans doute aurait-elle dû se lever et partir, pourtant elle ne l'empêcha pas d'ouvrir des paquets de chips et de pistaches. Tout chez lui était massif. Son corps rompu à la marche et aux sports, son visage aux traits burinés. On l'imaginait mal se priver de grands espaces ou de défis à relever. Depuis son arrivée, la sonnerie du téléphone n'avait pas retenti. Avait-il été marié ? Avait-il des enfants ? Par discrétion, elle n'osa pas poser la question. Ce fut lui qui aborda le sujet :

— La jeune fille que j'ai croisée est votre...

— Virginie est ma filleule, coupa-t-elle. Sa famille a dû quitter l'Algérie dans les conditions que l'on connaît. J'ai proposé de l'accueillir jusqu'à la fin de ses études.

En se faisant violence, elle ajouta :

— Je n'ai pas d'enfants.

— Moi non plus ! Enfin... je ne crois pas ! De toutes les façons, je n'aurais pas su les élever. Je suis trop égoïste. Trop fixé sur mes propres choix. Mon père n'a pas été un bon exemple.

Gilles songea à l'homme dont il portait le nom. Né juste avant la guerre de 14-18, il ne l'avait connu qu'à son retour du front. Un étranger s'était immiscé entre sa mère, ses deux sœurs et lui-même. Épuisé par les combats, la vermine des tranchées et tout ce qu'il avait vu ou subi, Robert Flavigny s'était désintéressé de ses proches. Sans enthousiasme, il avait repris son métier d'ouvrier typographe. Ses moments libres se passaient au café ou sur les hippodromes. Jamais il n'avait eu un geste de sollicitude ou de tendresse pour un membre de sa famille.

— Rien ne dit que vous lui auriez ressemblé ?

— Dans le doute, il est préférable de s'abstenir… Et vous ? Votre père ?

— Je ne l'ai pas connu.

— Il est mort avant votre naissance ?

— Je ne sais pas… Je ne le saurai jamais !

Stupéfaite d'avoir prononcé ces paroles, Macha se sentit chanceler. À personne elle n'avait avoué ce qui la hantait depuis tant d'années.

— Ma grand-mère et ma mère ont mis au point une version officielle à laquelle elles n'ont jamais dérogé. Il aurait combattu contre les bolcheviques et serait décédé au moment où elles ont quitté la Russie. Je suis née à Nice. Au premier étage de cet immeuble.

Se délivrer d'un secret ne suffisait pas. Il fallait qu'il tombât dans une oreille bienveillante. Gilles lui avait-il inspiré confiance ? S'était-il trouvé présent au moment opportun ?

— À l'école, pas mal de petites filles avaient perdu leur père à la guerre. Cela me simplifiait les choses. Je calquais mon histoire sur les leurs.

— Et aujourd'hui ?

— J'essaie d'être rationnelle. Si ma mère n'a rien voulu révéler, c'est qu'elle éprouvait de la honte. A-t-elle été trahie ? Abandonnée ?

— Elle a dit qu'il était mort. Pourquoi ne pas la croire ?

— Si c'était vrai, elle aurait évoqué leur rencontre, leur relation, des souvenirs communs ! Jusqu'à la fin de sa vie, elle est restée silencieuse. Mais je ne sais pas pourquoi je vous parle de cette histoire.

— De votre histoire, rectifia-t-il.

Au cours de ses pérégrinations, Gilles avait été confronté à des personnes dont le passé n'était pas toujours évident. Il arrivait fréquemment qu'on se confie à lui. Certes, il avait la capacité d'écouter, mais sa première qualité restait de ne pas porter de jugement et de ne pas penser à la place de son interlocuteur. Avec Macha, il ne dérogea pas à ce principe. Elle s'était réfugiée contre l'accoudoir du canapé comme si elle recherchait un appui. Une nuance de nostalgie filtrait dans son regard. En dépit de ce qu'elle venait de lui relater, il la pensait réservée et pudique. Rien à voir avec celles et ceux qui déballaient leur vie comme on vanterait une marchandise !

18

Macha hâta le pas. Lise lui avait donné rendez-vous au pied d'un immeuble qui bordait la promenade des Anglais. À l'approche du printemps, des marcheurs profitaient d'un ciel sans nuages. Devant les palaces, chasseurs et grooms veillaient sur les voitures et les bagages des clients. Des chiens tiraient sur les laisses pour flairer diverses odeurs. Une adolescente la doubla en patins à roulettes. De loin, elle aperçut son amie qui l'attendait.

— Excuse-moi ! Un pensionnaire m'a donné son congé. Je ne m'y attendais pas !

Elle terminait sa phrase lorsqu'un homme sortit d'une automobile qui redémarra aussitôt. Vêtu avec élégance, il maintenait un porte-documents sous son bras. Il les invita à pénétrer dans le bâtiment dont la construction remontait aux années vingt.

— Vous avez bien fait de me rappeler, dit-il à Lise. D'autres clients sont intéressés.

Au quatrième étage, il sortit un trousseau de sa

poche, ouvrit la porte palière et Macha retint une exclamation devant le flot de lumière qui, traversant de larges fenêtres, baignait le salon sur lequel donnait le vestibule. À la suite de l'agent immobilier, elles avancèrent jusqu'au large balcon qui dominait la baie des Anges. Pouvait-on rêver plus beau spectacle que cet arc de cercle frangé par la mer, jalonné de palmiers, destiné au farniente et aux plaisirs ? À leur gauche se découpaient la colline du Château et le mont Boron. À droite, un avion allait atterrir sur l'une des pistes de l'aéroport. Il était difficile de s'arracher à un tel spectacle !

Agacée par leur interlocuteur qui vantait les qualités de l'appartement, Macha resta à l'arrière d'une déambulation qui les entraîna du salon vers une salle à manger, deux chambres et une salle de bains. Lise, qui en était à sa seconde visite, posa des questions quant à l'état de la toiture, le nombre de copropriétaires, le coût des charges, les horaires du gardien. Depuis la fin du carnaval, elle avait visité une quinzaine d'habitations dans différents quartiers sans trouver la perle rare. L'avant-veille, alors qu'elle commençait à désespérer, on lui avait présenté ce lieu. La surface était deux fois plus petite que celle de sa villa, mais elle lui convenait. Elle rebroussa chemin jusqu'à l'une des chambres. Même si ses insomnies revenaient, elle ne les craindrait plus. Il lui suffirait de relever les stores et de contempler le rivage éclairé par les réverbères et les phares des automobiles. La certitude que le logement l'attendait devint si forte qu'elle décida que rien ne l'empêcherait de l'obtenir.

— Est-ce que le prix est discutable ?

— Je ne vous conseillerais pas de le faire ! Ce bien est rare et vous n'êtes pas la seule à l'apprécier.

— Alors... je fais une offre.

Par discrétion, Macha se réfugia dans la cuisine. À la place de Lise, elle aurait agi de la même façon. Depuis le début de l'année, elle constatait un changement dans son attitude. Non seulement son amie ne cherchait plus à s'étourdir au casino ou ailleurs, mais encore elle prenait des décisions qui bousculaient la vie dans laquelle elle s'était enfermée.

Au bout d'une demi-heure de discussion, le négociateur les quitta. Ce qui leur permit de s'exprimer librement.

— Je m'emballe peut-être, admit Lise.

— Tu as bien fait de t'engager.

— Sauf que je n'ai pas vendu la villa.

— Ton quartier est recherché. Tu devrais rapidement trouver un acquéreur.

Lise, qui détestait les démarches administratives, dut téléphoner au notaire, à sa banque, charger deux agences de vendre sa demeure. Depuis qu'elle se savait sur le départ, elle se sentait encore plus mal dans l'ancien domicile conjugal. Trop retiré de toute activité. Trop silencieux ! À Macha qui lui avait demandé si elle regretterait le jardin, elle avait répondu que contempler la mer surpassait tout.

Plusieurs visites se succédèrent, mais aucune ne déboucha sur une offre d'achat. Pour conjurer le sort, Lise commença à faire du tri dans ce qu'elle avait entassé au fond d'une pièce où elle n'entrait jamais. Commençant par les albums de photos, elle hésita à les feuilleter. En se faisant violence, elle s'empara de l'un d'entre eux et se regarda en train de rire avec des amis qu'elle ne voyait plus depuis son veuvage. Sur d'autres clichés, elle écoutait Daniel qui lui parlait à l'oreille. Il y avait longtemps qu'elle n'avait plus posé les yeux sur un portrait ou une image de son mari. Comment aurait-elle pu imaginer, durant leur union, qu'il cachait un secret délétère ? Rien dans son regard ou son expression ne laissait filtrer une once de duplicité. Ainsi, il avait supporté de s'enrichir en utilisant ce qui ne lui appartenait pas ? S'il avait survécu à sa pneumonie, aurait-elle un jour ou l'autre ouvert les yeux sur sa bassesse ? La révélation lui avait été assénée peu de temps après les obsèques. Sous le choc, elle s'était enfermée durant une longue période. Son entourage avait vu dans cet isolement une réaction à son deuil. La sidération céda peu à peu la place à un ressentiment qui oblitéra le reste. Méthodiquement, elle commença de piétiner ce qui les avait liés, vendit leur résidence parisienne, se débarrassa des meubles, vida les placards… Ni ses parents ni sa sœur ne se soucièrent de son état. De toutes les façons, elle ne leur aurait rien confié. Son seul dilemme restait d'affronter ou non son beau-père afin de lui réclamer des explications. Mais elle craignait cet homme austère que le décès de son fils unique avait ébranlé en profondeur. Refusant de se faire soigner contre la dépression dont elle souffrait, Lise perdit ses habituels repères. Elle dilapida d'importantes sommes d'argent et, pour occuper son oisiveté, noua des aventures sans lendemain... Aujourd'hui, un choix se profilait : soit elle continuait de se morfondre, soit elle se ressaisissait.

Un aspirateur de salive dans sa bouche, Lise comptait les secondes. La veille au soir, l'une de ses molaires était devenue douloureuse. Dès son réveil, elle avait appelé le cabinet du dentiste et obtenu un rendez-vous en milieu d'après-midi.

— Vous n'auriez pas dû attendre pour faire soigner votre carie, lui reprocha le praticien.

— Venir chez vous n'est pas ce que je préfère.

— Avec l'anesthésie, vous n'avez rien senti.

— Je peux à peine bouger la mâchoire.

En partant, Lise jeta un coup d'œil dans le miroir du vestibule. Non, elle n'avait pas le visage de travers ! Alors qu'elle parvenait à sa voiture, elle entendit qu'on l'appelait. En se retournant, elle ne vit personne. Le bruit insistant d'un klaxon la fit regarder vers sa gauche où une Alfa Romeo était arrêtée en double file. Christian en sortit.

— Je suis arrivé hier. J'allais te téléphoner !

Avec l'impression de ne pas articuler convenablement, elle le salua.

— Tu vas bien ?

Elle hocha la tête.

— Je comptais t'inviter à déjeuner un de ces prochains jours. On pourrait se retrouver sur le port de Villefranche. Chez La Mère Germaine.

— Excellente idée !

— Après-demain ? À treize heures ?

— D'accord.

Sans doute la trouvait-il peu loquace. Encore moins souriante. Elle hésita avant de lui révéler la vérité :

— Je sors de chez le dentiste. Ma joue est en bois !

— Ah… Je comprends mieux !

Tandis qu'elle roulait vers les hauteurs de Cimiez, elle s'étonna du plaisir que lui procurait cette rencontre inopinée. Depuis le début du mois de janvier, ses nouveaux amis ne lui avaient plus donné de nouvelles. Dans les journaux, elle avait vu qu'Hubert et son copilote figuraient parmi les concurrents du rallye de Monte-Carlo, mais qu'ils s'étaient classés parmi les derniers. Elle avait aussi lu qu'Alpine multipliait ses efforts pour se tailler une bonne place aux prochaines 24 Heures du Mans.

Lise s'impatientait. Cela faisait plus d'une heure qu'un couple de Hollandais visitait sa villa. Ils étaient arrivés en retard sur l'horaire prévu. Depuis, ils n'arrêtaient pas d'aller et venir entre le rez-de-chaussée et l'étage, multipliaient les incursions dans le jardin, posaient quantité de questions. Si elle ne quittait pas les lieux dans les dix minutes, elle serait en retard à son rendez-vous. De façon plutôt abrupte, elle les avertit qu'elle allait devoir s'en aller.

— Mes clients sont intéressés. Ils doivent partir ce soir pour Amsterdam et souhaiteraient entamer une discussion, s'insurgea la négociatrice qui les accompagnait.

— Permettez-moi de téléphoner...

Dans l'annuaire, Lise trouva le numéro du restaurant. Mais la ligne était occupée. Contrariée, elle revint sur ses pas. Peu habituée aux transactions financières, elle se fit violence pour refuser une première offre qu'elle jugea trop basse. L'homme était difficile à faire plier, mais elle perçut que la femme se projetait dans les lieux. En luttant contre son envie de tout accepter pour en finir, elle leur réclama un effort. Pendant que les époux discutaient entre eux, elle retourna téléphoner. Sonnant toujours occupé, le numéro était-il en dérangement ? Elle regarda sa montre. Christian devait l'attendre. Elle refit un essai. Appela le service des télécommunications pour signaler le problème. Puis revint vers le salon.

— Mes clients vous font une dernière offre.

Pour la forme, Lise fit semblant de réfléchir. Mais son cœur battait la chamade. Elle allait enfin se libérer de cette maison ! Il fallut remplir des papiers et un temps infini s'écoula jusqu'à ce que tout fût consigné. À peine fut-elle seule qu'elle ingurgita d'un trait une rasade de cognac. Puis elle se laissa tomber sur le sofa en espérant que ses acheteurs ne changeraient pas d'avis ! Certes, ils semblaient séduits... Mais tant que la transaction ne serait pas conclue, elle resterait prudente. Parmi ses pensées, une préoccupation se dessina. Que Christian ne l'eût pas appelée pour comprendre pourquoi elle lui avait fait faux bond signifiait qu'il s'était vexé. Elle se leva, décrocha le combiné et, cette fois-ci, composa son numéro. Il n'était pas chez lui ! Contrariée de ne pouvoir s'expliquer, elle réitéra l'appel jusqu'au milieu de la soirée.

Le lendemain, elle prit le chemin de Villefranche et se gara à quelques mètres du petit immeuble où elle était venue en décembre. Au deuxième étage, elle sonna, insista... Puis elle s'assit sur les marches de l'escalier, déchira une page de son agenda et, à l'aide d'un crayon, expliqua les raisons de son absence.

19

Les trois jours suivants, Lise ne reçut aucune nouvelle de Christian. Son message d'excuse l'avait-il laissé de marbre ? Qu'il pensât qu'elle s'était moquée de lui la contrariait. Depuis leur séjour à Auron, il faisait partie du nombre restreint de gens qu'elle ne voulait ni décevoir ni vexer. Alors qu'elle revenait du cinéma, elle reçut un coup de fil de sa mère qui rentrait de New York où elle avait rendu visite à sa fille cadette et à son petit-fils.

— Et toi ? Quoi de nouveau ?

— Rien de spécial.

Lise se gardant d'annoncer son changement de résidence, la conversation ne s'éternisa pas. En écoutant les uns et les autres évoquer des relations conflictuelles avec leurs parents, elle se demandait si son indifférence envers les siens ne la protégeait pas de chagrins et de déceptions. Après avoir raccroché, elle eut besoin de se changer les idées et plaça sur son tourne-disque *Get Off of My Cloud.*

Et, seulement à la fin de la chanson, entendit la sonnerie du téléphone. Pensant que sa mère avait oublié de lui dire quelque chose, elle décrocha.

— Lise...

— Oui.

— Je viens de trouver ton mot. J'étais à Menton depuis deux jours. Chez Tessa et Olivier.

— Ah... Je craignais que tu ne sois fâché !

— Si j'ai bien lu ton message, tu entames une nouvelle vie !

— Au cas où tu aurais un moment, je te raconterai...

— Malheureusement, je repars demain matin.

— Tu penses revenir bientôt ?

— Tout va dépendre de mon travail. Il est prévu que je fasse pas mal d'allers et retours entre Dieppe et Paris.

— Paris ! Je dois m'y rendre sous peu.

— Voilà qui simplifie les choses...

Il lui indiqua le numéro de son bureau.

— N'hésite pas à me prévenir quand tu connaîtras tes dates.

Lise perçut chez Macha un changement d'humeur qui coïncidait avec la permission de son mari.

— Je ne pense qu'au moment où il refera ses valises.

Elles avaient donné rendez-vous à Juliette sur le port d'Antibes où toutes les trois aimaient observer le va-et-vient des embarcations. Avant la construction du fort Carré et du bastion Saint-Jaume, l'anse avait constitué le point de départ de la première croisade. S'y côtoyaient des bateaux de pêche, de commerce et de plaisance autour desquels s'affairaient les marins.

— Est-il si difficile à supporter ? se renseigna Juliette.

— Il est rigide… Et obnubilé par ses propres préoccupations, répliqua Macha.

Bernard était arrivé hâlé, plutôt de bonne humeur. Il avait investi le domicile comme s'il l'avait quitté la veille, appelé des amis de longue date, établi des projets de sorties. Pour conserver sa liberté, Macha prétextait des tâches à accomplir. Non sans tristesse, elle découvrait la fluctuation des sentiments. En ce qui les concernait, la routine ou la monotonie n'en étaient pas la cause. Il s'agissait plutôt d'aspirations divergentes. En l'écoutant, Juliette se félicitait d'être célibataire. Sourde aux injonctions de ses parents qui rêvaient de la voir mariée, elle se moquait de ne pas coller au schéma que valorisait la société. Deux fois, on lui avait demandé sa main. Sans la moindre hésitation, elle avait refusé. Et elle ne le regrettait pas. Être la seule à décider ce qui lui serait ou non favorable demeurait sa priorité. Aujourd'hui, elle fixait son attention sur le développement de son affaire. Elle avait pris contact avec un confectionneur auquel elle venait de déléguer la réalisation de la prochaine collection. Parmi ceux qu'elle avait rencontrés, il semblait le plus compétent. En revanche, le coût dépassait ses prévisions. Un autre problème surgissait. Deux boutiques, l'une à Cannes et l'autre à Nice, souhaitaient vendre ses modèles. Ce qui signifiait qu'elle devrait fabriquer plus, quitte à prendre davantage de risques financiers. Face à ce nouveau dilemme, elle s'était souvenue que François Petri lui avait proposé ses conseils.

De retour à Nice, boulevard Victor-Hugo, Juliette emprunta l'ascenseur d'un immeuble cossu. Au cinquième étage, une secrétaire la fit patienter dans un salon à la décoration épurée. Bientôt, la porte s'ouvrit devant François qui la guida vers son bureau.

— Merci de me recevoir, dit-elle en s'asseyant.

Il l'écouta avec attention tandis qu'elle résumait sa situation, demanda des éclaircissements, prit le dossier qu'elle avait apporté, en tourna les pages.

— Ce serait dommage de ne pas profiter de la situation. La presse vous a remarquée. Des gens veulent vendre vos modèles.

— C'est ce que je me répète. Mais j'ai déjà pris un crédit et la banque ne me prêtera pas davantage.

— Une autre pourrait le faire.

— Je n'ai aucun bien à hypothéquer.

— Votre garantie, ce sont vos collections à venir ! Vous devez les mettre en avant ! Si vous le souhaitez, je pourrai vous faire rencontrer un financier.

— Je n'étais pas venue pour vous demander ce service.

— Je le sais.

Lorsque Juliette lui avait fait signe, François s'était souvenu de leur déambulation dans l'ancien hôtel Annabella et de sa proposition de la conseiller au cas où elle le désirerait. En la voyant, assise face à lui, il pensait qu'il fallait lui donner sa chance. Cette femme sortait de l'ordinaire. De plus, elle était belle. D'autres auraient joué de cet attrait, mais elle donnait l'impression de n'attacher aucune importance à son pouvoir de séduction. Son regard vif, un sourire éclatant et un corps cinématographique ne pouvaient laisser indifférent. En tout cas, pas lui !

— Je ne vous promets pas qu'il acceptera. Mais ce serait dommage de ne pas essayer, l'encouragea-t-il. Prenez le temps d'y réfléchir et…

— Si je réfléchis trop, je risque de refuser !

— Dans ce cas, nous allons lui téléphoner.

Tandis qu'il composait le numéro, elle sentit croître sa nervosité.

— Monsieur Imbert… Je vous appelle au sujet d'une personne qui aimerait vous parler d'un projet qui me paraît intéressant. Seriez-vous d'accord pour la rencontrer ? Non, ce n'est pas dans le secteur de l'immobilier… Entendu… Je lui donnerai vos coordonnées et elle prendra contact avec vous. Son nom ?

François lança un regard à sa visiteuse.

— Vial, chuchota-t-elle.

Lorsqu'il raccrocha, il constata sur un ton amusé :

— J'ignorais le principal.

— Merci d'être intervenu.

Pendant qu'il écrivait sur une feuille de papier les indications dont elle aurait besoin, elle se leva.

— Si vous passez un jour par Antibes, je vous ferai visiter le magasin.

Juliette trouva Virginie en train de ranger le chèque d'une cliente qui venait d'acheter deux robes et une minijupe. Depuis le mois de février, la jeune fille la remplaçait deux fois par semaine à la boutique. Ce qui, pour des raisons différentes, les arrangeait.

— Nous n'avons plus de 38 et de 40 pour les pantalons grèges. Les derniers sont partis ce matin.

— J'avais pourtant prévu large.

— Plusieurs personnes ont demandé d'être prévenues quand il y aura un réassort. Autre chose... Une Italienne est passée. Elle voulait la tunique en mousseline que nous avons mise de côté pour Lise.

— C'est la dernière ! Il n'y en aura plus.

— Je le lui ai dit. Elle a fini par choisir une veste et m'a demandé de lui faire un prix.

— En quel honneur ?

— Elle venait de la part d'Enzo.

— Ah ! Il s'agit certainement de sa conquête. Elle t'a paru sympathique ?

— Pas vraiment.

— Il en est fou !

— J'ignorais cet épisode. Mais nous ne nous

sommes plus parlé depuis le pique-nique à la Garoupe.

Virginie n'ajouta pas qu'ils s'étaient croisés dans un café de la place Garibaldi et qu'Enzo avait feint de ne pas la voir. Qu'avait-elle dit ou fait pour qu'il l'évitât ? Un séjour inattendu à Paris avait balayé la question de son esprit. Sa mère avait fait une tentative de suicide. La femme de ménage l'avait trouvée gisant sur son lit. Après un lavage d'estomac, elle était retournée à la clinique, où son dossier médical s'épaississait. Face à son père dépassé par l'événement et une situation qui se dégradait, Virginie oscilla entre des pensées contradictoires. Devait-elle continuer de vivre à Nice chez Macha ou réintégrer le foyer familial pour veiller sur sa mère lorsque celle-ci s'y réinstallerait ? Ce qui signifierait abandonner son rêve de devenir hôtesse de l'air. Face à l'ampleur du sacrifice, elle avait téléphoné à Macha pour lui demander son avis.

— Ta mère n'est pas seule. Ton père vit avec elle.

— Je pense qu'il est avec quelqu'un.

— Peut-être… mais il n'est pas parti. Quant à ton frère pour lequel tu te fais du souci… Il admet ne pas se déplaire dans sa pension. Vous avez tous les deux connu suffisamment de tourments pour pouvoir souffler.

— Et si elle recommençait…

— Je la connais depuis longtemps, Virginie. En Algérie, elle a mené l'existence dont elle rêvait. Et elle n'a pas envie d'autre chose. Que tu sois ou non à Paris ne changera rien. En revanche, tu passeras à côté de tes propres ambitions.

Après une conversation avec son père qui partageait la même opinion, Virginie était revenue à Nice. Travailler pour Juliette lui donnait l'impression d'être utile. Tout en poursuivant son apprentissage de l'anglais, elle aimait s'occuper du magasin, discuter avec les clientes.

À son retour d'Antibes, elle croisa Bernard dans le couloir de la pension. Depuis son arrivée, l'ambiance avait changé. Comme si tout s'était figé !

— Macha ne sera pas là pendant les deux prochains jours, lui dit-il. Elle est partie chez ses amis Jean et…

— Suzanne.

— Tu les connais ?

— Je les ai rencontrés plusieurs fois.

Il se dirigea vers le salon. Ce qui soulagea Virginie qui n'avait pas envie de poursuivre la conversation. Décidément, ce qu'elle découvrait du monde des adultes n'était guère encourageant ! Après une guerre vécue de plein fouet, tous s'étaient jetés sans réfléchir sur ce qui leur paraissait prometteur. Mariages hâtivement décidés, enfants transformant trop rapidement un couple en famille, hommes accaparés par leur soif de réussite, femmes assujetties au bon vouloir de leurs époux… Rien de positif n'émergeait de ce tableau !

20

Sur un coup de tête, Macha avait décidé de rendre visite à ses amis et proposé à Lise de l'accompagner.

— Puisque tu t'intéresses aux plantes...

Dans un paysage que nul vilain bâtiment ou réclame ne défigurait, la voiture roula le long de routes de moins en moins empruntées.

— Ils ont choisi de vivre au bout du monde, remarqua Lise.

Suzanne et Jean les accueillirent dans leur salle rudimentaire où, en fin de journée, un feu fut allumé. Alors que les flammes crépitaient dans la cheminée, un chat tigré s'allongea devant l'âtre. En buvant une infusion de thym, Macha se libérait de la tension des derniers jours et réfléchissait. N'était-elle pas injuste envers Bernard ? Elle-même n'était pas exempte de défauts. La sérénité de ses hôtes l'aida à se reprendre. Chez eux, rien n'était compliqué. Lorsqu'elle avait, un jour, demandé à

Suzanne si elle se disputait avec son mari, celle-ci ne s'était pas dérobée :

— Il m'arrive de m'énerver quand Jean oublie ce que je lui ai demandé ou se consacre trop à ses plantes. Mais on se réconcilie rapidement !

Le lendemain, sous un soleil éclatant, tous les quatre parcoururent plusieurs kilomètres avant de s'arrêter au bord d'un torrent pour se désaltérer. Jean sortit de sa besace des fruits secs qu'ils partagèrent. Puis ils repartirent. Au fil de leur pérégrination, il désigna des plantes, en cueillit certaines tout en expliquant leurs vertus à ses compagnes. Au retour, les trouvailles furent déballées, triées et rangées. Tandis que se déroulait le rituel, Lise prenait conscience de la somme de connaissances thésaurisées en ce lieu retiré. Seuls quelques voisins et des gens avertis par le bouche-à-oreille bénéficiaient du savoir de Jean. À moins qu'il n'eût commencé d'initier Macha qui avait l'air à son aise au milieu des mélanges et des décoctions. Elle la vit prendre des notes dans un épais cahier à spirale, enfermer des poudres dans des boîtes avant de les étiqueter, nettoyer des bocaux.

Sur le chemin du retour, elles abaissèrent la capote du cabriolet. Les journées se rallongeant, elles profitèrent du panorama qui, à mesure que se rapprochait la mer, emplissait leurs regards. L'une d'entre elles était née au bord de la Méditerranée, l'autre pas. Toutes les deux éprouvaient néanmoins le même attachement pour cette région qui s'offrait avec autant de générosité. Où trouver une végétation si luxuriante, des couleurs aptes à se juxtaposer sans se nuire, une lumière consolatrice de maux et de chagrins ? Tandis que la circulation devenait plus dense, Lise se renseigna :

— Jean a-t-il prévu de transmettre ses compétences ?

— Il n'est pas à l'article de la mort ! s'insurgea Macha.

— Cela n'empêche pas d'être prévoyant.

— Il n'en parle pas.

— Qui dit qu'il ne t'a pas choisie ?

— Moi !

— Tu es la seule à qui il délivre certains secrets.

— Parce qu'il sait que ses recherches m'intéressent.

— Il n'a jamais pensé à commercialiser ses tisanes ?

— Commercialiser ses tisanes !

— Ce serait un acte altruiste.

— Sache que l'herboristerie n'est plus reconnue depuis 1941. Il faut être pharmacien pour pouvoir prescrire des préparations.

— J'ai vu que des produits naturels pour le corps et les cheveux se développaient.

— Il s'agit d'autre chose.

Elles étaient arrivées devant la pension. Macha saisit son sac de voyage et un paquet de décoctions sur la banquette arrière. Alors que Lise redémarrait, elle vit que l'on ouvrait une fenêtre au deuxième étage de son immeuble. Une femme blonde d'une quarantaine d'années se profila pour arroser des plantes. Gilles venait de rentrer d'un voyage. Et il n'était pas seul !

Bernard lisait *Nice-Matin* dans le salon.

— Ton escapade était agréable ? demanda-t-il à Macha lorsqu'elle franchit la porte.

— Reposante !

— J'aurais aimé t'accompagner. Mais tu ne me l'as pas proposé.

— Tu te serais ennuyé.

— Qu'en sais-tu ?

En allant déballer ses affaires dans la chambre, elle coupa court à la conversation. Sur l'une des tables de chevet, il avait déposé un roman de science-fiction. Aucun de ses vêtements ne traînait sur le lit ou l'un des sièges. Dans la marine, on avait l'habitude de ranger ! Macha passa dans la salle de bains pour se laver les mains et se recoiffer. Puis elle fit un tour dans la cuisine où elle trouva le dîner préparé par l'employée. Pendant que la blanquette réchauffait, elle assaisonna la salade, sortit les fromages de leurs emballages, les plaça sur un plat. Virginie ayant prévenu qu'elle allait au cinéma, Macha aurait droit à un tête-à-tête avec son époux. Un ronronnement de voix lui indiqua qu'il venait d'allumer la télévision pour écouter les informations. Depuis quelques jours, le retrait de la France du commandement intégré de l'OTAN mobilisait son attention. Alors qu'elle entrait dans la salle à manger où le couvert était mis, des rires à l'extérieur l'attirèrent vers la fenêtre. Gilles et la femme qu'elle avait vue au balcon traversaient la rue. L'image lui serra la gorge. Les enviait-elle de partager une complicité qui échappait à son couple ? Ou bien… Elle refusa de s'attarder sur une pensée qui la mettait mal à l'aise. D'autant que Bernard venait de la rejoindre.

— Je commence à avoir faim.

— C'est prêt.

Ils passèrent à table. De son mari, Macha connaissait les manies. Sa façon de lisser la serviette sur ses genoux, de vérifier l'alignement des verres, de boire quelques gorgées d'eau avant d'entamer le repas, de trier avec minutie les aliments dans son assiette.

— Du vin ? proposa-t-il.

En l'observant, elle constata qu'il vieillissait peu. Grand, mince, rompu aux exercices physiques, il donnait l'impression que rien ne lui réclamait de véritables efforts. Servir dans la marine avait non seulement forgé son corps, mais aussi son caractère. Dur au mal, peu démonstratif, privilégiant la discipline et la rigueur, il portait sur son entourage un regard peu amène. « *Never complain, never explain* » s'avérait l'une de ses devises favorites. Macha ne l'avait jamais vu déstabilisé. Encore moins ému. Était-il imperméable aux émotions ou parvenait-il à les contrôler ? Autrefois, elle se posait des questions quant à ses escales. Que faisait-il durant ces pauses où les plaisirs s'offraient sans parcimonie ? Au cinéma, plusieurs films lui avaient indiqué combien les bars, les bouges et les aventures tarifées étaient plébiscités. Jamais elle n'avait posé de questions à son époux qui, de son côté, se préoccupait peu de ce qu'elle faisait durant ses absences tant il était sûr qu'elle l'aimait. Ainsi ne voyait-il pas qu'elle partageait le lit conjugal sans empressement. L'ennui qu'elle éprouvait à ses côtés avait étouffé le désir qui, autrefois, les jetait l'un vers l'autre. Il arrivait à Macha de rester les yeux ouverts une partie de la nuit en se demandant combien de temps elle accepterait de vivre ainsi. Bientôt, il partirait rejoindre le *De Grasse* qui, après deux ans de travaux à Brest, venait de reprendre la mer. Heureux de retrouver le croiseur antiaérien, à bord duquel il avait accompli des missions aux Antilles et un tour du monde, il se préparait à naviguer en Polynésie française où le bâtiment ferait partie du groupe opérationnel des expérimentations nucléaires dans le Pacifique.

Durant le repas, ils évoquèrent leurs prochaines occupations. Bernard prévoyait d'assister à l'arrivée d'une course cycliste et s'était inscrit pour un match de ping-pong. Entre-temps, il jouerait à la pétanque avec des habitués. La marine rendait-elle routinier ? Macha finissait par le penser. Avec soulagement, elle lui présenta la corbeille de fruits. Le dîner touchait à sa fin. Alors qu'elle épluchait une pomme, Bernard émit une remarque qui ne manqua pas de l'agacer :

— Pendant ton absence, Virginie n'est rentrée que pour dormir. Je me suis demandé si elle ne se croyait pas à l'hôtel !

— Quelle idée !

— En la défendant, tu ne lui rends pas service.

— Entre ses cours et un travail à mi-temps, il est normal qu'elle cherche à se distraire.

— À ta place, je serais moins permissive. Elle est sous ta responsabilité et…

— Bernard… Tu n'as pas besoin de m'expliquer comment veiller sur Virginie. Avant de l'accueillir, j'ai réfléchi à l'engagement que cela représentait. Elle a connu des moments difficiles. Et je suis heureuse de l'aider à les surmonter.

Sentant l'énervement la gagner, Macha emporta la vaisselle utilisée dans la cuisine. Au moment où elle atteignait l'évier, la pile glissa et des assiettes se cassèrent.

— Qu'est-ce que tu as fait tomber ? s'enquit Bernard.

— Rien d'important.

Furieuse contre sa maladresse, elle s'empara d'une pelle et d'un balai afin de ramasser les débris. Elle qui pleurait peu se mit à sangloter. Attrapant un torchon propre, elle le pressa contre sa bouche. Quand elle recouvra un semblant de calme, elle constata que la télévision avait été rallumée. Point positif : jusqu'à la fin du programme, elle serait tranquille ! Dans sa chambre, elle tira les rideaux et, sa toilette terminée, se glissa entre les draps. Au bout d'un moment, alors qu'elle commençait à s'endormir, elle entendit des pas résonner à l'étage au-dessus. Son voisin venait de rentrer avec sa dernière conquête.

21

Macha préparait une liste de fournitures à acheter lorsqu'on sonna. C'était l'heure où le facteur déposait le courrier.

— Bonjour, madame. J'ai sonné chez votre voisin mais il n'y a personne. Est-ce que vous accepteriez de lui remettre ce paquet ?

Elle n'avait pas parlé à Gilles depuis sa visite, chez lui, au mois de février. Entre-temps, il s'était absenté. Puis il était revenu accompagné de la femme blonde qu'elle avait aperçue à plusieurs reprises.

L'après-midi, Macha vaqua à diverses occupations. Bernard embarquant dans quelques jours à bord du navire qui rejoindrait le *De Grasse*, elle emporta quelques-uns de ses vêtements à la teinturerie. À mesure qu'approchait leur séparation, elle se demandait si elle trouverait l'énergie d'aborder les sujets épineux. Non sans lâcheté, elle se persuadait que rien ne pressait puisqu'il allait s'attarder longtemps en Polynésie... Sans doute était-il impatient de retrouver la vie à bord, la fraternité avec les autres membres de l'équipage. Depuis leur mariage, il avait passé plus de temps dans des contrées lointaines que chez eux. Pas une fois il n'avait évoqué leur avenir. Comme si tout était irrémédiablement établi. Bernard faisait partie de ces personnes qui, une fois engagées, ne revenaient plus sur leur décision.

Aux alentours de dix-neuf heures, elle s'empara du colis et monta au deuxième étage. Personne ne se présentant après qu'elle eut sonné, elle se préparait à redescendre quand la porte s'ouvrit. En se retournant, elle découvrit la femme blonde en peignoir de bain.

— Excusez-moi de vous déranger. Je suis votre voisine et le facteur n'a pas pu laisser ce...

— Gilles m'a parlé de vous. Mais nous ne nous sommes pas encore croisées.

— En effet.

— Pardon de me présenter dans cette tenue.

— Je vous en prie, répondit Macha en tournant les talons.

Revenue chez elle, elle lutta contre un malaise qu'elle ne s'expliquait pas. Était-ce d'avoir pénétré l'intimité de Gilles et de sa compagne – qui était plus jeune qu'elle ne l'avait pensé – et de se rendre compte qu'elle l'enviait ? Cette découverte augmenta sa sensation d'inconfort. Le peu de temps qu'elle avait passé avec son voisin occupait-il une place plus importante dans sa mémoire qu'elle ne l'aurait supposé ? Jusque-là, elle avait refusé de s'attarder sur le plaisir que lui procurait sa présence. Pour arrêter de réfléchir, elle se rendit dans son bureau et se pencha sur la comptabilité de la pension. Récemment parti, l'un des trois locataires avait été remplacé par une jeune femme qui, en dehors de son travail de dactylo, participait à des crochets radiophoniques. Macha la soupçonnait d'être venue à Nice pour rejoindre un amant marié. Ce qui expliquait des allées et venues à des heures improbables.

Alors qu'elle fermait à clé la voiture dont Bernard venait de sortir ses bagages, Macha perçut ce que devait ressentir un marathonien lorsqu'il se rapprochait du but. Pour se donner bonne conscience, elle essaya de se montrer affable, presque tendre, tandis qu'ils pénétraient dans la gare. Autour d'eux, les passagers se débattaient contre des valises trop lourdes. Des porteurs poussaient leurs diables. Sacs en bandoulière, un groupe de militaires regardaient l'un des panneaux d'affichage. En se frayant un chemin au milieu de la foule, le couple accéda au quai puis au compartiment où une place était réservée.

— Ne monte pas. C'est inutile, dit Bernard en se penchant pour embrasser sa femme sur la joue.

Connaissant sa pudeur, Macha n'insista pas. Par la vitre, elle le regarda sortir des journaux d'un porte-documents, les déposer sur la banquette. Puis il s'approcha de la fenêtre, l'abaissa.

— Tu ne vas pas attendre le départ...

Revenue à la pension, elle se souvint de l'appréhension que leur provoquait toute séparation au début de leur mariage. Une impression de vide l'envahissait. Mais n'était-ce pas normal après ces quelques semaines de cohabitation ?

— Je ne t'ai pas entendue rentrer, s'étonna Virginie en la croisant dans le couloir.

Se savoir à nouveau seule avec sa marraine la réjouissait. Durant son séjour, Bernard lui avait peu parlé. Si peu que, se sentant en trop, elle s'était sciemment attardée à son travail ou chez des amis. Bruno, avec lequel elle avait suivi des cours d'anglais, louait un deux-pièces près de la place Saint-François. Non seulement il était parvenu à garder son emploi au Negresco, mais son salaire lui donnait la possibilité de ne plus vivre dans sa famille. Chez lui, on pouvait se réunir, discuter, danser. Pour l'instant, elle n'avait pas de flirt et ne s'en portait pas plus mal. Ajoutée à celle de Macha, l'influence de Juliette la rendait plus exigeante quant à ses occupations et la préparation de son avenir.

Sur les conseils de François Petri, Juliette avait appelé M. Imbert et obtenu rapidement un rendez-vous. Cette fois-ci, il n'était plus question de traiter avec son habituel banquier, mais de convaincre un inconnu que son projet méritait qu'on le finançât. Sans l'aide de quiconque, elle s'était préparée à l'entretien, avait rédigé et tapé à la machine un dossier. Son interlocuteur la reçut dans un bureau qui ne respirait pas le luxe. Poli mais froid, il la questionna sur son entreprise, son chiffre d'affaires, ses projections pour les trois années à venir. Sans enjoliver la vérité, elle lui brossa un tableau clair de sa situation. Lorsqu'il la raccompagna, elle aurait été incapable de dire s'il l'avait ou non prise au sérieux. Pour ne pas s'adonner au pessimisme, elle passa chez sa mère.

— Si tu n'obtiens rien de ce monsieur, tu trouveras quelqu'un d'autre.

— Maman... Personne ne me connaît.

— Les gens célèbres ne l'ont pas toujours été. Tous ont débuté...

Le temps s'écoula sans qu'aucun signe ou courrier rassurât Juliette. Un matin, alors qu'elle ne se faisait plus d'illusions, M. Imbert lui fixa un rendez-vous. Jusqu'au moment où il lui annonça qu'elle avait obtenu son prêt, elle s'était interdit de se réjouir. En se pinçant, elle l'écouta détailler l'engagement qui les lierait.

— Partez avec ces documents... Et lisez-les tranquillement.

Le lendemain, elle se plongea dans les papiers en question. Puis elle téléphona à François Petri.

— J'espérais que votre démarche aboutirait, répondit-il en apprenant la nouvelle.

— Est-ce que cela vous ennuierait de vérifier les clauses du prêt ?

— Si j'ai bonne mémoire, votre magasin se trouve à Antibes. Après-demain, je dois visiter un terrain à Golfe-Juan. Je pourrais m'arrêter au retour. Donnez-moi votre adresse...

Pendant que Juliette accrochait à une patère sa veste détrempée, François se sentit projeté dans un monde de préciosité et de raffinement bienfaisant après le chemin qu'il venait de parcourir sous des cataractes de pluie.

— On voyait à peine la route...

— Montons.

Une odeur de santal flottait dans le salon où elle lui proposa de s'asseoir. Il remarqua qu'elle aimait les plantes, l'exotisme et l'accumulation de coussins.

— Est-ce que de l'alcool vous ferait du bien ?

— Pourquoi pas ?

— Martini ? Porto ?

— Un martini fera l'affaire.

Il entendit le bruit des glaçons qui tombaient dans le verre avant qu'elle ne le lui tendît. À son tour, elle s'assit. Une nouvelle fois, il remarqua la grâce de ses mouvements. Sans doute avait-elle fait de la danse. Il le lui demanda.

— À Madras, j'ai suivi des cours de bharata natyam.

En quelques phrases, elle expliqua les rudiments

de cette danse pratiquée par les jeunes filles en Inde du Sud. Non seulement il l'écouta avec un intérêt non feint, mais il continua aussi de la questionner sur ses voyages.

— Adolescent, je rêvais de parcourir le monde.

— Il n'est pas trop tard !

— Il faudrait que j'arrête de me croire indispensable.

En prononçant ces paroles, il ne songeait pas qu'à son métier. Ses enfants avaient besoin de sa présence. Agnès avait dix ans. Arnaud, huit ans. Avec Nelly, leur mère, ils les emmenaient régulièrement en Italie et en Espagne. Des parenthèses où tous les quatre se baignaient, naviguaient, visitaient des monuments. Mais tout cela ne sentait pas l'aventure.

Juliette se leva pour lui remettre le dossier. Pendant qu'il le lisait, elle redescendit dans la boutique et découvrit que l'eau commençait à s'infiltrer sous la porte. Il y avait longtemps qu'il n'avait pas plu avec autant de force. À l'aide d'une serpillière, elle bloqua l'écoulement puis remonta.

— Je n'ai rien décelé qui prête à méfiance ou à discussion, la rassura son visiteur.

— Vous m'encouragez à contracter ce prêt ?

— Je peux simplement vous dire que ces gens sont corrects.

Il regarda sa montre, puis s'approcha de la fenêtre.

— Est-ce que je peux téléphoner ?

— Bien sûr.

Par discrétion, elle alla dans la pièce voisine. Ce qui ne l'empêcha pas d'entendre ses propos.

— Nelly... Je suis bloqué à Antibes... Un déluge ! Je vais attendre que la circulation redevienne possible... D'accord... À tout à l'heure...

En le voyant prêt à partir, Juliette s'étonna.

— Où allez-vous ?

— Patienter dans ma voiture.

— Vous n'êtes pas bien chez moi ?

— Je ne vais pas m'incruster. Vous avez sûrement des choses à faire.

— J'ai tout mon temps.

— Je ne vous crois pas, répliqua-t-il en désignant les vêtements déposés à côté de la machine à coudre.

— Ce ne sont que des retouches.

Hormis le souci que lui procurait l'idée d'emprunter de l'argent, Juliette donnait l'impression de résoudre sans difficulté les tâches qui lui incombaient. Autour de François, peu de femmes se lançaient dans les affaires. Encore moins lorsqu'il s'agissait de défendre leur propre création ! Nelly n'avait jamais désiré travailler. Née dans une famille aisée, elle avait accompli des études dans de bonnes institutions et s'était arrêtée après l'obtention du baccalauréat. Lorsqu'ils s'étaient rencontrés, elle avait souhaité se consacrer à leur relation amoureuse puis à leur vie de famille. Ils habitaient au nord de Nice, non loin de la cascade de Gairaut, dans la villa qu'ils avaient achetée puis embellie. Au milieu des collines, ils profitaient d'un jardin, d'une piscine et d'une vue sur la mer. Lui qui avait grandi près du port, derrière le cours Saleya, s'était demandé si l'agitation du vieux Nice ne lui manquerait pas. En rentrant de journées ponctuées de nombreux rendez-vous, il avait mesuré sa chance de vivre au milieu d'une nature préservée.

Avant de se rasseoir, il se pencha sur des croquis.

— Est-ce que je peux les regarder ?

— En principe, je ne les montre à personne. Mais je vais faire une exception.

Sur chacune des feuilles étaient épinglés des échantillons de tissu auxquels s'ajoutaient des annotations. Juliette s'était approchée afin de les regrouper et il sentit son parfum. Alors que l'une d'entre elles venait de tomber, il se pencha pour la ramasser. Au moment où il la lui rendait, il ne résista pas à la prendre dans ses bras et, alors qu'il craignait d'être écarté, elle se serra contre lui. Repoussant ses cheveux, il posa ses lèvres sur sa tempe, chercha sa bouche. Son corps se colla au sien et, étroitement enlacés, ils tanguèrent jusqu'au canapé où il fallut peu de temps pour qu'ils se débarrassent de leurs vêtements. Nue et consciente de son pouvoir, Juliette se cambra. Avait-il caressé des seins plus parfaits ? Elle prit sa main pour la poser sur son ventre puis l'amena vers son pubis. À son tour, il se redressa pour la renverser dans les coussins.

Lorsqu'il se leva, Juliette ne bougea pas. Sans doute venaient-ils de commettre l'erreur qui les éloignerait l'un de l'autre. Mais n'avaient-ils pas joué avec le feu ? Depuis la visite de l'hôtel Annabella, François l'attirait. Incontestablement, il était séduisant, mais ce n'était pas son seul atout. Quelque chose chez lui l'émouvait. Et ce qu'ils venaient de partager s'ajoutait à l'idée qu'ils n'auraient pu s'éviter. Qu'importait ce que leur réservait l'avenir, elle ne regretterait pas leur complicité et l'intense plaisir qu'ils venaient de s'offrir. En le voyant ramasser sa chemise et son pantalon, elle se demanda comment il allait se comporter. Faisait-il partie des coureurs invétérés qui orchestraient à la perfection leurs aventures extraconjugales ? Lorsqu'il fut habillé, il revint vers elle et déposa un baiser sur son épaule. Puis il la regarda longuement.

— Je dois rentrer.

— Je sais.

Sans qu'il eût besoin de s'exprimer davantage, elle perçut qu'il aurait aimé s'attarder. Elle se souleva, glissa ses bras autour de son cou, posa sa joue contre la sienne. Puis elle se détacha pour le laisser partir. Sans bouger, elle l'entendit descendre l'escalier, traverser la boutique, en ouvrir la porte. Dehors, l'averse s'était en partie calmée. Elle l'imagina en train de parcourir la distance qui le ramenait chez lui. S'en voulait-il d'avoir cédé à ce qu'ils n'avaient ni l'un ni l'autre prémédité ? D'habitude, elle ne se posait pas de questions quant à l'état d'esprit de ses partenaires. Au gré de ses expériences, elle avait appris à se protéger. Ce soir, ce qu'elle éprouvait la surprenait.

22

Avec l'aide de Virginie, Juliette réceptionna la collection printemps-été qui venait d'être livrée. Après avoir vérifié la qualité des finitions, elle se félicita d'avoir choisi un bon fabricant. Depuis quelques jours, elle avait avancé dans les formalités relatives à son prêt et revu les propriétaires des boutiques qui voulaient vendre ses modèles. L'encourageant dans son désir de s'agrandir, trois magazines de mode projetaient de l'interviewer. Face à ces nouvelles, elle s'efforçait de garder la tête froide.

Comme elle l'avait prévu, François ne se manifesta pas. Sans doute voulait-il oublier ce qu'il considérait comme un dérapage. Respectant sa décision, elle se montra discrète. Et lorsque son souvenir devenait trop présent, elle cherchait à se distraire. La belle saison approchant, les terrasses de café étaient recherchées et l'on reprenait le chemin des plages où les plus téméraires commençaient à se baigner.

Juliette vérifiait des tailles quand Virginie lui demanda si elle n'avait pas envie de changer les deux vitrines.

— Pourquoi pas ? Tu te sens le courage de le faire ?

— Le plus difficile sera de choisir.

Après avoir réfléchi à un assemblage de couleurs, Juliette sélectionna des robes, des minijupes et des shorts. Virginie se déchaussa, accrocha à son bras une pelote piquée d'épingles puis se glissa dans la devanture afin d'y créer un ensemble séduisant. Juliette lui tendait une tunique lorsqu'elle vit Enzo garer sa moto à côté des remparts.

— Dis-lui que je ne suis pas là ! prévint-elle Virginie avant de grimper à l'étage.

Sans comprendre la raison de cette fuite, la jeune fille suivit du regard le visiteur qui s'approchait. La découvrir, agenouillée dans la vitrine, le surprit.

— J'ignorais que tu travaillais pour Juliette.

— Deux fois par semaine.

— Elle est là ?

— Elle est partie voir des fournisseurs.

— OK. Tu lui diras que je suis passé.

Alors qu'il s'éloignait, Virginie se demanda une nouvelle fois pourquoi il se montrait si distant. Elle aurait été un mannequin de cire, il n'aurait pas agi différemment. À sa vexation se mêlait de la peine. Elle se souvenait combien ils s'étaient amusés en dansant des rocks endiablés lors de leur première rencontre.

— La voie est libre ! cria-t-elle.

Juliette redescendit en expliquant :

— Il a pris la mauvaise habitude de venir me raconter ses peines de cœur.

— Avec l'Italienne ?

— Son séjour s'est mal passé. Depuis qu'elle est repartie à Turin, elle n'a plus donné de nouvelles.

— Il la regrette ?

— À croire qu'il est masochiste ! En tout cas, je suis saturée de leur histoire. Imagine... Si nous étions tous à pleurnicher sur nos déboires amoureux.

En entendant ces paroles, Virginie pensa que Juliette ne devait guère connaître ce genre de situation. Quel homme lui aurait résisté ?

Lise n'invitant personne, Juliette n'avait pas mis les pieds à Cimiez depuis une éternité. À peine entrée dans le salon, elle eut l'impression que rien n'avait bougé depuis sa dernière visite.

— Personne ne croirait que tu vas déménager.

— En rentrant de Paris, je commencerai à faire du tri. Mais je n'emporterai pas grand-chose.

— Si je comprends bien, tu veux changer ta vie de fond en comble !

— Est-ce que j'y parviendrai ?

Lise ayant l'habitude d'éluder ce qui revêtait de l'importance, Juliette tenta d'en savoir davantage.

— Pourquoi pas ?

— Depuis des années, je n'ai rien accompli. J'aimerais tellement posséder un dixième de ton énergie.

— Tu romps avec une situation qui ne te convenait plus. C'est un bon début.

— À condition que je ne me contente pas de changer d'endroit.

— Chaque chose en son temps ! Ce n'est pas facile d'être veuve à ton âge !

— Juliette, je ne regrette pas ma vie avec Daniel. Je regrette seulement de l'avoir rencontré.

— Mais tu l'as épousé...

— Pour quitter ma famille. Et sortir Antoine de ma tête !

— Antoine ! Il est en Afrique depuis plus de dix ans !

— Je n'ai jamais accepté notre séparation.

— Pourquoi ne m'en as-tu pas parlé ?

— Je me sentais ridicule.

Après un silence, Lise avança :

— Toi qui l'as bien connu... Est-ce que j'ai eu tort d'espérer son retour ?

— Je ne sais pas. Mais le souvenir que tu gardes de lui ne correspond plus à la réalité d'aujourd'hui. Il a changé... vécu des aventures dans un pays dont tu ne connais rien. La chasse est devenue sa passion. C'est ce que son frère affirme à qui veut l'entendre !

Alors que Lise demeurait silencieuse, Juliette ajouta :

— Il nous arrive de rencontrer des gens qui jouent un rôle déterminant dans nos existences. Avec du temps, on comprend pourquoi ils ont compté. Et pourquoi ces relations auraient été vouées à l'échec si elles ne s'étaient pas interrompues.

— Tu as vécu ce genre d'expérience ?

— Cela m'est arrivé. Et je ne le regrette pas.

— Décidément ! Rien ne peut t'abattre !

Accompagnée de rires, leur complicité d'autrefois reprenait ses droits. Lise commençait à comprendre qu'elle ne progresserait pas sans l'aide de Macha et de Juliette... Au lieu de se juger inférieure et d'en éprouver de la gêne, elle devait leur faire confiance.

— J'aimerais que tu voies si certaines choses pourraient t'intéresser avant que je m'en débarrasse. Dans ces malles, il y a mes déguisements de petite fille. Tu pourrais en prélever des galons, des boutons ou d'autres ornements.

En découvrant les vêtements, Juliette ne cacha pas son ravissement.

— Il ne faut surtout pas les abîmer !

— Tu crois...

— Ce sont des œuvres d'art, confirma la styliste en déployant des robes d'arlequine, de marquise, des voiles de sultane, des tuniques chinoises. Conserve-les ou donne-les à un musée.

— Aucun n'en voudra !

— Je pourrais me renseigner...

À Paris, Lise repensa à cette conversation. Personne, autour d'elle, ne l'avait encouragée à protéger ce qui méritait de l'être. Encore aurait-il fallu qu'elle possédât des connaissances artistiques !

Dans ce domaine, ses lacunes s'avéraient abyssales. L'une de ses premières sorties fut pour une librairie voisine du musée des Arts décoratifs. Indifférente au va-et-vient des clients, elle feuilleta plusieurs volumes dédiés à l'école flamande. Après un arrêt devant les impressionnistes, elle accéda aux étagères dévolues à des ouvrages qui traitaient des mosaïques. Que l'on pût retranscrire un paysage, une scène de genre ou une composition florale à l'aide d'innombrables morceaux de pierre l'intéressa au point d'acheter plusieurs publications. Elle, qui marchait en prêtant peu d'attention à son environnement, découvrit sous les arcades de la rue de Rivoli que de nombreuses entrées d'hôtels et de magasins affichaient des mosaïques. Jusqu'au soir, elle se plongea dans la lecture en commençant par étudier les témoignages de la Grèce antique dont les motifs géométriques étaient exécutés à l'aide de petits galets. Emportée par ce qu'elle apprenait, elle oublia le temps. Alors qu'elle écrivait sur une fiche des lieux dont elle voulait se souvenir, la sonnerie du téléphone l'obligea à se lever.

— Lise... Bonsoir...

Elle reconnut la voix de Christian, à qui elle avait communiqué les dates de son séjour parisien.

— Tout va bien ?

— Je suis arrivée avant-hier. Et toi ?

— Je quitte Dieppe en fin d'après-midi. On pourrait se voir demain ?

Elle le retrouva en haut des Champs-Élysées, à La Maison de Suède où il l'invita à s'asseoir sur une banquette de cuir rouge. Vêtu d'un costume gris et cravaté, il avait une apparence plus compassée que dans son souvenir. Pensa-t-il la même chose en la découvrant dans une élégante robe noire ?

— C'est étrange de se retrouver à Stockholm, plaisanta-t-il.

— Tu ne m'avais pas prévenue qu'il ferait un froid polaire, renchérit-elle en entrant dans le jeu.

— J'ai réclamé des grogs.

— Ce sera mieux qu'une bouillotte !

Après avoir commandé leurs plats au maître d'hôtel, ils se racontèrent ce qui les avait occupés depuis leur dernière rencontre. Christian voulut tout savoir sur le futur appartement de Lise. En même temps qu'elle le lui décrivait, il capta dans son regard une lueur de plaisir et comprit qu'elle s'autorisait enfin à être heureuse. Quelques jours à Auron l'avaient aidé à percevoir sa fragilité. Certes, elle savait donner le change. Mais pas suffisamment pour tromper un observateur aguerri.

— Et toi ? demanda-t-elle.

— Toujours le rush ! À défaut de conduire des bolides, je me suis noyé dans le travail.

— On parle beaucoup de vous dans la presse.

— Tu as remarqué…

— Il faudrait vivre dans le désert pour ignorer les prouesses d'Alpine.

Mesurait-elle combien cultiver cette image mobilisait les énergies ? Une heure auparavant, Christian prenait un verre avec le commentateur automobile de France Inter. L'homme était de bonne compagnie, mais il ne fallait pas le décevoir avec des banalités. La marque s'étant distinguée lors de sa première apparition sur le circuit du Mans en 1963, il n'était pas question de faillir en juin prochain. Six Alpine A210 seraient engagées. Équipé d'un moteur conçu par Gordini, ce nouveau prototype était appelé à se distinguer pour son endurance. Ingénieurs, mécaniciens et pilotes travaillaient aux derniers ajustements. Sous la houlette de Jean Rédélé, chacun espérait qu'un exploit récompenserait leur investissement. Christian aimait cette atmosphère de défi où ils donnaient le meilleur d'eux-mêmes.

— Nous espérons faire sensation au Mans, dans notre catégorie. Mais pourquoi n'assisterais-tu pas à la course ? Tessa et Olivier ont projeté de venir. Vous bénéficierez d'invitations qui vous donneront accès aux tribunes officielles et à notre stand.

Constatant que Lise ne s'insurgeait pas contre sa proposition, il insista :

— L'ambiance est unique !

— J'en suis sûre.

— Alors… c'est d'accord ?

— Ce sera juste après mon emménagement et…

— Raison de plus pour oublier tes cartons !

— Tu as réponse à tout.

— Eh bien… marché conclu ?

Il aima son rire avant qu'elle ne répondît en levant son verre d'aquavit :

— Marché conclu !

Ils furent les derniers à quitter le restaurant avec l'impression que le temps s'était écoulé à grande vitesse. Le long de la plus célèbre avenue du monde, les terrasses étaient remplies de gens qui profitaient d'une température clémente pour discuter ou simplement observer le flot continu des passants. D'un commun accord, ils marchèrent en direction du Rond-Point. À cette heure-ci, on pouvait encore acheter des billets pour la Loterie nationale. Ce que ne manquaient pas de faire des promeneurs qui espéraient le miracle. Sur le fronton des salles de cinéma, les affiches annonçaient des films de la nouvelle vague, ainsi que des westerns, des comédies ou des épopées historiques. Ils gagnèrent la rue Marbeuf où Christian avait garé sa voiture.

— Je vais te déposer, proposa-t-il en lui ouvrant la portière.

23

Avec précaution, les déménageurs sortaient vaisselle, verrerie et linge de leurs caisses. Aidée de Macha et de Virginie, Lise tentait de trouver une place à ce qu'ils déballaient. Apaisant ses craintes d'un possible retard, les travaux s'étaient terminés l'avant-veille. Uniformément blancs, les murs donnaient une touche moderne à l'appartement. Les meubles prenaient peu à peu la place qu'elle leur avait attribuée. Dans le salon, deux canapés recouverts de toile blanc cassé se faisaient face. Une bibliothèque accueillerait bientôt des volumes. À côté, la salle à manger était dotée d'une table octogonale en verre et plexiglas et d'une desserte encombrée par les couverts qui seraient rangés sans tarder dans le buffet. Alors qu'elle revenait de la penderie où elle avait accroché des vêtements à des cintres, Virginie s'arrêta dans la chambre de la nouvelle propriétaire. Derrière la fenêtre se découpaient les palmiers qui bordaient la promenade des Anglais. Ne résistant pas au plaisir de s'asseoir sur le lit, elle s'abandonna à l'agrément d'un lieu qui aurait pu figurer dans un film. Puis elle se rendit à la cuisine où Lise donnait des instructions à sa nouvelle employée de maison. Âgée d'une trentaine d'années, Lucia succédait à Agostina qui allait prendre sa retraite. Le nettoyage et l'aménagement se poursuivirent jusqu'au début de la soirée.

— Il est temps d'ouvrir une bouteille de champagne, proposa Lise à ses amies quand elles furent seules.

Sur le balcon, elles se laissèrent tomber dans les sièges que Virginie avait sortis de leurs emballages. Dans un rafraîchissoir, une bouteille de Veuve Clicquot n'attendait plus que d'être débouchée. Fatiguées mais joyeuses, elles trinquèrent avant de déguster les zakouski qu'avait apportés Macha. En contrebas, les promeneurs longeaient le rivage. Une vapeur bleutée nimbait les flots. Dans moins d'un mois, l'été s'installerait ! Virginie, qui préparait son dernier examen, avait décidé de ne pas partir en vacances. Aimant travailler pour Juliette, elle la seconderait à plein temps au magasin. Hormis Bruno qui, au Negresco, venait de prendre du galon, la plupart de ses amis quitteraient Nice. La semaine précédente, il l'avait invitée à boire un verre dans l'un des bars du palace. Fouler les tapis de la Savonnerie, effleurer du regard les lustres aux innombrables pampilles, circuler entre les meubles en marqueterie et les tableaux de genre l'avaient plongée dans une atmosphère de luxe. Lorsqu'elle avait raconté sa visite à Macha, celle-ci s'était exclamée :

— À ton âge, j'étais bluffée, moi aussi…

— Tu ne l'es plus ?

— C'est trop tapageur pour moi.

Virginie découvrait combien sa marraine détestait ce qu'elle jugeait « tape-à-l'œil ». L'inverse de sa mère qui, à Oran, avait baigné dans une ambiance « m'as-tu-vu ». Nombre de fois elle s'était demandé comment deux femmes si différentes avaient pu nouer une telle amitié. En se posant sur un réverbère, une mouette la sortit de ses pensées. À l'aide de son briquet, Lise allumait une cigarette égyptienne. Croisant son regard, elle lui tendit le paquet. Macha souleva la bouteille.

— Il en reste pour nous trois…

Jusqu'à la tombée de la nuit, elles demeurèrent ensemble. Sans éprouver le besoin de parler, elles célébraient le changement d'existence de Lise qui, après le départ de Macha et de Virginie, s'attarda sur le balcon où la température avait à peine fraîchi. En contrebas, un cordon de lumières frangeait la baie. S'était-elle déjà sentie autant à sa place que dans cet appartement ? La rencontre de femmes bienveillantes l'avait aidée à se reprendre en main. Depuis son séjour dans la capitale, elle s'était renseignée quant à l'existence d'un mosaïste qui la formerait à la technique de cet art millénaire. Était-ce d'avoir reconstitué des puzzles durant son enfance qui lui insufflait le désir de créer des motifs à l'aide de minuscules fragments de pierre ou de pâte de verre ? Dans l'annuaire, elle avait relevé plusieurs adresses et, en dépit des préparatifs que réclamait son prochain emménagement, s'était rendue chez deux professionnels. Pour le premier, à Vallauris, la fermeture définitive était imminente. Dans un atelier proche de la cathédrale Sainte-Réparate, la seconde – une femme d'une soixantaine d'années – s'était montrée circonspecte.

— Si je comprends bien, vous êtes néophyte en la matière.

— En effet.

— Je ne prends aucun débutant.

Sans se décourager, Lise avait frappé à la porte d'un Italien qui s'était installé à quelques rues du Parc impérial. Au fond d'une cour, il occupait une ancienne écurie. Le mégot vissé aux lèvres, il l'écouta avant de déclarer :

— Je ne veux plus de dilettantes.

L'avertissement fit comprendre à Lise qu'il la considérait comme une oisive en mal d'occupations valorisantes. Elle s'apprêtait à partir quand il l'invita à s'approcher d'une table sur laquelle était posée une mosaïque d'inspiration romaine où cheval et cavalier prenaient forme.

— La commande sur laquelle je travaille !

Fascinée par la composition et la minutie des

détails, elle posa des questions précises qui appelaient des réponses simples. Ce qui plaida en sa faveur.

— Début septembre, je formerai quatre personnes. Le stage durera un trimestre. Avec une possibilité de continuer si l'on souhaite se perfectionner. Serez-vous libre deux jours par semaine ? De huit heures à dix-sept heures ? Avec une pause pour déjeuner.

Qu'est-ce qui avait poussé le mosaïste à lui accorder une chance ? Toujours est-il que, les modalités financières définies et acceptées, il l'avait inscrite. Plusieurs mois s'écouleraient avant la première leçon. Elle en profiterait pour lire davantage d'ouvrages et achèterait le matériel avec lequel elle s'entraînerait à fragmenter la pierre.

Peu pressée de se coucher, Lise profitait de sa première soirée dans un endroit où rien n'était encore écrit. Qu'était-elle appelée à vivre entre ces murs ? Un visage se dessina… Et ce n'était pas la première fois qu'il occupait son esprit. Depuis leur dîner parisien, elle n'avait plus revu Christian. Lorsqu'il l'avait déposée en bas de chez elle, rue Saint-Honoré, un silence s'était installé avant qu'elle ne sortît de la voiture. Tacitement, tous les deux avaient choisi de ne pas céder à la facilité. Pourquoi l'inviter à monter et de la sorte précipiter une relation qui, depuis le début, ne cessait de la surprendre ? Leur rencontre en pleine nuit ne pouvait être qualifiée de banale. Encore moins les ruses qu'avait, par la suite, déployées le destin pour qu'ils ne se perdent pas de vue !

Virginie rejoignant des amis qui fêtaient un anniversaire, Macha prit seule le chemin de la pension. Pressée de se reposer, elle hâta le pas. D'autant qu'un chien en maraude aboyait en tournant autour d'elle. Alors qu'elle parcourait les derniers mètres, elle vit un homme s'arrêter devant chez elle. Il poussait la porte cochère quand elle l'aborda.

— Bonsoir.

— Bonsoir, madame.

— Vous cherchez quelqu'un ?

— M. Flavigny.

— C'est au deuxième.

— Merci.

Ainsi, son voisin était rentré d'un nouveau voyage ! Elle fermait les volets de sa chambre lorsqu'on sonna avec insistance.

— Excusez-moi de vous déranger. M. Flavigny n'ouvre pas. Je suis son médecin. Il n'était pas bien quand il m'a appelé. J'ai laissé son numéro de téléphone à mon cabinet. L'auriez-vous, par hasard ?

— Non.

— Je vais remonter… et essayer de nouveau.

Inquiète, Macha l'accompagna. Ils sonnèrent, frappèrent jusqu'à ce que la porte s'entrouvrît. Le regard hagard, Gilles avait du mal à se tenir debout et frissonnait.

— Prévenez-moi au cas où vous auriez besoin de quelque chose, dit-elle au praticien avant de redescendre.

Une demi-heure s'écoula durant laquelle elle ne songea plus à se coucher. Gilles avait donné l'impression d'être dans un état second. Au point de ne pas la reconnaître. À sa montre, il était vingt-trois heures vingt. Ne voulant pas se montrer indiscrète, elle n'osait remonter pour prendre des nouvelles. Ce fut le médecin qui se manifesta.

— Je suis désolé de vous importuner encore. M. Flavigny souffre d'une crise de paludisme. Il a une forte fièvre. Est-ce que vous connaîtriez quelqu'un de son entourage qui pourrait s'occuper de lui ? Le faire boire. Lui acheter ses médicaments à l'ouverture de la pharmacie.

— Il s'est installé depuis peu et…

Macha pensa à la femme blonde.

— Je ne connais pas sa vie, ajouta-t-elle.

— Je repasserai demain. La piqûre que je viens de…

— Je vais m'occuper de lui ! Dites-moi ce qu'il faut faire.

— Il serait bon de le surveiller durant la nuit. Par précaution, je n'ai pas complètement refermé sa porte.

— Je monterai le voir régulièrement.

En prononçant ces mots, Macha craignit d'avoir abusé du champagne que lui avait proposé Lise. Mais il était trop tard pour reculer. Elle invita le médecin à s'asseoir pendant qu'il lui indiquait à quelle fréquence administrer les remèdes.

— N'hésitez pas à me téléphoner en cas de problème. Mes coordonnées figurent sur l'ordonnance. J'oubliais le principal ! Demain matin, le laboratoire enverra quelqu'un pour effectuer une prise de sang.

Une lumière était allumée dans la chambre lorsque Macha y pénétra. Malgré une respiration heurtée, Gilles dormait. Elle s'approcha, toucha son front brûlant. Dans la salle de bains voisine, elle s'empara d'un gant de toilette qu'elle mouilla puis revint vers le malade qui grimaça lorsqu'elle le lui passa sur le visage. Prenant le verre posé sur la table de chevet, elle alla le remplir. Parviendrait-elle à le faire boire ? Un instant, il ouvrit les yeux. Puis replongea dans sa léthargie. Une barbe ombrait ses joues, ses lèvres étaient desséchées, ses pommettes rouges. Humide de transpiration, sa chemise collait à sa peau. À l'aide d'un journal qu'elle utilisa comme un éventail, elle brassa de l'air au-dessus du lit. Lorsque son bras s'ankylosa, elle se rendit dans le salon voisin où un sac de voyage était à demi déballé. Un tube d'aspirine voisinait avec une tasse à café restée pleine. Elle vit un billet d'avion sur un guéridon. Il rentrait de Dakar. Ce qui expliquait sa crise de paludisme. Avec l'impression d'être une intruse, elle s'installa dans un fauteuil. Comment Gilles réagirait-il quand il apprendrait qu'elle l'avait veillé ? Luttant contre le sommeil, elle alla le voir à plusieurs reprises et constata qu'il s'était remis à frissonner. L'aube se profilait quand elle parvint à lui faire avaler un filet d'eau. Revenue à sa place, elle finit par s'assoupir jusqu'au passage des éboueurs. Après une nouvelle incursion dans la chambre où il lui parut moins agité, elle prit la clé qui permettait d'entrer, retourna chez elle, se prépara un thé puis s'habilla pour se rendre à la pharmacie.

À son retour, elle croisa l'une de ses locataires qui eut l'air étonnée de la voir dehors de si bonne heure. Sans perdre de temps, elle alla chez son voisin qui respirait mieux. L'effet de la piqûre, sans doute. Restait à lui faire prendre des cachets. Ce qui l'obligea à le réveiller. Après quelques légères secousses, il ouvrit les yeux et ne cacha pas son étonnement de la découvrir à son chevet.

— Votre médecin est venu et...

En sonnant, la personne envoyée par le laboratoire l'interrompit. Pendant que celle-ci préparait une seringue, Macha reprit :

— Vous êtes en pleine crise de paludisme. On va vous faire une prise de sang. Ensuite, je vous donnerai vos médicaments.

Incapable de poser des questions, il referma les yeux. Toute la journée, il demeura absent à ce qui l'entourait. Mais il était moins fiévreux. La visite du médecin le ramena à la réalité. Macha, qui s'était éclipsée, le retrouva plus tard adossé contre ses oreillers.

— J'ai honte de vous avoir dérangée.

— Vous allez mieux. C'est l'essentiel.

— Quelle saloperie !

Elle déposa sur le lit le bouillon et la compote qu'elle avait apportés.

— Merci. C'est gentil.

— Est-ce que je peux ouvrir votre fenêtre ?

Il hocha la tête.

Jusqu'au soir, elle accomplit des allers-retours entre leurs habitations. À mesure que l'état de Gilles s'améliorait, il semblait gêné par sa sollicitude.

— En cas de souci, appelez-moi, dit-elle avant d'inscrire son numéro sur un morceau de papier.

— J'essaierai de ne pas le faire.

— À votre guise.

— Je me sens tellement redevable !

— Quelqu'un peut s'occuper de votre appartement ?

— La femme de ménage viendra demain. Enfin, je crois... Nous sommes quel jour ? J'ai perdu la notion du temps.

— Jeudi.

— Alors... je suis tombé malade hier.

— En effet.

Elle lui récapitula les faits sans révéler qu'elle l'avait veillé durant la nuit.

— Bientôt vous pourrez reprendre vos périples !

— Je ne suis pas certain d'en avoir envie. Dès mon arrivée en France, j'ai dit à ma sœur que j'avais envie de souffler. Et elle ne m'a pas donné tort.

— Ah oui ?

— Vous l'avez croisée quand elle est venue en février. Enfin... c'est ce qu'elle m'a dit.

— Parlez-vous de la jeune femme blonde à qui j'ai confié un paquet ?

24

Dès que Gilles trouva la force de faire des courses, Macha reçut des bouteilles de champagne en remerciement de l'avoir soigné.

— … Et nous allons fixer une date pour nous promener. Ce sera ma première vraie sortie.

Le surlendemain, elle monta dans la voiture qu'il avait fait laver pour l'occasion. Ils prirent la direction de Saint-Paul-de-Vence qui, en milieu de semaine, connaissait une relative tranquillité. Tandis qu'ils marchaient dans les ruelles, elle s'étonna de voir combien l'habituel entrain de son voisin avait refait surface. Sans doute était-il heureux de se sentir plus vaillant. En dépit d'un passé bien rempli, il n'était blasé de rien. Alors qu'approchait l'heure du déjeuner, il l'entraîna jusqu'à La Colombe d'or.

— Je rêvais depuis longtemps de m'y attabler… Mais en bonne compagnie, ajouta-t-il.

Dans cette auberge, ouverte au début des années vingt, les plus grands artistes avaient laissé des traces de leur passage. Fernand Léger, Pablo Picasso, Alexander Calder : leurs œuvres étaient présentes au gré des salles. Toujours dirigé par la même famille, l'établissement avait accueilli le poète et scénariste Jacques Prévert durant la guerre. Les acteurs Yves Montand et Simone Signoret s'y étaient rencontrés puis mariés. Assise à la table qui leur fut attribuée dans le jardin, Macha regarda autour d'elle. Pour ne pas déranger les oiseaux, on éprouvait presque l'envie de rester silencieux. Brièvement, elle ferma les paupières afin de mieux s'imprégner des agréments qui lui étaient offerts.

— J'ai faim, avoua Gilles lorsqu'ils eurent commandé leurs plats.

Une bouteille de rosé fut apportée dans de la glace. Lui qui n'avait pas bu de vin depuis sa crise de paludisme s'étonna d'éprouver peu de plaisir à garder une gorgée en bouche. La maladie avait-elle changé certains de ses goûts ? N'ayant vécu qu'au milieu de valises à moitié défaites, aurait-il imaginé que les voyages lointains commenceraient à lui peser ? Cette réserve s'expliquait-elle par sa méforme physique ? Aux commandes d'une agence dont le succès ne cessait de croître, il n'était guère envisageable qu'il quittât son poste.

— J'ai l'impression d'être en vacances, confia Macha.

— Vous l'êtes ! Et moi aussi !

Sa mère et ses deux sœurs s'étant avérées championnes de psychodrames et d'effets théâtraux,

Gilles possédait une solide connaissance du monde féminin. Depuis l'enfance, il assistait à leurs discussions, leurs désaccords, leurs réconciliations, leurs engouements. Pour ne pas être pris à partie, il s'enfermait dans sa chambre, mais elles trouvaient toujours le moyen de lui demander un avis qu'elles n'écoutaient pas. Cette promiscuité lui avait insufflé l'envie de rester célibataire. Hormis une liaison assumée, il s'était maintenu à l'écart de toute vie commune. Ce qui ne l'empêchait pas d'avoir d'excellentes relations avec ses consœurs ou ses amies. En compagnie de Macha, il se sentait éloigné de ses repères. Jamais elle n'avait eu le geste, la phrase ou l'attention de trop. Un tel équilibre, doublé d'une indiscutable bienveillance, n'était pas fréquent. Chaque fois qu'il s'était trouvé dans l'embarras, elle s'était montrée coopérative. Clé oubliée, maladie… À l'inverse de nombreuses personnes, elle n'attendait rien en retour. Ce qui lui donnait envie d'en savoir davantage sur son existence. À deux reprises, il avait croisé son époux et s'était étonné qu'ils soient mariés tant ils paraissaient différents. Au fil de la conversation, il la questionna :

— Votre mari est de nouveau en mission ?

— Il a rejoint son bâtiment préféré. Le *De Grasse*.

— Servir dans la marine, c'était une vocation ?

— Il ne m'a jamais caché que cela comptait plus que tout. Mais on sortait de la guerre. J'étais jeune. Idéaliste !

Dans son ton, il perçut de la désillusion. Elle sut néanmoins se reprendre et tourner la conversation vers la sœur qu'il avait quelque temps hébergée.

— Elle est en plein divorce. Pour lui changer les idées, je lui ai proposé de venir chez moi. Au bout de quelques jours, l'appartement est devenu une cabine d'essayage. Il y avait des vêtements partout. La radio marchait sans arrêt. Le soir, elle ne tenait pas en place. Il fallait sortir. Quand elle est partie, j'ai soufflé !

Il ne pouvait deviner combien Macha était soulagée d'apprendre qu'aucune maîtresse n'avait partagé son domicile. Son voisin la laissait, en effet, de moins en moins indifférente. Sans doute ne correspondait-il pas à l'idée romanesque qu'elle s'en faisait : celle d'un aventurier qui parcourait le monde avant d'en partager ses découvertes. Qu'importe ! Avec la sensation de sortir d'un endormissement, elle parlait avec volubilité, plaisantait, riait.

— Elle habite à Paris ?

— Sachant que je me plaisais à Nice, elle a pensé s'y installer. Coup de chance ! Elle a changé d'avis.

Alors que des sorbets venaient d'être servis, une guêpe se mit à tournoyer autour d'eux. Macha recula sa chaise. Puis, à l'aide de sa serviette, tenta de repousser l'insecte.

Constatant son inquiétude, Gilles tenta de la tranquilliser :

— Si tu ne bouges pas, elle ne te piquera pas.

— Mais elle m'empêche de...

Interrompant sa phrase, elle esquissa un nouveau geste de défense.

— Écoute-moi… Et fais-moi confiance.

Peu rassurée, elle demeura immobile pendant quelques secondes. Puis elle entendit un coup sec. Gilles venait d'écraser l'intruse.

— Nous voici débarrassés !

— Je suis désolée, s'excusa-t-elle.

— À chacun ses peurs. Moi, ce sont les chauves-souris !

Gilles ayant donné le ton, Macha ravala sa timidité et, à son tour, le tutoya. En fin d'après-midi, ils reprirent le chemin de Nice. Annonciateurs d'un temps moins clément, des nuages commençaient d'obstruer le ciel. La radio diffusait une chanson de Frank Sinatra dont Gilles accompagna le refrain. À mesure qu'ils se rapprochaient de leur destination, elle se demanda s'il lui proposerait d'autres escapades. Rien dans ses propos ne le laissait supposer. Ils passaient devant un cinéma lorsqu'elle s'exclama en découvrant l'affiche qui s'étalait sur la façade :

— Je ne savais pas qu'il était sorti !

— De quoi parles-tu ?

— Du film qui a obtenu la Palme d'or à Cannes ! *Un homme et une femme.*

— Tu voulais le voir ?

— C'était dans mes priorités.

— Dans ce cas…

Dès qu'il trouva une place, il gara la voiture.

— Allons consulter les horaires.

— Tu es sûr ?

Après une attente de quarante minutes, ils s'installèrent dans la salle qui se remplit en un clin d'œil.

— Il s'agit d'une romance, l'avait-elle averti. Tu risques de t'ennuyer.

— Qui a dit que je n'aimais pas les romances ?

Alors que la marchande d'esquimaux et de confiseries proposait ses friandises, Macha aperçut Virginie qui s'asseyait au deuxième rang avec des amis. L'idée que sa filleule pût la découvrir en compagnie de son voisin la gêna. D'autant que celle-ci ignorait qu'ils se voyaient. En espérant qu'elle ne bougerait pas de sa place, elle attendit la fin des publicités. Dès l'extinction des luminaires, la projection commença. Sensible à la beauté d'Anouk Aimée et à la sensibilité de Jean-Louis Trintignant, Macha se laissa rapidement emporter par l'histoire de deux veufs, encore jeunes, qui se rencontraient en accompagnant leurs enfants à l'école. Une musique que l'on se remémorait facilement accompagnait leurs déambulations parisiennes et deauvillaises. Avec simplicité et modernité, le réalisateur s'attardait sur les hésitations, les attirances et les non-dits d'une relation qui, pour exister, devait s'affranchir d'ultimes défenses. Comment s'engager auprès de quelqu'un lorsqu'on sortait à peine d'un deuil ? Filmé en noir et blanc, le récit déroulait les complexités du sentiment amoureux, ses oscillations entre culpabilité et espérance. Conquise et les larmes aux yeux, elle eut l'impression que le temps s'était envolé lorsque défila le générique. Jusqu'au moment où ils regagnèrent la rue, Gilles demeura silencieux.

— C'était une belle romance… Et elle m'a plu ! la rassura-t-il.

Macha rentra peu de temps avant Virginie, qui la trouva dans sa chambre.

— J'ai téléphoné pour t'avertir que je ne dînerais pas avec toi. Mais il n'y avait personne, s'excusa la jeune fille.

— Je reviens du cinéma.

— Toi aussi ! Qu'est-ce que tu es allée voir ?

— Le film de Claude Lelouch.

— J'y étais !

— Alors ?

— J'ai tellement aimé…

Emportée par l'enthousiasme, Virginie n'en finit pas d'analyser les réactions des protagonistes. En dépit de sa jeunesse, elle connaissait le lourd tribut des séparations. Une tristesse infinie l'envahissait encore quand elle pensait à Pablo. À la fin de la séance, elle s'était demandé si elle serait capable de s'engager dans une nouvelle aventure avec autant de fougue.

— Lise t'a accompagnée ? s'entendit-elle demander.

— Non.

Macha hésita à révéler la vérité, mais l'envie de

garder pour elle son lien avec Gilles fut plus forte. En retenant un sourire, elle continua d'écouter Virginie qui s'appesantissait sur les réactions du personnage masculin… Un pilote de rallye qui poussait à fond sa voiture afin de pouvoir accueillir, à sa descente du train, la femme qu'il aimait.

25

Sous un ciel morose, trois cent cinquante mille spectateurs attendaient que débutât la trente-quatrième édition des 24 Heures du Mans. Entourée de Tessa et d'Olivier, Lise s'était installée au milieu d'une tribune. De sa place, elle surplombait l'aire de départ où, affichant leurs différentes couleurs, cinquante-cinq bolides étaient alignés selon les places que leurs pilotes avaient remportées au terme des essais. Dans cette course d'endurance, Alpine allait engager six véhicules A210. C'était la quatrième fois que la marque participait à cette compétition. Absorbé par un travail intensif, Christian n'avait plus donné de nouvelles depuis une quinzaine de jours. En revanche, elle avait reçu les documents qui lui permettraient d'assister dans les meilleures conditions à l'affrontement des constructeurs. En particulier Ford et Ferrari, dont le duel s'annonçait féroce. Par intermittence, un haut-parleur diffusait des informations qui l'empêchaient d'entendre les propos de Tessa. Se bousculant, des photographes braquaient leurs objectifs vers des personnalités du monde financier, des acteurs et des sportifs. Avec un réel intérêt, Lise observait les stands devant lesquels s'activaient des mécaniciens et imagina combien, en coulisses, Christian devait être affairé.

— On le rejoindra en début de soirée, avait annoncé Olivier.

Peu avant seize heures, les pilotes se positionnèrent face à leur voiture, de l'autre côté de la route. Devenue silencieuse, la foule attendait que Henry Ford donnât le signal du départ. Bientôt, ils traversèrent en courant la chaussée, se glissèrent à l'intérieur des habitacles et, dans un rugissement de moteurs, démarrèrent en trombe. Dès la fin du premier tour, ils auraient parcouru 13,461 kilomètres à la vitesse moyenne de 200 kilomètres à l'heure. Il fallut, en effet, une poignée de minutes pour que le peloton de tête repassât devant les tribunes. À l'aide de jumelles, Lise cherchait à repérer les Alpine qui affichaient les numéros 44, 45, 46, 47, 55, 62. Devant elle, un homme prenait des notes sur un carnet. Un autre faisait des paris avec son voisin.

En fin d'après-midi, les trois amis déambulèrent à travers les aires de détente et de rencontre qu'offraient les firmes. On y parlait toutes les langues. Et la plupart des gens se connaissaient. Un peu perdus au milieu de la cohue, ils trouvèrent refuge derrière un rideau de plantes vertes.

— Nous n'en sommes qu'au début, soupira Olivier qui craignait que la nuit ne fût longue.

— C'est une expérience, l'encouragea Tessa.

— Elle ne l'avouera pas, mais elle fantasme sur les pilotes ! confia-t-il à Lise.

Depuis son séjour à Auron, celle-ci avait compris combien ils aimaient se chamailler. En général, ils le faisaient pour amuser la galerie, qui en redemandait. Elle-même adorait l'humour de Tessa, sa façon de ne rien prendre au sérieux... Aujourd'hui, elle était pareille à elle-même : d'humeur joyeuse et excitée d'assister à un spectacle dont on ignorait qui serait le gagnant.

À mesure que le jour déclinait, des changements s'opérèrent. Plusieurs pilotes s'arrêtèrent devant leur stand pour faire dégager les phares et céder la place à leur coéquipier auquel ils donnaient renseignements et instructions. Sans perdre un instant, des mécaniciens remplissaient d'essence le réservoir, vérifiaient le niveau d'huile et changeaient les pneus.

— Tentons une percée chez Alpine, proposa Olivier.

À plusieurs reprises, Lise dut montrer son accréditation. Enfin, elle pénétra dans le saint des saints où l'atmosphère était moins agitée. À l'écart, un groupe de gens prêtait une attention soutenue aux propos d'un homme âgé.

— Amédée Gordini, lui glissa Olivier. Le créateur des moteurs !

À peine finissait-il sa phrase que Christian les aperçut et leur adressa un signe. Il était en train de s'entretenir avec un couple. C'était la première fois que Lise le voyait évoluer dans son cercle professionnel. Elle qui d'habitude n'avait pas froid aux yeux demeura en retrait jusqu'à ce qu'il s'approchât.

— Je suis content que tu sois venue. Est-ce que tout se passe bien ?

— On ne peut mieux.

— Excuse-moi, mon patron m'appelle. Je reviens tout de suite.

Tessa et Olivier venant de rencontrer des connaissances, Lise profita de sa tranquillité pour regarder autour d'elle. Existait-il un monde plus masculin que celui de l'automobile ? Elle pensa aux petits garçons qui rêvaient de posséder, un jour, une belle et grosse voiture. À travers le monde, les publicités vantaient des modèles qui sans cesse évoluaient. Symbole de richesse, de puissance, de rapidité et de liberté, ils occupaient une place grandissante dans la littérature et les films. Aujourd'hui, elle assistait à la grand-messe d'un loisir élevé au rang de sport d'élite. Pour remporter la coupe, les pilotes repoussaient leurs propres limites et celles de leur véhicule en risquant leur vie à chaque seconde. Elle se demanda où commençait et finissait leur peur. Elle songea à leurs familles, à leurs épouses. Comment supportaient-elles cette mise en danger renouvelée ? Son regard revint vers Christian qui, auprès de Jean

Rédélé, répondait aux questions d'un journaliste. L'un et l'autre avaient l'air détendus. Sans doute faisaient-ils confiance à leur équipe. D'une année sur l'autre, tous se remettaient en question, travaillaient sans relâche, ne négligeaient rien, innovaient. À quelques pas, elle entendit deux Anglais se réjouir de la suprématie des Ford sur les Ferrari qui affrontaient une succession d'avaries techniques. Revenu vers elle, Christian l'entraîna vers une enclave réservée à un nombre restreint de privilégiés.

— Les femmes des pilotes n'y sont pas dérangées. Et nous nous y reposons parfois. N'hésite pas à t'y installer avec Tessa et Olivier.

— Nous avions prévu de faire un somme dans la voiture. Ce que tu proposes est plus attrayant.

— Tu ne t'ennuies pas ? Ce n'est pas trop long ?

— Au contraire !

Il sourit avant de lui désigner un fauteuil.

— Occupe-le avant que quelqu'un ne s'en empare !

Lorsqu'elle fut assise, il regarda sa montre.

— On m'attend sur le stand. J'indiquerai à nos amis où tu te trouves.

Entre deux somnolences, Lise entendit que les Ford, après avoir mené la danse, roulaient derrière les Ferrari. On évoquait aussi de nombreux abandons. À l'aube, elle se leva puis passa aux toilettes pour se rafraîchir et se recoiffer. À ses côtés, Tessa tentait, en vain, de défroisser son chemisier.

— Je ressemble à une chiffonnière !

Plusieurs tasses de café les remirent d'aplomb. En revanche, Olivier ne cachait pas sa mauvaise humeur.

— Ce bruit de bagnoles me tue !

Peu encline à l'écouter, Lise retourna dans la tribune autour de laquelle s'affichaient de nombreux panneaux publicitaires. Esso voisinait avec Antar, Marchal avec Cibié, Martini et Shell. En contrebas, les voitures continuaient de livrer bataille devant une foule qui n'avait pas diminué. Certains spectateurs sortaient de leurs sacs sandwichs et thermos, d'autres fumaient la première cigarette de la journée. De jeunes adolescents se frottaient les yeux en bâillant. Des marchands ambulants passaient pour proposer bonbons, chewing-gums et boissons.

En milieu de matinée, une rumeur parcourut les gradins. Ferrari venait de connaître une nouvelle défection. Le suspense était terminé. Ford allait remporter cette édition des 24 Heures ! Chez Alpine, quatre véhicules sur six continuaient leur course. Ce qui méritait d'être remarqué ! La pluie s'était mise à tomber, rendant la chaussée glissante pour les bolides qui laissaient des gerbes d'eau dans leur sillage.

Alors que la pendule allait indiquer seize heures, trois Ford se préparèrent à franchir l'arrivée. Sous l'averse, elles passèrent ensemble devant le fanion à damier qui s'abaissa. S'étant relayés au volant de la numéro 2, les pilotes Chris Amon et Bruce

McLaren furent déclarés champions. Quant aux Alpine, elles créèrent l'exploit dans leur catégorie en arrivant aux neuvième, dixième et onzième places et en remportant l'indice énergétique. Se frayant un chemin à travers la cohue, Lise et Tessa s'approchèrent du stand où l'on entourait les pilotes Cheinisse et Lageneste qui, heureux, subissaient de nombreuses accolades en tentant de répondre aux journalistes. Au milieu de ses collaborateurs, Christian ne cachait pas son soulagement. Lise l'observa tandis qu'il s'attardait sur deux résultats : deux cent un kilomètres à l'heure de moyenne par tour de circuit et une faible consommation de carburant.

— Nous sommes les seules voitures françaises à avoir terminé la course, répétait-il à ses interlocuteurs. Sur un total de cinquante-cinq concurrents, quinze seulement n'ont pas abandonné !

Profitant d'une accalmie, Lise s'approcha pour le féliciter... Mais une jeune femme, à la beauté indiscutable, la devança. Refermant ses bras autour de Christian, l'inconnue le congratula longuement. Il n'était pas difficile de comprendre que les résultats du championnat n'étaient pas l'unique raison de cet enthousiasme. Si Lise s'était déjà posé des questions quant à sa vie sentimentale, elle n'avait pas encore été confrontée à ce genre de scène. À Auron, elle avait surpris une conversation téléphonique qui laissait supposer une liaison. Néanmoins, il lui avait toujours donné l'impression d'être libre. Additionnait-il les aventures ? En tout cas, elle se sentait misérable devant cette créature qui, à la séduction, ajoutait du brio et de l'humour. Preuve en était. Christian éclata de rire avant de lui répondre. Jusqu'à la fin de leur conciliabule, Lise tenta de faire bonne figure. Évoluer dans un environnement qu'elle ne maîtrisait pas compliquait les choses.

— Bravo, dit-elle simplement quand l'accès devint possible.

— On ne pouvait mieux terminer la saison !

Une salve d'applaudissements couvrit bientôt leurs propos. À quelques pas, Amédée Gordini, Jean Rédélé et leurs pilotes prenaient la pose pour une photo historique.

— Je te laisse… Et encore merci ! cria Lise en se penchant vers Christian pour se faire entendre.

— Tu t'en vas ?

La retenant par le poignet, il annonça :

— À la fin du mois, je prendrai des vacances à Villefranche !

26

Depuis son emménagement, Lise se rendait fréquemment cours Saleya pour y acheter des fruits et des fleurs. Circulant entre les étals, elle se laissait griser par la profusion des couleurs. Carmin, réséda, émeraude, violine, incarnat… Les nuances se déclinaient à l'infini. Sans parler des senteurs qui tournaient la tête. Dans un joyeux brouhaha, les clients n'en finissaient pas de remplir leurs paniers. Stimulés par un large choix et le bagout des marchands, ils achetaient plus qu'ils n'avaient prévu. C'était le cas de Juliette à qui Lise avait donné rendez-vous dans un café voisin. Son amie l'y attendait, des sacs débordant de melons, de cerises et d'abricots à ses pieds.

— J'aurais trouvé les mêmes à Antibes. Mais je n'ai pas résisté.

Occupée par le développement de son affaire, Juliette était peu sortie. Aujourd'hui, elle s'accordait une récréation matinale avant de rendre visite au commerçant niçois qui proposait ses créations.

— Alors, Le Mans ! C'était bien ?

— Épuisant, mais intéressant.

De façon inattendue, Lise s'ouvrait à des univers qu'elle n'aurait pas soupçonnés. Dans son appartement, elle avait transformé une petite buanderie en atelier afin d'y entreposer les outils avec lesquels elle s'exercerait au travail de la mosaïque. Quelques jours auparavant, elle avait acheté diverses pinces, des carreaux en grès, de vieilles assiettes en faïence qu'elle casserait, une colle spéciale. Depuis, elle s'entraînait à couper des morceaux, à les assembler. Il n'y avait rien de créatif dans ce qu'elle faisait, mais l'exercice lui enseignait l'humilité et la patience. Pour la première fois, elle avait un but : maîtriser une matière. Sur une table du salon, les livres traitant du sujet s'accumulaient. De l'Antiquité à l'époque contemporaine défilaient des scènes représentant dieux, déesses, végétaux, animaux fabuleux et maritimes. Durant ses études secondaires, elle avait pratiqué le dessin, sans véritablement s'impliquer. Ses professeurs l'avaient pourtant félicitée pour son sens de la perspective et l'habileté de ses croquis. Un instant, elle fut tentée de révéler à Juliette son projet. Puis elle se ravisa. Rien ne lui permettait encore d'être prise au sérieux.

Avant d'aller à son rendez-vous, Juliette se promena au cœur du vieux Nice. Elle éprouvait un réel plaisir à flâner dans cette partie de la ville qui lui rappelait l'Italie. Maisons aux tons ocre, safran, orangés. Portes ornées de linteaux, églises, anciens palais... La beauté et le charme se trouvaient au rendez-vous. En dépit du soleil dont les rayons commençaient à darder, l'ombre régnait dans ce lacis de ruelles où du linge séchait aux balcons. Dans un incessant va-et-vient, on chargeait et déchargeait des marchandises. Ce qui occasionnait conversations et discussions auxquelles s'ajoutaient des bribes de chansons ou l'écho d'une radio. En longeant des échoppes où l'on vendait de l'huile d'olive, du vin, des savons et des journaux, elle poursuivit son chemin avec l'idée de s'arrêter chez un glacier. Alors qu'elle quittait la boutique un cornet à la main, elle se trouva face à François. L'effet de surprise la laissa sans voix.

— Juliette !

Lui-même semblait désarçonné.

— Tu me prends en flagrant délit de gourmandise, parvint-elle à prononcer.

— Si je m'écoutais, je t'imiterais.

Oscillant entre la gêne et le plaisir de se voir, ils se dévisagèrent avant qu'il ne remarquât :

— C'est étonnant de te trouver à quelques mètres de mon ancienne adresse.

— Tu habitais par ici ?

— J'ai grandi dans ce petit immeuble... Le jaune, sur ta gauche ! Mes parents y vivent encore. J'allais les voir.

Ne sachant que répondre, elle se tut. Pouvait-il deviner combien cette rencontre la troublait ?

Depuis qu'il l'avait quittée, ce fameux soir de pluie, elle s'était efforcée de ne pas penser à lui. Que possédait-il qui anéantissait ses habituelles défenses ? Tout l'attirait de façon irrésistible. Son regard qu'elle s'efforçait de soutenir. Un demi-sourire qui révélait son contentement de la voir. Sa voix dont elle n'avait pas oublié le timbre.

— Est-ce que tes affaires avancent autant que tu le souhaitais ? lui demanda-t-il.

— Je n'ai pas à me plaindre. Et toi ? Les travaux de l'hôtel ?

— Il y a eu quelques embrouilles. Mais les choses s'arrangent.

— Bien… Je ne voudrais pas te retarder.

Elle sentit qu'il la regardait tandis qu'elle s'éloignait. Débordant du cornet, la glace commençait à couler. À peine eut-elle bifurqué dans une rue adjacente qu'elle la jeta dans le caniveau. Gorge serrée, elle retourna à sa voiture et, avec des gestes d'automate, roula jusqu'à la place Masséna, mit du temps à se garer… Enfin, elle parvint à la boutique et, dans les vitrines, découvrit sa collection d'été. Alors qu'elle aurait dû se réjouir de cette mise en lumière, elle se sentit à peine concernée.

Juliette rangea dans une boîte les chèques reçus dans la journée. Puis elle y ajouta des coupures en projetant de déposer le tout à la banque dès le lendemain matin. Rapidement, Virginie s'était révélée une excellente vendeuse. Aimable, enjouée… Elle avait pour qualité de ne jamais pousser une cliente à acheter ce qui ne lui correspondait pas. À ses yeux, une marque ne devait pas être dénaturée en étant mal portée ! Ses compétences permettaient à Juliette de s'absenter pour chercher de nouveaux fournisseurs. Elle avait projeté de se rendre à Milan et, de nouveau, à Londres en octobre. Même si elle ne manquait pas d'idées, il était indispensable qu'elle les confrontât avec celles de stylistes installés ou en devenir. La jeune génération ne voulait plus s'habiller comme la précédente. À mesure qu'elles accomplissaient des études plus poussées, sortaient, dansaient, lisaient la presse qui parlait ouvertement de sexualité et de désir, les jeunes femmes ne craignaient plus de dévoiler leur corps et de bousculer leurs relations avec les hommes. Même si ceux-ci restaient accrochés à leurs privilèges, un changement se produisait.

Juliette regarda sa montre. Elle projetait de rejoindre des amis pour dîner dans un restaurant de Juan-les-Pins. Au moment où elle se levait, on frappa à la porte du magasin. Virginie avait sans doute oublié quelque chose et, par politesse, n'osait utiliser ses clés. Elle descendit et découvrit François.

— Depuis ce matin, je n'ai pensé qu'à te revoir, dit-il quand elle lui ouvrit.

L'expression tourmentée de son visage indiquait qu'il ne mentait pas.

— Juliette... Je ne t'ai donné aucune nouvelle, mais...

— Tu n'avais pas promis d'en donner.

Dans la chambre, François prenait soin de ne pas bouger. N'étant pas un adepte des aventures extra-conjugales, il s'était obligé à ne plus revoir Juliette. Combien de temps aurait-il tenu s'il ne l'avait pas croisée le matin même ? Pour éviter un faux pas, il s'était replié sur son travail en consacrant la majeure partie de son temps libre à sa famille. La semaine précédente, Nelly et leurs deux enfants étaient partis à Annecy pour un mois. Il les rejoindrait au terme de leur séjour puis, ensemble, ils s'envoleraient pour Madère. La pénombre emplissait la pièce. Contre son épaule, il sentait les cheveux de Juliette. S'était-elle assoupie ? Par la fenêtre ouverte, il entendait les sons propres aux soirées d'été : des échos de voix, des rires, le démarrage d'une voiture, une chanson entonnée par des vacanciers. En se levant, elle le sortit d'un début de somnolence.

— Il est tard, murmura-t-elle.

Il se redressa afin de l'attirer vers lui.

— Est-ce que tu m'autorises à rester ?

— Mais…

— Je ne suis pas obligé de rentrer chez moi.

Indifférents à la touffeur de l'air, ils profitèrent de ces instants volés et Juliette s'étonna de se sentir aussi vivante. Avait-elle déjà pris autant de risques ? De nombreux hommes mariés l'avaient courtisée. Elle les avait toujours tenus à distance. N'étant pas du genre à supporter les compromis, elle s'était farouchement préservée de liaisons qui auraient pu la déstabiliser.

Entre étreintes, aveux et confidences, ils partagèrent cette première nuit d'intimité. Alors que le jour pointait, il la vit s'asseoir puis s'étirer. Emmêlés, ses cheveux formaient une lourde masse qui masquait son dos.

— Si nous sortions, proposa-t-elle.

— Maintenant ?

Pendant qu'il s'habillait, elle passa dans la salle de bains. Puis elle se dirigea vers la cuisine. Quelques minutes plus tard, elle en sortit chargée d'un sac.

— Allons-y !

Sous sa direction, il conduisit en direction du cap Gros. À cette heure-ci, la route était déserte. Au bout de quelques kilomètres, ils empruntèrent un chemin caillouteux qui les mena vers une crique.

— Mon coin de prédilection…

Ils s'installèrent sur une bande de galets où elle déplia une nappe à carreaux. Puis elle ouvrit une thermos contenant du café qu'elle versa dans des gobelets. D'une boîte en fer, elle sortit des biscuits. Lorsqu'elle eut terminé, elle lui sourit.

— Le ciel et la mer pour nous seuls ! Que demander d'autre ?

— Rien ! Tu as raison.

Il était sincère. Cette enclave n'avait-elle pas des allures d'éden ? Une brise légère venait de la mer où la luminosité devenait plus forte. Dans le ciel, des mouettes tournoyaient en poussant des cris stridents. Aiguisée par la nuit, la senteur des végétaux emplissait leurs narines. Ils demeurèrent un moment silencieux. Réfugié dans ses pensées, François se demandait si Juliette avait l'habitude d'amener ses amants dans cette enclave. Devina-t-elle ce qui le préoccupait ?

— Adolescente, je venais à bicyclette. Personne ne me dérangeait pendant que je lisais les romans que me prêtait une amie plus âgée. À ce moment-là, j'ai commencé à vouloir voyager. Je m'imaginais globe-trotter.

— Tu l'es plus ou moins devenue.

— Pas autant que je l'aurais souhaité. Mais je n'ai pas dit mon dernier mot.

L'idée qu'elle pût, un jour, s'éloigner fut si intolérable à François qu'il ne put s'empêcher de demander :

— Tu as des projets ?

— Pas pour l'instant. Mais j'aimerais aller aux États-Unis. Tu connais ?

— Seulement New York et Boston.

De façon déraisonnable, il s'imagina en train d'arpenter avec Juliette les rues de San Francisco. Puis il se reprit. Que pouvait-il lui offrir hormis des escapades secrètes, des rendez-vous dérobés ? Détestant le mensonge, il se trouvait au cœur d'une situation dont l'unique échappatoire aurait été de renoncer à tout ce qu'ils partageaient. Ce qu'il refusait. D'autant qu'elle lui apportait la fantaisie dont il manquait. Travail soutenu et réussite l'avaient plus ou moins coupé de ses émotions artistiques et littéraires. Aujourd'hui, il mesurait combien il aspirait à un renouveau. Sans privilégier les comparaisons, on ne pouvait trouver natures plus opposées que Juliette et Nelly. Avec la première, on avait envie de gravir des montagnes escarpées. Dans ses rôles d'épouse et de mère, la seconde s'était toujours montrée irréprochable. Trop, sans doute !

Au loin, un bateau se profila. Un paquebot !

— D'où pourrait-il venir ? demanda Juliette.

— D'Alexandrie…

— Admettons qu'il ait traversé le canal de Suez ! Mais avant…

— Il serait parti du Japon…

— Pourquoi pas ? Et maintenant… vers quel port se dirige-t-il ?

— Barcelone.

Elle éclata de rire avant d'ajouter :

— Imaginons qui pourrait se trouver à bord… Une espionne…

— Elles existent encore ?

— Bien sûr ! Un prestidigitateur. Un politicien. Un Anglais qui vient d'hériter du château familial. Des danseuses de revue. Un négociant en pierres précieuses…

Emportée par son imagination, elle lui conta les tribulations de passagers hauts en couleur. De temps en temps, il la relançait. Ce qui rendait l'histoire plus alambiquée.

— J'ai trouvé ma Shéhérazade, finit par reconnaître François. Et je signe pour mille et une nuits !

27

Macha sortit de la cabine d'essayage.

— Cette robe est trop large. Il te faut une taille en dessous, indiqua Juliette avant d'ajouter : Tu as maigri !

— J'ai perdu sept kilos.

— Avec un régime, je suppose ?

Macha hocha la tête. Depuis un mois et demi, elle surveillait son alimentation et le résultat était probant. Ce qui la poussait à se vêtir de façon moins classique. Elle s'était même décidée à éclaircir ses cheveux. Virginie observait ces changements en s'interrogeant. Quelle en était l'explication ? Une petite idée germait dans son esprit. Macha sortait plus souvent et ne disait pas toujours où elle se rendait. Il lui arrivait de chantonner et de rire sans raison véritable. Tout cela révélait un secret. Loin de penser que sa filleule se posait des questions quant à ses préoccupations du moment, Macha découvrait le plaisir d'être en bonne compagnie. Les rendez-vous et les promenades avec Gilles se poursuivaient. De façon tacite, ils sillonnaient l'arrière-pays ou le littoral, paressaient sur des plages peu fréquentées, assistaient à des récitals en plein air, discutaient, s'amusaient de tout et de rien. Gilles savait se montrer délicat et attentionné. Se rendait-il compte qu'elle cherchait à lui plaire ? En tout cas, il ne le laissait pas paraître !

En sortant de chez Juliette, Macha passa chercher des chaussures chez le cordonnier puis acheta quelques produits d'entretien à la droguerie. Alors qu'elle tournait la clé dans la porte d'entrée, la sonnerie du téléphone résonna.

— Je cherche à joindre Mme Irina Maslova, déclara une voix féminine.

— Mme Maslova est décédée depuis plusieurs années.

— La connaissiez-vous ?

— Je suis sa fille.

Il y eut un silence avant que la correspondante ne reprît :

— Puis-je vous demander votre date de naissance ?

— Pour quelle raison ? répliqua Macha sur la défensive.

— Je souhaiterais m'entretenir avec une personne née en 1920.

— C'est mon cas.

— Je travaille à l'ambassade de France à Moscou. On m'a demandé de prendre contact avec vous. Vous a-t-on déjà parlé de M. Belousov ?

— Jamais !

— M. Belousov a connu votre mère avant qu'elle ne quitte Petrograd. Lui est resté là-bas...

— Ah oui... répliqua Macha, la bouche sèche.

— La sœur de M. Belousov est venue me voir à l'ambassade, elle recherchait les coordonnées de votre mère. Elle pensait qu'elle résidait à Nice.

— Elle y a vécu jusqu'à sa mort.

— Votre mère et M. Belousov se sont fréquentés pendant un an. Il était marié et père de deux enfants, mais le lui a caché. En dépit d'idées politiques différentes, ils sont tombés amoureux. Avant de s'exiler, votre mère lui a annoncé qu'elle était enceinte. Il a été obligé de lui révéler qu'il n'était pas libre. Furieuse d'avoir été bernée, elle est partie pour la France. Sous le joug communiste, M. Belousov a compris qu'il s'était trompé dans ses choix de société. Alors qu'il avait fait des études de mathématiques, il s'est retrouvé conducteur de grue sur les chantiers.

En écoutant ces propos, Macha tentait d'assimiler ce qui lui était raconté.

— M. Belousov est décédé d'un cancer en février dernier. Avant de mourir, il a avoué son ancienne liaison à sa sœur qui en ignorait tout, et l'a chargée de rechercher cet enfant auquel il a souvent pensé.

— Pourquoi ne l'a-t-il pas fait plus tôt ?

— Comme je vous l'ai dit, il était marié et père de famille.

Hésitant entre la tristesse et le ressentiment,

Macha avait l'impression de perdre pied. Ainsi, à quarante-six ans, elle apprenait ce qui la tourmentait depuis un temps infini. À qui en voulait-elle le plus ? À sa mère ? À l'inconnu qui s'imposait dans son existence ?

— Je suis en possession d'un paquet et d'une lettre. Mon statut diplomatique m'a permis de les apporter en France où je séjourne actuellement. Puis-je vous les envoyer ?

D'une voix blanche, Macha acquiesça et fournit son prénom. Après avoir raccroché, elle s'assit un moment sur une chaise. La nouvelle était trop lourde à porter. Elle ne voyait qu'une seule personne avec qui la partager.

— Excuse-moi de te déranger…

— Rien de grave ? s'inquiéta Gilles en entraînant Macha vers le salon.

— Tu te souviens de ce que je t'ai confié à propos de ma naissance…

Il hocha la tête.

— Je viens d'apprendre qui était mon père.

Sans maîtriser sa nervosité, elle lui relata sa conversation avec l'attachée d'ambassade. Lorsqu'elle eut terminé, il avança :

— Ce que tu viens de découvrir est perturbant. Mais tu as une explication !

— Je me demande si je n'aurais pas souhaité rester dans les supputations.

— Pourquoi ?

Face à son silence, il insista :

— Pourquoi ?

— Parce que je pouvais idéaliser mon père. Tandis que là… je me trouve face à la réalité. Je connais son nom. Une partie de sa vie. Je sais qu'il s'est montré menteur et lâche.

— Sans doute aurais-tu préféré qu'il fût mort en combattant les bolcheviques ? Cela lui aurait conféré une stature de héros. Malheureusement, tu dois affronter une situation qui te plaît beaucoup moins ! Vivre derrière le rideau de fer a broyé cet homme qui aspirait à l'égalité des peuples. Mais sa misère morale et physique ne l'a pas complètement anéanti. Il a souhaité retendre des liens.

— N'est-ce pas égoïste ?

— Je n'en sais rien.

Gilles capta dans le regard de Macha une nuance d'acrimonie. Sans doute lui en voulait-elle de ne pas avoir prononcé des paroles plus consensuelles. Mais ce n'était pas son genre de tricher. Encore moins avec elle.

— Le paquet que tu vas recevoir va t'aider à y voir plus clair.

— Rien n'est moins sûr.

— En attendant, essaie de te détendre.

Il s'empara d'une bouteille.

— Un whisky ?

— Je t'ai suffisamment dérangé.

— Détrompe-toi ! Ta visite est une marque de confiance. J'y suis sensible.

Macha ne répondit rien. Qu'aurait-elle avoué ? Que son opinion l'emportait sur toutes les autres ? Qu'il était devenu le centre de son existence ?

Dès que le facteur eut délivré le paquet, Macha s'enferma dans sa chambre. Il contenait une enveloppe d'où elle sortit plusieurs feuillets. Avant de les lire, elle hésita. Qu'aurait pensé sa mère en la voyant transgresser ce qu'elle s'était efforcée de lui cacher ? Il lui fallut plusieurs minutes pour déchiffrer le texte rédigé en caractères cyrilliques. À mesure qu'elle avançait, une infinie tristesse l'envahissait. Écrite par la sœur du défunt, l'histoire révélait que Dimitri avait rencontré Irina alors que tous les deux faisaient la queue pour une distribution de pain. Ils avaient parlé en attendant leur tour. Puis marché un long moment dans les rues glacées de Petrograd. Ni les événements tragiques ni les privations ne les empêchèrent d'éprouver un coup de foudre. Par crainte de perdre Irina, Dimitri lui cacha sa situation familiale. Elle savait seulement qu'il plaçait ses espoirs en un monde nouveau qui ne correspondait pas à ce qu'elle-même attendait de l'avenir. Au moment où il fut question pour Irina et ses parents de s'exiler à Nice, elle découvrit son début de grossesse. Soit Dimitri l'accompagnait en France, soit elle restait avec lui à Petrograd. Lorsqu'elle évoqua la situation, il dut avouer la vérité. Ayant femme et enfants, il ne pouvait les abandonner pour la suivre. À partir de cet instant, il ne la revit plus.

Et son existence devint l'inverse de tout ce qu'il avait espéré. Pauvre, malade, il vécut à petit feu des années de sacrifices inutiles. Sans parler de l'horreur d'une guerre contre l'Allemagne qui lui prit son fils, mort au combat ! Jusqu'à ses derniers jours, le souvenir d'Irina ne l'avait pas quitté. Plusieurs fois il avait pensé lui écrire puis s'était ravisé. Sans doute s'était-elle mariée et menait-elle une vie sans histoire. Son état de santé empirant, il était passé aux aveux et sa sœur lui avait promis d'entamer des recherches. À la fin du récit, elle indiquait ses coordonnées. Dans un sachet, Macha trouva une photographie où le couple posait. Elle reconnut sa mère. Yeux effilés, boucles châtaines, cou de cygne. À ses côtés, Dimitri souriait. Ainsi, cet homme au visage sérieux était son père, se répétait-elle avant de s'emparer d'un médaillon qui faisait partie de l'envoi. Un portrait de sa mère y figurait et une mèche de cheveux était enfermée dans le boîtier. Émue, elle accédait à l'intimité de deux personnes qui s'étaient rencontrées au pire moment. À quoi aurait ressemblé leur avenir si la révolution ne les avait pas séparés ? Dimitri aurait-il renoncé à une première union pour ne pas perdre Irina ?

Il ne servait à rien de supputer ce qui aurait pu ou non advenir. Macha pensa néanmoins à la colère qu'avait dû ressentir Irina en apprenant que son amant l'avait flouée ! À sa honte d'arriver enceinte à Nice ! Aux explications qu'il lui avait fallu fournir aux siens ! Son amour s'était-il transformé en une haine si puissante qu'elle avait supprimé jusqu'à l'identité de Dimitri ? Si elle n'avait plus jamais parlé de lui, Irina n'avait cependant pas refait sa vie. La trahison dont elle avait souffert s'avérait-elle l'unique cause de ce renoncement ? À son corps défendant, Macha plongea dans son passé. Elle se revit, enfant adulée par une grand-mère et une mère qui cultivaient les traditions russes dont elle s'était plus ou moins éloignée lorsqu'elle avait épousé Bernard. Non sans naïveté, elle pensait que son mari n'était pas obligé de supporter les traditions d'un pays dont il vouait le régime aux gémonies. Dans un élan spontané, elle sortit, monta dans sa voiture et prit la direction de la cathédrale Saint-Nicolas. Macha avait perdu la foi, mais elle demeurait sensible aux lieux religieux. À la lueur des cierges, entourée d'icônes qui lui rappelaient ses origines, elle tenta de réfléchir avec objectivité. Privée de famille maternelle, elle venait d'apprendre que, derrière le rideau de fer, vivait sa famille paternelle. Devait-elle répondre à la missive de sa « tante » ou, au contraire, privilégier le silence ? Le regard posé sur l'iconostase, elle décida de se concentrer sur les signes qui lui étaient adressés depuis quelque temps : l'irruption de Gilles dans son existence… l'identité de son père enfin révélée ! Lui indiquaient-ils qu'elle devait sortir d'une confortable routine ?

28

Macha était en train de préparer un sac pour se rendre chez Jean et Suzanne quand Gilles lui téléphona pour prendre de ses nouvelles.

— Je partais chez des amis.

— Ah… Excuse-moi ! Je voulais te proposer une promenade à Cannes, mais…

— Accompagne-moi. Ils habitent dans la montagne. À une trentaine de kilomètres.

— Tu es sûre que je ne vous dérangerai pas ?

Une heure plus tard, ils quittaient Nice. Lorsqu'ils prirent de l'altitude, Gilles ralentit pour mieux profiter du paysage. Depuis que Macha avait sonné chez lui, ils ne s'étaient pas revus. Et il n'avait pas cherché à savoir si le fameux paquet lui était parvenu. Le sujet était trop sensible pour qu'il l'abordât. Depuis quelque temps, il ne pouvait nier une réalité : sa voisine occupait une place privilégiée dans son existence. Pas un instant il ne s'était douté qu'il en serait ainsi ! Sans doute avait-il trop hâtivement pensé qu'elle ne correspondait pas à son genre de femmes : plus jeunes, de préférence blondes et aussi libres que lui.

L'ouverture d'esprit et les connaissances de Jean plurent à Gilles qui, avec un intérêt non feint, l'écouta parler de ses recherches. Lorsque la conversation porta sur la mycologie, il évoqua les champignons hallucinogènes qu'il avait consommés au Mexique.

— On m'avait conseillé de ne pas forcer sur la dose… Et mon expérience s'est révélée moins désagréable que celle de mes amis qui avaient ignoré l'avertissement.

— Vous avez eu des visions ? le questionna Suzanne.

— Les volumes changeaient et les objets se déformaient…

Macha l'écoutait sans intervenir. Au fond, que savait-elle de lui ? Sinon que, tels les oiseaux migrateurs, il revenait à intervalles réguliers vers son pied-à-terre niçois. Face au nombre important de gens qu'il côtoyait, qu'était-elle sinon une voisine agréable et serviable ? Soudain, ce qu'elle éprouvait à son égard lui parut déraisonnable. Voire ridicule. Sentant que Suzanne l'observait, elle but une gorgée de vin.

Alors que Gilles suivait Jean dans son bureau, elles s'installèrent sous la tonnelle. En dégustant des cerises à l'eau-de-vie, Suzanne prit des nouvelles de Virginie.

— Elle vient d'obtenir son diplôme d'anglais. Dès qu'elle aura vingt et un ans, elle se présentera comme hôtesse à Air France. Après ce qu'elle a traversé, j'aimerais qu'elle soit engagée.

— Dans certains cas, il vaudrait mieux que les parents n'existent pas. Toi, tu as eu de la chance avec ta mère.

Face au silence de Macha, Suzanne insista :

— Elle s'est beaucoup occupée de toi.

— Trop, peut-être.

— Sans doute cherchait-elle à compenser l'absence de ton père.

En dépit de leurs liens, Macha n'eut pas envie de révéler la vérité.

— Personne ne m'a rien enseigné, reprit Suzanne. J'ai poussé comme du chiendent. Si je n'avais pas rencontré Jean, je me demande ce que je serais devenue. J'étais inculte, fruste ! Comment a-t-il pu s'intéresser à moi ?

En fin d'après-midi, Jean fut appelé au chevet d'un cultivateur qui souffrait d'un lumbago.

— Je n'en ai pas pour longtemps, indiqua-t-il à ses invités. Vous devriez monter jusqu'au tertre. Le point de vue est magnifique.

Lorsqu'ils y parvinrent, Gilles découvrit des versants où se profilaient de rares hameaux. Dans le ciel planait un oiseau de proie. Macha s'assit sur l'herbe sèche. Derrière ses lunettes de soleil, elle paraissait lointaine.

— Tu parais contrariée. Ai-je commis un impair ?

— Quelle drôle de question !

— Alors, je ne comprends pas ce qui se passe ! Nous sommes dans un lieu magnifique. J'apprécie tes amis…

Il s'assit à ses côtés et, après un silence, avança :

— Serais-tu aussi perturbée que moi par ce qui nous arrive ?

Macha perçut qu'il s'était fait violence pour poser la question.

— Oui, avoua-t-elle à mi-voix.

Encouragé par sa réponse, il poursuivit :

— J'aime être avec toi. Et lorsque je ne te vois pas, tu me manques.

Il posa sa main sur la sienne.

— Mais tu es mariée…

— Avec un homme qui n'est jamais là !

— Je ne serai pas plus présent que lui ! Nous le savons tous les deux.

— N'es-tu pas en train d'utiliser ce prétexte pour ne pas t'investir dans une relation qui te fait peur ?

Alors qu'elle s'enfermait dans le silence, il avança :

— Je vais bientôt partir pour la Norvège. Cela nous permettra d'y voir plus clair.

Comment pouvait-il lui avouer qu'elle ne le laissait pas indifférent et, au même moment, aborder ce qui les séparait ? Alors qu'elle avait rêvé de déclarations enflammées, Macha se sentait frustrée.

— Si je te plaisais vraiment, tu ne prendrais pas autant de précautions.

— Notre relation n'a rien à voir avec les histoires faciles dont j'ai un peu trop abusé !

— Je n'ai pas envie que tu m'idéalises.

Gilles éclata d'un rire libérateur.

— Rassure-toi ! Nous n'en sommes pas là !

Alors qu'il lui caressait la joue, elle posa la tête sur son épaule.

— Tu es obstiné ! Mais je le suis encore plus que toi. Et je parviendrai à te faire changer d'avis !

De retour à Nice, Macha oscilla entre la joie et le doute. Gilles avait avoué un début d'attachement. Mais, en dépit de ce qu'elle lui avait annoncé, elle craignait de ne pas vaincre sa prudence. Et elle ne pouvait lui donner tort. Ne se trouvait-elle pas dans une situation compliquée ? Simultanément, il lui fallait affronter l'image d'un père, son désintérêt grandissant pour Bernard et les sentiments que lui inspirait son voisin ! Elle hésitait à envoyer un courrier en URSS. Était-ce utile d'en apprendre davantage sur son géniteur ? Ou fallait-il se dérober, en risquant de le regretter un jour ? Bien entendu, elle n'avait soufflé mot à Bernard du dilemme qu'elle traversait. Au début de leur relation, il s'était intéressé à sa famille et elle lui avait relaté la version officielle : son père était mort en combattant au sein des armées blanches ! Aujourd'hui, ce discours lui semblait offensant pour l'homme qui avait soutenu les insurgés. Tant qu'elle n'aurait pas clarifié ses pensées, elle ne parlerait à personne de ce qui l'ébranlait. Aux deux femmes qui l'avaient aimée, protégée et éduquée, elle devait son indépendance d'esprit et un confortable train de vie. En revanche, celles-ci lui avaient menti en n'imaginant pas que la vérité surgirait tôt ou tard. Et qu'elle serait seule pour l'affronter. Macha ne voulait plus mêler Gilles à ce qu'elle traversait et le lester de ses soucis. Parti l'avant-veille pour un périple dans les fjords, il ne rentrerait qu'au début du mois de septembre. Que se passerait-il durant son absence ? Continuerait-elle de lui manquer ou ses penchants reprendraient-ils le dessus ?

— On se croirait au théâtre, remarqua Macha en contemplant la baie des Anges.

Sur la plage, des baigneurs profitaient du début de soirée pour nager dans une eau tempérée. Quelques familles pique-niquaient avant de regagner leur foyer. Ce qui attirait les mouettes à la recherche d'une pitance. Comme d'habitude, les voitures longeaient le rivage. Certaines déversaient leurs occupants devant des terrasses de café et des glaciers.

— Tu as raison ! Moi qui me sentais tellement isolée à Cimiez, je revis !

Vive, enjouée, active, Lise n'avait plus rien à voir avec la jeune femme désabusée que Macha avait rencontrée un an plus tôt. Au cours de la conversation, elle apprit qu'elle avait visité plusieurs expositions.

— Sans doute fallait-il une stimulation. La mosaïque a été le détonateur.

Pour la première fois, Lise confia sa décision de se familiariser avec cette technique. Elle alla même jusqu'à emmener sa visiteuse dans le petit atelier où la table était couverte de tesselles.

— Je m'entraîne avec de la pâte de verre. J'assemble des morceaux en jouant sur les couleurs.

Lorsqu'elles retournèrent sur le balcon, Macha constata que le jour avait décliné. Depuis le départ de Gilles, un vague à l'âme s'invitait au crépuscule. Que faisait-il au même moment ? Avec qui riait-il ? En Lise, elle avait trouvé quelqu'un qui avait l'expérience de la vie et des hommes. Une quinzaine d'années les séparait, mais Macha avait l'impression d'appartenir à une époque antédiluvienne lorsqu'elle comparait leurs comportements. N'avait-elle pas été surprise quand son amie s'était confiée sur son aventure d'un soir avec un musicien de jazz ? Aujourd'hui, elle regrettait d'avoir été élevée dans un carcan !

— Lise… Toi seule peux m'aider à voir clair !

Sans tricher, elle raconta ce qui la liait à Gilles avant de demander :

— Que penses-tu de son attitude ?

— Il s'est montré honnête.

— Trop ?

— Non…

— J'aurais dû le brusquer ?

— Pas cette fois. Mais, lorsque tu le reverras, il faudra le pousser dans ses retranchements.

— Il m'intimide !

— La réciproque est sûrement vraie.

— Tu plaisantes ! Avec la vie qu'il mène !

— Avec toi, c'est autre chose.

Lise semblait sûre de ce qu'elle énonçait.

— Cette séparation vous portera conseil.

— C'est ce qu'il m'a dit.

— Je devrais remplacer Marcelle Ségal au Courrier du cœur !

Macha sourit. Il lui arrivait de lire dans *Elle* les conseils que prodiguait la journaliste à des lectrices qui se posaient quantité de questions quant à l'amour !

29

En début de soirée, Lise décida de se rendre à la plage. Certes, il y avait beaucoup de monde, mais nager primait. D'autant qu'elle s'était acharnée à rassembler des tesselles afin de créer un motif figuratif qui, pour le moment, demeurait insatisfaisant. Elle enfilait une robe de toile sur son bikini lorsque la sonnerie du téléphone résonna.

— Lise…

— Tes vacances ont débuté ?

— Je suis arrivé hier. Est-ce que je te dérange ?

— Tu m'as trouvée juste avant que je descende nager.

— Si tu m'indiques l'endroit, je pourrai te rejoindre dans une trentaine de minutes.

En installant son matelas sur les galets, Lise se demanda si elle n'avait pas rêvé. Depuis les 24 Heures du Mans, Christian ne s'était pas manifesté. Ce qui l'avait inquiétée. Avait-il changé ses plans et décidé de ne pas venir à Villefranche ? Par orgueil, elle n'avait pas cherché à le relancer.

Autour d'elle, certains estivants commençaient à ranger leurs affaires. D'autres arrivaient. Ainsi que les gens qui travaillaient et devaient attendre la fin de la journée pour profiter des joies nautiques. Après une journée de chaleur, l'air devenait plus respirable. Alors qu'elle attachait ses cheveux, un enfant se mit à pousser des cris stridents. Cramoisi, le visage tordu de colère, il tentait d'échapper à sa mère qui finit par tomber en le poursuivant. Lise les regardait s'éloigner quand une main se posa sur son épaule.

Relevant la tête, elle sourit à Christian. Des lunettes noires masquaient ses yeux.

— Alors… cette eau ? La température est bonne ?

— Je t'ai attendu.

— Dans ce cas, ne perdons pas une minute.

Lorsqu'il se fut débarrassé de sa chemise et de son pantalon de toile, il lui tendit la main pour l'aider à se lever. Puis ils se dirigèrent vers les premières vagues et, avant de perdre pied, commencèrent à nager. Sans effort, Lise atteignit une bouée où Christian la rejoignit.

— Je rêvais de ce premier bain. Mais j'ignorais que ce serait avec toi, dit-il en l'attirant vers lui.

Sans opposer de résistance, elle rapprocha son corps du sien. En flottant, ils demeurèrent rivés l'un à l'autre quelques secondes. Puis ils rebroussèrent chemin. Lorsqu'ils retrouvèrent leurs affaires,

Christian s'empara du drap de bain pour le poser sur les épaules de Lise. Pendant qu'elle se séchait, il s'enveloppa d'une serviette afin de se rhabiller. Enfin, ils quittèrent les lieux, traversèrent la Promenade, s'arrêtèrent devant son immeuble. Dans l'ascenseur, ils ne prononcèrent pas un mot. En essayant de cacher sa fébrilité, Lise tourna la clé dans la serrure puis entra la première dans le vestibule. Sans attendre, il la prit dans ses bras. Sa bouche avait un goût de sel quand il l'embrassa. Puis il fit glisser les bretelles de la robe, posa ses lèvres sur son épaule où s'étaient collés quelques grains de sable. Elle prit son visage entre ses mains, plongea son regard dans le sien. Ainsi, ils étaient arrivés au moment où ni l'un ni l'autre ne pouvaient plus cacher ce qu'ils ressentaient. Contrairement à ses habitudes, Lise éprouvait de l'émotion. Christian s'en rendit-il compte ? Se laissant entraîner dans la chambre, il voulait découvrir les secrets de ce corps qu'il désirait depuis trop longtemps. Sous ses caresses, il sentit ses seins durcir, son ventre se tendre…

— Je suis venu me baigner… et je me retrouve dans ton lit, chuchota Christian.

— À qui la faute ? répliqua Lise en riant.

Il s'était soulevé sur un coude pour la contempler. Des épaules aux chevilles, tout était délicat chez cette femme qui l'avait intrigué dès qu'il avait entendu le son de sa voix. Ce timbre, légèrement voilé, qui lui était propre, continuait de le séduire.

Qui était-elle vraiment ? Il la regarda se lever, marcher jusqu'à la chaise où elle saisit un paréo dont elle s'enveloppa.

— J'ai soif ! Pas toi ?

Lorsqu'il la rejoignit dans le salon, une bouteille de chablis rafraîchissait dans un seau à glace. À côté, elle avait disposé deux verres, des olives et des chips. Avant de s'asseoir sur l'un des canapés, il remarqua la toile abstraite, les lampes en céramique dont les abat-jour diffusaient une lumière mordorée. Tout semblait paisible et harmonieux. Les fenêtres ouvertes sur la nuit laissaient entrer le halo des réverbères. Attiré, il s'approcha.

— Depuis que je me suis installée, j'ai pu assister aux orages, aux feux d'artifice, aux régates, aux baignades nocturnes, aux fêtes improvisées... C'est parfois si distrayant que j'oublie ce que je suis en train de faire. Et je sors beaucoup moins qu'auparavant.

Lise n'éprouvait plus le besoin de s'étourdir. L'ennui, qui avait été l'un de ses compagnons assidus, s'était envolé. Alors qu'ils demeuraient accoudés au parapet, elle admit avoir attendu ce moment depuis le premier jour de son installation. De son côté, Christian s'étonnait que leur entente fût aussi simple. Celle des corps, tout d'abord. Même si le feu couvait entre eux depuis un certain temps, tout était advenu naturellement. Comme s'il s'était agi d'une évidence. Lorsqu'ils revinrent dans le salon, il ne put s'empêcher d'admirer la démarche de Lise, ses gestes, sa façon de se lover entre les coussins du sofa. Elle ne ressemblait à aucune des femmes qu'il avait approchées. Plus singulière. Plus libérée. Fugitivement, il se demanda s'il n'était qu'un numéro parmi d'autres. À moins qu'elle ne fût une grande comédienne, rien dans son comportement ne le laissait supposer. De toutes les façons, il était trop tôt pour poser des questions ! De son côté, elle apprenait à profiter du moment présent, à en apprécier la valeur. Elle qui d'habitude ne supportait pas de s'attarder auprès d'un homme avec lequel elle venait de coucher n'avait pas envie de voir Christian s'éloigner. Sur un ton léger, ils se racontèrent ce qu'ils avaient fait durant leur séparation. Après le succès du Mans, Alpine se consacrait à la distribution et à la vente de ses voitures. Face à ce nouveau challenge, il n'était pas mécontent de souffler.

— Vivre à Dieppe n'est pas ce que je préfère. Heureusement, il y a les déplacements pour les rallyes et les championnats ! Mais le Sud me manque. J'ai besoin de chaleur, de ciel bleu, de palmiers, d'eucalyptus.

— La parfaite carte postale !

— Petite médisante !

La saisissant, il la renversa dans les coussins. Pour le jeu, elle tenta de lutter avant de nouer ses jambes autour de ses hanches et de se serrer plus étroitement contre lui.

En écoutant *Love Me, Please Love Me*, la chanson de Michel Polnareff qui s'était hissée au sommet du hit-parade, Lise se plongea dans la corvée des factures. Malgré sa récente prise de conscience, les tâches administratives continuaient de lui peser. D'autant qu'elle éprouvait de la honte à ne pas gagner sa vie. Face à Juliette qui menait avec brio son affaire de prêt-à-porter et à Macha qui veillait sur ses pensionnaires, elle mesurait sa chance d'être libérée des soucis financiers et sa malchance de ne rien produire. Ayant vécu une jeunesse exempte de tout souci matériel, elle avait continué d'ignorer placements et comptes en banque à l'âge adulte. Daniel lui donnait de l'argent de poche qu'elle dépensait sans états d'âme. À sa mort, elle avait dû se faire violence pour discuter avec son agent de change. C'était à peine si elle osait lui poser des questions d'ordre technique. Lorsqu'une âme charitable lui avait révélé comment s'était bâtie la fortune de son époux, elle n'avait plus songé qu'à dépenser sans compter le contenu d'un portefeuille qui lui faisait honte. Pourquoi n'avoir pas cherché à en faire profiter des œuvres ? Cette question ne lui avait pas traversé l'esprit, tant elle était engluée dans son propre marasme. Pourrait-elle rattraper le temps perdu ?

En fin de journée, elle descendit se baigner. La mer était chaude. La lumière s'adoucissait. En nageant jusqu'à la bouée, elle se remémora ce qui s'était passé la veille. Il n'avait fallu que quelques heures pour que se concrétisât ce qu'elle attendait.

Un peu avant l'aube, Christian l'avait quittée en la prévenant :

— J'ai promis à mes parents de passer deux jours chez eux. Ils se plaignent de ne pas me voir autant qu'ils le voudraient ! Dès mon retour à Villefranche, je t'appelle.

Allongée sur le dos, paupières closes, elle s'attarda dans l'eau en offrant son visage au soleil. Une pause qui la détendit après une nuit sans sommeil. Dans l'appartement, elle continua de prendre son temps pour accomplir quelques tâches. Elle arrosait les plantes du balcon lorsqu'un appel téléphonique la fit rentrer.

— Mes parents sont dans le jardin, et j'en profite pour te parler sans qu'ils m'écoutent ! J'ai l'impression d'avoir quinze ans !

Ainsi, il n'avait pu attendre de quitter la maison familiale pour lui faire signe ! Avec un rire joyeux, elle lui demanda comment s'était déroulée sa journée.

— J'ai passé pas mal de temps dans mon ancienne chambre. D'autant que ma mère n'a rien touché. Dans les étagères, mes bandes dessinées sont classées par collections. Pareil pour mes petites voitures !

— Tu étais très ordonné ?

— Seulement pour ce qui m'intéressait ! Et toi… Qu'es-tu en train de faire ?

30

Lise prévoyait de déjeuner avec Juliette quand celle-ci décommanda leur rendez-vous.

— Je dois me rendre à Paris.

— À Paris ? En plein été !

— On ne choisit pas.

Juliette ayant eu droit à un petit article dans *Marie France* et à deux modèles photographiés dans *Marie Claire*, les retombées ne s'étaient pas fait attendre. Parmi celles-ci, un courrier avait retenu son attention. Il s'agissait du propriétaire d'un magasin que sa mère, devenue trop âgée, ne pouvait plus diriger. Profitant de ce changement, il voulait promouvoir une marque en devenir. L'idée d'être distribuée dans la capitale ne la laissant pas indifférente, elle s'était davantage renseignée. L'établissement se trouvait rue de Sèvres, à quelques pas du Bon Marché. On ne pouvait rêver meilleur emplacement ! Une conversation téléphonique avait suffi pour la décider à le visiter.

Juliette n'avait pas avoué à Lise qu'elle ne se déplacerait pas seule. François s'était arrangé pour programmer une réunion d'affaires dans la capitale. Ce serait leur premier voyage ensemble. Jusqu'au dernier moment, elle craignit qu'il ne changeât d'avis. Lorsqu'ils se retrouvèrent dans le train, elle s'en voulut d'avoir mis sa parole en doute. Leur situation s'avérait pourtant complexe. Depuis le début de leur liaison, elle savait qu'il ne quitterait pas sa femme. Tout d'abord, il n'avait rien à lui reprocher. Elle élevait leurs enfants de la meilleure des façons, s'occupait de leur maison, recevait leurs amis et se montrait attentive à ses souhaits. Ensuite, elle le voyait mal remettre en cause un engagement envers les êtres qu'il aimait et dont il avait la responsabilité.

François avait réservé une chambre au Claridge qui se situait sur l'avenue des Champs-Élysées. Dès le premier jour, Juliette se rendit rue de Sèvres. L'homme qui la reçut devait avoir une quarantaine d'années. Plutôt affable, il lui expliqua la situation et ses priorités.

— Ma mère a tenu le coup jusqu'à soixante-cinq ans. Son magasin, c'était sa vie. Mais il est temps qu'elle s'arrête.

Si Juliette trouva la boutique vaste et lumineuse, la décoration désuète l'emballa peu et elle ne le cacha pas.

— Tout sera transformé, la rassura son interlocuteur.

— Pourquoi m'avoir choisie ?

— Parce que vous êtes une femme. Que vous êtes jeune. Que vos vêtements sont dans l'air du temps !

À son tour, il la questionna. Sans forcer le trait, elle lui résuma ses années d'apprentissage avant de conclure :

— Je suis une autodidacte.

Au gré de l'entretien, elle apprit que Raphaël Gutman travaillait dans la publicité. Originaires de Pologne, lui et ses parents étaient parvenus à gagner New York au début de la guerre. De retour à Paris en 1946, sa mère avait pu récupérer la boutique. Pour ne pas l'attrister, son époux et son fils avaient fermé les yeux sur le ralentissement progressif des ventes.

Juliette le quitta en l'assurant qu'elle réfléchirait à une éventuelle collaboration. Profitant de son temps libre, elle arpenta la rue, entra chez Dorothée Bis dont les créations attiraient une clientèle jeune et avertie. Elle y trouva ce que les magazines mettaient en avant : des couleurs acidulées allant du vert pomme à l'orange, des pantalons et des minijupes à foison, des pulls ajustés… Jusqu'à la fin de la journée, elle fit le tour des stylistes installés dans le quartier. Sonia Rykiel, Cacharel, Daniel Hechter, Emmanuelle Khanh, Michèle Rosier. Tous prônaient une femme libre et fière de son corps ! Ces vêtements réclamant de nouveaux accessoires, le collant remplaçait les bas et envoyait aux oubliettes les gaines et les porte-jarretelles. En dépit de la saison, Juliette en acheta plusieurs paires. Elle s'arrêta aussi devant des vitrines qui présentaient des colifichets ornés de dessins géométriques, des lunettes de soleil aux montures rondes ou carrées. En cette année 1966, la mode était inventive, joyeuse, optimiste. Elle donnait envie de courir, de virevolter, de danser ! Avant de regagner l'hôtel, elle fit une halte chez Roger Vivier pour y essayer les chaussures à boucles et talons plats qu'elle avait repérées sur une publicité. Chargée de sacs, elle ouvrit la porte de sa chambre, déposa le tout sur un fauteuil puis se laissa tomber sur le lit.

En lui caressant les cheveux, François la sortit de sa somnolence.

— Je viens de commander le petit déjeuner.

— Quoi ? s'exclama-t-elle.

— Tu semblais épuisée. Je t'ai laissée dormir.

— Il ne fallait pas !

Dans son costume de toile, il n'avait pas l'air de quelqu'un qui sortait du lit. Attrapant un oreiller, elle le jeta contre lui en riant.

— Tu as réussi à me faire marcher !

— Rassure-toi ! Il n'est que vingt heures.

— Le temps de me changer…

Pendant qu'il l'attendait, il se félicita de passer trois jours avec elle. Pour cela, il lui avait fallu mentir à Nelly. Sans doute serait-ce plus difficile de travestir la vérité quand sa femme se trouverait devant lui. Et de l'autre côté : combien de temps Juliette supporterait-elle qu'il ne fût pas libre ? Dès qu'ils furent dehors, la magie de Paris le ramena au plaisir qu'il ressentait à marcher à ses côtés. Si les habituels résidents étaient partis en vacances, les étrangers les remplaçaient. Autour d'eux, on parlait différentes langues. Il remarqua que les regards se fixaient sur Juliette. Certes, elle était belle. Mais son allure et son style contribuaient à ce qu'on lui prêtât attention. Sa silhouette élancée, les couleurs qu'elle portait, ses cheveux à demi attachés, sa démarche. Rien n'était banal chez la jeune femme qu'il escortait. Lorsqu'ils s'installèrent à la terrasse d'un café, il se rendit compte qu'il n'aurait échangé leurs instants volés contre rien d'autre.

— Raconte-moi ton rendez-vous.

Ses impressions données, elle avoua :

— Je ne suis pas certaine de vouloir m'embarquer dans cette histoire…

— Pourquoi ?

— Quand j'ai monté mon affaire, je souhaitais qu'elle marche. Mais à petite échelle. Ma boutique à Antibes me permet de créer et de vendre des vêtements, sans m'empêcher d'aller et venir à mon gré. Si j'accepte cette proposition, les choses seront différentes. Il faudra approvisionner le magasin de façon régulière. Ce seront des responsabilités supplémentaires ! Est-ce que j'en ai envie ?

— Toi seule peux répondre à la question.

Juliette réfléchit avant d'admettre :

— Peut-être que tout arrive trop vite.

Il ne put s'empêcher de rire.

— La plupart des gens se plaignent du contraire.

Elle ne formula pas sa deuxième préoccupation : si elle accordait davantage de temps à son affaire, n'en aurait-elle pas moins pour lui ?

— J'ai demandé quinze jours de réflexion. Et toi ? Tout s'est bien passé ?

Dans l'après-midi, il avait rencontré le propriétaire d'une villa cannoise qui voulait la transformer en plusieurs appartements.

— Comme toi… J'ai réservé ma réponse. Pas pour les mêmes raisons ! Je n'ai pas aimé le type.

Éclairée par la lumière des réverbères, la foule déambulait devant eux. Cabarets, restaurants, cinémas, vitrines brillant de mille feux, les plaisirs étaient réunis pour divertir les passants. Venue peu fréquemment à Paris, Juliette ressentait l'énergie qu'instillait la ville. Jusque-là, elle ne s'était mesurée qu'à sa région. Se lancer dans la fosse aux lions s'avérait un défi de taille. Était-ce la crainte d'un éventuel échec qui différait sa décision ? François avait rapproché sa chaise de la sienne. Personne ne leur prendrait cette soirée qui ne faisait que commencer !

Le retour à Antibes fut plus difficile que Juliette ne l'avait imaginé. D'autant que François se préparait à retrouver sa famille pour plusieurs semaines de vacances. À mesure qu'approchait son départ, elle mesurait combien serait lourde son absence.

Soit elle décidait qu'elle vivrait dans l'attente de leurs rendez-vous, soit elle continuait de tracer son chemin. Une nouvelle fois, le souvenir de sa mère, se dévouant corps et âme à son père, l'aida à voir clair. Ayant la chance de vivre à une époque de renouveau, elle n'allait pas se dérober. Parmi les femmes, certaines ne craignaient plus de clamer haut et fort ce qu'elles voulaient ou refusaient. Juliette n'était ni mariée ni mère de famille : ce qui ne l'empêchait pas de juger insupportable que la plupart des épouses dépendent de leur conjoint pour obtenir un compte en banque ou veiller à la scolarité de leurs enfants. Pour toutes celles qui ne pouvaient secouer leur joug, elle se devait de mener à bien ce qu'elle avait commencé. Au XXe siècle, il avait fallu que Coco Chanel, Brigitte Bardot et d'autres bousculent les normes en vigueur. Dans leur sillage, des anonymes se faisaient entendre. Pour ces raisons, Juliette ne devait pas refuser ce qui lui réclamerait davantage d'efforts. Sans tarder, elle informa Raphaël Gutman qu'elle n'était pas contre l'idée de travailler avec lui.

— Dans ce cas, je viendrai à Antibes en septembre. Cela me permettra de visiter votre atelier !

— Mon modeste atelier, rectifia-t-elle, craignant qu'il ne fût déçu par le lieu atypique dans lequel elle évoluait.

31

La ville s'éveillait à peine lorsqu'elles s'installèrent dans la voiture de Macha dont le coffre contenait le matériel et les provisions qui leur seraient nécessaires. À côté de la conductrice, Juliette étouffa un bâillement. En tournant la tête vers la banquette arrière, elle constata que Virginie n'était pas plus éveillée qu'elle. Au bout d'une heure et demie, elles parvinrent au point de rendez-vous que leur avait indiqué Enzo. Bientôt, elles entendirent le vrombissement des deux motos qui se rapprochaient. Enzo pilotait la première.

— Le temps est avec nous ! s'exclama-t-il en ôtant son casque.

À l'arrière, son passager l'imita.

— Alexandre découvre la région. Il vient de s'installer à Beaulieu.

L'autre Honda appartenait à Xavier, un professeur de ski nautique que Juliette connaissait. Hannah, une grande fille sportive, mit pied à terre.

Après avoir garé les véhicules à la lisière d'un village, puis déchargé les paquetages, la randonnée put commencer. Enzo et Xavier, qui connaissaient les lieux, avaient choisi l'itinéraire. Après la traversée d'espaces boisés puis de paysages plus arides, ils surplomberaient un lac. Peu adeptes des efforts physiques prolongés, Juliette et Virginie appréhendaient la montée. En revanche, Macha avait hâte de mettre son endurance à l'épreuve. Prenant la tête du groupe, Enzo s'évertua à ce que la cadence convînt à tous. Tandis qu'ils arpentaient un sentier, Juliette bénit l'ombre que prodiguaient les arbres.

À l'heure du déjeuner, ils s'arrêtèrent près d'un ruisseau puis sortirent une partie des victuailles que chacun avait apportées. Personne n'ayant envie de parler, Hannah s'allongea et somnola. Au milieu de l'après-midi, ils débouchèrent dans un paysage plus minéral où le soleil tapait fort. Virginie se prit à rêver d'un cornet de glace. Ses chaussures commençaient à lui faire mal… Et elle n'en était qu'aux deux tiers de l'ascension.

— Pensez à l'arrivée, les encouragea Enzo.

— Tu parles d'un plaisir ! Il va falloir monter les tentes ! regimba Alexandre.

Enfin, ils retrouvèrent de la végétation. Puis ce fut la récompense. En contrebas du plat où ils s'installeraient se découpait le lac. Macha sortit sa gourde pour se désaltérer. Xavier épongea la transpiration qui perlait sur son visage. Hannah s'assit sur un rocher. Deux tentes étaient prévues. L'une pour les femmes. L'autre pour leurs accompagnateurs. Il y avait longtemps que Juliette n'avait pas goûté aux bivouacs en pleine nature. Dans sa jeunesse, ses parents l'y avaient initiée autour de Beauvezer, qui se situait à une quarantaine de kilomètres.

En dépit de sa lassitude, elle sortit son duvet et une trousse de toilette réduite à l'essentiel. Avec un contentement affiché, elle sentait la température fraîchir. Dans peu de temps, il faudrait revêtir un lainage.

S'interdisant d'allumer un feu, ils mangeraient frugalement. En revanche, les hommes n'avaient pas lésiné sur les bouteilles d'alcool. Dès que tout fut déballé, Alexandre activa son tire-bouchon. Tandis que Macha sortait des olives et des amandes, il emplit les gobelets. Avant que la pénombre n'obscurcît le panorama, ils dégustèrent du jambon, du fromage, des œufs durs et des fruits. Hannah se rapprocha de Xavier qui semblait plus intéressé par la discussion générale que par sa personne. Peu attentive à leurs propos, Macha s'écarta pour profiter du crépuscule. Se trouver loin de son cadre habituel lui permettait d'appréhender ses préoccupations avec davantage de lucidité. Jusqu'à présent, elle n'avait pas répondu à la lettre qui lui avait été envoyée d'Union soviétique. Au fond, elle n'avait pas envie de nouer des liens avec une famille qu'elle ne rencontrerait pas, puisque celle-ci vivait derrière le rideau de fer. Elle ne souhaitait pas non plus devenir l'otage de souvenirs qui n'étaient pas les siens. Sa mère ayant volontairement effacé un passé douloureux, elle n'allait pas le ressusciter. La vie était suffisamment compliquée pour qu'elle ne la chargeât pas de ce qui lui avait été caché. Soulagée d'avoir pris sa décision, elle s'abandonna au silence. De rares oiseaux traversaient le ciel où bientôt s'allumeraient les étoiles. Dans ce lieu retiré où vivait une faune invisible, elle songea à ce que Gilles découvrait au cours de son voyage. Après lui avoir envoyé deux cartes postales, il ne s'était plus manifesté. Était-elle déjà sortie de ses pensées ? Jugeait-il stérile leur attirance ? Pour sa part, rien ne s'était atténué. Il lui manquait au point de sentir sa gorge se serrer lorsqu'elle se remémorait certains souvenirs...

En revenant sur ses pas, elle vit que la discussion battait son plein. Déclenchant des éclats de rire, Alexandre faisait des imitations. Son état d'ébriété le poussait à forcer le trait. Ce qui pour Virginie ne relevait pas du meilleur goût. Elle-même avait bu plus que de coutume. Non par envie, mais pour mieux supporter d'être transparente aux yeux d'Enzo. Depuis le début de leur randonnée, il lui parlait lorsqu'il ne pouvait faire autrement. Elle avait beau chercher, rien, à sa connaissance, n'expliquait une telle attitude. Plusieurs fois, elle s'était promis de provoquer une explication. Mais, au dernier moment, elle n'avait pas osé. Soupe au lait, obstiné, fidèle, grande gueule, loyal. C'était ainsi que Juliette le décrivait. En ajoutant qu'elle l'aimait bien, malgré ses états d'âme et ses emportements ! Au moment où ils débouchèrent une nouvelle bouteille, Virginie se leva et constata que ses pieds la faisaient souffrir dès qu'elle faisait un pas. Armée de sa lampe de poche, elle alla chercher la trousse de secours de Macha puis s'éloigna. Ses chaussures enlevées, elle constata que ses chaussettes s'étaient collées à sa peau. Les ôter occasionna une douleur qui lui arracha une plainte. Elle passait du désinfectant et hésitait à recouvrir ses ampoules de pansements lorsqu'elle discerna une silhouette qui venait dans sa direction.

— Ah, c'est toi ! constata Enzo en découvrant sa présence. Qu'est-ce que tu fais ?

— Je soigne mes pieds.

— Montre...

Il s'était accroupi sur l'herbe sèche.

— Oh ! là, là !... C'est moche !

— Je sais.

— Tes chaussures sont trop rigides.

— Ce sont celles que Juliette m'a prêtées. On a la même pointure.

— Comment vas-tu redescendre ?

— Ne t'inquiète pas. Je ne vous retarderai pas.

À la lueur de la torche, il inspecta ses talons.

— Ne mets pas de pansement pendant la nuit. Attends demain matin.

Le vin absorbé lui donnait une élocution hésitante.

— On n'emprunte pas des chaussures quand on s'apprête à parcourir des kilomètres.

— Je l'ai compris !

— C'est pas mal, ce spectacle ! dit-il en contemplant la Voie lactée.

— Tu viens souvent par ici ?

— Dès que j'en ai l'occasion ! Et toi, tu connaissais ?

— Je sors peu de Nice et d'Antibes.

— Tu ne voulais pas devenir hôtesse de l'air ?

— Tu t'en souviens ?

— Oui. Pourquoi ?

— Je pensais que je ne t'intéressais pas. Et que tu n'avais pas envie de me parler.

— Quelle drôle d'idée !

Il s'était rapproché et elle sentit son bras entourer ses épaules. Hésitant entre le repousser et accepter, elle choisit la seconde solution.

— Tu n'as pas froid ?

— Un peu.

Il resserra son étreinte, elle le laissa faire. Dès leur première rencontre, il lui avait plu. Pourquoi refuser de flirter ? L'alcool lui ôtant son habituelle réserve, elle se laissa embrasser. Mieux, elle noua ses bras autour de son cou. Encouragé, il déboutonna son chemisier, chercha ses seins, les caressa, descendit vers sa taille. Que se serait-il produit si, à plusieurs reprises, Juliette ne l'avait appelé ?

— On ne peut pas être tranquilles, maugréa-t-il en s'écartant.

Entre les ampoules qui la faisaient souffrir et ce qui s'était passé avec Enzo, Virginie éprouva de la difficulté à s'endormir. Lorsque Macha la secoua, le lendemain matin, elle eut l'impression que sa tête éclatait.

— J'ai trop forcé sur le vin, avoua-t-elle.

— En tout cas, tu as ronflé !

— Je suis désolée !

En saluant ses compagnons de randonnée, elle constata qu'Enzo ne prêtait aucune attention à sa présence. À croire qu'il avait oublié ce qui s'était produit la veille ! Alors qu'elle l'aidait à démonter leur campement, elle lutta pour retenir ses larmes. D'autant que chacun de ses pas lui occasionnait une insupportable brûlure. Avant de partir, elle remit en place les pansements, tenta de les fixer. Les premiers kilomètres furent éprouvants. En serrant les dents, elle tentait de ne pas se faire dépasser par Juliette qui, heureusement, s'arrêtait pour cueillir des fleurs ou fixer ses jumelles en direction d'oiseaux. La pause pour déjeuner lui permit de récupérer. Les yeux cachés par ses lunettes noires, elle voyait Enzo plaisanter avec Hannah et Xavier. À aucun moment il ne regarda dans sa direction. Au fond, Juliette ne le connaissait pas autant qu'elle le croyait. Sinon elle aurait su qu'il pouvait se comporter comme un mufle. Certes, il avait bu la veille. Mais pas au point de faire n'importe quoi. Jusqu'où seraient-ils allés si leur amie ne l'avait pas appelé ? Recommençait-il à l'ignorer par crainte qu'elle se montrât trop familière ?

N'osant vérifier l'état de ses pieds, elle se remit debout avec les autres. Descendre était, en fait, plus fatigant que monter. Et, surtout, accentuait le frottement de ses chaussures. Avec l'impression d'avoir vécu un calvaire, elle atteignit le point final de la randonnée. Avant de se séparer, ils se rendirent sur la place du village où se situait un café. Des limonades furent commandées et l'animation revint au sein du groupe. Hannah annonça qu'elle se baignerait dès son arrivée à Nice. Xavier l'imiterait. Alexandre et Enzo auraient le temps de se reposer avant de se rendre à une soirée où une centaine de personnes étaient attendues. Aucun d'entre eux ne demanda à Virginie ce qu'elle comptait faire…

32

En juillet et août, Juliette bénéficiait d'une clientèle de passage. Les jeunes filles et les femmes qui franchissaient le seuil de sa boutique profitaient de leurs vacances pour faire du shopping. L'accueil et les conseils de Virginie les poussaient à acheter, voire à revenir ou à envoyer des connaissances.

— Comment vais-je me passer de toi ? répétait la styliste à sa vendeuse.

— Ne parle pas trop vite ! Je n'ai pas encore été embauchée !

— Pourquoi ta candidature serait-elle refusée ?

— Ma taille, rétorqua Virginie, que ce problème continuait de préoccuper. Il me manque un centimètre.

— À leur place, je m'en moquerais !

Virginie aurait aimé que Juliette eût raison. À mesure que le concours approchait, elle se voyait sillonnant le monde en compagnie d'équipages. Si elle n'était pas retenue, sa déception serait énorme.

Vers quoi se tournerait-elle ? Irait-elle travailler à l'étranger ? À Londres ou, pourquoi pas, à New York ?

Elle étiquetait des modèles quand Lise arriva en coup de vent.

— J'ai mal garé ma voiture ! Est-ce que mes retouches sont faites ?

Pendant que Virginie allait chercher les commandes, Lise regarda le décor de la boutique qui s'était épuré. Des tableaux avaient été enlevés. Ce qui permettait de mieux voir les vêtements que Juliette proposait.

— Voici tes robes, indiqua Virginie en revenant avec le sac qui les contenait.

Lise pesta contre les encombrements. Elle aurait dû se méfier des retours de plage ! Christian allait trouver porte close ! En arrivant, elle le vit, assis sur le parapet de la Promenade, en train de patienter.

— Je suis désolée ! s'excusa-t-elle.

Depuis sa première visite, il était revenu plusieurs fois. Sans que cela devînt systématique, ils aimaient se rejoindre dans l'appartement qui, peu à peu, s'imprégnait de leurs faits et gestes. Dans leur entourage, personne n'était au courant de leur relation. Ce qui évitait curiosité et commentaires. Ayant perçu qu'il ne fallait pas brusquer Lise par des questions qui pourraient lui paraître intrusives, Christian se montrait discret. Lui-même attendait qu'une confiance s'instaurât pour raconter certains pans de son existence. Sans doute se posait-elle des questions quant à sa vie sentimentale. Il n'avait pas encore évoqué sa liaison avec Sophie et leur récente rupture. À son retour des 24 Heures du Mans, elle lui avait reproché de ne pas être suffisamment disponible. Il en avait profité pour mettre un terme à des liens qui ne le satisfaisaient plus. Elle avait pleuré, promis pour la énième fois de divorcer. De façon étrange, il n'avait pas souffert de leur séparation. Mieux, il s'était senti délivré ! Lise était-elle aussi libre que lui de tout attachement ? Dans l'appartement, il n'y avait trace ou influence de quiconque.

Alors qu'elle rangeait le contenu de ses paquets, il s'installa dans le salon. De la plage provenaient des cris et des rires d'enfants. Il leva les yeux vers un avion qui traversait le ciel en traînant une banderole publicitaire. Sur la table basse, plusieurs livres d'art étaient empilés. Tous traitaient de la mosaïque. En feuilletant le premier, il découvrit que certaines lignes étaient soulignées au crayon.

— Tu ne m'avais pas dit que ce sujet t'intéressait, observa-t-il quand elle le rejoignit.

— Je ne te parle pas de tout ! se défendit-elle en riant.

Était-ce le bon moment pour lui raconter ses projets ? En se faisant violence, elle lui révéla le coup de cœur qu'elle avait ressenti pour cette discipline artistique, les cours qu'elle allait suivre. Elle alla même jusqu'à le laisser entrer dans la pièce où elle s'exerçait, lui montra ses outils.

— Tu connais les fresques de Ravenne ? la questionna-t-il.

— Non.

Quelques kilomètres après Menton, ils franchirent la frontière. Alors qu'ils roulaient en direction de Gênes, Lise ne pouvait détacher ses yeux du paysage. Il n'avait fallu que deux jours à Christian pour organiser leur déplacement. Tôt le matin, ils avaient pris place à bord de son Alfa Romeo. Lorsqu'ils quittèrent le rivage ligurien pour pénétrer dans les terres, elle s'entendit fredonner. De l'Italie, elle aimait les paysages, la cuisine, le cinéma, les senteurs, les chaussures ! Quand il lui avait annoncé qu'il l'emmenait à Ravenne, elle n'avait pas caché sa joie. Ils s'arrêtèrent pour dormir à Bologne. À cette époque de l'année, l'université était fermée. Ce qui ôtait de l'animation à la ville. Dans l'hôtel où ils séjournaient, elle se rendit compte qu'elle n'avait jamais voyagé avec un amant. Non seulement Christian la faisait rompre avec les aventures sans lendemain, mais encore il l'entraînait dans son univers. Passionné par l'astronomie, il lui fit visiter la basilique San Petronio qui, parmi ses trésors, recélait la méridienne que Cassini avait élaborée au XVIIe siècle.

— C'est l'un des plus importants instruments de mesure astronomique au monde. La lumière du soleil entre par un orifice de 27 millimètres placé dans ce mur à une hauteur de 27,07 mètres. Elle projette une image elliptique du soleil qui, à midi, tombe sur la ligne méridienne. À partir de cette indication, son inventeur a pu calculer le moment des équinoxes et des solstices.

Alors qu'ils reprenaient la route, il lui confia combien la conquête spatiale l'électrisait. Depuis plusieurs années, il suivait avec une attention accrue les recherches de la NASA.

— Kennedy a promis que des hommes marcheraient sur la Lune à la fin de la décennie. Nous approchons du but.

— Tu crois que ce sera possible ?

— Pas toi ?

— J'aimerais, mais...

— Ils y parviendront, la rassura-t-il.

— Quel optimisme !

Il rit avant d'ajouter :

— Je suis confiant pour tout ce qui m'importe.

Durant le trajet, il lui expliqua les différentes avancées américaines. Des programmes Mercury et Gemini, il savait tout ou presque. Le premier avait démontré que les vols spatiaux habités étaient possibles. Le second additionnait des travaux et des expériences avec l'idée d'envoyer une prochaine mission sur la Lune.

Ils arrivèrent à Ravenne en fin de journée. Après avoir déambulé à travers des ruelles animées, ils s'installèrent à la terrasse d'une trattoria afin d'y déguster des *piadinas con sardoncini* et des *tagliatelle al ragù*. Ayant déjà séjourné dans la ville, Christian en connaissait le passé.

— Au ve siècle, elle devint la capitale de l'Empire romain. Au vi^e, ce fut celle des Ostrogoths. Puis de l'Italie byzantine. Ils nous ont laissé plusieurs monuments paléochrétiens qui associent la tradition gréco-romaine et l'iconographie chrétienne.

Dès le lendemain matin, il l'emmena à l'église San Vitale. Construit sous le règne de l'empereur Justinien, l'édifice était de forme octogonale. Arrivés de bonne heure, ils purent y pénétrer avant l'irruption d'un trop grand nombre de visiteurs. Dès qu'elle eut passé le porche, Lise fut transportée. Habituée à voir des mosaïques décorant des sols, elle se trouvait devant des murs tapissés de motifs.

— Justinien est le premier empereur à avoir choisi la mosaïque. C'était une technique coûteuse qui réclamait un grand savoir-faire. Mais il savait qu'il laisserait un incomparable témoignage de faste, lui expliqua Christian.

Elle s'avança vers la conque absidale où deux archanges entouraient le Christ. Sur chacun des murs latéraux se présentaient l'empereur Justinien et l'impératrice Théodora qui, au milieu de leurs courtisans, incarnaient domination et pouvoir. Le chatoiement des couleurs, le poudroiement des ors, la richesse des vêtements, l'omniprésence des végétaux la laissèrent sans voix. Comment était-on parvenu à une telle perfection en n'utilisant que des tesselles ? À l'écart, Christian la laissait s'imprégner de l'atmosphère. Les photographies d'un livre ne permettaient pas d'appréhender les trésors de patience qui avaient été nécessaires pour composer de telles splendeurs, encore moins d'en restituer l'éclat. En lui proposant ce voyage, il avait cherché à la placer devant une réalité.

— Es-tu prête à recevoir d'autres chocs ? l'interrogea-t-il à la sortie.

— À condition qu'ils soient aussi impressionnants que celui-ci !

En peu de temps, ils atteignirent un modeste monument en brique.

— Nous voici devant le mausolée de Galla Placidia. Il porte le nom de l'impératrice qui pensait y être inhumée. Ce qui n'a pas été le cas.

Le seuil franchi, Lise se sentit envahie par l'émotion. Transformé en ciel étoilé, le dôme bleu scintillait au-dessus de leurs têtes. Sur cette voûte céleste s'incrustaient la croix et le monogramme du Christ ! La petitesse du lieu, le sentiment d'intimité qu'il dégageait et la délicatesse de son décor le rendaient inoubliable. Trois sarcophages rappelaient la fin inéluctable de tout être humain et la fugacité des choses. Lorsque se rapprochèrent des échos de voix, ils choisirent de sortir et, éblouis par les rayons du soleil, se dirigèrent vers un café aux parasols accueillants où ils commandèrent des mokas. En attendant qu'on les servît, Lise posa sa main sur celle de Christian.

— Merci de m'avoir offert autant de beauté.

— Je pensais que tu apprécierais.

Était-il possible de partager des instants si parfaits ? En regardant des oiseaux qui voletaient au-dessus d'une fontaine, elle se posa la question. À quelques pas, des enfants jouaient à colin-maillard. Ce qui faisait aboyer un chien. Revenant du marché, des femmes ployaient sous le poids de leurs cabas. Entendre parler italien ajoutait de la gaieté à cette matinée exempte de médiocrité.

— Quand je pense à ces années où j'ai végété, avança-t-elle. À tout ce que j'aurais pu faire !

— Ne pas agir n'est pas synonyme de perdre du temps !

— J'ai trente ans... Et je n'ai rien accompli.

— Tu as réfléchi.

— J'ai dilapidé mon temps en inepties et je me suis beaucoup ennuyée.

— L'ennui permet de savoir ce que l'on ne veut plus.

— Je ne voulais rien.

— Et maintenant ?

— J'aimerais me tenir à des décisions. Ne pas plier quand cela devient trop ardu.

— Tu parles de la mosaïque ?

— Ce que je viens de voir m'a montré la difficulté et les écueils de cette technique.

— Ce sont des chefs-d'œuvre ! se récria-t-il.

— Justement ! N'est-ce pas prétentieux de chercher à apprendre ?

— Avec ce raisonnement, il n'y aurait plus d'artistes depuis longtemps.

Alors qu'elle demeurait silencieuse, il reprit :

— Que risques-tu ?

— D'être déçue par mes mauvais résultats. J'ai tellement peur de me fourvoyer.

— Il n'y a aucune raison pour que cela se produise.

— Personne n'a jamais cru en moi.

En dépit de leur emploi du temps culturel, ils n'oublièrent pas de faire des courses. Christian acheta des bouteilles de lambrusco et de pignoletto. Lise ne résista pas à rapporter une cafetière Bialetti, des bidons d'huile d'olive et des paquets de *cappelletti*.

— Qui dira que la boisson et la nourriture ne nous intéressent pas ! plaisanta-t-il.

Lise, qui avait longtemps fulminé contre la lenteur du temps, aurait voulu le retenir. Allongés dans l'obscurité, ils se préparaient à passer leur dernière nuit à Ravenne.

— Tu es bien silencieuse.

— Je dressais la liste de tous les avantages que recèle l'Italie.

— Il y en a jusqu'à l'aube !

— Je le crains.

Plus sérieusement, elle ajouta :

— Tout semble si facile. Toi et moi…

— Lise… Je ne connais pas grand-chose de ton passé. Tu es si secrète…

Était-ce de ne pas discerner le visage de Christian,

et par là même ses réactions, qui la poussa aux confidences ? En essayant de respecter une chronologie, elle raconta son mariage et ce qu'elle avait appris après la mort de Daniel. Sans l'interrompre, il la laissa dérouler les faits. Puis il demanda :

— Ce qui t'a été révélé après le décès de ton mari, tu l'as vérifié ?

— Vérifié ? Auprès de qui ?

— De tes beaux-parents ?

— Ils m'auraient forcément menti.

— Si je te suis bien, tu as cru ton informateur ou ton informatrice.

— J'étais dans un état second.

— Je comprends...

— La personne connaissait Daniel depuis longtemps.

— Cette personne... Qu'est-elle devenue ?

— Elle vit au Canada.

— Où l'as-tu rencontrée ?

— Elle s'est présentée alors que se terminaient les obsèques. Ensuite, je l'ai revue.

— En dehors d'elle, est-ce que quelqu'un a fait allusion à cette spoliation ?

— Non... Mais pourquoi aurait-elle inventé de telles horreurs ?

Peu pressés d'arriver à Nice, ils firent halte à Portofino. Niché au fond d'une anse naturelle, le port de pêche était fréquenté par une clientèle mondaine et fortunée. La beauté du paysage, les couleurs des maisons, le phare, une *piazzetta* animée en faisaient un lieu unique où l'on ne pouvait séjourner qu'en bonne compagnie. En flânant le long du rivage, Christian proposa d'acheter des glaces. Alors qu'il revenait avec un cornet dans chaque main, elle le suivit du regard. Rien n'était anticipé ou calculé dans sa façon d'agir. Ce qui le rendait profondément attirant. Sa démarche, ses gestes, l'intonation de sa voix la troublaient et elle ne résista pas à s'approcher de lui, à respirer son odeur.

— Si tu continues, je jette les glaces à la mer ! la menaça-t-il en souriant.

D'un commun accord, ils n'avaient plus parlé du sujet qui les avait occupés la nuit précédente. Pour l'instant, ils profitaient de ce qui leur était accordé en sachant que ce que l'on croyait posséder pouvait être repris du jour au lendemain. Aussi ne regardèrent-ils pas leurs montres et s'attardèrent-ils jusqu'à la tombée de la nuit. Alors que la voiture prenait la direction de la frontière, Lise sentit ses paupières s'alourdir. Afin de lutter contre le sommeil, elle se concentra sur les lumières qui, le long du littoral, annonçaient des villages. La voix du douanier la sortit de sa léthargie. Leur voyage touchait à sa fin !

33

Dans un demi-sommeil, Lise entendit la sonnerie du téléphone. Sur la table de chevet, la pendulette indiquait huit heures. Sans se presser, elle sortit du lit où Christian dormait puis se dirigea vers le salon.

— Allô.

— Lise. C'est Macha. Excuse-moi de t'appeler de bonne heure…

Avant que son amie ne poursuivît, Lise perçut que quelque chose n'allait pas.

— Virginie a eu un accident.

— Un accident ! Quand ?

— Hier soir. Elle revenait de chez un ami à mobylette. Une voiture l'a renversée.

Abasourdie, Lise s'était assise sur un siège.

— Où se trouve-t-elle ?

— Les pompiers l'ont transportée à l'hôpital Saint-Roch. On l'a opérée. Mais son état est grave.

— Et toi, où es-tu ?

— J'ai passé la nuit en salle d'attente. Et je vais y retourner.

— Je t'y rejoins.

En regagnant la chambre, Lise constata que Christian s'était levé.

— Je t'ai entendue parler. C'est sérieux ?

— La filleule d'une amie a été accidentée.

Elle lui répéta le peu qu'elle savait avant d'ajouter :

— Excuse-moi... Je vais devoir partir.

— Je te dépose.

Durant le trajet, Lise parla peu et il respecta son silence. En dehors des drames qu'ils causaient, les accidents de la route le mettaient mal à l'aise. Certes, les conducteurs en étaient la plupart du temps responsables, mais lui-même participait à la création de véhicules qui allaient de plus en plus vite.

Avant de la quitter, il la retint contre lui.

— Si je peux vous être utile en quoi que ce soit, appelle-moi. N'hésite pas.

Repliée sur son angoisse, Macha était assise dans une pièce où patientaient plusieurs personnes. En voyant Lise franchir le seuil, elle alla à sa rencontre.

— Virginie a été opérée dans la nuit... Elle est en salle de réveil.

Livide, la voix enrouée, elle retenait ses larmes.

— Elle roulait à mobylette quand une voiture a grillé un feu rouge et l'a percutée. Le conducteur était en état d'ivresse. C'est un miracle qu'elle ne soit pas morte !

— Quel est son état ?

— Elle a été atteinte au bassin et aux jambes.

Macha posa sa main sur celle de Lise avant de murmurer :

— Si je ne lui avais pas offert cette mobylette, cela ne serait pas arrivé.

— Tu n'es responsable de rien, l'interrompit Lise. Sinon de t'être occupée d'elle du mieux que tu le pouvais.

— Elle était sous ma garde.

— Macha... La faute incombe au chauffard. À lui seul. De quelle façon s'en est-il sorti ?

— Avec des contusions ! Quelle injustice !

— Les parents de Virginie sont au courant ?

— Son père ne va pas tarder à arriver. Sa mère ignore tout. On attend d'en savoir davantage pour la mettre au courant.

Au bout d'une rangée de chaises, une femme pleurait. En la regardant, Macha éprouva de la compassion envers sa solitude et son désarroi. Que venait-elle d'apprendre ou de quel mal souffrait-elle ?

— Est-ce que tu as parlé avec le chirurgien ?

— Pas encore !

Deux heures passèrent avant qu'une infirmière n'appelât Macha. Toutes les deux la suivirent jusqu'à l'ascenseur, qu'elles empruntèrent pour parvenir au niveau des blocs opératoires. À nouveau, elles attendirent. Puis une porte s'ouvrit avec brusquerie et un homme de grande taille, au visage sévère, les salua d'un bref signe de tête.

— Vous êtes sa mère ? demanda-t-il à Macha.

— Sa marraine. Elle habite chez moi. Son père devrait arriver de Paris d'un moment à l'autre.

— Ni le crâne, ni le thorax, ni l'abdomen n'ont été touchés. En revanche... il n'est pas certain qu'elle recouvre la motricité des membres inférieurs.

— Elle pourrait rester paralysée ?

— Il est trop tôt pour se prononcer. Mais le risque existe.

— Quand pourra-t-on la voir ?

— Pas avant demain.

En quittant l'hôpital, elles se réfugièrent dans un café et commandèrent des expressos serrés.

— Elle n'a que vingt ans ! s'insurgea Macha. Hier encore, elle avait des rêves plein la tête. Dont celui de devenir hôtesse de l'air. C'était son moyen d'exorciser l'exil, la maladie de sa mère, leur famille disloquée.

Que pouvait lui répondre Lise sinon qu'elle partageait ses pensées ? Au gré de leurs rencontres, elle avait appris à connaître Virginie dont elle appréciait le caractère positif et la ténacité. Macha avait prononcé le mot injustice. Aucun autre n'aurait mieux convenu à la situation. Le salaud qui avait renversé la jeune fille retournerait se saouler avec ses copains tandis qu'elle serait dépendante d'un fauteuil roulant !

Jusqu'au milieu de la journée, elles restèrent ensemble. Puis Macha revint à la pension afin d'y accueillir le père de Virginie. Une profonde tristesse l'envahissait et, lorsqu'elle entra dans la chambre de sa filleule, elle lutta pour ne pas s'écrouler. Au pied du lit, un journal était ouvert sur une page dédiée à des cosmétiques. À côté d'une lime à ongles, un flacon de vernis incolore attendait d'être utilisé. Son regard se dirigea vers le bureau où des catalogues Air France voisinaient avec des 45 tours à demi glissés dans leur pochette. Des photos de leur excursion dans le Mercantour attirèrent son attention. En s'attardant sur chacune, elle découvrit que Virginie affichait un visage fermé qu'expliquait sans doute son problème de chaussures. Avant de quitter la pièce, Macha effectua un peu de rangement. Puis elle se rendit dans le salon avec l'impression de flotter. Hormis le drame qui touchait la jeune fille, tout lui paraissait dérisoire. Vers qui, vers quoi se tourner ? Bernard se trouvait à l'autre bout du monde et, de toute façon, il ne lui aurait apporté aucun réconfort. Elle avait plaint la femme qui, à l'hôpital, semblait si seule et si désemparée. N'en était-elle pas un reflet ? En dehors de Lise, qui l'aurait soutenue ? Juliette… qu'elle n'était toujours pas parvenue à joindre ? Ne devrait-elle pas lui téléphoner une nouvelle fois ? N'obtenant toujours pas de réponse, elle appela Éliane.

— Macha ! Comment vas-tu ?

— Je cherche ta fille.

— Elle est à Saint-Tropez.

— Pour longtemps ?

— Deux ou trois jours. Mais Virginie en sait certainement plus que moi.

— Justement…

En quelques phrases, Macha expliqua la situation.

À mille lieues d'imaginer ce qui se passait, Juliette profitait des joies de Saint-Tropez où l'on commentait la romance entre Brigitte Bardot et Gunter Sachs. Les baignades sur la plage de Pampelonne, les verres chez Sénéquier, les soirées au Voom Voom et au Papagayo l'aidaient à trouver le temps moins long jusqu'au retour de François. Elle dansait jusqu'à l'aube, ce qui lui permettait de dormir une bonne partie de la journée. Ensuite, elle arpentait les boutiques où l'on s'approvisionnait pour ne pas être devancé par la mode du moment. Chez Choses, Vachon ou Bouquin, on s'équipait en shorts, jupes qui ne cachaient pas grand-chose, robes à bretelles et sandales plates. Côté masculin, la chemise à fleurs était de rigueur. Ainsi que le jean et le pantalon à pattes d'éléphant. Il fallait reconnaître que les beaux garçons et les jolies filles ne manquaient pas ! Roulant en voiture décapotable, fainéantant sur le ponton des yachts, ils contribuaient à ce que le lieu attirât les élites. Attentive aux goûts vestimentaires des uns et des autres, Juliette se rendait compte qu'elle avait flairé l'air du temps et que sa prochaine collection plairait. Au moment de quitter les amis qui l'avaient accueillie dans une villa au confort rudimentaire, elle se sentit raffermie dans l'idée que Paris serait un bon tremplin. Alors qu'elle s'apprêtait à trouver son magasin ouvert, il lui fallut utiliser sa clé. Sur un papier glissé sous la porte, elle reconnut l'écriture de sa mère. Inquiète, elle le ramassa.

Virginie est à l'hôpital. Appelle Macha.

Lise était au chevet de l'accidentée lorsque Juliette pénétra dans la chambre. En s'approchant du lit, dont le drap était soulevé par des arceaux, elle vit un appareil de perfusion. Paupières closes, Virginie semblait dormir.

— Elle est sous sédatifs, expliqua Lise. Sinon la douleur ne serait pas supportable.

— Est-ce qu'elle nous entend ?

— Je ne sais pas.

Au bout de quelques minutes, elles sortirent dans le couloir. Dès que Macha l'avait informée de la situation, Juliette s'était rendue à l'hôpital. Découvrir Virginie dans cet état la bouleversait.

— Son père n'est pas là ?

— Il est sorti pour fumer une cigarette. Pendant ce temps, il ne harcèle pas les internes et les infirmières avec ses questions !

— On peut comprendre qu'il soit anxieux.

— Certes ! Mais Macha aurait pu avoir un meilleur soutien…

Quand Lise raconta sa visite à Christian, il fit preuve d'efficacité.

— Je connais des pilotes qui ont eu de graves accidents. Au cas où vous auriez besoin d'informations sur des lieux spécialisés ou des traitements qui pourraient convenir à ton amie, je pourrais me renseigner.

— Merci de le proposer.

Il allait bientôt reprendre le chemin de Dieppe et Lise se demandait comment elle supporterait son absence. D'autant que, de compétition en rallye, il serait appelé à fréquemment voyager. À mesure que son départ approchait, elle s'interdisait de poser des questions. Ce fut lui qui aborda le sujet :

— Tu te rends souvent à Paris ?

— Depuis novembre dernier, je n'y suis allée que deux fois.

— On pourrait s'y retrouver de temps en temps… Qu'en penses-tu ?

Il s'était exprimé avec une certaine appréhension. Même s'ils s'étaient beaucoup rapprochés, il ignorait dans quelle catégorie elle l'avait rangé.

— Pourquoi pas ?

Après un silence, elle osa poser la question qui la brûlait :

— Je connais peu ta vie… Es-tu lié à quelqu'un ?

— Je l'étais… Mais c'est terminé.

— Depuis longtemps ?

— La fin du mois de juin.

En voyant son regard s'éclairer, il découvrit qu'elle était soulagée.

— Mes cours vont bientôt commencer. Mais ils n'auront lieu que deux fois par semaine. Ce qui me permettra de te rejoindre !

34

Deux personnes discutaient avec le mosaïste qui, en découvrant Lise, proposa :

— Maintenant que nous sommes au complet, faisons connaissance autour d'un café.

Sur une table encombrée d'outils, il disposa quatre gobelets puis apporta une cafetière semblable à celle qu'elle avait achetée à Ravenne.

— Je m'appelle Giorgio... Mais vous le savez déjà ! déclara-t-il en les servant.

À tour de rôle, une jeune femme et un homme d'âge mûr déclinèrent leurs prénoms : Carla et Bertrand. Puis ce fut au tour de Lise. Pendant que leur mentor donnait un aperçu de ce qu'il enseignerait, elle regarda autour d'elle. Posés à même le sol, des seaux contenaient des tesselles de toutes tailles qui, rangées par couleurs, attendaient d'être utilisées. Il y avait des émaux de Briare, de la pâte de verre, du marbre, de la pierre, de la faïence. Sur un établi, des pots de colle voisinaient avec des pinces, des burins et des martelines. Avant de passer à la pratique, ils écoutèrent un historique où furent abordés les lieux emblématiques. Lorsque Giorgio évoqua les mosaïques de Ravenne, Lise ne put retenir un sourire tant leur découverte restait présente à son esprit. La matinée s'écoula rapidement. D'autant que l'atmosphère n'était pas désagréable. Le quatrième élève inscrit s'étant désisté, ils étaient en plus petit nombre que prévu. Pendant la pause-déjeuner, elle apprit que Carla souhaitait enseigner la mosaïque aux enfants dans les centres de loisirs où on l'employait. Bertrand, quant à lui, travaillait pour une entreprise de carrelage qui cherchait à élargir son offre. L'après-midi fut consacré à la pratique.

— Dès le début, il faut avoir le bon geste, expliqua Giorgio en montrant comment on coupait les tesselles.

Auparavant, il leur avait parlé des supports : bois ou pierre. Puis de la pose directe qui se déroulait sur le lieu dédié à la mosaïque. Ou indirecte : la mosaïque était composée en atelier avant d'être transportée *in situ*. Il leur indiqua la façon dont la colle ou le mortier étaient utilisés pour fixer les tesselles.

En sortant du cours, Lise prit la direction de l'hôpital où, deux semaines auparavant, Virginie avait quitté le service des urgences pour l'étage où l'on soignait les traumatismes liés aux membres inférieurs. Avec Macha et Juliette, elles lui rendaient visite à tour de rôle. Il leur arrivait de repartir en se demandant si la jeune fille avait prêté attention à leur présence. Enfermée dans le mutisme, elle demeurait sourde à leurs paroles de réconfort. Les médecins ne lui ayant pas caché qu'elle ne récupérerait qu'une part de motricité après de longs mois où se succéderaient opérations et séances de rééducation, elle s'enfonçait dans un marasme grandissant.

Lise entra dans la chambre que la jeune fille partageait avec deux dames âgées dont l'une n'arrêtait pas de tricoter. Ce qui occasionnait un exaspérant cliquetis d'aiguilles.

— Je t'ai apporté des magazines, annonça-t-elle en les déposant sur la table de chevet. Ainsi que tes biscuits préférés.

— Merci.

Pâle, le cheveu terne, des cernes sous les yeux, Virginie s'appuyait contre les oreillers. Relevé par l'arceau, le drap cachait les fractures ouvertes et les lésions de ses jambes. Lorsqu'elle avait repris conscience, elle s'était d'abord demandé ce qu'elle faisait dans un lieu qu'elle ne connaissait pas et pourquoi des hommes et des femmes en blouse blanche discutaient à son chevet. Ne pas sentir le bas de son corps lui semblait étrange. Elle avait tourné la tête vers la personne la plus proche, qui évoqua un accident. Se souvenait-elle de quelque chose ? Avec lenteur, des images se formèrent. Elle se revit par terre... Il y avait un bruit de sirène... Ensuite, tout devenait flou. On lui apprit qu'elle avait été renversée et amenée à l'hôpital Saint-Roch où elle avait passé une grande partie de la nuit au bloc opératoire. L'esprit embrumé par les analgésiques, elle tentait d'assimiler les informations. Un médecin se pencha pour l'ausculter, puis examina le bas de son corps.

— Je ne peux pas bouger mes jambes.

— C'est normal. Vous avez été opérée...

— Quand est-ce que je vais me lever ?

— Pas dans l'immédiat.

— Mais je veux reprendre mon travail.

— Avant... il faudra vous soigner.

Elle l'entendit évoquer des fractures, des os broyés...

— Vous auriez pu être amputée... On a même craint que vous restiez paralysée !

Amputée... Paralysée ! On lui parlait de quelqu'un d'autre ! Et le discours continuait. Il faudrait des mois de rééducation avant qu'elle puisse poser un pied devant l'autre.

— Est-ce que je boiterai ? parvint-elle à formuler.

Elle se souvint, alors, de ce qui mobilisait son énergie depuis tant d'années. Devenir hôtesse de l'air ! En une soirée, ses rêves et ses efforts s'étaient envolés !

— Je boiterai toute ma vie ? insista-t-elle.

— Il est trop tôt pour se prononcer.

À partir de ce moment, Virginie glissa dans

l'apathie. La vie avait perdu son sens et son intérêt. Qu'allait-elle faire de ces années qui ne seraient pas occupées par le métier pour lequel elle s'était préparée avec tant d'opiniâtreté ? Au fond, elle devait être née sous une mauvaise étoile pour que la malchance s'acharnât autant sur sa personne. Macha, à qui elle avait posé la question, s'était empressée de la rassurer. Le destin saurait lui offrir ce à quoi elle ne s'attendait pas ! Virginie s'était retenue pour ne pas être désagréable… Sa marraine était pourtant la seule personne en laquelle elle avait placé sa confiance. Ne se démenait-elle pas pour trouver les endroits susceptibles de lui prodiguer la meilleure des rééducations ? L'inverse de son père qui, heureusement, était reparti à Paris. En bon courtier d'assurances, il s'était principalement préoccupé des réparations financières auxquelles elle aurait droit !

En cette fin d'après-midi, Lise tentait de la distraire. Régulièrement, elle venait avec des attentions. Ainsi que Juliette qui, maintenant, s'occupait à plein temps de la boutique. Sans montrer combien le travail l'épuisait, elle lui disait que son accident affectait les clientes qui la connaissaient. Par son intermédiaire, certaines lui adressaient des missives de soutien qu'elle parcourait avec détachement.

Si Antibes se vidait de ses vacanciers occasionnels, de nombreux habitués prolongeaient leur séjour. En particulier ceux qui possédaient des villas aux alentours. Juliette constatait avec satisfaction que sa collection automne-hiver était bien accueillie par des femmes accoutumées à faire leur shopping chez des couturiers et des stylistes en vogue.

— Il faut que je trouve une nouvelle vendeuse, confia-t-elle à Enzo. Tu n'aurais personne à m'envoyer ?

— A priori, non. Mais je vais me renseigner.

Dès qu'il avait appris l'accident de Virginie, il s'était mis en tête de lui rendre visite. Juliette le lui avait déconseillé.

— Elle n'est pas en état de recevoir des gens. Il vaut mieux attendre.

— Tu penses qu'elle remarchera ?

— Pas avant longtemps !

— La pauvre ! C'est triste !

— D'autant que ce drame s'ajoute aux précédents. Elle ne se plaignait jamais. Mais je savais qu'elle se faisait beaucoup de souci pour sa mère...

— Sa mère ?

— Elle est soignée pour dépression depuis des années.

— Je l'ignorais.

— Ce n'est pas le genre de fille à raconter sa vie.

Enzo ne chercha pas à prolonger la conversation. On l'attendait aux studios de la Victorine. Au fur et à mesure qu'il y travaillait, il oubliait la vraie vie pour évoluer dans des décors de toutes sortes. Depuis que son aventure italienne avait mal tourné, il traînait un sentiment d'insatisfaction qui éloignait ses amis de longue date. En le regardant enfourcher sa moto, Juliette s'en voulut de ne pas s'être montrée plus chaleureuse envers lui. Elle-même traversait une période compliquée... Depuis plus d'un mois, son amant vivait des vacances familiales dans une île lointaine. Dans quel état d'esprit rentrerait-il ?

Au creux du lit défait, François la tenait étroitement serrée contre lui.

— J'ai compté les jours... et je me demandais qui tu voyais !

— Tu es jaloux ?

— Oui.

En revanche, il n'avoua pas combien il vivait mal le mensonge dans lequel il s'enfonçait. À plusieurs reprises, Nelly lui avait fait remarquer qu'il semblait ailleurs. Qu'aurait-elle dit si elle avait ouvert son cerveau et constaté qu'une autre occupait ses pensées et s'immisçait dans ses rêves ? Combien de temps tiendrait-il ainsi ? Et combien de temps Juliette supporterait-elle un partage qui ne les menait nulle part ? Il savait qu'elle ne lui demanderait pas de quitter sa femme. Et lui-même n'aurait pas la malhonnêteté de le lui faire espérer.

— Je suis mal placé pour te faire ce genre de confidence. Mais je ne veux pas te perdre.

— Je suis là !

« Pour l'instant », se retint-il de répondre. Dès qu'il l'avait revue, il s'était rendu compte qu'elle n'était pas une illusion savamment entretenue. Juliette allumait en lui d'insoupçonnables désirs. Il ne se lassait pas de la contempler, de la caresser, de guetter le plaisir que lui dispensaient leurs étreintes. Dès leurs premiers rendez-vous, il l'avait perçue comme une magicienne qui transformait tout ce qu'elle touchait en agrément. Comment résister à son charme et à sa fantaisie ? Prisonnier volontaire, il aurait signé pour des années de captivité. Alors qu'il aurait voulu passer la nuit chez elle, il s'obligea à regarder sa montre. Un dîner d'affaires ne pouvant se prolonger au-delà de minuit, il lui fallait rentrer.

— Les travaux de l'ancien hôtel Annabella sont terminés, indiqua-t-il en terminant de s'habiller. L'inauguration de la résidence aura bientôt lieu. J'aimerais que tu viennes.

— Ce n'est pas raisonnable.

— C'est dans ce lieu que nous avons véritablement fait connaissance ! Et… Ne crains rien… Il y aura beaucoup de monde ! Personne ne s'étonnera de ta présence.

— Je ne suis pas certaine de vouloir te partager avec tous ces gens !

Si Macha avait été en capacité de l'accompagner, Juliette aurait peut-être accepté l'invitation. Non seulement son amie était alarmée par l'état de sa filleule, mais le remplacement de deux locataires lui créait aussi un souci supplémentaire. Était-ce imaginable que son environnement fût à ce point bousculé ? Quelques minutes avaient suffi pour que tout basculât. Lorsque les urgences l'avaient appelée, Macha s'endormait. Au début, elle n'avait pas compris ce qu'on lui annonçait. Puis, affolée, elle s'était rendue à l'hôpital où personne n'avait pu lui donner des renseignements sinon lui répéter que le cas de Virginie était grave. Depuis cette date fatidique, Macha tentait de s'adapter aux événements. Un jour où Virginie s'était montrée trop défaitiste, elle s'était rendue chez Suzanne et Jean.

— Depuis l'accident… je vais… je viens… je parle… Avec l'impression qu'une autre agit à ma place.

Elle leur avoua son désarroi de n'avoir pas veillé comme il l'aurait fallu sur la jeune fille.

— Ses parents me l'avaient confiée…

— Ses parents qui, l'un comme l'autre, n'ont pas été capables de lui offrir un foyer. Que seraitelle devenue si tu n'avais pas été là ? Ils l'auraient envoyée en pension. Comme son frère !

— Je souhaitais lui donner les meilleurs atouts pour démarrer sa vie professionnelle. Mais tout s'est écroulé. Et je m'entends lui répéter qu'il ne faut pas baisser les bras !

— Dans sa situation, qu'aimerais-tu que l'on te dise ? insista Jean.

— Franchement… je n'en sais rien.

— Il est trop tôt pour qu'elle puisse écouter des propos positifs.

35

Macha consacra son après-midi à recevoir des locataires potentiels. En cette période de rentrée, les demandes abondaient. D'emblée, elle élimina ceux qui lui semblèrent pointilleux, bavards ou trop rapidement familiers. Après six rendez-vous, elle pensa avoir plus ou moins fait son choix. Une dernière personne, néanmoins, se présenta. Plutôt réservée, la jeune fille souhaitait s'installer pour un temps indéterminé. Venant d'être engagée comme choriste à l'opéra de Nice, il lui fallait quitter Dijon. Macha la jugea sympathique.

— Je vous donnerai une réponse sous quarante-huit heures, promit-elle avant de la raccompagner vers la sortie.

Fatiguée par la journée, elle se préparait à passer la soirée devant la télévision quand le téléphone sonna. Depuis l'accident, elle appréhendait les appels.

— Allô…

— Macha. C'est Gilles…

— Bonsoir.

— Je viens de rentrer. Comment vas-tu ?

— Bien, mentit-elle.

— Est-ce que je te dérange ?

— Un peu…

— Excuse-moi. Je voulais prendre de tes nouvelles. Fais-moi signe quand tu le pourras.

Lorsqu'elle eut raccroché, elle se demanda ce qui lui était passé par la tête. Depuis le départ de son voisin, elle n'avait cessé de penser à son retour. Et elle venait de tout gâcher ! Mortifiée, elle se recroquevilla dans son lit. Une sensation de vide l'envahissait. Comme si ce qu'il lui restait de force l'abandonnait. Qu'avait-elle cherché à détruire en agissant comme elle venait de le faire ? S'interdisait-elle d'être heureuse pendant que Virginie luttait ? Quelque chose de plus complexe se dessina. Au fond, elle en voulait à Gilles de ne pas avoir été là pour la soutenir. Cette idée était d'autant plus absurde qu'il ignorait ce qui s'était produit. Mais, s'il avait été joignable, l'aurait-elle prévenu ? Rien n'était moins sûr. Prise entre des contradictions qui ne menaient nulle part, elle se rendait compte que Jean avait eu raison de la mettre en garde contre l'illusion de pouvoir tout maîtriser et surmonter. Avant qu'elle ne reprît la route, il lui avait préparé des décoctions pour l'aider à conserver un équilibre pendant cette période difficile. En un temps rétréci, sa vie s'était trouvée bouleversée. Il lui avait fallu supporter un mariage qui battait de l'aile, apprendre l'identité de son père. Enchaîner des nuits blanches lui provoquait des sautes d'humeur et une fatigue qu'elle ne parvenait pas à maîtriser. Le lendemain matin, elle hésita à rappeler Gilles. Une force mauvaise la poussa à ne pas se manifester. À la place, elle convoqua des peintres afin de rafraîchir la chambre à louer. Puis elle se rendit chez Lise.

— Chaque fois que je me trouve devant cette vue, je regrette la jetée qui n'existe plus depuis la guerre.

Macha évoquait la suspension sur pilotis qui, en s'avançant dans la mer, rappelait le *pier* de Brighton. Dès que la nuit tombait, le casino bâti à son extrémité s'illuminait. Coiffée d'un grand dôme et de bulbes orientalistes, la construction attirait un public décidé à s'amuser. Salles de baccara, de spectacle, de lecture, café et restaurant proposaient un large choix de plaisirs. L'occupation de la ville avait scellé son sort. Fermée puis dépouillée de ses métaux non ferrugineux par les Allemands afin de participer à l'effort de guerre, elle n'avait pas trouvé suffisamment de défenseurs pour être réhabilitée.

— Raoul Dufy lui a consacré plusieurs toiles. J'en ai vu quelques-unes, répondit Lise.

Dès qu'elle avait ouvert la porte à Macha, elle s'était rendu compte que celle-ci n'allait pas bien.

En un an, les rôles s'étaient inversés. Et ce que son amie avait fait pour elle, Lise souhaitait le lui rendre. Cette femme, dont elle avait admiré l'équilibre, n'était pas le roc qu'elle imaginait !

— Je t'ai enviée d'être allée en Italie, disait-elle. On m'a souvent parlé de Ravenne. Il faudrait que j'y fasse un tour. Mais seule, ce n'est pas emballant !

Après une brève hésitation, Lise se jeta à l'eau.

— Tu es la première à qui je me confie. J'y ai séjourné avec un homme qui ne me laisse pas indifférente. Tu as sans doute oublié mais tu l'as aperçu quand nous avons pique-niqué à la Garoupe. Il s'y trouvait avec une bande d'amis.

À mesure qu'elle évoquait Christian, elle prit conscience de l'importance qu'il occupait dans son existence. Depuis trois semaines, il était reparti et, si elle n'avait pas été occupée par ses cours, elle aurait trouvé son absence insupportable. Heureusement, le téléphone existait.

— Je suis tellement contente pour toi ! s'exclama Macha.

— Et toi ? Tu as des nouvelles ?

— J'ai été stupide.

Elle raconta son attitude de la veille avant de conclure :

— Je ne comprends pas pourquoi j'ai tout gâché !

— Par peur. Tu n'as connu que ton mari... Et ce n'est pas simple de sauter le pas.

Le silence de Macha valait tous les aveux.

— Je ne veux pas t'influencer, mais, à plus de quarante ans, tu ne devrais pas renoncer à ce qui se présente.

— Lise… Tu es jeune. Tu es belle. Les hommes te regardent dès que tu rentres quelque part. Moi, c'est différent. Je ne suis pas sûre de lui plaire !

— Ne crois pas que j'étais tranquille avec Christian ! Plus tu attaches de l'importance à quelqu'un, plus c'est compliqué.

Le lendemain matin, Macha appela la choriste pour lui annoncer qu'elle retenait sa candidature et que la chambre serait bientôt disponible. Elle fit de même avec l'autre candidat choisi : un vendeur de journaux. Puis elle se rendit à l'hôpital où on lui annonça que sa filleule subirait une opération avant Noël. D'ici là, elle serait transférée dans un service de rééducation.

— Je me demande pourquoi on me prescrit des exercices, alors qu'il faudra tout recommencer après l'intervention, déclara Virginie.

— Les médecins savent mieux que toi ce qu'il faut faire !

— Admets plutôt que cela t'arrange de les croire !

— Tu penses vraiment ce que tu viens de dire ?

Sans répondre, Virginie détourna le regard. Constatant qu'elle ne proférerait plus un mot, Macha se leva et quitta la chambre. Ce geste, qu'elle aurait dû accomplir depuis longtemps, la soulagea. Dès le début de son hospitalisation, la jeune fille l'avait choisie pour lui faire supporter son ressentiment. Eh bien, c'était terminé !

Peu pressée de rentrer, elle profita de la lumière d'un été largement entamé en s'arrêtant du côté des Ponchettes. Jusque-là, elle n'avait jamais songé à quitter Nice. Sa famille maternelle s'y était installée. Elle avait hérité d'un logement qui lui convenait. Bernard s'était montré satisfait de la situation. Ce soir, cette immuabilité lui pesait. Elle regrettait de ne pas avoir décidé de ses faits et gestes, mais de s'être laissé ballotter par les circonstances. Lise n'avait pas eu tort de lui remémorer son âge et de l'encourager à affronter ce qu'elle ne pouvait laisser de côté au risque de longtemps se le reprocher. Chez elle, elle se changea et se servit un verre de porto. Rien de mieux pour se désinhiber. Puis elle composa le numéro de Gilles. Sans obtenir de réponse. Comment avait-elle imaginé qu'il ne serait pas sorti ? Le courage qu'elle avait trouvé pour se manifester céda la place à du désenchantement. En dépit de la tisane de Jean, elle dormit mal. Ce fut la benne des éboueurs qui la sortit d'une désagréable torpeur. En robe de chambre, elle se rendit à la cuisine où la femme de ménage n'était pas encore arrivée. Devant un café noir, elle tenta de retrouver ses esprits. Puis elle se dirigea vers le vestibule pour y récupérer son sac. Sous la porte, elle vit une enveloppe. Il était trop tôt pour que le facteur fût passé. Elle la ramassa puis la décacheta.

Un ciel prometteur

Pourquoi ne donnes-tu pas de nouvelles ?

Gilles

Il l'avait déposée durant la nuit.

Lorsque son voisin lui ouvrit, Macha se rendit compte qu'il n'était pas vraiment sorti de son sommeil. En pyjama, les cheveux en broussaille, il la regardait comme si elle était un fantôme.

— Pardon… Je ne me suis pas rendu compte qu'il était très tôt !

— Quelque chose ne va pas ?

— J'ai trouvé ton message. Et je ne voulais pas que tu penses…

— Entre…

Pour que l'odeur du tabac se dissipât, il ouvrit la fenêtre du salon.

— Je devrais redescendre.

— Ne crois pas que je vais te laisser t'échapper.

Alors qu'elle s'installait dans un fauteuil, il annonça :

— Il me faut un café ! Pas toi ?

— J'en ai déjà bu.

Tandis qu'il se rendait dans la cuisine, elle prit conscience de ce qu'elle lui imposait. Elle et lui, au lever du jour, l'esprit embrumé… Il revint avec une tasse qu'il posa sur la table basse.

— C'est mon courrier qui t'a fait changer d'humeur ?

— En quelque sorte.

— Je n'ai pas compris pourquoi tu t'es montrée si froide au téléphone. Tu m'en veux de ne pas t'avoir davantage écrit ?

— Non.

— Ce n'est pas mon genre d'envoyer des cartes postales à tout-va.

— Des événements se sont produits, l'interrompit-elle.

À mesure qu'elle lui racontait les faits, elle le vit changer d'expression.

— Ce n'est pas possible, répétait-il.

— J'ai vraiment pensé qu'elle ne s'en sortirait pas. Alors quand tu m'as demandé comment j'allais, je n'ai pas trouvé la force de parler.

Maintenant qu'il était parfaitement éveillé, il constatait combien elle était épuisée. Découvrir qu'elle avait subi cette période sans qu'il n'en sût rien le perturbait. D'autant qu'il avait passé de magnifiques journées à naviguer jusqu'au cap Nord. À bord de bateaux qui faisaient des escales de port en port, il s'était enfoncé dans les fjords au bout desquels les attendaient forêts et cascades. Les voyageurs qu'il accompagnait ne cachant pas leur enthousiasme, l'ambiance n'avait pas faibli. À grand renfort d'aquavit, les soirées s'éternisaient. D'autant qu'un étrange crépuscule n'en finissait pas de retarder la nuit. En dépit de ses responsabilités d'organisateur, il s'était amusé et détendu. Personne n'avait été malade ou ne s'était plaint des prestations proposées. Maintenant qu'il était rentré et que Macha se trouvait chez lui, il reprenait contact avec une réalité qu'il avait placée entre parenthèses. Fidèle à ce qu'il lui avait dit avant son départ, il souhaitait que leur séparation les aidât à voir plus clair. Maintes fois il aurait voulu partager avec elle des moments parfaits, comme cette navigation entre des îlots parsemés de rares habitations ou cette marche vers un glacier. Sans crier gare, elle envahissait sa mémoire et il ne faisait rien pour l'en repousser. En débarquant à l'aéroport de Nice, il s'était senti impatient de la retrouver, presque fébrile. Son accueil glacial l'avait douché. Que s'était-il produit qui expliquât un tel revirement ? Maintenant qu'il en connaissait la cause, il s'en voulait d'avoir pensé que le monde extérieur, en l'occurrence celui de Macha, serait préservé de soubresauts et de drames.

— Est-ce que tu pourrais t'absenter quelques jours ? demanda-t-il.

— Pourquoi ?

— Tu es trop curieuse !

36

En débarquant sur l'île, Macha se sentit dans une sorte de paradis où tout était rassemblé pour dispenser la joie. À pied, ils arrivèrent au village qui se résumait à une église, une place et quelques habitations. Chargé de leurs bagages, Gilles emprunta une ruelle, s'arrêta devant la fenêtre d'une modeste maison, glissa la main derrière une gouttière puis sortit une clé de sa cache.

— Entre, lui dit-il.

Une odeur de bois et de renfermé les accueillit. Pendant qu'il repoussait les volets, Macha avança dans la pièce carrelée. Avant de prendre le bateau, Gilles lui avait expliqué que l'un de ses amis prêtait ce logement aux proches, dont il faisait partie. Avec la lumière du jour, elle constata que l'endroit était rudimentaire mais accueillant. Occupant le centre d'un mur, une cheminée faisait face à un vaisselier. Une grande table, des bancs et deux fauteuils crapauds composaient le mobilier. À côté, la cuisine possédait un réfrigérateur qu'il brancha, un évier et une cuisinière. Elle donnait sur un jardinet où paressait un chat. En suivant Gilles, elle atteignit l'étage composé de trois petites chambres et d'une salle de bains.

— Laquelle préfères-tu ? demanda-t-il.

Macha choisit celle dont le lit disparaissait sous un édredon de cretonne rouge. Pendant qu'elle rangeait ses affaires, elle l'entendit s'installer de l'autre côté du couloir. Dès qu'il lui avait proposé de partir, elle s'était préparée avec fébrilité. Vingt-quatre heures plus tard, ils avaient pris la direction de Cannes puis celle de Fréjus. En regardant le paysage défiler, elle s'était sentie revivre. L'hôpital, les malades, les blouses blanches, les odeurs d'éther et de désinfectant se dissipaient. Lorsqu'ils s'arrêtèrent à la tour Fondue, elle comprit que Gilles l'emmenait à Porquerolles.

— Allons faire les courses, proposa-t-il un peu plus tard.

Au café, ils burent un verre et grignotèrent des olives. Puis ils achetèrent quelques denrées. À mesure que s'écoulaient les heures, Macha sentait sa nervosité diminuer. Dès leur première promenade à vélo, elle fut émerveillée par l'omniprésence des chênes-lièges et des pins, grisée par la senteur des végétaux. Parvenus à la plage d'Argent, ils se baignèrent dans une eau dont Gilles apprécia la température.

— Cela me change de la Norvège.

Pendant que Macha se séchait au soleil, il suivit des yeux un yacht qui naviguait en direction de la côte varoise. À plusieurs reprises, il avait séjourné chez son ami avec leur bande habituelle de journalistes sportifs. Une ou deux fois par an, ils oubliaient dans l'île leurs reportages lointains. Face aux épreuves que venait de traverser Macha, il s'était souvenu des bienfaits que procurait cette retraite et, en un minimum de temps, avait organisé leur déplacement.

Lorsqu'elle se releva pour passer une robe de toile, il la vit repousser de la main le sable qui s'était collé sur son épaule. Elle avait maigri, ce qui la rajeunissait. Ainsi que la blondeur de ses cheveux ! Était-ce pour lui qu'elle avait accompli ces changements ?

Ils rentrèrent en début de soirée. Sur la place, quelques joueurs de pétanque s'affrontaient, tandis que des enfants se poursuivaient avec des pistolets à eau en n'oubliant pas de viser un chien qui s'était mis à aboyer. Macha monta se changer tandis que Gilles s'occupait à l'extérieur. En se penchant à la fenêtre, elle observa ses faits et gestes. La chemise mal boutonnée, pieds nus, il remplissait un arrosoir pour en verser le contenu sur les rosiers dont il venait d'enlever des feuilles asséchées. Quand elle le rejoignit, il alla chercher l'une des bouteilles de chablis apportées de sa cave niçoise et la déboucha. Satisfait du goût, il la servit puis s'assit à ses côtés, dans l'un des fauteuils de toile qu'il venait d'installer. Des maisons alentour provenaient des bruits de voix et de vaisselle. Des hirondelles traversaient le ciel qui bleuissait. L'herbe mouillée exhalait une odeur entêtante. Libérée de toute tension, Macha profitait d'un moment où rien ni personne ne lui manquait. Spontanément, elle posa sa main sur celle de Gilles qui mêla ses doigts aux siens.

Quand la température devint plus fraîche, ils rentrèrent dans la cuisine pour y préparer le dîner. Alors que Macha sortait des œufs de leur boîte, l'un d'entre eux lui échappa.

— Merde ! s'écria-t-elle avant de s'excuser.

— Tu peux proférer tous les jurons du monde… Cela ne me déplaît pas !

En s'approchant, il précisa :

— C'est même amusant !

Spontanément, elle se serra contre lui, entoura son cou de ses bras. Sa joue piquait et ses lèvres avaient un goût de sel. Elle sentit sa langue qui cherchait la sienne. Puis il l'entraîna dans l'escalier obscur et, lorsqu'ils atteignirent le palier, poussa du pied la porte de sa chambre…

Les jours suivants, ils continuèrent d'emprunter les deux vélos remisés dans le garage. Les voitures étant interdites, leurs excursions se déroulaient en toute tranquillité. Entre la découverte des phares et des moulins à vent, Macha continuait d'être émerveillée par la flore. Cistes, eucalyptus, lauriers, romarin, lavande… Chacun des chemins et sentiers les plongeait dans des univers visuels et olfactifs. Comme elle, Gilles profitait de ce que leur offrait ce bout de terre préservé de toute nuisance. Avoir parcouru le monde n'amoindrissait pas son enthousiasme pour les plaisirs simples. Elle aimait sa vitalité, sa propension à ne jamais s'impliquer à demi, son besoin de partager. Elle percevait aussi qu'il tentait d'adoucir ce qui l'avait malmenée. Souvent, il cherchait son regard. Comme s'il voulait s'assurer que rien ne la contrariait ou ne la décevait. Comment aurait-ce été possible ? La nuit, lorsqu'ils partageaient un lit trop étroit, elle s'étonnait de n'avoir jamais connu pareille complicité. Non seulement elle ne craignait plus de ne pas l'enflammer, mais encore il l'avait débarrassée de ses inhibitions en ne lui cachant pas qu'elle savait répondre à ses désirs.

La veille de leur retour, ils s'attardèrent dans le jardin. Pour se protéger de la fraîcheur, Gilles alla chercher des couvertures. Puis ils s'installèrent dans leurs sièges. À mesure que le ciel s'obscurcissait, l'environnement changeait. Parfois un miaulement aigu interrompait le calme qui s'instaurait.

— Un avion nous survole, constata Gilles en désignant un point lumineux qui clignotait.

Macha, qui attendait l'apparition d'étoiles, n'y prêta guère attention. Depuis son enfance, elle aimait contempler la Voie lactée.

— Crois-tu que la vie pourrait exister ailleurs ? demanda-t-elle.

— L'idée ne me déplairait pas. Mais...

— Il y a une quinzaine d'années, plusieurs articles ont décrit des phénomènes inexplicables dans notre région.

— Tu parles de soucoupes volantes ?

— Des gens ont vu des engins étranges qui volaient à une vitesse anormale.

— Ils avaient sans doute trop bu !

— Arrête de détruire mes rêves !

— Que ferais-tu si des extraterrestres te proposaient de partir avec eux ? Tu accepterais ?

— Et toi ?

— Tu sais combien j'ai l'esprit bourlingueur ! Est-ce que tu m'accompagnerais ?

Derrière la plaisanterie, elle perçut son envie de savoir quelle place il occupait dans son existence.

— Est-ce que je t'accompagnerais ? répéta-t-elle. Peut-être… Mais à condition qu'ils ne nous installent pas sur des planètes différentes.

— Imagine que, pendant le voyage, nous changions d'apparence… que nous devenions verts ou orange… lilliputiens ou géants ! Entièrement velus ou visqueux ! Tu crois qu'on se plairait encore ?

Cessant de rire, ils guettèrent de nouvelles illuminations. Pour Gilles, réfléchir sur l'univers ne faisait que renforcer son athéisme. Rien n'existait avant sa naissance. Rien n'existerait après sa mort. Pour cette raison, il tentait de vivre pleinement ce qui lui était offert. D'autant qu'il n'était pas malchanceux. Depuis des années, il n'avait cessé d'avoir des projets et d'entreprendre. Sa connaissance du monde et des civilisations était étendue. Et il restait ouvert à de nouvelles explorations. Preuve à l'appui : il se sentait comme un jeune homme auprès de cette femme qu'il apprenait à connaître. À l'inverse d'aventures précédentes, au cours desquelles il s'embrasait et se consumait avec rapidité, il prenait soin de ne pas brûler les étapes. Rien, au départ, n'aurait dû les rapprocher. Ni leur éducation ni leurs habitudes, encore moins leur façon de vivre ou leur entourage. Et pourtant… En ce moment même, il mesurait combien elle était devenue importante. Il aimait explorer son corps. Tout comme il aimait la voir pédaler à perdre haleine, fouler les herbes folles, jeter des galets dans l'eau, humer les fleurs, croquer du chocolat, rire et rire encore ! Ni les désillusions ni les tristesses n'avaient amoindri sa capacité d'émerveillement. Ce qui la rendait touchante et attirante. Ayant toujours privilégié le mouvement, pour ne pas dire la fuite en avant, il s'étonnait de voir ses propres goûts évoluer. Était-ce d'avoir vieilli ? Ou de ne plus rien chercher à se prouver ? Jeune, il voulait se faire un nom dans le journalisme, gagner de l'argent, accumuler les tampons sur son passeport, boire avec ses copains et ne pas songer aux lendemains. La cinquantaine entamée, il avait coché toutes les cases qu'il s'était fixées.

Alors qu'ils s'approchaient de Nice, Gilles aborda le sujet qu'ils avaient volontairement repoussé.

— Il va falloir nous montrer discrets.

— Vivre au même endroit simplifiera les choses.

— Certes. Mais les commérages circulent vite dans cette ville.

— Nous nous verrons loin des lieux trop fréquentés.

Chez elle, Macha eut la sensation de s'être longtemps absentée. En côtoyant certains objets appartenant à Bernard, elle sut qu'elle ne supporterait plus de faire semblant. Un jour prochain, son époux lui annoncerait sa venue pour une permission de quelques semaines. Cette fois-ci, il lui faudrait l'affronter et, sans faillir, proposer de divorcer. Comment réagirait-il ? N'ayant pas envie de s'appesantir sur la question, elle choisit de téléphoner à Lise qui avait veillé sur Virginie durant son absence.

— Je suis allée deux fois à l'hôpital. Elle m'a peu parlé... Sinon pour me répéter que plus rien n'a d'importance et que sa vie est fichue.

— Que faire ? Elle n'écoute rien !

— Est-ce que Jean ne pourrait pas lui rendre visite ?

— Jean ? s'étonna Macha.

— Elle l'aime bien.

— Après tout... pourquoi pas ? Je vais lui proposer de venir avec Suzanne.

— Tu ne m'as pas dit où tu étais allée, remarqua Lise en changeant de sujet.

— Porquerolles.

— Sois tranquille, je ne vais pas poser des questions qui te feraient rougir !

Elles rirent avant de fixer une date pour déjeuner.

— Demain ? proposa Macha.

— J'ai cours ! Après-demain, si tu veux.

37

Lise avait entendu parler de la villa Kérylos, mais n'y était jamais allée. Il avait fallu que Giorgio proposât à ses trois élèves de les y emmener pour qu'elle bénéficiât d'une visite d'autant plus particulière qu'il était chargé de l'entretien des mosaïques. Avant d'y pénétrer, il leur avait brossé l'historique de ce lieu pour lequel il manquait de superlatifs. À la Belle Époque, plusieurs grands bourgeois juifs avaient acheté des terrains sur la Côte d'Azur pour y faire bâtir de luxueuses demeures. Passionné par la Grèce antique, archéologue, avocat, philologue, numismate, député, Théodore Reinach s'était tourné en 1902 vers un jeune architecte : Emmanuel Pontremoli. Il rêvait d'habiter une demeure comparable à celles que l'on trouvait à Délos aux IIe et Ier siècles avant J.-C. Ensemble et durant quatre ans, les deux hommes avaient donné forme à ce souhait. Se dressant sur la pointe Fourmi, l'édifice répondait aux critères définis tout en bénéficiant d'un confort moderne.

Lise gara sa voiture à l'extérieur de la propriété, puis elle rejoignit Giorgio qui l'attendait en bavardant avec Carla et Bertrand.

— Nous aurons deux heures pour découvrir l'endroit.

À mesure qu'elle le côtoyait, Lise appréciait l'homme. Non seulement son enseignement s'avérait efficace, mais encore il savait rendre les choses vivantes. Jusqu'aux plus répétitives !

Un gardien ouvrit le portail et tous les quatre s'engagèrent dans une allée de gravier. Sur leur droite, un jardin descendait jusqu'à la mer. Sur leur gauche, Lise vit une pergola entourée de pins tordus, de cyprès et de plantes grasses. Devant eux se dressait la demeure dont les volets et les balustres rouges se détachaient sur les murs de stuc. Quelques marches de pierre menaient vers une porte ornée d'un anneau. Un serviteur les invita à pénétrer dans un vestibule où les accueillit une statue de Sophocle. Puis ils accédèrent à l'atrium ouvert sur le ciel et délimité par douze colonnes à chapiteau dorique. La perfection de l'ensemble laissa Lise sans voix jusqu'à ce que Giorgio les incitât à observer le sol pavé d'une mosaïque à entrelacs gris, noirs et jaunes. Ils passèrent ensuite dans l'*andron*, ou salon de réception, dont la triple porte vitrée laissait pénétrer la lumière du jour. Là encore, le marbre était omniprésent. Ainsi que des fresques qui évoquaient les mondes maritime et antique. Dans la salle de travail de Théodore Reinach, plus personne ne prononça un mot. Comme pour le reste de la maison, le mobilier en bois exotique avait été conçu selon les critères de l'époque : banquettes, sièges, tables, lits de repos, tabourets permettaient d'oublier le XXe siècle pour mieux se réfugier dans la lecture et la connaissance des poètes et philosophes anciens. À l'intérieur de vastes placards, des livres aux riches reliures étaient remisés. Au cours de la visite, Lise, Carla et Bertrand apprirent que Théodore Reinach était mort en 1928, après avoir légué sa propriété à l'État. Ses enfants et petits-enfants y séjournaient de temps en temps, mais dans quelques mois l'Institut de France en aurait la pleine jouissance et la transformerait en musée. Dans la salle à manger, ils s'arrêtèrent devant la mosaïque de sol qui, composée d'une multitude de losanges, formait une rosace. En revenant sur ses pas, Lise s'attarda dans chacun des espaces. Comme si elle cherchait à s'imprégner de ce que contenait cette demeure qui, par la volonté d'un helléniste passionné, s'offrait depuis soixante ans au soleil et aux vents. L'émotion l'étreignait en songeant que M. Reinach avait pu réaliser le rêve d'une vie. Quant à sa décision de léguer la villa à la France, elle ne pouvait que déclencher l'estime et la gratitude. Ainsi s'était-il attribué un rôle de passeur qui ouvrait à tout un chacun la création dont il avait temporairement joui. Elle songea à son père et aux financiers dont il s'entourait. Aucun d'entre eux n'aurait compris pareille démarche !

En la rejoignant, Giorgio évoqua le philanthrope :

— M. Reinach est décédé avant la montée du nazisme et les atrocités de la guerre. Sinon il aurait été déporté et serait mort dans un camp. Son fils Léon, l'épouse de celui-ci et leurs deux enfants ne sont malheureusement pas revenus d'Auschwitz.

Ainsi, la barbarie avait rattrapé cette famille exemplaire. L'information était encore plus difficile à entendre dans ce lieu conçu pour distiller la beauté et la sérénité. Lise s'avança vers une fenêtre d'où le regard se perdait dans l'azur du ciel et des flots. Pendant vingt ans, Théodore Reinach avait contemplé ce paysage !

Il fallait des moments propices pour mieux appréhender certains êtres, lieux ou éléments. Peut-être que Lise n'aurait pas saisi toute la dimension humaniste et esthétique de la villa Kérylos si elle s'y était rendue en d'autres temps. Dans le silence de son appartement, elle se remémora ce qui l'avait captivée : la richesse des marbres, la fraîcheur des fresques et la savante composition des mosaïques. Sans connaître les péripéties du chantier, elle imaginait la complicité qui s'était immanquablement établie entre le commanditaire et l'architecte. Il existait des êtres d'exception qui s'insurgeaient contre une médiocrité dont elle s'était trop longtemps contentée. Un an auparavant, n'était-elle pas en train de se morfondre à Cimiez ? Sans dessein et sans but ! Grâce à un favorable concours de circonstances, Macha et Christian étaient entrés dans son existence et l'aidaient à prendre confiance en ses capacités. Un chemin se dessinait peu à peu. À elle de l'emprunter et de poursuivre son apprentissage avec l'espoir de travailler un jour à son compte ! Restauration d'œuvres ? Création ? L'avenir le dirait !

Malgré l'ordre qui s'instaurait dans son existence, un problème persistait. Et pas le moindre. Depuis sa conversation avec Christian, le sujet la perturbait. Lui aurait-on menti sur les agissements de sa belle-famille au sortir de la guerre ? Et pour quelles raisons ? Avant l'enterrement de Daniel, elle n'avait jamais rencontré la personne qui lui avait distillé des informations. Au moment de quitter le cimetière, celle-ci s'était présentée comme une relation du défunt. Quelques semaines plus tard, l'inconnue lui téléphonait pour lui proposer de la retrouver aux Deux Magots. Lors de ce premier rendez-vous, Lise l'avait jugée sympathique et attentive à sa tristesse. Valérie avait connu Daniel huit ans plus tôt. Ils s'étaient perdus de vue lorsqu'elle s'était installée au Canada, dont elle venait de rentrer. À plusieurs reprises, elles se retrouvèrent autour d'un verre. L'esprit ralenti par les calmants et les somnifères, Lise écoutait son interlocutrice sans s'étonner que celle-ci n'évoquât aucune connaissance commune. Aujourd'hui, elle se posait des questions. Pourquoi Daniel n'avait-il jamais parlé de cette fameuse Valérie ? Était-elle une ancienne aventure ? Fait étrange : repartie du jour au lendemain au Canada, elle n'avait plus donné de nouvelles ! Lise tenta de se remémorer ses propos lors de leur dernière conversation. Valérie avait évoqué une famille juive à laquelle on venait de restituer des biens volés pendant l'Occupation. Elle avait fait plusieurs sous-entendus sur des gens que l'on imaginait incapables de semblables agissements... avant d'aborder le comportement abject de son beau-père. Abasourdie par ces accusations, Lise ne les avait pas mises en doute. Aujourd'hui, elle mesurait combien elle s'était montrée crédule. Certes, elle ne se trouvait pas dans son état normal ! Mais tout de même ! Au cas où ces paroles se révéleraient fausses, elle aurait trahi Daniel en l'imaginant complice d'un forfait inventé de toutes pièces, en piétinant leurs souvenirs communs et en dilapidant volontairement un héritage ! Dans une semaine, elle se rendrait à Paris où il lui faudrait trouver le courage de fouiller le passé.

Pour leur première soirée dans la capitale, Christian avait promis à Lise de quitter le Salon de l'automobile avant la fermeture. En début de matinée, le général de Gaulle avait inauguré l'événement qui se tenait porte de Versailles dans un bâtiment sans âme. Accompagné des ministres de l'Industrie, de l'Équipement et des Transports, le chef de l'État s'était arrêté devant les derniers véhicules des marques françaises : Simca, Peugeot, Renault et Citroën. Lorsqu'il s'approcha de la section sport où étaient présentées les Alpine, Jean Rédélé et son équipe répondirent à ses questions sur les modèles que la marque engagerait lors des prochaines compétitions. À quelques mètres de l'homme qui dirigeait la France, Christian se sentait intimidé. Ce qui ne lui était pas coutumier. Grand, le port de tête orgueilleux, la voix forte, l'ancien militaire en imposait. Après avoir écouté les renseignements qui lui étaient fournis, il se dirigea vers la section réservée aux voitures étrangères, s'attarda devant des Jaguar, puis se tourna vers les Rolls-Royce qui, sans doute, lui rappelaient ses années londoniennes. Jusqu'au soir, Christian navigua au milieu d'une foule de plus en plus dense. La voiture occupait une place privilégiée dans le cœur des Français. Synonyme de liberté, de loisirs, de promenades, de richesse, elle bénéficiait d'une publicité récurrente où tout était étudié et soupesé pour pousser de potentiels clients à l'achat.

À mesure qu'avançait la journée, la chaleur augmenta. Aux journalistes et photographes dont les flashs crépitaient se mêlaient des constructeurs étrangers, des pilotes de course et des personnalités de tous bords auxquels on réclamait des autographes. Le long des travées, des hôtesses en uniforme distribuaient des prospectus. À plusieurs reprises, Christian consulta sa montre. Assourdi de paroles et de rires, fatigué de jongler avec plusieurs langues, il n'aspirait qu'à s'échapper pour rejoindre Lise.

— Enfin ! lui dit-il en la prenant dans ses bras.

Sans parler, ils demeurèrent serrés l'un contre l'autre. Plus d'un mois s'était écoulé depuis leur séparation. Autant dire une éternité. Incapables de résister au désir qu'ils avaient l'un de l'autre, ils se réfugièrent dans la chambre où leur complicité reprit ses droits. Souffles mêlés, peau contre peau, ils retrouvèrent les gestes dont ils étaient devenus dépendants.

Il était tard lorsque Lise se leva pour enfiler un peignoir. Dans le salon, elle approcha une allumette de la cheminée où des bûches attendaient de brûler. N'étant encore jamais venu dans l'appartement, Christian découvrait un décor intime et chaleureux où tout avait été préparé pour que la soirée fût agréable. Lorsque Lise revint de la cuisine en poussant une table roulante où elle avait disposé des mets et une bouteille de saint-émilion, il la remercia de lui offrir cette récréation informelle. Ayant beaucoup de choses à se raconter, ils ne virent pas le temps s'écouler. À deux heures, elle se frotta les yeux.

— Il faudrait songer à dormir. D'autant que le réveil va sonner à six heures…

Christian devait, en effet, passer à son hôtel pour se changer avant de gagner le Salon où il enchaînerait des rendez-vous. Le soir, il assisterait à un dîner officiel auquel il lui était impossible d'échapper. Ensuite, il la retrouverait…

— Et toi… Qu'as-tu prévu de faire ?

— De voir ma mère.

Sylvie Cardec n'aimant pas s'attarder chez elle, Lise la retrouva dans un restaurant chinois où elle avait ses habitudes. Alors qu'elle s'approchait de leur table, elle se sentit jaugée des pieds à la tête. Il en avait toujours été ainsi, mais cette fois-ci elle n'en éprouva aucune gêne.

— Comment vas-tu ? entendit-elle.

— Très bien.

— Tant mieux.

— Et toi ?

— J'ai dû accompagner ton père dans certains de ses déplacements. C'était fatigant !

Après un échange de banalités, elles commandèrent des potages pékinois et des crevettes sautées au poivre auxquels, par crainte de grossir, Sylvie Cardec toucherait à peine.

— Que fais-tu à Paris ? demanda-t-elle à sa fille.

— J'avais envie d'aller au théâtre... et de voir quelques amis.

— C'est curieux que tu sois restée à Nice après avoir vendu ta villa.

Ne voulant pas développer le sujet, Lise fit dévier la conversation sur sa sœur. Autant dire qu'elle avait ouvert un robinet qui n'était pas près de tarir. Avec force détails, elle eut droit à la façon dont celle-ci s'occupait de son fils et combien son époux se démenait pour la combler.

— Il la traite comme une princesse !

En reposant ses baguettes, Sylvie ajouta :

— Ce serait salutaire que tu rencontres un homme qui lui ressemble.

— Tel que tu le décris, ce genre de spécimen doit être aussi rare à trouver qu'un trèfle à quatre feuilles !

— Penses-tu au moins à te remarier ? Daniel est mort depuis quatre ans.

— Rien ne presse ! Mais puisque nous parlons de Daniel, aurais-tu des nouvelles de ses parents ?

— Ce serait plutôt à toi d'en avoir.

— Je les ai perdus de vue depuis longtemps.

— Ce qui n'est guère charitable de ta part. Ces pauvres gens ont connu le pire en perdant leur seul enfant ! Pour répondre à ta question : on m'a annoncé que ton beau-père était resté paralysé après une commotion cérébrale. Et que ta belle-mère se portait mal. Ils se sont retirés dans leur propriété de Dordogne.

— Tu ne m'as jamais dit ce que tu pensais d'eux.

— Je ne les aurais pas choisis comme amis. Mais ils se sont toujours montrés courtois.

— Pourquoi ne les aurais-tu pas choisis comme amis ?

— Ils étaient compassés et froids. Peu modernes dans leurs goûts. Lui ne pensait qu'au travail ! Il faut dire qu'il a bien développé son affaire.

— Est-ce que tu sais comment il a fait fortune ?

— Non ! Mais ton père devrait pouvoir répondre à ta question.

38

La conversation avec sa mère n'apprit pas grand-chose à Lise, sinon que son beau-père avait perdu une partie de ses capacités intellectuelles et physiques. Elle se souvenait combien celui-ci l'avait intimidée lorsque Daniel l'avait amenée pour la première fois dans l'appartement familial. Des yeux gris acier l'avaient jaugée tandis qu'il lui serrait la main. Mme Frontignan ne s'était guère montrée plus chaleureuse. Comment l'aurait-elle été avec celle qui lui prenait son fils unique ? Quelque temps après son mariage, Lise se rendit compte qu'elle les décevait en ne leur donnant pas rapidement un héritier. À demi-mot, sa belle-mère tenta de savoir si elle n'affrontait pas un problème de stérilité. Cela ne contribua pas à créer des liens. À la mort de leur enfant, son beau-père décida de vendre l'entreprise et Lise hérita de l'argent qui correspondait aux parts que détenait son mari. Ensuite… personne ne s'était revu. En se remémorant son manque d'empathie pour ces vieilles personnes plongées dans la souffrance, elle éprouva un début de remords. Tout comme elle se sentit fautive d'avoir tourné le dos à d'anciens proches. Si elle voulait tirer au clair la situation, elle devait reprendre contact avec des amis qui connaissaient le passé de son mari. En cherchant dans ses papiers, elle trouva un vieux répertoire où figuraient certaines coordonnées. Elle se tourna aussi vers l'annuaire.

Après quelques appels téléphoniques, elle obtint deux rendez-vous avec des gens qui s'étonnèrent d'avoir de ses nouvelles. Rien de ce qu'elle entendit ne correspondait à ce que lui avait distillé Valérie, dont personne ne semblait se souvenir. Après ces rencontres, elle se changea les idées en rejoignant Juliette qui, rue de Sèvres, l'accueillit dans un magasin en chantier.

— Voici l'endroit où seront vendus mes modèles.

— Quelle cachottière ! s'exclama Lise.

— Tant que les choses n'étaient pas sûres, j'ai préféré me taire.

Fidèle à ce qu'il avait annoncé, Raphaël Gutman était venu à Antibes au début du mois de septembre. Juliette l'avait reçu dans sa boutique, lui avait montré sa dernière collection, présenté les croquis pour la prochaine. Ils avaient abordé les modalités d'une collaboration, défini les tâches de chacun, fixé des quantités, des prix et des pourcentages. Si tout allait bien, la boutique de Paris ouvrirait un mois avant les fêtes de fin d'année !

— Les murs seront blancs, indiqua-t-elle à Lise. Il y aura un grand comptoir en chêne et trois cabines d'essayage.

— À long terme, tu penses t'installer à Paris ?

— Je viendrai pour la formation des vendeuses et le démarrage. Ensuite... on avisera !

Un peu éberluée par ce qu'il lui arrivait, Juliette se laissait porter par les circonstances. D'autant que sa liaison avec François se compliquait. Comment en aurait-il été autrement lorsqu'on était amoureuse d'un homme marié qui n'avait pas l'intention de bousculer cette situation ? Au début, elle avait pensé que cela ne l'affecterait pas, mais elle s'était trompée ! À sa longue absence pendant les vacances avaient succédé des rendez-vous dérobés. L'impossibilité d'aller au café ou à la plage ensemble devenait difficile à accepter. D'autant qu'elle n'était pas habituée à se cacher. Il avait fallu qu'elle tombât sur la page d'un magazine local pour qu'elle prît la réelle mesure des faits. Une page étant dédiée aux événements mondains, des photographies illustraient la rubrique. Sur l'une de celles-ci figuraient François et son épouse. Elle découvrit une femme brune, de taille moyenne, le front caché par une frange, les cheveux attachés en chignon, plutôt jolie. Ces images ne représentaient-elles pas ce qui comptait pour lui : sa famille, son métier, sa réussite ? Incapable de trouver le sommeil, Juliette tenta de clarifier ses pensées. Dorénavant, elle ferait passer ses propres desseins en priorité. Sans attendre, elle signa le contrat avec Raphaël Gutman qui captait l'esprit de son époque et s'octroyait les moyens de réussir.

— Allons chez moi, proposa Lise lorsqu'elles quittèrent les lieux.

C'était la première fois qu'elles se voyaient dans la capitale et que Juliette pénétrait chez son amie. Pendant que celle-ci allait chercher des bouteilles de Coca-Cola dans la cuisine, elle profita d'un calme qui la changeait du vacarme parisien. Sur la table basse, son regard se posa sur une pile de journaux consacrés à l'automobile.

— Tu vas changer de voiture ? demanda-t-elle à Lise qui revenait.

— Non ! Pourquoi ?

— Ces revues...

— Ah... Un ami les a oubliées.

Pendant une heure, elles discutèrent de tout et de rien. Depuis quelques mois, leur entente s'était stabilisée et elles appréciaient ces moments dénués de non-dits ou de malentendus qui les avaient parfois éloignées l'une de l'autre. À travers leurs échanges, Juliette perçut que Lise restait secrète sur certains pans de sa vie... Un appel téléphonique lui donna raison.

— Non... Non... Ce ne sera pas trop tard, disait son amie de la pièce voisine. Viens quand tu auras réussi à te libérer...

Lorsqu'elle la rejoignit, la conversation reprit de façon naturelle.

— As-tu trouvé quelqu'un pour succéder à Virginie ?

— Ma mère a la gentillesse de la remplacer jusqu'à ce que j'engage une vendeuse. Mais mon père considère qu'elle n'est plus suffisamment à la maison. Enzo m'a proposé de m'envoyer une candidate à mon retour.

Après un silence, Juliette ajouta :

— J'ai l'impression de trahir Virginie en engageant une remplaçante.

— Si elle n'avait pas été renversée, elle t'aurait quittée pour devenir hôtesse de l'air.

— En effet ! Mais dans son état, elle ne peut faire aucun projet !

— Peut-être que sa nouvelle opération améliorera ses capacités.

— Nous savons toutes les deux que son souhait ne se réalisera pas. À vingt ans... C'est horrible !

La nuit tombait lorsqu'elles commencèrent de dîner. Une nouvelle fois, Juliette s'étonna. Le réfrigérateur de Lise était quasi plein. Ce qui n'était pas courant ! D'autant qu'il n'était pas prévu qu'elles partagent cette soirée. Sans faire de remarque, elle goûta au saumon fumé et but une gorgée de sancerre. À mesure qu'avançait le repas, elles renouèrent avec leurs plaisanteries d'autrefois. Lise plaça sur son tourne-disque *Love Me Tender* d'Elvis Presley. Ce qui leur rappela certaines surprises-parties et des gens dont elles avaient perdu la trace.

— Mes voyages n'ont rien arrangé, reconnut Juliette. Je n'ai...

Avant qu'elle ne terminât sa phrase, on sonna à la porte.

— Excuse-moi, lui dit Lise avant de se diriger vers l'entrée.

Une voix masculine proféra bientôt :

— J'ai réussi à me libérer plus vite que prévu.

— Tu vas rencontrer quelqu'un ! Quelqu'un que tu connais et qui se trouve à Paris.

En voyant Christian, Juliette se remémora le pique-nique à la Garoupe. Ainsi, c'était lui qui avait oublié les journaux sur la table et téléphoné en début de soirée. Après l'avoir saluée, il se libéra d'un porte-documents et s'assit dans un fauteuil. Lise arrêta la musique avant de le rejoindre. À les voir évoluer l'un près de l'autre, il semblait clair que leur connivence n'était pas récente. Par discrétion, Juliette se leva.

— Je ne veux pas vous mettre dehors ! s'insurgea Christian.

— J'allais partir...

De retour à Antibes, Juliette comprit que sa mère avait apprécié de vivre quelque temps hors de son foyer. Après l'avoir remerciée pour son aide et raccompagnée jusqu'à sa voiture, elle regagna sa boutique qui lui sembla petite. C'était pourtant ici que tout avait commencé. Lucide, elle savait que dans le domaine de la mode, une marque pouvait être encensée, boudée et oubliée du jour au lendemain. Pour cette raison, elle avait demandé à Raphaël Gutman que le magasin parisien affichât un prénom différent du sien. Après plusieurs hésitations, tous les deux s'étaient décidés pour Sandra. En hommage au film de Luchino Visconti qu'ils admiraient.

Quelques heures plus tard, elle ouvrit la porte à la jeune femme que lui envoyait Enzo. Sans être jolie, Christine avait un visage avenant et sa silhouette longiligne correspondait aux diktats de la mode. Après lui avoir fait visiter le local et montré ses modèles, elle lui indiqua les horaires, en quoi consisterait son travail et le montant de son salaire. À son tour, la postulante relata ce qu'elle avait accompli jusqu'à ce jour.

— Depuis quatre ans, je travaille aux studios de la Victorine. Comme responsable des costumes.

— Vous ne voulez pas continuer ?

— Certains tournages nous obligent à rester tard le soir. Ce qui m'empêche d'être avec mon fils. Je suis seule à l'élever.

— Chez moi, vous serez libre à dix-neuf heures. Vous habitez loin ?

— À Juan-les-Pins.

— Vous conduisez ?

— Oui. Mon père m'a donné sa vieille deux-chevaux.

Alors que Juliette déballait le contenu de sa valise, François lui téléphona. En se faisant violence, elle s'opposa à ce qu'il passât.

— Mes parents m'attendent pour dîner.

— Alors demain ?

— Je dois déposer des paquets chez une amie.

— Dans ce cas tu m'appelleras quand tu auras envie de me voir.

À son ton, elle comprit qu'il était vexé. Et inquiet ! Sans doute cherchait-il à comprendre ce qui s'était produit à Paris pour expliquer une attitude qu'il ne pensait pas mériter. Pour lutter contre sa propre tristesse, elle se lança dans un regain d'activité en changeant l'ordonnance de la boutique. Ce qui finit par créer un grand désordre au milieu duquel elle allait et venait en quête d'un décor satisfaisant. Il était tard quand elle sursauta en entendant frapper à la porte. La nuit l'empêchant de voir qui se trouvait à l'extérieur, elle s'approcha.

— Pourquoi m'as-tu menti ? lui demanda François.

— Menti ?

— Cela fait vingt minutes que je t'observe de l'extérieur. Le dîner chez tes parents... Tu l'as inventé ?

— Oui.

— Pourquoi ?

— Nous ne devrions plus nous voir.

Elle constata combien il paraissait ébranlé par la scène qu'ils étaient en train de vivre. Elle-même se demandait pourquoi elle l'avait déclenchée. Réfléchir loin de lui était une chose, se trouver en sa présence en était une autre !

— Tu m'as quitté en me disant que j'allais te manquer ! Et maintenant, tu...

— Explique-moi où nous mène cette histoire !

— Cette histoire ? reprit-il. On dirait que tu parles d'un fait divers !

— Tu sais bien que non !

— J'aurais pu te duper en te laissant croire que j'allais divorcer. Je ne l'ai pas fait...

— D'où ma question... Où nous mène cette aventure ? Pour être plus claire : où me mène-t-elle ?

En même temps qu'elle l'interrogeait, Juliette se sentit misérable. On ne contractait pas d'assurance quand on se lançait dans une histoire d'amour. Pourquoi s'empêcherait-elle de partager ce que François lui proposait ? À l'instant même, elle avait envie qu'il refermât ses bras sur elle, qu'il l'embrassât longuement. Mais n'était-ce pas ce qu'il était en train de faire ? Enjambant tout ce qu'elle avait laissé traîner sur le sol, ils se dirigèrent vers l'escalier.

François aurait dû se lever pour rentrer chez lui, mais il ne parvenait pas à quitter la chambre dont il s'était cru exclu. Si Juliette supportait avec difficulté les inconvénients d'une situation compliquée, elle ignorait combien lui-même était déchiré entre ses responsabilités familiales et la passion qu'elle lui inspirait. Conscient du pouvoir qu'elle exerçait sur les hommes, il craignait la concurrence. La savoir à Paris l'avait inquiété. Même s'il souhaitait sa réussite !

— Tout s'est passé comme tu l'espérais ? finit-il par demander.

— Le magasin correspondra à mes attentes.

— Et Gutman ? Tu t'entends bien avec lui ?

— Aucun nuage… pour le moment !

— Quel âge a-t-il ?

— Une quarantaine d'années. Tu es jaloux ? plaisanta-t-elle.

— Bien sûr que oui !

— Tiens, tiens !

— Ne profite pas de la situation, se défendit-il sur le même ton rieur.

En prenant le visage de Juliette entre ses mains, il murmura :

— Tu ne mesures pas combien je t'aime…

39

Juliette remercia Enzo de lui avoir envoyé Christine dont le travail lui donnait satisfaction. C'était d'autant plus important que le démarrage parisien allait lui occasionner beaucoup de déplacements.

— On te voyait déjà peu, souligna son père.

— Arrête de te plaindre, le remit en place son épouse. Elle ne voyage plus à l'autre bout du monde ! C'est déjà pas mal !

« Pour l'instant », se retenait de les mettre en garde Juliette qui envisageait de découvrir New York et la côte est des États-Unis. Elle ne leur avouait pas non plus que si elle rencontrait le succès à Paris, Antibes deviendrait trop modeste et qu'elle déménagerait. Lise et Macha, qui connaissaient ses projets, l'encourageaient à prendre son essor. Aucune, cependant, n'était au courant de sa liaison avec François. Par précaution, Juliette gardait son secret. À tour de rôle, toutes les trois continuaient de rendre visite à Virginie dont le moral restait au plus bas. Jean et Suzanne étaient venus, eux aussi. Mais leur sollicitude n'avait servi à rien.

Devant elle-même affronter des turbulences, Macha tentait de ne pas faillir aux besoins de sa filleule et servait de lien entre celle-ci et son père qui accumulait les maladresses. Il fallait reconnaître que, pris en étau entre l'état de sa femme et celui de sa fille, le malheureux avait fort à faire ! Plusieurs nouvelles étaient venues perturber Macha. La première concernait la prochaine venue de Bernard. Cette fois-ci, elle était décidée à l'affronter.

— Est-ce la bonne solution ? l'interrogea Lise à qui elle confia son intention.

— Je n'en vois pas d'autre.

— Tu vas lui demander le divorce… Il ne va pas comprendre pourquoi ! À moins qu'il ne te soupçonne d'avoir un amant. Ce qui risque de le transformer en ennemi. Est-ce cela que tu souhaites ?

— Que proposes-tu ?

— De ne rien dire. Après tout, il n'est là que deux fois par an !

— Mais Lise… j'ai besoin de me sentir libre. Comme toi !

— Ne l'es-tu pas la majeure partie du temps ?

— Avec Gilles, nous devons nous cacher. À force, cela deviendra difficile à supporter.

Depuis leur retour de Porquerolles, ils veillaient à ne pas donner prise aux commérages. Ce qui les obligeait à se promener dans la campagne environnante en espérant qu'ils ne tomberaient pas sur des connaissances de Macha. Lorsqu'elle lui annonça l'arrivée prochaine de son époux, il avança :

— Ce serait mieux que je quitte Nice pendant qu'il sera là.

Son absence serait d'autant plus difficile à supporter qu'elle s'étendrait jusqu'au début de l'année suivante. Il accompagnerait des voyageurs au Québec et, avec eux, traverserait des étendues gelées en empruntant des traîneaux tirés par des chiens.

— J'aurais aimé t'emmener !

Elle le sentit sincère. Ce qui rendit encore plus pesante la compagnie de Bernard, qui arriva à la Toussaint. En essayant de faire bonne figure, elle renoua avec des habitudes dont certaines lui furent insupportables. En particulier, celle de partager la chambre. Prétextant un problème gynécologique, elle s'arrangea pour se soustraire aux élans sexuels de son partenaire. Le reste du temps, elle allait et venait. Parfois son mari l'invitait au restaurant où ils parlaient de sa carrière et de ses escales polynésiennes... Jusqu'au soir où il la surprit en abordant un sujet auquel elle ne s'était pas préparée :

— Je me suis attaché à Tahiti. Au point de me demander si nous ne devrions pas nous installer là-bas quand je prendrai ma retraite.

Elle le regarda comme s'il était devenu fou.

— Je comprends ton étonnement. En réalité, Nice ne m'a jamais convenu.

— Tu y séjournes peu !

Regrettant cette remarque acerbe, elle ajouta sur un ton conciliant :

— Tes traversées t'en empêchent.

— Je ne t'ai pas offert une existence facile. Et j'en suis conscient. Raison de plus pour rattraper le temps perdu. Pourquoi ne pas envisager de vivre ailleurs ?

Pendant qu'il parlait, Macha se remémorait les conseils de Lise ! Il fallait donner à Bernard l'impression que ce qu'elle lui proposerait venait de lui.

— Il est normal que tu aies des préférences pour certains lieux, répliqua-t-elle.

— Je savais que tu comprendrais.

Elle marqua une pause avant d'ajouter :

— C'est important de réaliser certains choix...

Bernard afficha un visage réjoui. Sans doute n'avait-il pas imaginé qu'elle accepterait si rapidement sa proposition. Il alla jusqu'à poser sa main sur la sienne.

— Le mien est différent du tien, reprit Macha. C'est à Nice que ma famille a pu se réfugier, que je suis née, que j'ai grandi. Je suis liée à cette ville, à ma maison, à mes souvenirs. J'y ai mes habitudes. Mes amies. Si je devais vivre ailleurs, je me sentirais déracinée et malheureuse.

— Comment peux-tu le savoir ? Tu n'es jamais partie !

— Je connais mes limites.

— Mais alors... Qu'allons-nous devenir ?

— Ce serait dommage que tu n'accomplisses pas ton souhait.

— En effet ! répondit-il en se rembrunissant.

— Dans ce cas…

— Tu veux dire qu'on vivrait séparés ?

— Nous en avons l'habitude.

Le sentant perturbé, elle se demanda s'il n'avait pas fait une rencontre. Depuis son arrivée, il se montrait plus aimable que de coutume, mais il paraissait ailleurs.

— Ce n'est pas mon genre d'abandonner mes responsabilités.

Elle faillit se récrier qu'elle n'était pas un navire en détresse.

— Il ne s'agit pas d'abandonner qui que ce soit. Mais de ne pas se sacrifier l'un pour l'autre.

Macha avait la chance de ne pas dépendre financièrement de son époux. Comme ils étaient mariés sous la séparation de biens, son appartement, les loyers de ses pensionnaires et des valeurs mobilières lui donnaient une autonomie financière. Non sans fierté, elle se considérait comme une femme indépendante.

À l'hôpital, Virginie renouait avec la douleur. Allongée sur son lit, elle se voyait revenue à la case départ. Toutes les minimes améliorations qu'elle avait constatées avant cette deuxième intervention n'existaient plus. Avait-elle jamais ressenti autant de détresse ? Lise et Juliette se rendaient-elles compte que les voir vaquer à leurs projets était devenu un spectacle cruel ? Combien de fois Virginie n'avait-elle pas souhaité leur crier de la laisser tranquille ?

Quant à ses amis qui lui envoyaient des lettres ou des attentions, elle leur interdisait les visites. À force de faire le vide autour d'elle, les journées s'écoulaient avec une lenteur désespérante. Incapable de lire, elle ruminait durant des heures son marasme.

— Je n'ose pas lui parler de l'ouverture du magasin parisien, avait confié Juliette à Macha.

Avant de traverser la rue de Sèvres, Juliette marqua un temps d'arrêt. Au-dessus de vitrines masquées par des calicots se détachait, visible de loin, *Sandra*. En hâtant le pas, elle se dirigea vers la porte de la boutique et la poussa. Devant le comptoir, des ouvriers terminaient de clouer la moquette. Juchés sur des échelles, d'autres fixaient des projecteurs.

— C'est magnifique ! s'exclama-t-elle.

— Vous en doutiez ? répliqua Raphaël Gutman qui ramassait des papiers d'emballage oubliés.

— Non… Bien sûr !

— Les délais ont été tenus. Dès demain, on pourra installer les vêtements sur les portants.

— Tout est arrivé ?

Il hocha la tête avant de l'avertir que les trois vendeuses engagées l'aideraient pour la mise en place. Organisé, concis, il menait tambour battant ce qu'il avait prévu. En regardant autour d'elle, Juliette découvrit que les murs blancs entrecoupés de miroirs rappelaient l'esthétique élégante et soignée du film *Qui êtes-vous, Polly Maggoo ?*.

— Ma mère est dans le bureau. Allons la voir.

Juliette le suivit avec une certaine appréhension. Comment serait-elle accueillie par cette femme qui avait dirigé l'affaire ? Assise sur une chaise, Mme Gutman feuilletait un catalogue.

— Maman, je te présente Juliette.

— Mon fils m'a montré des photographies. Vos modèles m'ont plu. Et je ne dis pas cela pour vous faire plaisir.

— Merci...

— Il fallait que je passe la main ! Même si je n'en avais pas envie.

À l'hôtel, Juliette se laissa tomber sur son lit. La journée s'était révélée d'autant plus fatigante que Raphaël lui avait organisé trois interviews avec des journalistes. Ayant fondé une agence de publicité, il savait orchestrer un événement. Elle fermait les paupières lorsque le téléphone sonna.

— Un correspondant vous demande, annonça le réceptionniste.

La voix de François résonna à son oreille. Chaque fois qu'il l'appelait, une chaleur l'enveloppait. C'était à la fois doux et sensuel.

— Je craignais que tu ne sois pas encore rentrée.

— Je viens juste d'enlever mes chaussures.

— J'aimerais te débarrasser du reste.

Après un silence, il ajouta :

— Je voudrais tellement te rejoindre. Mais tout se ligue pour m'en empêcher. Est-ce que je te manque ?

— Je n'ose même pas me promener dans les endroits où nous sommes allés.

Lorsqu'elle eut raccroché, elle repensa à leur séjour au Claridge et ferma les yeux pour en retenir les images. En dépit de ses résolutions, la passion qu'il lui inspirait ne faiblissait pas.

Pour l'inauguration, elle n'avait invité personne parmi ses proches et ses connaissances. Une façon de mieux s'immerger dans un monde qu'elle ne connaissait pas. En dépit de ses lointains voyages, la capitale restait intimidante. D'autant qu'elle en ignorait les codes. Jouant son rôle de mentor, Raphaël la présenta à quantité de gens qui la félicitèrent pour ses créations. Lise l'ayant avertie qu'il fallait se méfier des paroles et des sourires de façade, elle demeura sur la réserve. Il lui fallut poser devant le photographe, répondre aux questions des uns et des autres, boire une coupe de champagne avec Mme Gutman et son époux, auquel ressemblait Raphaël. Même élégance décontractée, même visage anguleux, même regard pénétrant. Alors que les derniers invités prenaient congé, un miroir lui renvoya son reflet. Elle portait la robe tube qu'elle s'était imaginée pour l'occasion. Noire, sans manches, le plastron recouvert de sequins, celle-ci lui attira des compliments. Lorsqu'elle put enfin s'asseoir, elle mesura combien le lieu était en phase avec l'époque. Sa décoration épurée, ses éclairages savamment étudiés, une circulation aisée donnaient envie de s'y attarder. Preuve en était : les invités jouaient les prolongations. Aurait-elle pu rêver meilleur lancement ? Un an et demi s'était écoulé depuis son retour en France. Certes, elle avait travaillé… Mais en l'ayant remarquée, Raphaël lui offrait l'opportunité de séduire des Parisiennes ! Elle l'observa tandis qu'il échangeait quelques mots avec un homme de son âge. Tous les deux riaient… Au-delà de cet échange amusé, elle perçut une complicité qui ne relevait pas d'une seule amitié. L'inconnu lui fut présenté, alors qu'elle allait chercher un poudrier dans son sac. Il s'appelait Éric Pasquier et vivait à Bruxelles.

40

À Antibes, Juliette retrouva sa boutique qui lui sembla « artisanale ». De sa valise, elle sortit ce qu'elle avait acheté durant les rares moments où elle avait pu faire du shopping. Rue de Sèvres, rue du Four, rue de Buci, de nouvelles enseignes proposaient ce que les jeunes femmes recherchaient. Cardigans en shetland que l'on portait courts, pulls moulants, jupes-culottes… Il y avait l'embarras du choix ! Intéressée par ce que présentait la concurrence, elle avait scruté les dernières tendances. D'autant que le couturier Yves Saint Laurent venait d'ouvrir son premier magasin de prêt-à-porter, rue de Tournon. Avant tout le monde, il avait déclaré la guerre à l'esprit petit-bourgeois, au sempiternel rang de perles, aux chapeaux guindés, au twin-set, au petit sac que l'on maintenait serré contre la hanche ! La femme qu'il plébiscitait était entreprenante, libérée, sûre de sa séduction.

— Nous allons porter de plus en plus de pantalons… annonça-t-elle à sa vendeuse. Et pas seulement dans la journée !

— J'ai lu dans un magazine que l'idée faisait son chemin.

Christine semblait prendre à cœur ses nouvelles responsabilités. Elle fit un compte rendu de ses conversations avec les clientes et des ventes. Avant les fêtes, les achats s'étaient portés sur des robes en velours et en soie.

— Il nous en reste très peu.

— J'aurais dû en commander davantage !

Depuis l'enfance, Juliette poussait les portes des églises afin d'admirer les crèches et les santons en argile. Alors qu'elle s'était arrêtée à la cathédrale Notre-Dame-de-l'Immaculée-Conception, elle ne ressentit pas le même plaisir que les années précédentes. Certes, elle accompagnerait ses parents à la messe de minuit et partagerait avec eux le traditionnel souper. Mais François serait avec ses enfants à Val-d'Isère. Ce qui signifiait qu'elle ne le verrait pas jusqu'au début du mois de janvier.

Avant de rentrer, elle s'arrêta dans le café où l'attendait Enzo.

— Merci de m'avoir recommandé Christine, dit-elle en s'asseyant.

— Elle faisait du bon travail aux studios ! Mais les horaires étaient trop changeants. Même moi, j'ai besoin de souffler ! Je vais prendre une année sabbatique.

Face à son étonnement, il ajouta :

— J'ai rencontré des Américains. Plus précisément, des Californiens. Ils partent en Inde. J'ai décidé de les accompagner.

— Tu vas quitter la Victorine ?

— Depuis que tu m'as parlé du Tamil Nadu, je rêve d'y aller. Eux aussi ! J'ai fait ma demande de visa.

De sa poche, il sortit une carte chiffonnée.

— On a prévu de débarquer à Madras. Puis de rester un moment à Pondichéry. Ensuite, on ira au Kerala. Tu connais ?

Juliette hocha la tête. En l'entendant évoquer Cochin, Trivandrum, Kovalam, des images affluaient à sa mémoire : les canaux circulant à travers une végétation luxuriante, les familles roulant à trois sur les scooters, les hommes accroupis devant des machines à coudre, les affiches publicitaires aux couleurs criardes, les chariots remplis de marchandises, les bus débordant de passagers, ses allées et venues en rickshaw, les vagues se fracassant sur les plages où des enfants s'éclaboussaient en riant, les femmes entrant dans l'eau vêtues de leur sari, les couchers de soleil qu'elle attendait assise sur le sable, les odeurs d'herbe, de feu et d'encens... Lui démontrant qu'elle n'en avait pas fini avec ce pays, une nostalgie l'envahissait. Pour un peu, elle aurait annoncé à Enzo qu'elle partait avec lui ! En même temps qu'elle lui prodiguait des conseils, elle nota sur une feuille de papier les noms de gens qu'il pourrait rencontrer s'il le souhaitait.

— Tu as de la chance d'aller là-bas...

— Il n'y a pas que le travail qui me pèse ! Depuis que je suis rentré d'Algérie, rien ne me satisfait vraiment. C'est sale, la guerre. Et les mauvais souvenirs sont tenaces !

Prise par ses propres préoccupations, elle s'était peu souciée de lui ces derniers temps. En l'observant avec davantage d'attention, elle perçut de la tristesse et de la désillusion dans son regard. En fin de compte, il n'avait pas tort de chercher des réponses ailleurs... Et plus particulièrement dans un pays où l'on se trouvait confronté au dénuement, à la pauvreté, aux maladies d'une population qui se battait pour survivre. Ces personnes ne lui avaient-elles pas appris à ne jamais se décourager ni tergiverser quant à ses engagements personnels et professionnels ? On ne progressait qu'en s'ouvrant aux autres. Enzo connaîtrait-il un cheminement similaire ?

— Quand partiras-tu ?

— Entre Noël et le jour de l'An.

— Comment réagissent tes parents ?

— Ils essaient de comprendre. Mais je les déçois. Tous les deux pensaient que j'allais me marier, leur donner des petits-enfants.

— Rassure-toi... Les miens sont dans la même expectative.

Ils rirent avant qu'Enzo ne demandât :

— Je ne voudrais pas être indiscret, mais je trouve bizarre que tu ne sois avec personne.

— Et toi ? Es-tu avec quelqu'un ?

— Pas depuis l'Italienne. Enfin... pas de façon sérieuse ! Juste des histoires sans lendemain.

De la capitale, Juliette avait rapporté un joli peignoir pour Virginie auquel elle ajouta un cahier qui se fermait avec un cadenas.

— Tu en feras ce que tu voudras ! Mais ce n'est pas mal d'écrire ce que l'on ressent.

— Même quand on est en colère ?

— Encore plus.

— Alors il me faudrait des milliers de feuilles pour consigner tout ce qui me désespère.

— Tu vas bientôt quitter cette chambre.

— ... Avec des tiges de métal et des vis dans les jambes. Quel programme !

— Je sais combien tu es malheureuse. Tu voulais devenir hôtesse... Ce qui, hélas, semble exclu. Mais d'autres expériences t'attendent.

— Excuse-moi, mais je ne peux plus entendre ce discours !

Jusqu'à l'arrivée de Macha, Juliette tenta de parler de tout et de rien. Ce qui ressembla plus à un monologue qu'à une conversation.

— Végéter dans cet hôpital ne l'aide pas ! dit-elle à son amie lorsqu'elles repartirent.

— Il est prévu qu'elle aille dans un centre de rééducation.

Macha rentra chez elle en traînant les pieds. Il lui restait une quinzaine de jours à cohabiter avec Bernard. Depuis leur conversation, il se comportait comme si celle-ci n'avait pas existé. Qu'il puisse changer d'avis, pour des motifs qui lui étaient propres, l'inquiétait. Alors qu'ils allaient fêter Noël en tête à tête, elle essayait de se persuader que ce serait la dernière fois. En approchant de l'immeuble, elle ne put s'empêcher de regarder les volets fermés du deuxième étage. La gorge serrée par une absence trop lourde à supporter, elle tenta de ne pas s'appesantir sur le Québec et ses paysages enneigés. Alors qu'elle sortait sa clé pour rentrer chez elle, sa pensionnaire ouvrit la porte. Elle partait pour rejoindre l'opéra où elle chanterait avec les chœurs. Sur le palier, elles échangèrent quelques mots, puis Macha pénétra dans l'appartement. Le miroir du vestibule lui renvoya une vue du salon où son mari, debout sur une chaise, déposait quelque chose à l'arrière du plus haut rayonnage de la bibliothèque. Puis il remit à leur place des livres que personne ne consultait jamais. Étonnée, elle le regardait agir. Elle attendit quelques minutes pour reculer et faire claquer la porte comme si elle venait d'arriver. Assis dans un fauteuil, Bernard dépliait le journal dont il venait de s'emparer.

— Tu es revenue plus tôt que prévu, remarqua-t-il.

— Virginie avait envie d'être tranquille.

— Je t'ai déjà dit que tu en faisais trop pour cette gamine !

Certaine que son mari lui cachait quelque chose, Macha dut patienter jusqu'à ce qu'il partît à Cannes où l'avait invité un officier du *De Grasse* à la retraite. Il lui fallut un escabeau pour atteindre les volumes. Après les avoir écartés, ses doigts s'emparèrent de plusieurs enveloppes retenues par un élastique et portant la mention *Par avion*. Assise à une table, elle commença par observer les cachets et les adresses. En provenance de Papeete, les courriers avaient tous été envoyés à la poste restante de Nice. Attentive à ne laisser aucune trace de son investigation, elle déplia un premier feuillet qui commençait par *Mon amour*. Au fur et à mesure de sa lecture, elle constata que l'épistolière semblait follement éprise. Elle était institutrice et s'appelait Tara. Plusieurs photos s'échappèrent du paquet. Sur la première figurait une jeune femme d'une trentaine d'années. Sans être jolie, elle avait un visage et une silhouette agréables. Sur la deuxième, elle posait avec Bernard. Détendus et tendrement enlacés, ils souriaient à l'objectif. Ainsi, Macha ne s'était pas trompée en pensant qu'il avait une aventure. Une personne qu'il regardait avec fierté et tendresse. La poursuite de sa prospection lui indiqua qu'ils s'étaient rencontrés en juin dernier et que, depuis, Bernard s'était arrangé pour rejoindre sa maîtresse à chacune de ses permissions. Partagée entre le soulagement et l'énervement, Macha essaya de réfléchir à froid. D'un côté, elle redoutait moins que son époux changeât d'opinion quant à leur séparation. De l'autre, elle était furieuse qu'il eût tenté de la berner en lui racontant que, pour mieux se retrouver, tous les deux pourraient envisager de s'installer à Tahiti. Comme beaucoup d'hommes, il avait songé à gagner sur les deux tableaux ! Devait-elle lui dire qu'elle savait tout ou, au contraire, se taire ? Après avoir pesé le pour et le contre, elle opta pour la seconde solution. Sans doute allait-elle passer l'un des Noëls les plus tristes de son existence. Obligée de tenir compagnie à Bernard, elle ne pourrait se rendre chez Jean et Suzanne. Et Lise, avec laquelle elle passait de bons moments, se préparait à faire ses bagages.

Fin décembre, Lise et Christian retrouvèrent le chalet de leurs amis avec un évident plaisir.

— Quels cachottiers vous êtes ! s'exclama Tessa lorsqu'elle comprit qu'ils partageaient plus que de l'amitié. Et moi qui n'ai rien vu ! D'habitude, je suis plus perspicace.

— Tu crois l'être, la remit en place Olivier.

Comme l'année précédente, l'ambiance fut joyeuse. Dans les traces de Christian, Lise descendait les pistes sans appréhension. En fin de journée, ils jouaient au poker avec leurs hôtes ou au train électrique avec Frédéric qui avait installé un énorme circuit dans le vestibule. En voyant Lise actionner locomotives et wagons, Christian ne cachait pas son amusement. Pendant l'automne, ils s'étaient organisés pour se voir tous les quinze jours. Ses cours s'étant arrêtés à la mi-décembre, elle aurait dorénavant moins de difficultés à le rejoindre. Toutefois, ce n'était pas à elle de faire tous les efforts. D'autant qu'elle cherchait à avancer dans son ouvrage. Parmi les cadeaux qu'elle venait de lui offrir, Christian s'était particulièrement intéressé à un plateau en mosaïque qui représentait une pinède en bord de mer. Afin de restituer l'alliance du ciel, des végétaux et de l'eau, elle avait utilisé de délicates tesselles en pâte de verre.

— C'est beau ! avait-il murmuré en contemplant l'objet.

Ce compliment ressemblait à une récompense après les heures de recherches et de minutie que lui avait réclamées le présent. Jusqu'au dernier moment, elle avait craint qu'il ne fût pas aussi réussi qu'elle le souhaitait. En voyant son œuvre entre les mains de Christian, elle éprouva de la fierté.

Une nuit, alors que la neige tombait à gros flocons, Lise se blottit plus étroitement contre lui. Par la fenêtre ouverte, l'air pénétrait dans la chambre, mais couvertures et édredon les maintenaient dans une agréable chaleur.

— Tessa m'a dit que tu étais toujours venu seul chez eux.

— Jusqu'à notre séjour l'an dernier !

— Nous n'étions pas encore ensemble.

— C'est vrai ! Même si…

— Tu t'intéressais à moi ? l'interrompit-elle.

— Comme si tu ne l'avais pas remarqué !

— Je pensais que je te plaisais un peu, mais que tu n'étais pas libre.

— Disons que j'étais en début de séparation. Et toi ?

— Il n'y avait personne d'attitré.

Sans détailler ses brèves aventures, Lise ne les lui avait pas cachées. Jusqu'à présent, il n'avait pas posé de questions.

Comme s'il lisait dans ses pensées, il murmura :

— Je ne chercherai pas à en savoir plus que ce que tu voudras me confier. Et rien ne t'oblige à le faire !

Se rendait-il compte qu'elle découvrait auprès de lui la signification du mot confiance ? Sa droiture et sa loyauté s'apparentaient à une éclaircie qui changeait sa perception des êtres et des choses. Au cœur de ces montagnes où régnait le silence, elle goûtait au plaisir que lui procuraient sa présence, son souffle contre sa joue, sa main dans ses cheveux.

— Je t'aime, murmura-t-il.

C'était la première fois qu'il lui faisait cet aveu. Alors qu'elle ne répondait pas, il remarqua sur un ton moins sérieux :

— Je t'ai connue plus bavarde…

— Moi aussi, je t'aime, dit-elle. Et cela ne me fait pas peur !

1967

41

Lise continuait son apprentissage auprès de Giorgio. Il ne s'agissait plus de cours, mais de leçons particulières où il lui enseignait certaines subtilités du métier. Non seulement elle acquérait une technique, mais encore elle s'éloignait de la copie pour créer ses propres motifs. Chez elle, il lui arrivait de rester de longues heures dans son atelier devenu trop petit. Christian était reparti. Ils se reverraient à l'occasion du rallye de Monte-Carlo. Alors qu'Alpine n'y participerait pas, il tenait néanmoins à ne pas rater l'arrivée de cet événement prestigieux.

— Au lieu de citer les noms de pilotes chevronnés, la presse ne parle que de Johnny Hallyday qui va faire équipe avec Jean-Pierre Beltoise !

Ce coup publicitaire l'agaçait et le poussait à prendre la défense de ceux qui avaient démarré leur carrière avec peu de moyens.

— Évidemment le public n'aura d'intérêt que pour ce type !

Janvier n'étant pas le mois le plus joyeux, elle ne vit pas grand monde, hormis Macha qui, bientôt, serait débarrassée de Bernard. Mise au courant de la correspondance cachée, Lise avait conseillé à son amie de rester imperturbable. Sans doute y serait-elle parvenue si une discussion n'avait éclaté !

L'avant-veille de son départ, Bernard était en train de trier ses papiers. Alors qu'il consultait des archives familiales, la nostalgie le prit de court. Bientôt, il ne profiterait plus du confort moral que lui offrait Macha. Depuis leur mariage, il s'était reposé sur elle pour régler tout ce qui ne relevait pas de ses activités professionnelles. À mesure que son départ approchait, il mesurait ce qu'il allait perdre. Que trouverait-il à la place ? Le temps et la distance l'avaient progressivement ramené à des aspirations plus raisonnables.

— J'ai réfléchi... déclara-t-il pendant qu'elle répondait à du courrier.

— À quoi ?

— À nous deux !

Macha s'arrêta d'écrire.

— Au fond, je ne suis pas certain de vouloir finir mes jours à Tahiti.

— Tu m'as pourtant dit que Nice ne t'avait jamais convenu.

— Tahiti m'attire pour sa nature préservée, l'omniprésence de l'océan. Mais peut-être que je me suis emballé !

— Je ne crois pas que la nature et l'océan soient les seules causes de cet emballement.

Il parut désarçonné avant de reprendre :

— Longtemps je me suis empêché de penser qu'un jour je ne naviguerais plus. Cette date se rapproche. Si tu n'es pas à mes côtés pour m'aider à affronter ce changement, ce sera encore plus difficile !

— Arrête de te moquer du monde !

Oubliant ses résolutions, Macha ne retint plus sa colère.

— Disons plutôt qu'une certaine Tara t'a tourné la tête. Et que tu as cru pouvoir joindre l'utile à l'agréable. Conserver l'épouse légitime et profiter de ta maîtresse.

— De quoi parles-tu ? l'interrompit-il sur un ton altéré.

— De ton institutrice... qui t'attend à Papeete.

— Je ne comprends rien à ce que tu racontes.

— Ah, vraiment !

À mesure qu'elle parlait, elle le voyait perdre pied. Ayant fait preuve d'une grande prudence, il cherchait d'où elle tenait l'information. À moins que... Elle le vit diriger son regard vers le rayonnage où personne n'allait chercher des volumes oubliés depuis longtemps.

— Pour protéger ta position sociale, tu souhaites que nous ne nous séparions pas.

— Ce que tu racontes n'a pas de sens ! protesta-t-il.

— Ainsi, tu sauvegarderais les apparences.

— Tout cela est ridicule. Et je refuse de discuter davantage. Nous sommes mariés. La loi me donne des droits !

— Elle m'en donne à moi aussi.

Décidée à aller jusqu'au bout, Macha décocha sa flèche :

— Dont celui de demander le divorce pour adultère.

— Qui te croirait ?

— Détrompe-toi.

— Il faut des preuves.

— Je pourrai les fournir.

Constatant qu'il était de plus en plus mal à l'aise, elle énuméra :

— Ces lettres que tu n'as pas suffisamment bien cachées, je les ai lues. Et j'en possède des duplicatas. Tout plaide contre toi : les enveloppes, les timbres datés, ton nom, la poste restante de Nice, les photographies vous représentant ensemble… Ne parlons pas du contenu qui ne laisse planer aucun doute sur la nature de votre relation.

Le voyant sonné, elle ajouta :

— À l'inverse de toi, je me fiche de ce que pensent les autres. Divorcer ne me fait pas peur.

— Tu ne vas pas détruire notre mariage pour une bêtise ! s'écria-t-il en tapant du poing sur la table.

— Je ne suis pas sûre que ces propos plairaient à ta maîtresse.

— Cette femme essaie de me ferrer. Ou plutôt de ferrer un officier de marine… C'est courant !

Alors qu'il se cherchait des excuses, elle mesurait sa lâcheté. Ainsi, il était capable de renier une liaison dans laquelle il s'était investi. À l'inverse, il avait sans doute fait croire à Tara qu'il se séparerait tôt ou tard de son épouse légitime.

— Cela ne me concerne pas ! En revanche, je veux te quitter. Soit tu acceptes et nous faisons en sorte de divorcer sans heurts. Soit tu refuses et je produis les pièces que j'ai en ma possession.

— Tu me fais du chantage !

— Je ne fais qu'énoncer des options.

— Accorde-moi au moins la possibilité de me rattraper.

— Bernard… Je ne t'aime plus. Et je ne veux plus passer de temps avec toi.

Percevant sa détermination, il baissa la tête. Se rendait-il compte, lui aussi, qu'ils étaient arrivés au bout d'une union qui les avait peu contentés ?

— Ainsi… tu ne m'aimes plus…

— Les circonstances ont fait que nous avons vécu séparés. Je me suis habituée à cette situation. Jusqu'à me rendre compte que tu ne me manquais pas.

Son énervement retombé, elle découvrit qu'il n'envisageait pas qu'elle pût éprouver des sentiments pour un autre.

— Soyons honnêtes, ajouta-t-elle. Pour toi, j'incarnais une stabilité. Je tenais une maison où tu rentrais une ou deux fois par an.

— Justement ! Je n'imaginais pas que tu briserais ce lien.

— Que TU briserais ce lien, rectifia-t-elle.

Jusqu'au départ de Bernard, tous les deux s'évitèrent. Macha dormit dans la chambre de Virginie, s'arrangea pour sortir et compta les heures qui la séparaient de la liberté. Pendant qu'il préparait ses bagages, elle songea aux démarches qu'il lui faudrait entreprendre pour demander le divorce.

— Qu'as-tu l'intention de faire ? finit par demander Bernard.

— Consulter un avocat qui m'indiquera la marche à suivre.

— Tu ne veux pas réfléchir ?

— Une demande officielle de divorce te sera bientôt envoyée.

Dès qu'elle en eut l'opportunité, Macha se rendit chez Suzanne et Jean. Départis de leur feuillage, les arbres laissaient voir un ciel bas et, enfermées dans leurs étables, les bêtes demeuraient invisibles. Seule la fumée qui flottait au-dessus des hameaux indiquait qu'ils étaient habités. Chez ses amis, elle fut accueillie par la flambée habituelle.

— Installe-toi, proposa Suzanne avant de lui offrir une part de tarte.

Macha ferma les paupières avec l'impression qu'une bonne fée l'accueillait dans un endroit dénué de toxicité. En se laissant envahir par la chaleur, elle reprit contact avec des plaisirs abandonnés depuis quelques semaines. Respirer l'odeur du bois et de la bonne cuisine, sentir ses membres se détendre, entendre la voix de son amie, caresser le chien. Cela semblait si simple !

Lorsqu'il eut terminé ses consultations, Jean les rejoignit et tous les trois entamèrent l'année nouvelle en évitant d'évoquer les soucis et les contrariétés. Au fur et à mesure que le temps s'écoulait, Macha sentit se réveiller ses désirs. À force de s'occuper de Virginie et de discuter avec Bernard, elle avait perdu de vue ses centres d'intérêt. Depuis combien de temps ne s'était-elle plus préoccupée d'herboristerie ? Après une nuit réparatrice, elle suivit Jean dans son bureau. Enfin, elle retrouvait un équilibre et une motivation. Pendant plusieurs jours, elle classa des plantes, étudia leurs caractéristiques et leurs vertus.

42

La période des soldes ayant commencé, Juliette en profita pour laisser de plus en plus de responsabilités à Christine. Ce qui lui permettait d'aller et venir librement. Au retour de Val-d'Isère, François lui avait demandé de lui réserver quatre jours afin qu'ils partent ensemble. Alors qu'elle s'était organisée, tout fut remis en cause. Sa femme devant se faire opérer en urgence de l'appendicite, il ne pouvait s'absenter. Ce ne serait que partie remise ! Juliette se garda de commenter, mais elle savait qu'il en serait toujours ainsi. Les choses se compliquèrent davantage lorsqu'elle se rendit compte qu'elle n'avait pas ses règles. Depuis le début de sa vie sexuelle, elle prenait des précautions en sachant que celles-ci n'étaient pas miraculeuses.

Lorsqu'elle consulta un gynécologue, ce qu'elle redoutait se transforma en certitude. Elle était enceinte. Au cours de sa première nuit sans sommeil, elle tenta de réfléchir sans trop se laisser emporter par les émotions. Une conviction prit l'ascendant sur le reste. Elle ne garderait pas cet enfant dont le père était marié. D'ailleurs, elle ne lui dirait rien de ce qu'elle traversait. Plusieurs de ses amies avaient avorté. Dans des conditions parfois dangereuses. L'une d'entre elles s'était rendue en Suisse où l'on pouvait bénéficier d'une intervention médicale. Ce serait onéreux, mais ne pas risquer sa vie valait la dépense. Lorsqu'elle eut obtenu les renseignements nécessaires, elle prit rendez-vous dans une clinique de Lausanne. Officiellement, elle se déplaçait pour son travail. Le plus difficile resta de mentir à François. L'avant-veille de son départ, ils étaient allés se promener au bout du cap d'Antibes que les promeneurs désertaient en cette période. En l'écoutant parler avec enthousiasme d'une nouvelle rénovation de bâtiment, elle ne put s'empêcher de penser qu'ils ne seraient peut-être plus ensemble lorsque celle-ci serait terminée. Quand il lui souhaita de faire un bon voyage, elle faillit éclater en sanglots. Puis elle se ressaisit et réussit à sourire en sachant que, dorénavant, rien ne serait plus pareil. En fin de journée, quand sa mère passa la voir à l'improviste, elle traversa un nouveau moment difficile en songeant au déshonneur qu'auraient connu ses parents si elle avait décidé de garder le bébé. La société bannissait les filles mères, celles qui donnaient naissance à des enfants hors mariage ! Occupée par les préparatifs du carnaval qui allait débuter, Éliane ne perçut pas sa nervosité.

Après son avortement, Juliette évita de côtoyer ses proches. Prétextant un déplacement à Paris, elle s'y attarda. D'autant que Raphaël continuait de lui organiser des rendez-vous avec des journalistes. Sa collection remportant du succès, il fallut accélérer la fabrication. Au point de songer à changer de fournisseur.

— Ce serait plus simple de traiter avec quelqu'un qui travaille sur place.

— Est-ce que nous aurons suffisamment de commandes à lui passer ?

En dépit du succès que remportaient ses modèles, Juliette ne voulait pas s'emballer. Consciente qu'il lui faudrait sans cesse se renouveler, elle observait la société afin d'en flairer les aspirations et les besoins. Déambuler dans Paris, s'attabler au Flore et aux Deux Magots, acheter des magazines au Drugstore avant d'aller se coucher, commencer à avoir des lieux favoris et des habitudes, se faire des relations, être invitée dans des cocktails et des manifestations... Tout cela déclenchait des changements personnels. Appelée à séjourner de plus en plus fréquemment dans la capitale, elle envisageait d'y louer un studio. Ce qui lui permettrait d'y laisser des affaires et d'y travailler. Non sans assiduité, elle se mit à lire les petites annonces dans certains journaux. N'ayant toujours rien trouvé, elle décida de s'attarder à Paris et de faire appel aux agences. Elle en profiterait pour voir Lise et Macha qui avaient prévu de venir afin de visiter l'exposition « Toutankhamon ». Depuis le 17 février, le musée du Petit Palais ne désemplissait pas. Les gens se battaient pour admirer le trésor du jeune pharaon qui, grâce à l'obstination et aux fouilles de l'égyptologue Howard Carter, avait été découvert dans la vallée des Rois en 1922. Générations confondues, ils faisaient la queue devant le bâtiment. Tous les éléments étaient rassemblés pour fasciner les foules. Un pharaon mort à dix-huit ans, la préciosité et la beauté des objets trouvés dans son tombeau… ainsi que la malédiction qui s'était abattue sur lord Carnarvon, mécène de cette aventure.

Christian ayant dû se rendre en Allemagne, Lise avait décidé d'accueillir ses deux amies dans son appartement parisien. Pour profiter pleinement de cette récréation, aucune d'entre elles n'avertit sa famille, ses amis ou ses collaborateurs de sa présence. Lise ne souhaitait pas voir ses parents. Macha n'avait pas envie de discuter avec le père de Virginie… et Juliette avait laissé entendre à Raphaël qu'elle était repartie dans le Sud ! Ce fut une cure de films et de représentations théâtrales. Sans compter les bavardages dans la cuisine jusqu'à point d'heure.

— C'est gentil de m'accepter malgré mon âge, avait avancé Macha.

— Ton âge ?

— J'ai quinze ans de plus que vous !

— Quelle horreur ! se moqua Juliette.

En les observant, Macha essayait de se remémorer à quoi elle ressemblait à trente ans. Ne se sentait-elle pas plus jeune et plus entreprenante aujourd'hui ? Fidèle à sa décision, elle était allée voir un avocat afin d'engager une procédure de divorce. Lorsque Gilles était rentré du Québec, elle avait hésité à lui révéler ce choix de crainte qu'il l'imaginât en attente de quelque chose. Lorsqu'elle finit par lui apprendre sa décision, il avoua s'être inquiété pour elle. Ses locataires ne prêtant aucune attention à ses activités, Macha passait la nuit chez son amant. Sinon ils poursuivaient leurs promenades dans les environs ou se rendaient ensemble chez Jean et Suzanne dont la discrétion ne pouvait être mise en doute. Pendant que Gilles crapahutait dans la montagne, Macha continuait de parfaire ses connaissances en herboristerie. En rentrant, il arrivait qu'il lui demandât des explications sur les vertus de certaines plantes. Attentif à ses paroles, il donnait l'impression de s'intéresser sincèrement à ce qu'elle faisait. Pour l'instant, il ne parlait pas de voyages lointains et Macha n'abordait pas le sujet. Sa présence lui donnait de la force et de la combativité. S'en rendait-il compte ? Pudique, il évoquait peu ses sentiments, mais ses attentions à son égard révélaient l'importance qu'il lui accordait.

Alors que Macha terminait de se préparer, Lise feuilletait un journal. Soudain, une annonce attira son attention. Le sextet dont faisait partie John se produirait bientôt au Caveau de la Huchette. Ainsi, le trompettiste allait revenir à Paris ! Depuis leur rencontre chez Shakespeare and Co, elle avait pensé à lui en se demandant s'il était parvenu à sortir un disque. Aujourd'hui, elle avait la réponse en découvrant la pochette du 33 tours photographiée. C'était bien lui qui posait au milieu des cinq autres musiciens ! Mince, élégant dans un costume croisé ! Après avoir projeté de passer chez un disquaire pour l'acheter, elle regarda sa montre.

— Macha ! Tu es prête ?

Elles avaient donné rendez-vous à Juliette devant l'entrée du Petit Palais. Avant de rentrer dans le saint des saints, il leur fallut patienter dans l'interminable queue que formaient les visiteurs.

Alors qu'elles atteignaient les marches du bâtiment, Lise s'impatienta :

— Qu'est-ce qu'elle fait ? On va bientôt franchir la porte.

— Elle devait visiter deux appartements, rétorqua Macha.

Arrivées au guichet, elles prirent leurs billets. Puis se dirigèrent vers les salles d'exposition où l'enchantement débuta. Malgré la foule, elles purent s'approcher des masques funéraires, des sarcophages en bois doré, des bijoux en or et lapis-lazuli, du mobilier. Partagées entre l'émotion et l'admiration que procurait la beauté des statues et des animaux, qui, durant des siècles, avaient entouré le jeune pharaon, elles eurent l'impression de mieux comprendre la notion d'immortalité en laquelle croyait cette civilisation éclairée. Silencieuses, elles suivirent un parcours qui les transporta dans un lieu où le temps s'était aboli. Oubliant la chaleur, le brouhaha, les paroles que dispensaient des guides, elles se rapprochèrent de la sortie. Alors qu'elles débouchaient sur la chaussée, Lise entendit qu'on l'appelait. En se retournant, elle découvrit un ami de Daniel qu'elle avait perdu de vue.

— Nicolas !

— J'ai souvent demandé de tes nouvelles. On m'a dit que tu habitais Nice.

— C'est exact ! Et toi ? Que deviens-tu ?

— Je travaille à Londres. Ce qui ne m'empêche pas de revenir à Paris.

— Tu repars bientôt ?

— Dans une semaine.

— Prenons un verre dans les jours qui viennent...

Depuis le début de leur conversation, une pensée se dessinait dans l'esprit de Lise. Plus que quiconque, Nicolas avait partagé la jeunesse de Daniel. De son mari, il savait forcément des choses qu'elle-même ou d'autres ignoraient.

— Où étais-tu passée ? s'exclama Lise en ouvrant la porte à Juliette.

— J'ai trouvé l'appartement dont je rêvais. Mais il a fallu que je signe le bail, sinon il me serait passé sous le nez. Je suis désolée...

— On te pardonne. À condition de tout nous raconter.

Sans refréner son excitation, Juliette décrivit sa découverte :

— Un deux-pièces rue Bréa. Dans une cour arborée ! Au troisième étage.

— Avec ascenseur ?

— Non.

— Téléphone ?

— C'était ma condition ! répliqua Juliette qui savait qu'obtenir l'installation d'une ligne engendrait des mois d'attente.

— Ce n'est pas loin de la rue de Sèvres, souligna Macha.

— L'endroit est lumineux. Tout a été repeint. Je n'ai plus qu'à le meubler.

Juliette garda pour elle que ce lieu l'aiderait à retrouver cette vitalité qui, depuis son voyage en Suisse, s'était émoussée. De l'épreuve qu'elle avait traversée, elle conservait une tristesse qui avait un goût de larmes.

43

Nicolas accueillit Lise à La Rhumerie. Parmi les amis de Daniel, il ne faisait pas partie de ceux qu'elle avait le plus assidûment fréquentés. À l'époque de leur mariage, il bourlinguait à travers le monde. Quelque peu assagi, il travaillait depuis trois ans dans une galerie londonienne qui présentait les travaux de photographes dont les noms commençaient à circuler. Intelligent et vif, il n'était pas dénué d'humour, ce qui rendait sa compagnie agréable. En l'observant, Lise le trouva plus séduisant que dans son souvenir. Il avait acquis un côté bohème qui lui allait bien. Après avoir parlé de généralités, ils abordèrent un registre plus personnel. Nicolas venait de se séparer d'une jeune femme qui aimait trop les substances illicites et l'alcool.

— J'ai le chic pour m'amouracher de personnes qui cumulent les problèmes. Daniel m'en avait fait la remarque !

— Avait-il toujours raison ?

— Il ne s'est pas trompé en te choisissant.

Lise ne répondit pas. En revanche, elle posa la question qui lui brûlait les lèvres :

— Est-ce que tu as connu une fille qui s'appelait Valérie ?

— Valérie ? Je ne vois pas.

— C'était une amie de Daniel.

— Aucun souvenir. Pourquoi m'en parles-tu ?

— Ce que je vais te confier est délicat. Mais je dois tirer au clair quelque chose qui me perturbe depuis trop longtemps. Peut-être que tu pourras m'aider.

— Je ne garantis rien.

— Tu étais fréquemment reçu chez mes beaux-parents ?

— À Paris et dans leur propriété.

— Est-ce que Daniel t'a parlé de leurs activités professionnelles ?

— Je sais juste qu'ils ont agrandi leur entreprise après la guerre.

— Justement ! Ce sujet m'intéresse.

— M. Frontignan a acheté les parts de son associé qui préférait rester en Amérique où il a pu émigrer lorsque les Juifs étaient pourchassés.

— Tu te trompes ! Il est mort dans un camp de concentration.

— Lise… J'ai rencontré cet homme aux États-Unis. M. Frontignan m'avait chargé de lui déposer un paquet quand il a su que je m'arrêterais à New York. Il m'a invité à dîner chez lui. J'ai fait la connaissance de sa femme. Ils avaient d'excellentes relations avec les parents de Daniel.

Abasourdie, Lise fixa son interlocuteur tandis qu'il ajoutait :

— C'est bizarre que tu n'en aies jamais entendu parler.

— J'ai entendu l'inverse, finit-elle par formuler.

— De qui ?

— De la fameuse Valérie.

Elle lui raconta la rencontre à la sortie du cimetière, la façon dont l'inconnue l'avait relancée.

— J'étais sous tranquillisants... et vulnérable.

— J'ai presque connu tous les amis de Daniel. Tu es certaine de son prénom ?

— Oui. À moins qu'elle n'ait menti.

— Décris-la-moi.

— Pas vilaine. Brune. Taille moyenne. Des yeux noisette. Elle revenait du Canada...

— Rien ne t'a frappée ? Un signe distinctif ?

Lise chercha dans sa mémoire.

— Il me semble qu'elle avait un léger strabisme.

Nicolas devint plus attentif.

— Et un problème à un doigt. L'auriculaire, je crois.

— Comme s'il avait été écrasé ?

— Oui... Maintenant qu'on en parle, je revois sa main.

— Cette personne ne s'appelle pas Valérie, dit-il sur un ton sans réplique. Mais Nathalie. Elle a eu une aventure avec Daniel avant qu'il te rencontre.

C'était un pot de glu. Elle était aussi un peu dingue ! Quand il a voulu la quitter, elle l'a harcelé, menacé... C'est possible qu'elle soit allée au Canada. Je n'en sais rien.

— En tout cas, elle était au courant du décès de Daniel, de la date et du lieu de l'enterrement.

— C'était annoncé dans le carnet du jour du *Figaro*.

Lise se sentait au bord du malaise. Était-il possible qu'elle fût tombée avec autant de facilité dans le piège qu'on lui avait tendu ? À défaut de s'être vengée de Daniel pendant qu'il était vivant, ladite Nathalie avait sali sa mémoire et celle de sa famille en se jouant de sa crédulité ! Furieuse contre son manque de discernement et sa naïveté, elle mesurait ce qu'elle avait gâché et détruit... Son attitude hostile vis-à-vis de ses beaux-parents, l'argent considéré comme du poison et dilapidé, le souvenir de son mari piétiné. La honte l'envahissait face au cynisme dont elle avait fait preuve au cours des dernières années.

— Lise... Tu vas bien ?

— J'accuse le coup.

Inquiet, il tenta de la réconforter :

— Ce n'est pas ta faute. Chez les Frontignan, on ne parlait ni d'affaires ni d'argent.

— Tu as raison. Daniel gardait tout pour lui.

— On l'a éduqué de cette manière. Si je n'étais pas allé aux États-Unis, personne ne m'aurait parlé de l'ancien associé !

Couchée dans son lit, Lise admit que si elle ne s'était pas autant enfermée dans le ressentiment, elle aurait sans doute découvert plus rapidement qu'elle avait été grugée. À la place, elle s'était isolée dans sa maison niçoise et, méthodiquement, s'était évertuée à couper ses liens avec l'homme qu'elle avait épousé. En évaluant le passé avec davantage de lucidité, elle reconnaissait n'avoir accompli aucun effort pour donner à son mariage une chance de réussir. Si Daniel n'était pas mort, probablement auraient-ils divorcé. Ce constat aiguisait sa culpabilité, même si elle savait que les sentiments échappaient à tout contrôle. De sa nuit sans sommeil, elle sortit avec le besoin de réparer symboliquement ses erreurs.

Le cimetière venait juste d'ouvrir lorsqu'elle en franchit la porte et s'engagea dans l'allée principale. Dérangé dans sa toilette, un chat détala entre les tombes. Peu habituée à l'endroit, elle se perdit entre les différentes travées, revint sur ses pas... Elle allait retourner à l'accueil pour se renseigner lorsqu'elle découvrit la dalle funéraire sous laquelle gisaient plusieurs membres de la famille Frontignan. Le nom de Daniel était gravé sur la plaque de marbre devant laquelle elle se tenait. Sans doute était-ce puéril, mais elle lui demanda pardon de ne pas avoir honoré son souvenir. À quelques mètres, une vieille dame se tenait devant un caveau. Elle semblait si frêle et fragile que Lise attendit qu'elle retournât vers la sortie pour lui proposer son bras.

— C'est gentil, la remercia l'inconnue.

Dans un visage marqué par les rides, son regard avait conservé une étonnante vivacité. En avançant avec lenteur, elles parvinrent jusqu'à la rue.

— Merci de m'avoir accompagnée. Pour tout vous avouer, j'essaie de marcher sans canne !

À la librairie, Lise acheta deux volumes sur la conquête spatiale pour les offrir à Christian. Fin janvier, le terrible accident qui avait coûté la vie à trois astronautes américains l'avait ébranlé. Ils s'entraînaient au sol, à l'intérieur du vaisseau *Apollo 1*, quand l'incendie s'était déclaré dans le module de commande. Depuis, il lisait tout ce qui se rapportait aux causes de cette tragédie. Chaque fois qu'il s'intéressait à un sujet, il y mettait une énergie peu commune. Son besoin d'apprendre, de comprendre, de comparer, d'anticiper ne se tarissait pas. Parmi ses engouements, la conquête de la Lune demeurait son cheval de bataille. Elle s'était à son tour penchée sur le sujet. C'était cela l'amour : cette capacité à se documenter sur certains sujets sans se forcer ! En rentrant, elle trouva Macha qui venait de faire une razzia dans l'herboristerie voisine.

— Il va falloir une malle-cabine pour tout emporter, persifla Lise.

Plus sérieuse, elle avança :

— Pourquoi ne pas commercialiser tes compétences ?

— C'est interdit par la loi ! Je te l'ai déjà dit.

— Pas pour des produits corporels comme les savons et les shampooings ! J'ai lu des articles qui vantent un retour à la nature pour ce qui touche à l'hygiène.

— Je les ai lus aussi !

— Et alors ?

— Je n'ai pas envie d'avoir une boutique. Je veux…

La sonnerie du téléphone l'interrompit.

— Allô ! proféra Lise après avoir décroché.

— C'est Nicolas. Écoute… Je souhaitais en avoir le cœur net. Dans de vieux albums, j'ai trouvé une photo de Nathalie. Si tu veux, je te l'apporte.

Il arriva en même temps que Juliette qui croulait sous les paquets.

— Prenez l'ascenseur. Je monterai à pied.

Alors qu'il sonnait à la porte de Lise, il fut étonné de voir l'inconnue déboucher sur le palier.

— J'ai dû me tromper d'étage, dit-il.

— Qui cherchez-vous ?

— Mme Frontignan.

— C'est ici ! s'exclama Lise qui, en les découvrant tous les deux, ajouta : Est-ce que vous vous êtes présentés ?

— Nous comptons sur toi, rétorqua Juliette en déposant son chargement dans l'entrée.

Comme la plupart des hommes, Nicolas ne put cacher combien il la trouvait à son goût. Et son intérêt augmenta pendant qu'il buvait un whisky.

Lorsqu'elle apprit qu'il habitait Londres et travaillait avec des photographes de mode, Juliette s'anima. En souriant, Macha les écoutait évoquer des univers qui lui étaient peu familiers. Depuis plusieurs semaines, elle avait remarqué que son amie était moins enjouée. La voir retrouver son entrain la réjouissait. Elle-même profitait pleinement des plaisirs que lui offrait ce séjour. Gilles ne s'était pas trompé en l'encourageant à s'amuser.

C'était justement ce que proposait Nicolas en les invitant à dîner.

— Des amis m'attendent au Petit Zinc. Ils seront ravis de vous connaître.

— Pourquoi pas ? renchérit Juliette. Vous êtes partantes ?

Si Macha acquiesça, Lise déclina l'invitation.

— J'attends un coup de téléphone de Francfort. Et j'avais prévu de ne pas me coucher tard. Allez-y sans moi.

Avant de partir, Nicolas lui donna l'enveloppe qui contenait la photographie. Dès qu'elle fut seule, elle l'ouvrit. Au milieu de patineurs à glace, elle reconnut sans difficulté celle qui l'avait manipulée. Plutôt que de la colère, elle ressentit du soulagement d'être venue à bout de la supercherie. Réfugiée dans le canapé du salon, elle passa au crible tout ce qu'elle avait résolu ces derniers jours. Certes, elle s'était fourvoyée, avait tourné le dos à des gens qui n'avaient pas commis les malversations dont on les accusait ! Certes, elle ne savait comment réparer les choses ! Mais la détestation et le dégoût qui lui avaient été instillés n'existaient plus. Alors qu'elle réfléchissait à cette amélioration, le coup de fil attendu la sortit de ses réflexions.

— Christian…

— Je rentre d'un dîner où je me suis ennuyé. Est-ce que tu profites des distractions parisiennes ?

— C'est mieux quand tu es là !

— Dans trois jours, nous serons ensemble !

— Et j'aurai beaucoup de choses à te raconter.

— Je suis impatient d'en savoir davantage !

— Christian… dit-elle sur un ton plus sérieux.

— Oui…

— Je te remercie de m'avoir ouvert les yeux. Tout ce qu'on m'a raconté sur Daniel et sa famille est faux ! Si nous n'en avions pas parlé à Ravenne, je n'aurais pas cherché à connaître la vérité.

Elle marqua un silence avant d'avouer :

— Je déteste la femme que je suis devenue pendant plusieurs années !

44

Avoir trouvé son appartement parisien rendit à Juliette son entrain. Quant à la soirée avec Macha, Nicolas et ses amis, il y avait longtemps qu'elle ne s'était pas autant amusée ! Après un dîner au Petit Zinc, rue de Buci, ils allèrent danser au New Jimmy's, boulevard du Montparnasse, où officiait Régine, que l'on avait baptisée « la reine de la nuit ». Le lendemain, elle retrouva ses nouveaux amis à La Coupole. Cette fois-ci, ils finirent au Saint-Hilaire. Avant de quitter la capitale, elle avait promis à Nicolas de lui rendre visite à Londres.

Dans la pile de courrier qui l'attendait à Antibes, elle découvrit une carte postale d'Enzo qui s'attardait à Pondichéry. Il y avait rencontré des gens qui, à quelques kilomètres, bâtissaient une ville où serait favorisée une recherche spirituelle et libératrice. Cette démarche ne le concernait pas, mais il la jugeait intéressante. Elle sourit. L'Inde était devenue la destination favorite de ceux qui ne supportaient plus la morale bourgeoise et le capitalisme. De plusieurs points du globe, ils convergeaient vers ce pays qui proposait une métaphysique différente de ce que le christianisme leur avait inculqué. De jeunes Occidentaux séjournaient dans des ashrams pour écouter l'enseignement de sages et pratiquer la méditation transcendantale. La guerre au Viêt-Nam expliquait en partie ce changement de mentalités. Aux États-Unis, des voix discordantes commençaient à se faire entendre contre l'envoi au front de soldats. Si cette opposition s'avérait encore modérée, Juliette avait tendance à croire que la mèche n'était pas près de s'éteindre.

Jusqu'au soir, elle accueillit des clientes à la boutique. François l'avait prévenue qu'il viendrait à vingt heures. Partagée entre l'envie de le voir et l'appréhension, elle sentit croître sa nervosité à mesure que leur rendez-vous approchait. Depuis son avortement, elle n'éprouvait plus la même joie à le retrouver. Était-ce de lui avoir caché la vérité qui pesait sur leur relation ? Était-ce de savoir qu'ils ne pourraient jamais faire de projets ensemble ?

Lorsqu'il la serra dans ses bras et la couvrit de baisers, elle constata que, pour lui, rien ne s'était émoussé ou altéré. Les empêchements et contretemps semblaient lui rendre plus précieux les moments qu'ils s'accordaient.

— Je n'ai pas osé t'appeler chez ton amie, avoua-t-il.

— Tu as eu raison. Il vaut mieux privilégier la prudence.

— Est-ce que tu as fait et vu des choses intéressantes ?

Juliette évoqua des films et des expositions. Mais elle ne dit rien de l'appartement où elle allait bientôt s'installer. Puisqu'il avait une vie de famille, elle devait protéger ce qu'elle construisait. Ce choix lui permettrait de ne pas sombrer lorsqu'ils auraient rompu. Ce serait probablement elle qui le quitterait, même si savoir qu'il ne ferait plus partie de sa vie lui serrait la gorge. D'autant qu'elle l'aimait avec la même ferveur. Il représentait tout ce qui la touchait, la bouleversait, l'enfiévrait… Mais pourquoi remuer ces pensées alors qu'au même moment il projetait un voyage où elle pourrait l'accompagner ?

— On m'a commandé la rénovation d'un immeuble à Ajaccio. Plusieurs jours ensemble ! Qu'en dis-tu ?

Au deuxième étage de la clinique, Macha trouva la chambre de Virginie vide.

— Elle termine sa séance avec le kiné, l'informa une infirmière.

Macha s'approcha de la fenêtre qui surplombait un jardin où se promenaient des patients. Sa filleule avait eu la chance d'être envoyée dans cet établissement qui comptait parmi les meilleurs de la région. Depuis trois mois, elle s'appliquait à remarcher et, aujourd'hui, se déplaçait avec des béquilles. Apprendre qu'elle n'aurait plus à subir d'opérations avait été un soulagement. Même si elle n'en montrait rien.

— Ah ! Tu es là ! constata-t-elle en découvrant sa marraine.

Alors que celle-ci s'avançait pour l'embrasser, elle s'écarta.

— Comment se passe ta rééducation ?

— Normalement.

— Depuis ma dernière visite, tu bouges avec davantage de facilité.

— Peut-être.

Virginie avait encore maigri. Ses traits étaient tirés, son teint gris. Rien dans son apparence ne rappelait la jeune fille d'autrefois. Assise dans un fauteuil, elle répondait par monosyllabes aux propos de Macha qui, au bout d'une dizaine de minutes, déclara :

— Ma venue semble te contrarier.

— C'est mon droit !

— Je ne vais pas t'importuner davantage. Quand tu souhaiteras me voir, tu me le feras savoir.

— Tu risques d'attendre longtemps.

— Pardon !

Repliée sur son ressentiment, Virginie demeura silencieuse.

— Virginie… Tu cherches à créer le vide autour de toi. Mais tu devrais faire attention !

— Attention à qui et à quoi ? Je me fiche de ce qui peut m'arriver. Mais tu ne l'as toujours pas compris ! J'en ai assez de tes propos lénifiants.

— Sois tranquille, tu ne les entendras plus.

En parlant, Macha s'était approchée de la porte.

— Juste un conseil avant de partir ! Essaie de ne pas prendre le même chemin que ta mère. Tu sais où sa dépression l'a menée ! Je suis bien placée pour savoir que tu possèdes de précieuses qualités. Bats-toi pour les conserver !

Seule, Virginie attrapa le premier objet qui lui tomba sous la main – en l'occurrence une brosse à cheveux – et le jeta à travers la pièce. Une colère l'envahissait contre Macha et ses amies qui, lors de leurs visites, lui susurraient des encouragements qu'elle refusait d'entendre. Aucune ne paraissait comprendre combien ne plus pouvoir réaliser un rêve ôtait l'envie de continuer. Maintes fois, elle s'était demandé si elle n'aurait pas préféré mourir dans l'accident ! À la fin de sa rééducation, elle marcherait quasi normalement. Mais aucune compagnie aérienne ne l'engagerait ! Au lieu de parcourir le monde, elle travaillerait dans un bureau où elle accomplirait des tâches répétitives.

Alors qu'elle s'allongeait sur son lit, une infirmière entra pour vérifier ses horaires de piscine.

— Avec ce beau soleil, vous n'êtes pas dehors ? Allons… C'est le moment d'en profiter !

Décidément ! On ne lui ficherait pas la paix ! Sans cacher son agacement, elle s'empara de ses béquilles, puis se dirigea vers l'ascenseur. Dehors, tous les sièges étaient occupés. À croire que les occupants de la clinique s'étaient déversés dans le parc ! Elle finit par trouver une place sur un banc qui, au bout d'une pelouse, permettait de s'isoler un tant soit peu. Il y avait longtemps qu'elle n'avait pas prêté attention à la nature. En cette fin avril, les arbres avaient retrouvé leur feuillage. Les rhododendrons et les lauriers étaient en fleurs. Presque étourdie par cette exubérance, elle ouvrait les yeux sur un spectacle qui la laissait moins indifférente qu'elle ne l'aurait cru.

— Cela ne vous dérange pas si je m'assois à côté de vous ? Tous les sièges sont occupés.

Appuyée sur une canne, une femme encore jeune, à la silhouette longiligne, attendait sa réponse.

— Je vous en prie.

— Merci.

Le visage offert aux rayons du soleil, l'inconnue ferma les paupières. À plusieurs reprises, Virginie l'avait aperçue au sein de l'établissement. Son port de tête et la grâce de ses gestes laissaient penser qu'elle avait pratiqué la danse. Durant une dizaine de minutes, elles demeurèrent silencieuses. Au moment où elle s'apprêtait à regagner le bâtiment, Virginie entendit :

— Nous avons de la chance d'être ici ! Tous les centres de rééducation ne se ressemblent pas.

— Je n'en connais pas d'autre.

— Vous êtes arrivée depuis longtemps ?

— Trop longtemps !

— Je vous comprends. Les journées sont monotones !

— Vous avez été accidentée ?

— Je suis tombée d'une échelle. Un truc stupide. J'étais danseuse… Autant dire que ma carrière s'est arrêtée ce jour-là. J'avais huit ans quand j'ai commencé à pratiquer. J'en ai trente-sept… Mais on ne parle que de moi ! Et vous ?

En quelques phrases, Virginie expliqua son cas.

— Vous êtes jeune. Dans peu de temps, vous reprendrez une vie normale.

— Pas celle que je voulais !

L'aveu avait fusé avec tant de force que la femme la fixa avec attention.

— À quoi vous destiniez-vous ?

— Je me préparais à devenir hôtesse de l'air. Mais c'est terminé.

— C'était d'être hôtesse qui vous importait ou de voyager ?

— Les deux ! Je voulais tellement porter un uniforme. Travailler au sein d'un équipage. Changer régulièrement de continent.

— J'ai travaillé au sein d'une équipe et, pendant six ans, j'ai parcouru le monde… sans être hôtesse !

— C'est-à-dire ?

— Ma compagnie de ballet est basée à Lyon, mais les danseurs sont sans cesse en tournée.

— Et tout cela va s'arrêter ?

— Pas complètement. Je vais travailler en tant que chorégraphe.

— Ce n'est pas aussi gratifiant que d'évoluer sur une scène !

— C'est transmettre son expérience aux plus jeunes et leur offrir de nouveaux rôles.

Sans doute pouvait-on s'exprimer de la sorte quand on avait atteint ses buts, se disait Virginie. Mais ce n'était pas son cas. Elle avait vingt et un ans. L'âge de la majorité, de la liberté, de tous les possibles… Et elle s'appuyait sur des béquilles en n'entrevoyant aucune éclaircie !

45

Lise passait une grande partie de son temps chez Giorgio, qui l'avait prise sous son aile. Son éternel mégot vissé aux lèvres, il continuait de lui enseigner une technique dont il maîtrisait les plus infimes rouages. Depuis le début de l'été, il lui arrivait de réclamer son aide pour exécuter certaines commandes. Durant de longues heures, elle s'appliquait à poser des tesselles sur les motifs qu'il avait dessinés. À la fin du mois de juin, elle l'accompagna dans une villa du cap Ferrat pour recouvrir l'un des murs du salon d'une mosaïque qui représentait le dieu Triton chevauchant des vagues sur un monstre marin. Plus elle en découvrait les péripéties, plus elle se passionnait pour la mythologie. Jusqu'à s'inspirer de la légende d'Orphée et d'Eurydice dans une œuvre personnelle.

Dans la confidence, Christian l'encourageait à réaliser son projet :

— Reste à savoir si j'y parviendrai ! avait-elle répondu.

Au début du mois d'août, ils choisirent de ne pas quitter Nice. Fatigué des voyages que lui imposaient les compétitions automobiles, il aspirait à la tranquillité. Alors qu'ils prenaient un verre sur le balcon, il posa la question qui l'occupait depuis la veille :

— Est-ce que tu accepterais de déjeuner chez mes parents ?

— Tes parents ! Ils connaissent mon existence ?

— Je leur ai parlé de toi à plusieurs reprises.

— Petit cachottier !

Il sourit avant de reprendre :

— Je ne veux pas que tu te sentes piégée !

— Bien sûr que j'accepte !

— J'avais peur que tu me dises non.

— Pourquoi ?

— Par crainte d'être enfermée dans une relation. Tu m'as dit combien tu l'avais mal supporté.

— Parce que je m'étais mariée par dépit ! Le garçon dont j'étais amoureuse m'avait quittée. Je ne voulais plus dépendre de mes parents.

Au fil du temps, elle ne lui avait pas caché son passé chaotique. Il savait combien Antoine avait compté, combien son union avec Daniel l'avait peu comblée…

La maison se situait à trois cents mètres du centre de Juan-les-Pins. Après avoir agité la cloche du portail, Christian s'effaça devant Lise. Un chien se mit à aboyer avant de venir flairer leurs mollets.

— Ne crains rien. Il essaie juste de se rendre intéressant.

Une serpe à la main, un homme déboucha d'un appentis.

— Bonjour, papa. Je te présente Lise.

Elle fut frappée par leur ressemblance. Même regard, mêmes traits énergiques, même sourire réservé.

— Ta mère n'a pas dû vous entendre !

Une chanson de Sylvie Vartan s'échappait par les fenêtres ouvertes du rez-de-chaussée. Alors qu'il se rapprochait, Christian ne cacha pas son amusement. En se déhanchant sur la musique, sa mère était en train de sortir un moule à gâteau du four.

— Maman !

Au bout du troisième appel, elle se retourna.

— Vous êtes là ! s'écria-t-elle.

Il lui fallut quelques secondes pour éteindre le transistor et ôter son tablier. Puis elle apparut sur le seuil.

— Bonjour, Lise.

Qui n'aurait éprouvé un élan de sympathie pour cette femme menue, vive, chaleureuse ? D'emblée, Lise se sentit en confiance. Alors que tous les quatre s'installaient sous une tonnelle, elle sentit s'évanouir sa peur d'être jaugée et jugée. Pendant que Gilbert débouchait une bouteille de bellet, le vin cultivé dans les environs de Nice, Jacqueline apporta des olives et des filets d'anchois. Afin d'éviter toute indiscrétion, la conversation se porta sur des généralités : le nombre de touristes grandissant, les distractions proposées, les derniers résultats sportifs. Lorsque Jacqueline se leva pour débarrasser, Lise la suivit jusqu'à la cuisine en emportant les verres vides.

— Il fait trop chaud pour déjeuner dehors. J'ai mis le couvert dans la salle à manger.

Lise découvrit l'endroit où Christian avait pris ses repas jusqu'à ce qu'il quittât sa famille pour suivre des études à Paris. Non sans curiosité, elle observa le cadre où il avait grandi auprès d'un père qui lui avait transmis sa passion pour l'automobile et d'une mère qui s'était dévouée pour que personne ne manquât de rien. Tandis qu'elle dégustait une tomate antiboise, elle ne pouvait s'empêcher d'établir un parallèle avec ce qu'elle avait connu. Chez ses parents, les relations affectueuses n'étaient pas de mise ! À plusieurs reprises, son regard croisa celui de Christian, qui avait l'air détendu. Du loup grillé au fenouil fut apporté. Lise n'en avait jamais mangé de meilleur. Jusqu'au dessert où ils dégustèrent un clafoutis aux abricots, elle profita d'une récréation exempte de tout faux pas. Alors qu'elle voulait aider à laver la vaisselle, Jacqueline s'y opposa et l'envoya dans le jardin avec une cafetière et des tasses. Bercée par le chant des cigales, Lise sentit ses paupières s'alourdir. Elle n'était pas la seule. Après avoir écrasé son mégot dans un cendrier, Gilbert devint avare de paroles. Ce qui sembla convenir à son fils qui, le chien à ses pieds, ne chercha pas à relancer la conversation. De loin, les cloches de l'église sonnèrent trois heures. Lise se renfonça dans sa chaise longue. Elle se sentait tout simplement bien.

— Ils m'ont accueillie avec beaucoup de tact et de gentillesse, raconta-t-elle à Juliette.

Depuis que son amie avait croisé Christian à Paris, elle lui relatait certains épisodes de sa vie sentimentale. En l'écoutant, Juliette mesurait combien sa liaison avec François se compliquait. Elle l'avait accompagné à Ajaccio. Trois jours idylliques où n'avait plané aucun nuage. Ce qui avait assombri le retour aux réalités. Au point de l'inciter à se rendre de plus en plus fréquemment à Paris. Dans son appartement, elle se sentait joyeuse et entreprenante. À l'exemple de Lise, elle avait privilégié une décoration moderne. Tout était blanc ou presque. Ce qui la reposait des tissus colorés qu'elle utilisait pour ses modèles. Elle allait à pied chez Sandra où, en un temps record, les vendeuses étaient parvenues à fidéliser des clientes. Écoutant les conseils de Raphaël, Juliette s'était tournée vers un fabricant à Malakoff. Chez elle, devant sa table, elle réfléchissait aux tendances, esquissait des croquis en veillant à ce que l'on reconnût son style. Parmi ses pièces phares, les jupes-culottes et les pantalons étaient appréciés pour leur coupe irréprochable. En bon publicitaire, Raphaël veillait à ce que l'on parlât régulièrement de ses créations dans la presse. Au gré de ses séjours, elle s'était fait des amis avec lesquels elle sortait. De cette vie, elle parlait peu à son amant. Il ignorait encore qu'elle louait un appartement. Pour éviter les questions, elle disait habiter un lieu mis à sa disposition lorsqu'elle séjournait dans la capitale.

Alors que François était à nouveau parti en vacances avec femme et enfants, Juliette retourna à Saint-Tropez où elle retrouva Nicolas et trois de ses amis londoniens qui résidaient dans une villa où défilaient stylistes, photographes, mannequins, musiciens et chanteuses. On y fumait de la marijuana, buvait des cocktails, refusait l'ordre établi et écoutait en boucle le dernier album des Beatles : *Sgt. Pepper's Lonely Hearts Club Band* dont elle adorait la pochette et les chansons. En fredonnant *Lucy in the Sky with Diamonds*, elle se sentait ailleurs. Aussi, lorsque Nicolas déclara : « On devrait tous aller en Inde ! », s'entendit-elle renchérir :

— Excellente idée !

Même si la proposition avait germé pendant que tout le monde planait, ce choix s'affermit. Ils partiraient en janvier au Kerala où elle saurait leur trouver un hébergement !

Dès son retour de Majorque, François se hâta de retrouver Juliette à Antibes. Dans son regard, elle lut un amour et un désir similaires à ce qu'elle avait discerné au début de leur relation. Prise elle-même au piège des sentiments, elle apprécia des attentions renouvelées et des cadeaux qui auraient dû l'alerter.

Alors qu'ils entraient dans sa chambre, elle s'approcha, l'embrassa, fit glisser la fermeture Éclair de sa robe qui tomba sur le sol. Avec presque de la colère, il l'entraîna vers le lit où il lui arracha sa culotte pour la pénétrer sans privilégier les habituels préliminaires. Pensant qu'il s'agissait d'un jeu, elle surenchérit. Dans la pièce à demi éclairée, il pouvait la voir aller et venir au-dessus de lui, infiniment belle et ne lui cachant rien du plaisir qu'elle éprouvait à le chevaucher. Plus tard, alors que le calme s'était installé, elle le sentit moins tendre que d'habitude. Il était même en train de se lever.

— Tu dois partir ?

— Il vaut mieux !

— Tu as un souci ?

— J'essaie de t'en parler depuis le début de la soirée. Mais c'est difficile.

— J'ai dit ou fait quelque chose qui t'a déplu ?

— Il ne s'agit pas de toi.

Assis sur le bord du lit, il parlait sans la regarder. Alarmée, elle se redressa.

— Tu t'inquiètes pour tes affaires ?

— Non.

Il ne restait plus qu'un domaine qu'elle hésitait à aborder.

— Nelly est enceinte, finit-il par proférer. De cinq mois !

Juliette eut la sensation de recevoir un baquet d'eau sale en plein visage.

— Cinq mois… Tu me l'as caché pendant tout ce temps.

— Je ne l'ai pas su tout de suite.

— Tu étais au courant avant de partir pour les Baléares…

Il baissa la tête. C'était la première fois qu'elle le voyait désemparé, humilié, confondu !

En s'enveloppant du drap, elle se leva.

— Comment as-tu pu me mentir avec autant d'aplomb ?

— J'avais peur que tu me quittes.

— C'est en effet ce que je vais faire.

— Juliette… Cela ne change rien entre nous. Tu sais combien je t'aime. Combien tu comptes pour moi.

Avec froideur, elle regardait l'homme qu'elle avait préservé en lui cachant son début de grossesse et son avortement. Certes, elle avait toujours pensé qu'il avait une vie sexuelle avec son épouse, mais elle se protégeait en tenant certaines images à distance. En revanche, elle ne supportait pas qu'il lui eût joué la comédie de l'amoureux éperdu alors qu'il allait être père pour la troisième fois. Ce qu'elle découvrait lui démontrait un peu plus qu'elle ne devait compter que sur elle-même.

— Il vaut mieux que tu t'en ailles, murmura-t-elle.

— Si je ne tenais pas autant à toi, j'aurais été plus franc !

— Est-ce que tu te rends compte de ce que tu viens de dire ?

Alors qu'il se levait, elle recula afin d'instaurer de la distance entre eux.

— Il est inutile de discuter davantage.

— Tu me congédies ?

Elle hocha la tête.

— Si je franchis la porte, ce sera terminé.

Alors qu'elle ne répondait pas, il s'approcha et tenta de la prendre dans ses bras.

— Laisse-moi !

Comme si elle l'avait giflé, il recula.

— C'est bon ! Je pars.

Elle l'entendit descendre, tourner la clé puis claquer violemment la porte qui fermait le magasin. Ainsi, il n'avait fallu que quelques instants pour mettre fin à plusieurs mois de serments et d'étreintes ! L'homme qui avait occupé son cœur était en train de retourner à sa vraie vie. La vexation et l'énervement passés, il éprouverait sans doute de la nostalgie pour leurs rendez-vous dérobés, leurs promenades au point du jour, leurs nuits sans sommeil et les mille riens qui avaient jalonné leur histoire. Alors que le silence s'installait, elle constata qu'elle tremblait de tous ses membres. Dorénavant, il lui faudrait vivre loin de lui en essayant de se convaincre que c'était mieux ainsi !

46

En allant livrer une robe à Vallauris, Juliette entendit qu'on l'appelait. Elle reconnut Hadrien et se souvint qu'il avait acheté une résidence secondaire dans les parages. Elle ne l'avait plus revu depuis qu'il était venu à l'inauguration de sa boutique.

— Comment vas-tu ? demanda-t-elle.

— Mieux.

— Tu as été malade ?

— Pas moi, Antoine ! On s'est fait du souci pour lui.

Son frère avait été victime d'un accident de chasse au cours d'un safari. En pleine forêt, alors qu'il accompagnait des clients, l'un d'entre eux n'avait pas obéi aux ordres donnés. Lorsque le léopard s'était approché, il avait appuyé trop rapidement sur la détente. L'animal avait bondi. Pour se défendre, l'homme avait tiré un deuxième coup de feu qui avait blessé son guide. Si Antoine avait échappé de justesse à la mort, il lui restait une paralysie du bras gauche dont il espérait venir à bout.

À mesure qu'elle entendait ces nouvelles, Juliette se demandait si elle devait les rapporter à Lise. Fallait-il la replonger dans le passé au moment où elle semblait s'en guérir ? Adepte de la vérité, elle décida de la tenir au courant.

Tandis qu'elle lui relatait les faits, elle la vit se figer.

— Il est vraiment sorti d'affaire ?

— Oui. Sauf qu'il ne pourra pas retourner en brousse.

— Ne plus chasser ! C'est ce qui pouvait lui arriver de pire !

Alors qu'elle prononçait ces mots, Lise se rendit compte qu'elle ne parvenait pas à se sentir concernée. Certes, elle était triste pour Antoine, mais, depuis quelque temps, elle ne regardait plus ses photos. Était-ce d'avoir réglé certains problèmes, rectifié ses erreurs, accepté ses faiblesses ? Était-ce d'avoir rencontré Christian et de se passionner pour une discipline artistique ? Aujourd'hui, tout se conjuguait pour l'inciter à ne plus remuer ce qui était révolu. Sans renier l'élan amoureux que lui avait inspiré l'adolescent, elle tournait la page.

— J'espère qu'il reprendra son métier, se contenta-t-elle de formuler.

Juliette s'étonna de la voir aussi calme. Les séparations et les peines que l'on imaginait insurmontables finissaient-elles par se dissiper ? Depuis leur rupture, François ne s'était plus manifesté. Elle apprenait à vivre sans entendre le son de sa voix, sans chercher son regard pour y lire un émoi semblable au sien, sans projeter de rencontre. L'épreuve était d'autant plus difficile à traverser qu'elle ne pouvait en parler à personne. Encore moins à ses proches.

Macha voyait arriver les fêtes de fin d'année dans un état d'esprit positif. Cette fois-ci, elle n'aurait pas à subir la présence de Bernard. À mesure qu'avançait la procédure de divorce, elle commençait à croire que celle-ci aboutirait. Jusqu'à présent, il ne s'était pas opposé à ce que les hommes de loi mettaient en place. Était-ce parce qu'il était devenu impatient, lui aussi, de vivre en liberté ? Alors que l'année 1967 se terminait, elle mesurait combien son existence était en train de changer. En positif, mais aussi en négatif. Sa brouille avec Virginie restait son principal échec.

— Tu n'as rien à te reprocher, la conforta Suzanne quand elle lui en parla.

— Je n'ai pas su trouver les mots qui l'auraient rassurée et stimulée.

— Est-ce que tu sais comment elle va ?

— Son père me donne des nouvelles. Elle a terminé sa rééducation au début de l'été. Quand elle a quitté la clinique, elle marchait encore avec une canne. Aujourd'hui, elle n'en a plus besoin ! Elle vit à Lyon où elle a trouvé un travail.

À la fin de l'été, Virginie avait poussé la porte d'un immeuble, puis traversé une cour où résonnaient des notes de piano. Au rez-de-chaussée, dans le vestibule du studio de répétition, elle trouva une jeune fille qui tapait à la machine.

— Mme Giraud m'a prévenue qu'elle aurait dix minutes de retard. Asseyez-vous en l'attendant.

De son siège, Virginie pouvait voir plusieurs photographies représentant des danseurs parmi lesquels elle reconnut Diane. Depuis leur rencontre à la clinique, elles s'étaient liées d'amitié et, de leurs conversations, avait germé une idée.

— La régisseuse-habilleuse qui nous accompagne en tournée va se marier. Elle ne veut plus voyager, ce qui signifie qu'il faudra la remplacer. Tu m'as dit que tu avais travaillé dans un magasin de vêtements et que tu parlais anglais !

Virginie s'était contentée de hocher la tête.

— Je ne garantis rien, mais pourquoi ne proposerais-tu pas tes services ?

— Moi ?

— Je pourrais organiser un rendez-vous.

Travailler pour des artistes ! Aller régulièrement à l'étranger ! L'offre paraissait trop belle pour être vraie.

— Je boite.

— Ce n'est pas toi qui monteras sur scène !

Aujourd'hui, Virginie tentait de maîtriser son inquiétude. Elle allait connaître son premier entretien professionnel. Avec un curriculum vitæ réduit à l'extrême.

— Mme Giraud vous attend, finit-elle par entendre. Dans le couloir... La dernière porte à droite.

Elle longea une paroi de verre derrière laquelle se situait une grande salle où plusieurs danseurs faisaient des exercices à la barre. Elle aurait aimé les observer, mais une femme venait à sa rencontre. Mme Giraud avait une cinquantaine d'années, des cheveux gris ramenés en chignon sur la nuque. Elle portait de grosses lunettes en écaille, un pull et une jupe informes...

Après les présentations d'usage, elle passa derrière une table qui disparaissait sous des empilements de dossiers.

— Vous êtes recommandée par Diane.

Pendant que Virginie acquiesçait d'un « oui » à peine audible, Mme Giraud alluma une cigarette. Puis elle interrogea sa visiteuse et prit quelques notes.

— La compagnie passe les trois quarts de l'année en tournée. Ce qui signifie que vous aurez peu de temps pour voir vos proches.

— Diane m'a prévenue.

— Nous pourrions faire un essai. Tout d'abord, notre régisseuse vous formera dans nos locaux. Si tout se passe bien, vous partirez en janvier. Il faudra veiller à ce que votre passeport soit à jour.

À la fin de l'entretien, Virginie remplit des formulaires. Puis elle retourna à l'hôtel. Sa jambe droite la faisant souffrir, elle s'allongea sur son lit et tenta de se persuader que la chance ne l'avait pas complètement abandonnée.

Avant de se présenter, elle s'était renseignée sur la compagnie dont l'existence remontait à sept ans. Hubert Vigier avait abandonné une formation classique pour se tourner vers la modernité. Disciple de Jerome Robbins et de Merce Cunningham, il proposait des chorégraphies que l'on réclamait dans un nombre grandissant de pays. Sa troupe se composait d'une vingtaine de danseurs. Virginie avait été recrutée durant la période où tous étaient présents à Lyon. Dès qu'elle bénéficiait d'une pause, elle ne pouvait s'empêcher de suivre leurs répétitions. Si pour le moment elle apprenait à remiser, étiqueter, entretenir les costumes, il lui faudrait les apporter dans leurs loges quand auraient lieu les représentations. À force de les observer, elle mesurait combien la danse réclamait des sacrifices. Le contentement de soi n'existait pas ! Hubert Vigier savait le leur rappeler. Lui aussi était passé par cette discipline de fer ! N'ayant pas encore eu l'occasion de lui parler, Virginie se demandait s'il avait remarqué son arrivée. L'homme ne vivait que pour son art et ses créations. Diane, qui le connaissait depuis longtemps, le disait imperméable à ce qui ne touchait pas à la littérature, la peinture et la musique. Grand, le port de tête princier, un bonnet de laine enfoncé jusqu'aux sourcils, il donnait ses directives d'une voix enrouée, rectifiait un geste ou une attitude jusqu'à effleurer la perfection. Dans cette atmosphère exigeante, personne n'aurait compris que Virginie se plaignît. Certes, elle avait subi un accident, mais la douleur physique était familière à chacun !

Le temps de savoir si son engagement perdurerait, elle louait une chambre. Grâce aux assurances, elle avait touché des indemnités qui lui permettaient de subvenir à ses besoins. Bientôt, elle se rendrait à Copenhague, Stockholm, Bonn puis Stuttgart. Participer à la bonne marche d'un spectacle atténuerait une sensation de solitude qu'aiguisait l'approche de Noël. Depuis quelque temps, le souvenir de Macha la prenait au dépourvu. Comment s'était-elle montrée si dure et injuste envers sa marraine ? Cette question la perturba jusqu'au moment où elle décida de lui téléphoner.

47

En pénétrant dans le salon, Virginie eut l'impression que le temps s'était arrêté. Cette immuabilité la ramena à l'époque où, après avoir travaillé pour Juliette, elle était contente de retrouver cette atmosphère feutrée.

— Assieds-toi, lui proposa Macha.

Dans le samovar, l'eau bouillait. Sur le plateau en argent, deux tasses attendaient d'être remplies. Tandis qu'elle s'installait, Virginie se félicitait d'avoir écouté son élan. Lors de leur conversation téléphonique, sa marraine s'était montrée aimable et compréhensive. Ce qui l'avait décidée à prendre un train pour Nice, où elle avait déposé sa valise dans un hôtel proche de l'opéra.

— Je suis heureuse que tu te sois manifestée, avoua Macha en préparant le thé.

— J'aurais dû le faire plus rapidement !

L'essentiel ayant été prononcé de part et d'autre, elles abordèrent ce qu'avait accompli Virginie depuis sa sortie de clinique. En l'écoutant parler de son travail chez Hubert Vigier, Macha constata qu'il ne s'agissait pas d'un pis-aller. Elle avait l'air satisfaite de son sort et attendait avec impatience son premier voyage à l'étranger.

— Ce n'est pas exactement ce que je souhaitais faire... mais...

À mesure que sa filleule parlait de la troupe, Macha comprenait qu'elle avait trouvé ce qui exorciserait son rêve avorté. Son regard brillait. Elle souriait sans se forcer.

— Et toi ? finit-elle par demander.

— Je suis en train de divorcer.

— Tu préfères vivre seule ?

— C'est déjà fait depuis longtemps.

Virginie hocha la tête avant de répondre :

— Il m'avait semblé que vous ne partagiez plus grand-chose.

Elle s'empêcha de déclarer que Macha méritait mieux qu'un époux austère et peu aimable. Changeant de sujet, celle-ci évoqua leur entourage :

— Juliette se rend de plus en plus fréquemment à Paris. J'ai l'idée qu'elle va s'y installer.

— Elle lâcherait la boutique d'Antibes ?

— Sans doute ! Quant à Lise, elle a reçu deux commandes de mosaïques pour des jardins. Et elle file le parfait amour avec un homme qu'elle m'a récemment présenté.

Si Macha ne rencontrait aucune difficulté à évoquer la vie sentimentale de son amie, elle ne jugea pas opportun d'évoquer sa relation avec Gilles qui venait d'embarquer à l'aéroport de Nairobi. Dans quelques heures, ils seraient ensemble !

À la tombée de la nuit, elle le rejoignit devant le feu qu'il venait d'allumer dans la cheminée de son salon.

— Le temps m'a paru interminable, reconnut-il en l'attirant contre lui.

Ils avaient beau avoir atteint la maturité, ce qu'ils éprouvaient l'un pour l'autre était empreint d'impatience. Leurs fréquentes séparations expliquaient-elles cet élan qui ne faiblissait pas ? Dans la chambre, leur complicité reprit ses droits jusqu'à ce que la faim sortît Gilles d'un début de somnolence.

— Dans le panier que j'ai monté, tu devrais trouver ton bonheur !

— Tu commences à connaître mes goûts ! constata-t-il en soulevant le couvercle du plat qui contenait des petits farcis. Il y a même du fromage…

— Et un flan aux pommes !

Tandis qu'il ouvrait une bouteille de vin, elle mit le couvert devant le foyer dont elle ranima les braises.

— Je suis si content d'être rentré.

— À ce point ?

— Pendant mon périple, j'ai réfléchi… Et j'ai annoncé à mon associé que je ne voulais plus accompagner de voyageurs. C'est un job pour des personnes plus jeunes.

— Es-tu certain de ne pas regretter ?

— Je garderai mes parts dans la société. Mais je veux m'occuper d'autre chose. Et toi ? Est-ce que tu envisages de recevoir longtemps des locataires ?

— Tant que cela sera nécessaire.

— Si tu avais le choix, qu'aimerais-tu faire ?

— Franchement, je ne sais pas. Tu sais, toi, ce qui te plairait ?

— J'ai besoin de nature. Chaque fois que nous nous sommes promenés, j'ai rêvé de posséder une maison avec un lopin de terre.

— Tu vendrais ton appartement ?

— Qu'en penses-tu ?

— Il ne s'agit pas de savoir ce que je pense.

— Ton avis compte.

— C'est important d'avoir des projets.

— À mon âge, il vaudrait mieux que je ne tarde pas à les réaliser, plaisanta-t-il à demi.

Était-ce vieillir que de ne plus éprouver le même intérêt pour ce qui, jusqu'à présent, l'avait animé ?

— Jusqu'à mon emménagement dans cet immeuble, je ne me suis attaché à rien ni personne. Nos trajectoires sont contraires, Macha. Tu ne t'es jamais éloignée de ta famille. J'ai quitté mère et sœurs dès que je l'ai pu.

— Est-ce que j'ai eu raison de ne rien bousculer ?

— Si tu avais quitté la pension, nous ne nous serions pas connus.

Macha réfléchit avant de formuler :

— Mon amie Lise m'a conseillé de me lancer

dans la fabrication de produits d'hygiène naturels. Elle dit que les gens en achètent de plus en plus.

— Quel genre de produits ?

— Des savons, des shampooings, des crèmes pour les mains…

— Cela te plairait ?

— Peut-être.

— Alors, qu'est-ce qui t'empêche de le faire ?

— La crainte de crouler sous les responsabilités.

— Si je te déchargeais de certaines démarches, tu te lancerais ?

— Tu travaillerais avec moi ?

— Jusqu'à ce que tu n'aies plus besoin de mes services.

Macha vérifia que Gilles était sérieux. Rien n'indiquant le contraire, elle s'en voulut de s'être trop avancée.

— J'ai besoin de réfléchir.

Tous les deux se rendirent chez Suzanne et Jean pour y passer Noël. Ne cachant plus leur liaison, Gilles et Macha profitaient des journées hivernales pour se promener dans les environs. À leur retour, ils discutaient avec leurs hôtes, aidaient à la préparation des repas, riaient et chantaient. Plusieurs fois, Macha rejoignit Jean dans son bureau.

Alors qu'ils terminaient d'étiqueter des plantes, elle avança :

— Que penses-tu des gens qui commercialisent des produits de toilette naturels ?

— C'est dans l'air du temps.

— Tu ne m'as pas donné ton avis.

— Je suis incapable d'en avoir.

Cette réponse la conforta dans sa propre idée. Fabriquer des produits d'hygiène à destination d'un large public ne correspondait pas à son désir. Elle aimait apprendre, soulager les gens autour d'elle. Mais elle refusait d'entraver sa liberté dans l'unique dessein de vendre. À l'exemple de son mentor, elle considérait que l'herboristerie se pratiquait dans la discrétion. Découvrir, comprendre, assimiler, essayer, mettre en pratique, comparer : voilà ce qui la stimulait. S'ajoutait le souhait grandissant de ne plus se sentir prisonnière d'obligations. Dorénavant, elle voulait aller et venir comme bon lui semblerait. Sa vie s'ouvrait sur une nouvelle dynamique.

1968

48

Lise disposa une imposante galette sur un plateau décoré d'une mosaïque qui représentait une couronne incrustée de joyaux. Pour fêter l'Épiphanie, elle avait proposé à Christian de rassembler leurs amis. Pendant qu'il emplissait de glaçons les rafraîchissoirs où seraient plongées les bouteilles de champagne, elle sortit de leurs emballages les pains-surprises que venait de livrer le traiteur. Sur la table recouverte d'une nappe en damas blanc, les bougies attendaient d'être allumées. Dans la pièce flottait l'odeur du jasmin qui fleurissait dans des pots en céramique. La chanson de Procol Harum, *A Whiter Shade of Pale*, accompagna leurs faits et gestes jusqu'à ce que sonnent les premiers arrivants.

Christian ouvrit à Juliette et Enzo, qui débarquait de Calcutta. Lise fut étonnée par son changement. Le visage amaigri, les cheveux atteignant ses épaules, il portait une veste en patchwork sur un jean à pattes d'éléphant.

— Alors, l'oiseau migrateur… Tu es content de nous retrouver ?

En pénétrant dans le salon, Enzo eut l'impression d'atterrir sur une autre planète. Pendant un an, il avait vécu dans des logements de fortune, sur des plages, dans des villages cernés de rizières. Privé des commodités les plus élémentaires, il avait adopté une vie simple et s'était immergé dans un monde où le présent l'emportait sur le reste. Ce qui lui avait permis d'exorciser les ombres de la guerre. N'avoir aucun compte à rendre à la société, à des employeurs ou à des proches, l'avait guéri du mal-être qu'il s'était efforcé de cacher.

Alors que Christian lui proposait une flûte de champagne, il l'observa. Avant de venir, Juliette l'avait averti que Lise filait le parfait amour avec un homme qu'il avait rencontré en se baignant à la Garoupe. Au fil de la conversation, il apprit qu'il revenait du Kennedy Space Center.

— On m'a envoyé pour mon travail à Dallas. Au retour, j'ai fait escale à Orlando.

Par discrétion, Christian n'ajouta pas que Lise l'avait poussé à découvrir le centre spatial dont il suivait les avancées. Il avait remarqué combien elle était attentive à ce qui le passionnait. Avec constance, elle le questionnait, lui offrait des revues ou des livres, découpait des articles sur les missions Apollo.

— J'imagine que tu n'as pas été déçu ! avança Juliette.

— C'était au-delà de ce que j'imaginais.

Pendant que Christian évoquait sa découverte, Enzo se sentit partagé entre la tentation de l'écouter et son aversion grandissante pour l'Amérique. En Inde, il avait passé un certain temps avec des Californiens qui condamnaient l'ordre établi et la guerre au Viêt-Nam. Un vent de révolte soufflait sur les campus des universités, poussant des jeunes à s'embarquer pour des destinations où rien ne ressemblait à ce qu'on leur avait enseigné.

Un coup de sonnette interrompit sa réflexion. La femme à laquelle il serra la main s'appelait Tessa. Son époux, Olivier. À peine furent-ils assis qu'une nouvelle arrivée mobilisa l'attention. Macha fut la première à apparaître. Un homme d'une cinquantaine d'années, à l'allure de rugbyman, l'escortait.

— Te voici revenu parmi nous ! s'exclama Macha en l'embrassant. Pour longtemps, j'espère ! Je te présente Gilles, mon voisin.

Alors qu'il allait se rasseoir, Enzo découvrit Virginie. Personne ne l'avait averti qu'elle serait présente ! Il remarqua qu'elle paraissait encore plus menue qu'avant son accident. Sa coupe de cheveux très courte révélait la délicatesse de ses traits. En l'espace de quelques secondes, il ressentit de la culpabilité. Pas une seule fois il ne s'était manifesté durant son hospitalisation. Sans s'approcher, il lui adressa un signe de tête auquel elle répondit de la même façon. Pendant qu'elle se dirigeait vers un fauteuil, il remarqua qu'elle boitait légèrement. Bientôt, le brouhaha des conversations et des rires emplit la pièce. Tout le monde semblait à l'aise, sauf lui. Pourquoi avait-il accepté d'accompagner Juliette ?

— Tu ne vas pas me laisser tomber ! avait-elle insisté.

Enzo aurait voulu repartir avec elle pour de nouvelles aventures indiennes ! Mais s'il ne se présentait pas aux studios de la Victorine à la date prévue, on le licencierait. Financièrement, il ne pouvait se le permettre.

À mesure que coulait le champagne, les affinités se formaient. Christian et Gilles, qui tous les deux aimaient le sport, les défis, les horizons lointains, se parlaient comme s'ils se connaissaient depuis des années. Ce qui amusait Macha. Jusqu'à présent, elle n'avait partagé que des tête-à-tête avec son amant. Ce soir, elle découvrait un nouvel aspect de sa personnalité. Jovial, enthousiaste, il faisait partie des gens que l'on ne regrettait pas d'avoir invités. Moins disert, Olivier écoutait leurs propos pendant que Tessa aidait Lise à circuler avec les plateaux de petits-fours. Bientôt la galette fut apportée. Juliette fut chargée de la découper. Tandis qu'elle s'exécutait, elle se félicitait de partir dans quarante-huit heures. Cette période de fêtes ininterrompues aiguisait son sentiment de solitude. Fidèle à son avertissement, François ne s'était pas manifesté. Lorsqu'elle avait mis un point final à leur relation, elle savait qu'elle serait malheureuse. Mais les vagues de tristesse et de nostalgie qui l'assaillaient surpassaient ce qu'elle avait anticipé.

Quand chacun fut servi, il y eut un moment de

suspense jusqu'à ce que Tessa trouvât la fève. Au milieu d'exclamations joyeuses, elle fut couronnée. Puis il lui fallut choisir un roi.

— Est-ce que je peux te voler Christian ? demanda-t-elle à Lise.

Dès qu'elle en eut l'opportunité, Virginie se rendit sur le balcon. Éclairée par le halo des réverbères, la mer était calme. Depuis son retour à Nice, elle avait retrouvé des lieux familiers. Son hôtel se situant dans la vieille ville, elle en arpentait les rues désertées par les touristes, s'asseyait sur l'un des bancs du jardin Albert-Ier, revoyait les amis avec lesquels elle avait coupé les ponts après l'accident. Avec Macha, elle avait tacitement décidé qu'elle ne se réinstallerait pas dans son ancienne chambre. En revanche, ses affaires seraient conservées par sa marraine jusqu'à son retour de tournée.

Un bruit la sortit de ses réflexions. Enzo l'avait rejointe.

— J'ai été nul, et j'en suis désolé, s'excusa-t-il d'emblée.

Alors qu'elle ne répondait rien, il reprit :

— Je peux comprendre que tu n'aies pas envie de me parler.

— Autrefois, cela t'arrangeait.

Son silence constituait un aveu.

— De quoi m'en voulais-tu ?

Il hésita... Mais puisqu'il avait décidé d'être franc, il ne se déroba pas.

— Je ne t'en voulais pas personnellement !

Simplement, tu incarnais tout ce que je tentais de refouler.

Alors qu'elle paraissait ne pas comprendre, il poursuivit :

— Quand je suis rentré d'Algérie, j'ai cru que je me libérerais de certains souvenirs. Je me suis trompé. Et tu t'apparentais à ce que j'essayais de fuir.

— Si je comprends bien, tu m'en voulais d'avoir vécu là-bas. Et de t'être battu pour que des gens comme mes parents puissent y rester.

— En quelque sorte.

— Tu n'as pas pensé que j'avais quinze ans quand j'ai dû quitter tout ce qui était ma vie. Que mon arrivée en métropole a été horrible. Que ma mère a sombré dans une dépression qui ne cesse de s'aggraver. Que je n'ai pas vu mon frère depuis des années. Que je me sens incapable de replonger dans une atmosphère familiale viciée.

Alors qu'il restait silencieux, elle ajouta :

— Comme toi, j'ai eu mon lot de drames !

— J'étais fixé sur mes propres souffrances… et incapable de voir celles des autres.

— Pourquoi me parles-tu ce soir ?

— Quand je t'ai vue arriver, je me suis senti honteux de ne pas t'avoir envoyé un mot après ton accident.

— Cela n'aurait représenté qu'un devoir de bienséance !

En aspirant une bouffée de sa cigarette, elle se rendit compte que ses excuses la laissaient indifférente. Son accident puis sa convalescence lui avaient permis d'effectuer un tri entre ce qui revêtait ou non de l'importance. Enzo se situait dans la seconde catégorie. Il faisait partie d'un passé dont elle avait fait son deuil.

— Tu comptes rester à Nice ? lui demanda-t-il.

— J'ai trouvé du travail.

Il apprit qu'elle suivrait une compagnie de ballet dans ses tournées à l'étranger.

— J'espère que je ferai l'affaire…

En les rejoignant, Juliette interrompit leur aparté. Virginie en profita pour regagner le salon. Macha écoutait Gilles qui discutait avec Olivier. Le regard dont elle l'enveloppait lui permit de comprendre que sa marraine était tombée amoureuse. En un éclair, des images lui revinrent en mémoire… Des sorties dont Macha n'avait pas envie de parler, une transformation physique, un comportement joyeux ! Comment n'avait-elle rien vu ni soupçonné ?

Lorsque leurs invités furent partis, Lise se déchaussa puis se laissa tomber sur le sofa en remarquant :

— Tu t'es bien entendu avec Gilles !

— Il cherche à acquérir une propriété dans les environs. Je vais demander à mes parents de se renseigner.

À son tour, Christian s'installa dans le canapé. Lise en profita pour se lover contre lui. La semaine suivante, il repartirait pour Dieppe. Cela faisait un an et demi qu'ils vivaient au rythme de ses déplacements.

Comme s'il lisait dans ses pensées, il lui confia :

— J'ai réfléchi à des solutions pour que nous soyons davantage ensemble. Le plus simple serait que je travaille pour une marque dont le siège et l'usine ne se situeraient pas à l'autre bout du pays.

— Tu es attaché à Alpine !

— Cela ne m'empêche pas d'envisager autre chose.

Après un silence, il ajouta :

— À vrai dire, j'ai commencé à prospecter ! J'attends plusieurs réponses.

— Tu as commencé à prospecter, répéta-t-elle.

— Parler italien me donne une petite chance d'être embauché par un constructeur de la Péninsule.

Ainsi, il lui accordait suffisamment d'importance pour changer ses plans de carrière ! Émue, Lise assimilait l'information. Depuis que Christian était entré dans sa vie, tant de choses s'étaient clarifiées. Peu à peu, elle se réconciliait avec elle-même et tentait de rectifier ses erreurs passées. Après avoir songé à reprendre contact avec ses beaux-parents, elle s'était ravisée. La revoir les perturberait plus qu'autre chose. Sans doute l'avaient-ils bannie de leurs pensées en imaginant que leur fils avait fait un mauvais choix. En cela, ils n'avaient pas tort. Daniel aurait pu épouser une jeune femme qui l'aurait davantage compris et aimé ! En revanche, Lise ne dilapidait plus l'héritage dont elle était dépositaire. Afin de contrebalancer des dépenses dont elle avait honte, elle faisait des dons importants à des organismes caritatifs. Elle avait aussi découvert la valeur du travail.

Quotidiennement, elle se rendait à l'atelier où Giorgio lui avait aménagé un espace et, bientôt, elle aurait terminé *Orphée et Eurydice*, qu'elle avait représentés au temps de leurs fiançailles. Le serpent n'avait pas encore piqué la dryade dont le cœur battait pour le poète. À force de persévérance, elle était parvenue à retranscrire la fraîcheur d'une scène bucolique et la grâce des amoureux. Les félicitations de son professeur l'avaient confortée dans l'idée qu'elle ne s'était pas fourvoyée. Alors que le bouche-à-oreille lui attirait des commandes, elle savait qu'elle ne vendrait pas cette mosaïque qui deviendrait la première d'une série consacrée à la mythologie. La prochaine serait un hommage à Cupidon et Psyché.

— Tu aimerais travailler en Italie ?

— Oui.

— Chez Ferrari ?

— D'autres marques sont intéressantes.

— Je pourrais te rejoindre pour des escapades.

— J'espérais que tu me le proposerais !

En riant, il l'attira contre lui.

— J'ai réfléchi à autre chose.

Sur un ton plus sérieux, il ajouta :

— Je crains ta réaction… Mais je me jette à l'eau. Est-ce que l'idée de m'épouser te paraîtrait envisageable ?

Elle se redressa pour vérifier qu'il ne plaisantait plus.

— Tu me demandes en mariage ?

— On dirait…

49

Sans tarder, Lise et Christian choisirent la date de la cérémonie puis annoncèrent la nouvelle à leurs proches. La veille de son départ, il sortit un petit écrin de sa poche, l'ouvrit puis glissa à l'annulaire de sa compagne une bague incrustée de motifs byzantins.

— En souvenir de Ravenne...

Deux mois plus tard, elle essayait le tailleur qu'elle porterait à la mairie. Dans le miroir, elle suivait les gestes de Juliette qui rectifiait les emmanchures de la veste. La beauté du tissu gris-bleu et la sophistication des boutons rendaient le vêtement élégant et luxueux.

— Qu'en penses-tu ? lui demanda son amie.

Lise opéra un demi-tour sur elle-même.

— Le cintrage est plus accentué. Je préfère !

— Moi aussi.

Une fois rhabillée, Lise s'assit dans l'un des fauteuils du salon. Dans une théière, le thé infusait.

Une odeur similaire à celle de l'eucalyptus emplissait la pièce. Juliette avait allumé une bidi, la cigarette qu'elle privilégiait depuis son séjour en Inde. Dans ses bagages, elle en avait rapporté plusieurs paquets, ainsi que les habituels tissus et saris qu'elle transformerait en robes ou tuniques. Depuis son retour de Trivandrum, elle s'attardait à Paris. La compagnie de Raphaël et de son ami Éric la stimulait. Les deux hommes aimaient les musées, le cinéma, la musique anglo-saxonne. Mieux que quiconque, ils étaient au courant des dernières tendances. Peu à peu, ils lui avaient présenté leurs amis. Il était rare qu'on ne lui proposât pas un dîner suivi d'une virée au Bus Palladium ou chez Castel. Rentrée un peu avant l'aube, elle s'affalait sur son lit et dormait jusqu'à ce que la sonnerie du réveil lui rappelât que mille tâches l'attendaient. Son nom circulait, des magazines choisissaient de montrer ses modèles, elle recevait des invitations pour assister à des défilés et des événements. Son séjour au Kerala s'était déroulé au moment où l'épouse de François était censée accoucher. Se trouver à des milliers de kilomètres puis plonger dans les plaisirs parisiens étouffaient les bouffées de nostalgie.

— Tu as trouvé des chaussures ? demanda-t-elle à Lise.

— J'aimerais que tu m'accompagnes. Tu sais combien j'écoute tes avis.

— Avec ce tailleur, je verrais plutôt des talons plats.

Dans trois jours, Lise quitterait la capitale pour veiller aux derniers préparatifs de son mariage. À plusieurs reprises, elle s'était demandé si elle devrait avertir ses parents. Ne voulant pas répondre à leurs questions et encore moins les inviter, elle choisit de leur annoncer la nouvelle quand tout serait terminé. Sa mère tomberait des nues. D'autant qu'elle ne lui avait jamais parlé de Christian. Sans doute s'enfermerait-elle dans la réprobation... Qu'importe !

Jusqu'à son retour sur la Côte d'Azur, elle rechercha la compagnie de Juliette. L'atmosphère de la ville leur sembla plus survoltée que d'habitude. Au sein des universités, notamment à Nanterre, des revendications éclataient contre l'autorité patriarcale, la mauvaise répartition des richesses, la guerre du Viêt-Nam. La France n'était pas le seul pays à connaître des secousses. Aux États-Unis, en Allemagne, au Japon, au Brésil et ailleurs s'effectuait une prise de conscience chez des jeunes qui revendiquaient leur liberté sexuelle et l'abolition des privilèges.

À Nice, Macha constata qu'un début de désordre rendait les choses plus difficiles. À la grève des agents fiscaux s'ajoutèrent des retards dans les services postaux. Depuis plus d'un an, elle espérait que son divorce serait réglé en un temps décent. Alors que tout se mettait en place, elle redouta que des nuisances extérieures ne retardent le processus engagé. Les deux avocats ayant trouvé un accord, Bernard s'était engagé à se présenter devant le juge à la date qui lui serait notifiée.

— La lecture des journaux n'est pas rassurante, dit-elle à Gilles. Tout va de mal en pis.

— Une mèche est allumée. Et elle ne demande qu'à brûler !

Pour conjurer la pesanteur de l'actualité, il visitait des propriétés dans les alentours. Jusqu'à présent aucune ne lui avait insufflé l'envie d'y retourner avec Macha pour avoir son avis. Soit l'habitation exigeait trop de travaux, soit le terrain n'offrait pas une vue satisfaisante.

— N'as-tu pas placé la barre trop haut ? l'interrogea-t-elle.

— Peut-être... Mais j'ai bon espoir !

Le jeudi 4 avril, ils se rendirent en voiture à la mairie où Lise et Christian échangeraient leurs serments. La mariée avait choisi pour témoins Macha et Juliette. Son époux : Olivier et un ami d'enfance. Après deux jours de mauvais temps, le soleil avait asséché les alentours de l'auberge où ils accueillirent leurs invités. Un peu étourdie par ce qu'elle vivait, Lise caressait du regard l'alliance qui brillait à son doigt. À ses côtés, Christian paraissait détendu. Il était arrivé l'avant-veille d'un périple à travers l'Allemagne, la Suisse et l'Italie où les dirigeants d'Alfa Romeo avaient évalué ses connaissances et ses capacités.

— Je les intéresse, lui avait-il confié.

— Et toi ? Qu'en penses-tu ?

— Changer de constructeur me stimulera. Et je travaillerai dans la banlieue de Milan où ils ont construit leur nouvelle usine. Ce qui me rapprochera considérablement de Nice.

— Tu es sûr de ne pas regretter ton équipe ?

— C'est un risque.

Le déjeuner se prolongea jusqu'au milieu de l'après-midi. Les parents de Christian discutèrent avec Jean et Suzanne qui, pour l'occasion, étaient descendus de leur village. Tessa apprit à mieux connaître Juliette. En les écoutant parler, Macha observait Lise qui murmurait quelques mots à l'oreille de son mari. Elle semblait heureuse et guérie des tempêtes qui avaient jalonné sa vie. Au moment du départ, elle glissa dans sa main un minuscule fer à cheval en argent.

— Un porte-bonheur que ma mère avait rapporté de Russie.

Les intuitions de Gilles s'avérèrent justes. La mèche se propagea. D'abord chez les étudiants qui, le 3 mai, après la fermeture de l'université de Nanterre, investirent la Sorbonne où la police les délogea pendant un meeting avant de procéder à des centaines d'arrestations. Les rues du Quartier latin furent immédiatement investies par de nombreux jeunes qui affrontèrent sans répit les forces de l'ordre. Ralliés par des lycéens, ils occupaient la une des journaux et la télévision ne manquait pas de commenter leurs faits et gestes. Chez elle, rue Bréa, Juliette n'était séparée des émeutes que par le jardin du Luxembourg. En dépit des événements, elle réfléchissait à sa prochaine collection et se rendait régulièrement chez Sandra où les clientes se raréfiaient.

— Personne n'a la tête à dépenser, répétait l'une des vendeuses.

Raphaël et Éric, qui l'avaient invitée à dîner dans un restaurant de la rive droite où l'atmosphère était plus calme, étaient partagés entre leur soutien aux révoltés et la crainte que leur soulèvement ne finisse par mettre le pays en péril.

— Si les syndicats et les ouvriers entrent dans la danse, on pourra s'inquiéter, prédisait le premier.

Juliette, qui avait prévu de partir pour Londres, hésitait. Au téléphone, Nicolas la poussait à traverser la Manche. Le voyage en Inde les avait rapprochés. Ils s'étaient beaucoup confiés l'un à l'autre et partageaient de nombreux points communs.

— Tu es avec quelqu'un ? lui avait-il demandé.

— Plus maintenant. Mais je ne suis pas guérie.

La conversation s'était déroulée sur la plage de Trivandrum, alors que le soleil se préparait à disparaître. Assis sur le sable, ils profitaient d'un spectacle qui attirait quantité de monde. Un peu partout, des braseros s'allumaient et des marchands ambulants proposaient boissons et cigarettes. La plupart faisaient leurs affaires auprès des routards occidentaux.

Pour se rapprocher de Christian qui terminait son préavis chez Alpine, Lise s'installa dans la capitale, où il lui serait plus facile de la rejoindre. Elle en profita pour voir sa mère qui, face aux événements, osait à peine quitter son domicile.

— Les bolcheviques sont à nos portes...

— N'exagérons pas !

— Est-ce que tu as regardé la télévision ?

— Comme tout le monde.

— Tu as vu les pancartes que brandissent les étudiants ? Tu as entendu leurs slogans ?

En écoutant ces récriminations, Lise se disait que cette femme coiffée, manucurée, parée de bijoux coûteux incarnait à elle seule une société dont certains souhaitaient l'anéantissement.

— Tu aurais dû rester à Nice...

— La province n'est pas à l'abri ! Regarde Strasbourg, Nantes, Lyon, Toulouse... Marseille ! Et puis... je suis venue t'annoncer une nouvelle. Je me suis mariée.

— Mariée !

— Nous avons privilégié l'intimité.

— Je ne comprends pas.

— C'est pourtant simple. J'ai rencontré un homme, il y a plus de deux ans. Et il m'a demandé de l'épouser.

— Mais de qui s'agit-il ?

— Il s'appelle Christian. Et travaille chez un constructeur automobile.

Sylvie Cardec était sonnée par la nouvelle. Dans son regard, Lise perçut de la perplexité et un début de colère.

— C'est incroyable que tu ne nous l'aies pas présenté ! Qui sont ses parents ? Que font-ils ? Où vivent-ils ?

— Son père est garagiste. Ils habitent Antibes.

Le coup de grâce venant d'être donné, un silence s'installa entre la mère et la fille. Il contenait toutes les incompréhensions, les déceptions, les non-dits qui depuis tant d'années s'étaient accumulés. Il contenait aussi la renaissance de Lise qui, lorsqu'elles se quittèrent, ne songea plus qu'à retrouver ceux qui avaient déclaré la guerre à des principes éculés et délétères.

50

Le soir du 10 mai, Lise et Juliette se donnèrent rendez-vous au Select. Dans un bruit incessant de sirènes, des camions remplis de CRS roulaient sur le boulevard du Montparnasse, en direction de l'Observatoire. En buvant un Schweppes sur la terrasse de l'établissement, Lise racontait sa conversation avec sa mère.

— Quand j'ai parlé de Christian, j'ai eu l'impression de la crucifier ! Et je n'étais pas mécontente d'enfoncer le clou !

— Nous avons la chance de mener nos vies et nos carrières comme nous le voulons. Mais beaucoup de femmes ne le peuvent pas… Ce qui devrait nous inciter à bouger.

Il leur fallut peu de temps pour s'approcher du carrefour Saint-Michel, Soufflot et Gay-Lussac où des policiers, matraque à la ceinture, tentaient de disperser journalistes et badauds.

— Circulez !

Une odeur de pneus brûlés et de fumée saturait l'air. En veillant à ne pas être séparées, elles se frayèrent un passage en direction du Panthéon. Accompagnée par le bruit des gaz lacrymogènes, une clameur indiquait que la bagarre se situait à quelques dizaines de mètres. Les yeux larmoyants, la gorge en feu, elles se laissèrent emporter par la foule. Touchant à sa fin, le jour permettait encore de lire les slogans tracés sur les murs des immeubles : *L'été sera chaud*, *Il est interdit d'interdire*. En faisant attention de ne pas buter sur des pavés arrachés, elles s'engouffrèrent dans une artère plus étroite où les boutiques avaient baissé leur grille ou leur rideau de fer.

— Si on se perd… cria Juliette.

Bousculée par les porteurs d'une banderole, elle ne put finir sa phrase.

Lise sentait les larmes mouiller ses joues. À l'inverse des gens qui l'entouraient, elle n'avait rien pour protéger ses yeux et le bas de son visage. En profitant d'un recul général, elle tenta de se faufiler vers une porte cochère qui s'entrouvrit avec difficulté.

— Laissez-moi entrer, supplia-t-elle ceux qui, de l'intérieur, repoussaient le battant.

— Fais vite !

Sous la voûte, un groupe d'étudiants reprenait des forces avant de retourner à la bagarre. Lorsqu'ils sortirent, elle se retrouva seule et s'assit au bas d'un escalier.

Assourdie par la clameur et les invectives lancées par les haut-parleurs, Juliette n'avait d'autre choix que de se laisser emporter par le courant. Sur les bords de la chaussée, des étudiants faisaient circuler les pavés jusqu'aux premières lignes où d'autres les projetaient vers les CRS qui répliquaient avec des grenades. Alors que ceux-ci commençaient de charger, il y eut un mouvement de repli. La compression devint si forte qu'elle se sentit étouffer. Une main l'attrapa par le poignet et, avec force, la tira vers le trottoir puis vers un renfoncement où d'autres avaient trouvé refuge. Au bord de l'évanouissement, elle se serait laissée tomber si on ne l'avait pas retenue. Un homme, affublé d'un foulard sur le bas du visage et de lunettes de ski, la soutenait. À quelques mètres, le vacarme s'était intensifié. Chargés par les CRS, les manifestants rebroussaient chemin tandis que les projectiles continuaient de pleuvoir. Coursés par les forces de l'ordre, des étudiants furent sans ménagement cloués au sol, menottés puis emmenés sous les huées de sympathisants rassemblés aux fenêtres.

— On aurait besoin de linges mouillés, réclama le sauveur de Juliette quand la voie se trouva en partie libérée.

Du premier étage, on lui envoya ce qu'il réclamait.

— Tiens ! dit-il en revenant vers elle.

La fraîcheur du tissu sur ses yeux lui fit du bien.

— Mets celui-ci devant ta bouche.

Pendant qu'elle s'exécutait, il remarqua :

— Quelle idée de manifester sans se protéger !

— Quand j'y ai pensé, c'était trop tard.

— Ça va mieux ?

— Un peu. Mais j'ai mal au cœur.

Des sirènes se firent entendre. Ainsi que des injonctions vociférées dans des haut-parleurs.

— Dès que tu t'en sentiras capable, on s'en ira.

Le petit groupe qui partageait leur abri hésitait entre poursuivre leur combat et rentrer. Les avis étaient divisés.

— On risque d'être arrêtés, opposait une fille.

— Jusqu'à présent, on s'est bien débrouillés.

— Pour ma part, je stoppe.

— Trouillarde !

— Mes parents me mettront dehors s'ils découvrent que j'étais ici !

Profitant d'une accalmie, ils s'éloignèrent. L'homme proposa à Juliette de les imiter pendant qu'ils en avaient l'opportunité.

— Je sais par où passer...

Sans parler, ils empruntèrent de petites artères qui les menèrent vers la rue des Écoles que des CRS empêchaient de traverser. Ôtant ses lunettes et les cachant dans sa poche, il s'avança.

— On voudrait rentrer chez nous.

— Personne ne circule.

— On habite rue du Sommerard. Voici ma carte d'identité.

Après quelques minutes de palabres, ils obtinrent

l'autorisation de passer. Au milieu de la chaussée, un reste de barricade flambait. Incapable de réfléchir, Juliette suivit son guide en enjambant des projectiles. Devant une porte cochère, il s'arrêta, l'ouvrit puis s'effaça pour la laisser entrer. Ils montèrent l'escalier jusqu'au troisième étage.

— Nous sommes arrivés ! annonça-t-il avant d'allumer une lampe.

Bas de plafond, le logement était rempli de livres et de cartons à dessins. Après ce qu'elle venait de vivre, Juliette aurait trouvé des allures de château au pire des cagibis.

— Voici la salle de bains. Je te conseille de te rincer le visage et les bras. Pendant ce temps, je te prépare à boire.

Dans le miroir qui surplombait le lavabo, elle prit conscience de son état. Ses yeux étaient gonflés et rouges, ses joues sales, ses cheveux emmêlés. Des taches noirâtres maculaient le haut de sa robe. Une fois lavée, elle regarda autour d'elle. Petite, la pièce possédait une baignoire sabot. Un peignoir-éponge et une serviette pendaient à des patères. Sur une étagère, elle vit un rasoir, un peigne en écaille et une bouteille de Vétiver. Jusqu'à présent, elle n'avait pas été en état de se poser des questions. Chez qui se trouvait-elle ? En revenant sur ses pas, elle constata que son hôte avait enlevé le foulard qui masquait son visage. Il n'avait pas l'âge d'un étudiant. Ce qu'il confirma :

— Je suis architecte d'intérieur. Et j'enseigne

l'histoire de l'art, expliqua-t-il. J'ai voulu voir de près ce qui se passait.

Il avait la voix enrouée. Sans doute l'effet des lacrymos. Ses yeux noirs la fixaient avec un intérêt qu'il ne cherchait pas à cacher.

— Et toi ?

— J'étais avec une amie. Nous nous sommes perdues et je m'inquiète pour elle. Est-ce que tu as le téléphone ?

— Derrière toi.

— Je peux l'utiliser ?

— Bois, d'abord.

Après avoir absorbé quelques gorgées d'eau, elle composa le numéro de Lise. Sans obtenir de réponse.

— Elle ne doit pas pouvoir traverser la Seine.

— Assieds-toi.

— Je ne veux pas te déranger.

— Tu as envie de retourner à la castagne ?

— Non.

— Dans ce cas, il va falloir me supporter.

Elle ne l'avait pas encore remercié pour son aide et, gênée, s'en excusa.

— Tu étais juste devant moi, et j'ai remarqué que tu paniquais. Moi-même je sentais qu'il fallait quitter les lieux avant la charge des CRS. Dès que j'ai entrevu l'opportunité d'atteindre le trottoir, je t'ai attrapée par le bras.

Pendant qu'ils parlaient, les hurlements des

sirènes indiquaient que les affrontements se poursuivaient.

— La radio va nous renseigner, dit-il en tournant le bouton d'un transistor. Au fait, comment t'appelles-tu ?

— Juliette. Et toi ?

— Xavier.

Au milieu des échauffourées, le journaliste décrivait la scène qu'il était en train de vivre. Derrière le Panthéon, des barricades séparaient les plus irréductibles des CRS. Des cris couvraient ses commentaires.

— Je suis au milieu de voitures renversées et carbonisées. Il y a de nombreux blessés...

Xavier baissa le volume.

— Sans vouloir te vexer, tu n'es plus à la fac ?

— Je suis styliste.

— Tu dessines des vêtements ?

Elle hocha la tête avant d'expliquer :

— Je manifestais pour défendre les droits des femmes.

Sans répondre, il alla chercher une corbeille de fruits dans la cuisine.

— Sers-toi !

À mesure qu'elle respirait un air non vicié, elle prêta plus d'attention à son interlocuteur. De taille moyenne, mince, il bougeait avec la souplesse d'un chat. Des cheveux noirs assez longs auréolaient un visage aux traits prononcés. Sans doute pouvait-il se montrer exigeant et autoritaire lorsqu'il le fallait.

— Je vais me changer, dit-il en désignant sa chemise et son jean couverts de salissures.

Seule dans la pièce, Juliette apprécia l'atmosphère intime et chaleureuse qu'offraient les poutres et les fenêtres à petits carreaux. Sur des tréteaux, elle vit des plans tracés au crayon. Aux murs, des gravures anciennes évoquaient la mythologie gréco-romaine. Dans une ville à feu et à sang, l'endroit ressemblait à un îlot protecteur. Fermant les paupières, elle profita de l'accalmie qui lui était offerte. Lorsqu'il revint, Xavier la trouva endormie, la tête appuyée contre le dossier du fauteuil. Sans faire de bruit, il se servit une bière puis emporta verre et transistor dans sa chambre, dont il ferma la porte.

Quand Juliette rouvrit les yeux, il faisait jour. Quelques secondes lui furent nécessaires pour se remémorer les événements de la veille. Un bruit provenant de la cuisine l'incita à s'y rendre.

— Bien dormi ? lui demanda Xavier qui allumait le gaz sous une cafetière.

— Je suis désolée…

— J'ai essayé de ne pas te réveiller.

— Tu aurais dû.

Il la regarda.

— Tu as meilleure mine !

Ses yeux avaient dégonflé, son teint était redevenu normal. Jusqu'à présent, il n'avait pas remarqué combien elle était jolie.

— Tu n'as rien contre une tasse de café ?

— Il faudrait que je rentre.

— Tu habites loin ?

— À Montparnasse.

— Je te déposerai.

Une demi-heure plus tard, elle s'installait sur le scooter qu'il avait sorti d'une arrière-cour. Pour accéder au carrefour Vavin, il leur fallut éviter le Quartier latin, ce qui occasionna un long détour. Au dire de la radio, les échauffourées de la nuit empêcheraient la circulation autour du Panthéon et du boulevard Saint-Michel pendant un moment. Le week-end commençait dans une ambiance lourde. Comment en aurait-il été autrement au regard des titres qui se détachaient sur les kiosques à journaux ? À Paris, on comptait cent vingt-cinq voitures détériorées, des centaines de policiers et d'étudiants blessés. Ainsi que de nombreuses arrestations.

En arrivant rue Bréa, Xavier ralentit puis s'arrêta devant le numéro que lui indiqua sa passagère.

— Comment te remercier ? dit-elle en mettant pied à terre.

— En dînant avec moi la semaine prochaine.

51

Le premier geste de Juliette fut de téléphoner à Lise qui, cette fois, décrocha.

— Je me suis inquiétée…

— Moi aussi !

— Comment es-tu rentrée ?

— J'ai mis un temps fou ! Les ponts étaient barrés. Avec quelques personnes, on a tout de même réussi à passer. Christian vient de m'appeler. Je n'ai pas osé lui dire que j'étais allée manifester. Et toi ? Raconte-moi !

— C'est une longue histoire…

À mesure que Juliette relatait « sa nuit », Lise oubliait ses propres péripéties.

— Quelle rencontre romanesque !

— N'exagérons pas !

Les jours suivants, la révolte connut un tournant. Les ouvriers, qui jusque-là considéraient les étudiants comme des bourgeois, n'acceptèrent pas les violences policières à leur encontre et les rejoignirent, le lundi 13 mai, pour une gigantesque manifestation. Ce fut le début d'une grève générale ! Après l'ORTF qui arrêta ses émissions, les usines fermèrent et les machines s'arrêtèrent de tourner chez Sud-Aviation, Usinor, Renault…

— Avant que le mouvement ne s'étende jusqu'à Dieppe, je viens te rejoindre, annonça Christian à Lise.

Le lendemain, elle l'accueillit dans leur appartement parisien.

— Le conflit ne fait que commencer, prédit-il. Et nos dirigeants sont dépassés.

Xavier partageait cet avis. Dans sa famille, on avait connu les mouvements révolutionnaires. Trente ans auparavant, ses parents avaient fui la Catalogne et le franquisme. Il avait trois ans lorsqu'ils se réfugièrent en France. Embauché comme ouvrier dans une scierie jurassienne, son père s'était démené pour qu'il fît de bonnes études. À force de rêver devant des photographies représentant des décors d'opéra et de cinéma, il s'était promis d'en créer à son tour. Aujourd'hui, il travaillait au sein d'un cabinet d'architectes et enseignait aux Arts déco. Il avait donné rendez-vous à Juliette dans un restaurant chinois et fut surpris par son allure. La jeune femme, qui avançait dans sa direction, n'avait rien à voir avec la rescapée des émeutes. Aucun gonflement, rougeur ou fatigue ne dénaturait son visage. Sa robe imprimée et décolletée révélait une silhouette de déesse. Plus à l'aise que durant leur précédente rencontre, elle se montra vive et perspicace dans ses propos. Lorsqu'ils quittèrent l'établissement, ni l'un ni l'autre n'eurent envie de mettre fin à leur conversation. Les jours suivants, ils se promenèrent dans Paris en scooter. Les lieux de spectacle et les musées ayant progressivement fermé, la ville offrait un aspect étrange. Place de l'Odéon, les étudiants tentaient de rentrer dans le théâtre occupé par les manifestants. Des barricades avaient été de nouveau érigées du côté de la Sorbonne. Les pompes à essence se trouvant à sec, les voitures circulaient en nombre réduit. Combien de temps le pays allait-il demeurer à l'arrêt ? Dans les milieux politique, économique et financier, les gens ne cachaient pas leur inquiétude. À l'inverse, Juliette éprouvait une sensation de liberté qui la stimulait pour créer de nouveaux modèles. D'autant que Xavier lui prêtait des livres d'art consacrés aux costumes. Au gré des pages, elle y trouvait nombre de détails qu'elle actualisait. Pour occuper son temps libre, elle fabriquait des modèles miniatures. Tous de la même taille. À ce « vestiaire particulier », elle ajoutait des accessoires découpés dans des cartons.

En composant des maquettes, Xavier n'était pas en reste.

— Quand j'étais adolescent, c'était mon passe-temps favori !

Il lui montra les photographies des manoirs et châteaux qu'il avait construits avec des chutes de bois que son père lui rapportait de la scierie.

— Ma mère cousait des rideaux et des housses pour les meubles.

— Tu les as conservées ?

— Elles sont restées chez eux. Dans le grenier.

Cette connivence d'intérêts s'ajouta à une attirance réciproque. Depuis peu de temps, Juliette découvrait que certains souvenirs n'encombraient plus sa mémoire. Ne voulant rien bousculer, elle se laissait porter par les événements. Dans les emplois du temps de chacun, tout se trouvait chamboulé. Xavier n'enseignerait probablement plus jusqu'en octobre. Quant à Juliette… il faudrait attendre que les femmes se préoccupent de leur garde-robe pour que le commerce reprenne. De plus en plus fermement, elle songeait à se séparer de la boutique antiboise où tout avait commencé.

— Est-ce que tu ne le regretteras pas ? lui demanda Xavier lorsqu'elle lui fit part de cette possibilité.

— Je me plais à Paris.

En déambulant le long des quais, ils se laissaient absorber par les dernières lueurs qui précédaient le crépuscule. Sur les ponts des péniches amarrées, des familles profitaient d'une soirée où la capitale avait retrouvé un peu de calme. Après l'intervention télévisée du général de Gaulle et les nouvelles émeutes qu'elle avait provoquées, son aller-retour en Allemagne puis son acceptation de dissoudre l'Assemblée nationale, le désordre s'essoufflait et une reprise du travail paraissait envisageable.

— Je vais presque regretter cette période, avoua Xavier.

— Crois-tu que nous allons connaître de grands changements ?

— J'en suis certain. Regarde ce qui se passe dans d'autres pays !

En attendant, Juliette se promenait en compagnie d'un homme qui compterait dans une société en mutation. Xavier avait une pensée visionnaire et moderne. Il captait ce que les gens attendaient et réfléchissait aux cadres de vie qu'il leur proposerait dans les années à venir.

— Tu n'as jamais l'esprit au repos, remarqua-t-elle.

— Détrompe-toi ! En vacances, je suis aux abonnés absents.

— Tu vas bientôt partir ?

— Début juillet.

— Tu sais où tu vas aller ?

— À ton avis ?

— En Grèce ?

— Ce n'était pas difficile à trouver.

Juliette ressentit un pincement à l'idée que leurs rencontres n'auraient plus lieu.

— Et toi ?

— Un ami m'a proposé de le rejoindre en Angleterre.

— Ah oui…

Dans sa voix, elle perçut une altération. Depuis quelque temps, des hésitations et des non-dits ponctuaient leurs discussions. Elle sentit qu'il prenait sa main dans la sienne. Cet homme épris d'indépendance devenait presque timide dans les moments plus intimes. Sans doute se fit-il violence pour l'attirer vers lui.

— Et si tu m'accompagnais dans les Cyclades ? proposa-t-il, sa bouche contre la sienne.

Allongée contre Xavier, Juliette avait vaincu sa peur d'entamer une relation après sa rupture avec François. C'était avec lui qu'elle venait de connaître un plaisir qui la réconciliait avec les étreintes. C'était avec lui qu'elle avait envie de s'attarder dans ce lit.

Lové contre elle, il murmurait :

— Si j'avais imaginé que tu m'attirerais dans ta chambre…

— Que je t'attirerais, répéta-t-elle en riant. Quelle curieuse façon de voir les choses ! Qui m'a embrassée ? Qui semblait pressé de me raccompagner ?

— Je ne vois pas de quoi tu parles ! rétorqua-t-il en se levant. Je descends chercher des croissants !

Vêtue d'un tee-shirt, Juliette prépara du café. Quand il revint, elle déposa un plateau dans le salon. N'étant encore jamais venu chez elle, il observa le décor dans lequel elle vivait, s'attarda devant les tableaux qu'elle avait chinés aux Puces et qui se mariaient avec un mobilier moderne. Puis il s'installa dans un fauteuil. Par la fenêtre ouverte, les rayons d'un soleil matinal irradiaient le miroir où se reflétaient des piles de magazines, des corbeilles contenant des bobines de fil et des coupons de tissus.

— C'est ici que tu travailles ?

— Derrière le rideau, indiqua-t-elle.

Dans un renfoncement, elle avait installé un mannequin, une machine à coudre et les tréteaux sur lesquels elle découpait ses patrons.

Alors qu'ils terminaient le petit déjeuner, il remarqua :

— Hier soir, tu n'as pas répondu à ma question.

— Laquelle ?

— Je t'ai proposé de partir ensemble dans les Cyclades.

— Tu le souhaites toujours ?

— Pourquoi aurais-je changé d'avis ?

— La nuit porte conseil, plaisanta-t-elle.

— Justement...

— Mettons fin à ce suspense insoutenable... J'accepte !

— N'étais-tu pas déjà engagée ?

Le sentant inquiet, elle rétorqua :

— C'était un accord de principe. Rien n'était arrêté.

— Es-tu certaine de ne pas regretter ?

— Nicolas est un ami avec lequel je passe de bons moments. Rien de plus.

— Plusieurs fois, je me suis demandé si tu avais quelqu'un dans ta vie.

— Il n'y a personne ! Et toi ?

— Plus depuis quelques mois.

52

Après des semaines d'émeutes, Macha vit arriver des familles épuisées qui n'aspiraient qu'à oublier les inquiétudes et les difficultés que leur avait infligées un pays en ébullition. Le long de la promenade des Anglais, les chaises étaient prises d'assaut. Sur la plage, les baigneurs s'attardaient dans l'eau, tandis que les marchands de sodas déambulaient au milieu des parasols et des matelas. Elle-même avait retrouvé l'envie d'y donner rendez-vous à Gilles qui passait une grande partie de son temps à rechercher la propriété parfaite à ses yeux. Affolés par le conflit social, la majorité des vendeurs s'étaient rétractés. Ne devaient-ils pas conserver leur bien, alors que l'horizon s'obscurcissait ? Avec le retour au calme, il espérait qu'on lui proposerait des opportunités. À Macha, qui lui répétait d'élargir le périmètre de ses recherches, il répondait :

— Je me connais. Il ne me faut pas un trou perdu. À toi non plus !

Elle aimait qu'il l'inclût dans ses décisions. Pour eux, l'avenir se clarifiait. Bernard, au début du mois de juillet, s'était présenté avec elle devant un juge qui entérina leur divorce. Il lui avait semblé rajeuni et d'humeur plutôt conciliante. Était-ce l'influence de sa maîtresse ? Était-il, lui aussi, pressé d'en finir avec un mariage à bout de souffle ? Sans tarder, elle lui avait fait livrer ses affaires à l'adresse qu'il avait indiquée. Au cours d'un dernier entretien téléphonique, ils s'étaient dit au revoir et elle avait perçu sa hâte de repartir pour Tahiti. D'autant qu'un essai de bombe H s'y déroulerait au mois de septembre et que le *De Grasse* serait impliqué dans cette opération.

Alors qu'elle rajustait son chapeau de paille en regardant l'horizon, elle songeait à ce que ces dernières années lui avaient apporté : une stabilité sentimentale auprès d'un homme aimant, de nouvelles amitiés et la force de se remettre en question. Ses récréations avec Lise et Juliette lui manquaient. La première se trouvait en Irlande avec son époux et la seconde s'était envolée pour la Grèce avec quelqu'un dont elle gardait l'identité secrète.

— Elle nous a toujours caché ses amours, disait Enzo.

Macha l'avait croisé alors qu'il se rendait à la Victorine.

— Il était temps que les tournages reprennent !

Les événements n'avaient pas épargné la profession et le Festival de Cannes. Le 18 mai, par solidarité avec les étudiants, de nombreux cinéastes avaient retiré leurs films de la compétition. Comment Enzo n'aurait-il pas approuvé leur choix, alors que tout ce qui s'insurgeait contre une société compassée l'enflammait ? Depuis son périple indien, il militait pour le *peace and love*, les voyages intérieurs et la liberté sexuelle. Après mûre réflexion, une décision s'était imposée. Cette fois, il partirait au Népal, où il retrouverait des Occidentaux qui partageaient sa vision de l'existence.

— Tu abandonnerais définitivement la France ?

— Ce n'est pas exclu !

Macha consacra du temps à Virginie lorsque celle-ci séjourna quelques jours à Nice. Depuis son engagement dans la compagnie de ballet, sa filleule avait créé des liens avec les danseurs. Ayant accès à leurs loges, où elle les aidait à se préparer pour les spectacles, elle voyait combien le métier auquel ils s'étaient destinés depuis leur plus jeune âge les rendait vulnérables. Lorsqu'ils se trouvaient sur scène, chacun donnait l'impression de tout maîtriser. En coulisses, les choses différaient. Aux blessures et contractions s'ajoutait parfois une fatigue morale et physique. Peu à peu, elle avait trouvé les mots pour remonter le moral de certains. On l'appréciait, voire on recherchait sa compagnie. Heureuse d'être acceptée au sein du groupe, elle n'avait pas le temps de remuer ses propres soucis. D'autant qu'elle devait veiller à l'acheminement et au bon état des costumes et des accessoires. Nettoyage, repassage, retouches l'occupaient entre chacune des représentations. Lorsqu'elle bénéficiait de temps libre, elle visitait les monuments et les musées des pays qu'elle découvrait. Face au monde qui s'offrait, elle mesurait sa chance d'avoir croisé Diane alors qu'elle touchait le fond du désespoir. Non seulement elle n'entrevoyait plus l'avenir comme une punition, mais elle retrouvait aussi l'envie de s'amuser dans les bars et les dancings.

— Nous aussi, il nous arrive de boiter, lui avait opposé une danseuse quand elle avait évoqué son complexe. Tu es jolie… et pleine de qualités. Cesse de douter !

Aujourd'hui, elle allait et venait sans se préoccuper de sa claudication. Profitant de ses vacances, elle se baignait, jouait à la pétanque avec ses amis d'autrefois, se couchait tard chez Bruno qui, occupé par son travail au Negresco, lui laissait la jouissance de son appartement.

Dès qu'elle apprit le retour de Juliette, elle se rendit à Antibes.

— Je suis contente de te voir en si bonne forme, la complimenta son amie en préparant le *chai* dont elle dosait à la perfection les ingrédients.

— Je pensais que tu me proposerais de l'ouzo, remarqua sa visiteuse en souriant.

— La journée n'est pas terminée !

Quand Juliette évoqua son séjour dans les Cyclades, elle mesura combien cet éden lui manquait. Pendant un mois, elle avait vécu sous un ciel bleu saphir. Avec la sensation que le plaisir accompagnait chacune de ses initiatives. Joie de parcourir les rues étroites et jalonnées d'églises à Mykonos, de regarder Xavier dessiner sur un carnet de croquis, d'aller se baigner tôt le matin dans la mer Égée, de dîner sous une tonnelle. La nuit, il leur arrivait de peu dormir tant ils étaient attentifs à la présence de l'autre. Au sortir d'une liaison jalonnée d'interdits, elle découvrait la liberté à deux et l'agrément d'un dialogue où personne ne craignait de se confier.

À leur retour, pendant que Xavier passait quelques jours chez ses parents, elle avait retrouvé Antibes avec la décision de mettre fin à son bail. Sa vendeuse n'était pas contre le reprendre. À condition de trouver une aide financière.

Dans la confidence, sa mère tentait de la faire changer d'avis.

— Cette boutique que tu as créée, c'est dommage de l'abandonner !

— Christine continuera d'y vendre mes modèles.

— Il y a trois ans, ton père et moi, on a cru que tu t'installais pour de bon.

— Paris n'est pas le bout du monde !

Aux environs du port de plaisance, les voitures roulaient au pas. Juliette regarda sa montre et vit que midi approchait. L'avant-veille, Olivier et Tessa avaient proposé une promenade en mer à

Lise, Christian et leurs amis. Venant de Menton, ils embarqueraient leurs invités à Nice. Avec l'espoir de pouvoir bientôt se garer, elle patientait derrière son volant. D'une terrasse de café provenait *Nights in White Satin*, la chanson des Moody Blues qui occupait l'une des premières places au hit-parade. Des conducteurs se mirent bientôt à klaxonner. Descendu de son véhicule afin de sortir des sacs et des bouées du coffre, un homme agaça un peu plus ceux qui attendaient de pouvoir embrayer. En reconnaissant François, Juliette se figea. D'autant qu'une femme et deux adolescents sortirent à leur tour de l'automobile. Elle reconnut Nelly dont elle avait vu la photographie dans un magazine. Brune, de taille moyenne, elle portait une marinière en coton rayé et un pantalon étroit. Elle s'empara du panier que lui tendait son époux. Sans doute se préparaient-ils à naviguer, eux aussi ? La scène se déroula rapidement, mais Juliette eut le temps d'observer chacun des protagonistes. Le garçon semblait peu emballé par le programme à venir. Sa sœur attachait ses cheveux à l'aide d'un élastique tout en faisant des bulles avec son chewing-gum. Depuis un an, Juliette n'avait ni croisé ni aperçu son ancien amant. Rien ne pouvait mieux représenter ce qui les avait séparés que cette image familiale. Une personne manquait néanmoins à l'appel. Le dernier-né étant trop jeune pour ce genre d'excursion, on avait dû le faire garder. Lorsque François redémarra, elle continua de rouler et bifurqua dans une rue où se présenta enfin une possibilité de stationner. Durant un moment, elle fut incapable d'agir. Le cœur battant et la bouche sèche, elle revoyait la scène. Puis elle s'obligea à quitter son siège et, en marchant vers le lieu de rendez-vous que lui avait fixé Tessa, tenta de se reprendre. Était-ce l'effet de surprise qui la perturbait autant ? À mesure qu'elle avançait, le brouhaha s'intensifia. Aux sirènes se mêlait le bruit d'un chantier où travaillaient des ouvriers. Le long du trottoir, les vacanciers regardaient le va-et-vient des voiliers, des pointus et des embarcations à moteur. Hâtant le pas, elle s'engagea sur le quai. Bientôt, elle aperçut Olivier qui s'activait sur son bateau. Dans le carré, Tessa et Macha discutaient. À bord, elle s'efforça de se concentrer sur le moment présent.

— Qu'est-ce que fait Gilles ? s'inquiéta Macha. Il n'est jamais en retard.

— On circule mal, tempéra Juliette.

En s'enduisant le visage de crème solaire, Tessa annonça :

— On a prévu de se baigner vers Èze.

Alors qu'elle terminait sa phrase, Macha aperçut Gilles qui s'approchait à grands pas. Essoufflé, il avait perdu son flegme habituel.

— Tu n'es pas le dernier, le rassura-t-elle.

— Le problème n'est pas là !

— Que se passe-t-il ?

— Je viens de visiter la propriété dont je rêvais.

— Ah oui ?

— Et nous sommes trois à la vouloir. Si je ne signe pas un chèque aujourd'hui, elle me passera sous le nez.

— Es-tu certain de ne pas t'emballer ?

— Macha, c'est exactement ce que je cherchais. Et je voudrais que tu la visites.

— Maintenant ?

Tessa, qui avait entendu la conversation, les mit à l'aise.

— L'enjeu est important ! Allez-y !

En les regardant rebrousser chemin, Juliette mesura combien leur complicité était forte. Son bras passé sous celui de Macha, Gilles lui donnait sans doute des détails sur la demeure en question. Les voir si proches la plaça face à ce qu'elle-même partageait avec Xavier. Le surlendemain, elle prendrait le train pour Paris où elle le retrouverait !

Ce fut bientôt au tour de Lise et de son époux de monter à bord.

— Rien de tel qu'un petit tour en mer pour oublier vos brumes irlandaises.

— Tu parles de notre fréquentation des pubs ? répliqua Christian en riant.

Accompagnés par le vol des mouettes, ils croisèrent nombre d'embarcations dont un ferry qui reliait le continent à la Corse. À mesure qu'ils gagnaient le large, Lise avait l'impression que la lumière se purifiait. Comment ne pas être sensible à cet accord si subtil entre les quatre éléments qui, étroitement unis, les enveloppaient d'azur ? Éblouie par tant d'harmonie, elle ferma brièvement les paupières. Derrière elle, Christian discutait avec Tessa. Dans quelques jours, il commencerait à travailler chez Alfa Romeo et ce pari sur l'avenir semblait l'exciter. Quant à elle, on venait de lui commander des mosaïques pour orner les murs d'une salle à manger.

À mesure que l'embarcation s'éloignait du rivage, la ville, le mont Boron, les contreforts des Alpes et la rade de Villefranche devenaient moins perceptibles.

— Bientôt la baignade ! annonça Olivier lorsqu'ils mirent le cap sur Èze.

Christian fut le premier à plonger, suivi de Lise qui nagea à ses côtés. Puis elle fit la planche jusqu'au moment où Tessa l'appela.

— C'est l'heure du kir !

Sans se faire prier, elle remonta à bord, s'empara du verre que son amie lui proposait et s'allongea sur le pont. Bercée par le clapot, elle sentit ses membres se réchauffer. En contrebas, Juliette prenait des photos. Puis elle passa à l'avant du bateau. Remise du malaise qu'elle avait ressenti dans sa voiture, elle découvrait qu'avoir aperçu son examant la délivrait d'une période compliquée. Sa vie était ailleurs ! Auprès d'un homme qui lui offrait ses passions et ses enthousiasmes. Quelqu'un qui l'étonnait, la stimulait, l'encourageait, l'amusait. Quelqu'un qu'elle aspirait à rejoindre !

1969

Épilogue

Dans un demi-sommeil, Lise sentit Christian lui toucher l'épaule.

— C'est le moment de te lever !

— Je te rejoins, murmura-t-elle.

Sortant du lit, elle alla dans la salle de bains, enfila une chemise de son mari, brossa ses cheveux puis se dirigea vers la chambre mitoyenne. À pas feutrés, elle s'approcha du berceau où dormait Apollonia. Deux mois plus tôt, elle avait donné naissance à la petite fille. En se penchant, elle respira son odeur de bébé, écouta sa respiration. Puis elle se dirigea vers le salon où ronronnait le poste de télévision. Installé sur le sofa, Christian tenait dans sa main un verre de soda. Elle s'assit à ses côtés. Sur l'écran se dessinait une image imprécise. Des voix, qui semblaient lointaines, s'exprimaient en anglais. Depuis plusieurs jours, tous les deux vivaient au rythme de la mission spatiale. Cette nuit du 21 juillet, si tout se déroulait comme prévu, Neil Armstrong serait le premier homme à poser le pied sur la Lune. Christian, dont les vacances avaient débuté une semaine auparavant, ne ratait aucun communiqué de la NASA depuis que le lanceur *Saturn V* avait quitté Cap Canaveral, le 16 juillet. À son bord, trois astronautes tenteraient de livrer à l'humanité les mystères du satellite qui depuis des millénaires suscitait tant d'interrogations. Du kiosque, il revenait avec quantité de journaux dont il épluchait les informations. Lorsqu'il tenait Apollonia sur ses genoux, il lui racontait des histoires merveilleuses où les astres et les étoiles devenaient des personnages à part entière.

— Pauvre petite ! s'esclaffait Lise. Dire qu'on a choisi son prénom en fonction du programme spatial !

— C'est une façon de la préparer pour l'avenir. Qui sait si elle ne vivra pas ailleurs que sur la Terre ?

— Tu vas vite en besogne !

— Il deviendra possible d'émigrer vers d'autres planètes. J'en fais le pari !

Macha fit rentrer le labrador qui grattait à la porte. Avant de refermer le battant, elle constata que de nombreuses lumières éclairaient les alentours. Dans une écuelle, elle versa de l'eau pour l'animal qui, après avoir bu, la suivit dans la salle de séjour où elle retrouva sa place auprès de Gilles, Suzanne et Jean. Leurs amis n'ayant pas la télévision, ils les avaient invités dans la maison qu'ils occupaient depuis le mois de mai. Ce n'était pas celle pour laquelle Gilles s'était emballé l'été précédent. Avant de signer la promesse de vente, tous les deux s'étaient rendu compte qu'elle n'était pas exempte de vices. Bien leur avait pris ! Lors d'une journée automnale, ils étaient allés déjeuner à Fayence et, en sortant de l'auberge, étaient tombés sur une annonce. Une heure plus tard, ils visitaient une demeure de facture ancienne et de taille raisonnable. À trois cents mètres en contrebas du village, elle se composait d'un bâtiment en pierres sèches, d'un appentis et d'un jardin arboré d'où un chat déguerpit en les voyant arriver. Offrant une pièce où trônaient une cheminée et une cuisine, le rez-de-chaussée était en bon état. L'étage, en revanche, exigeait une rénovation. Dès le lendemain, Gilles se porta acquéreur et, cette fois-ci, l'affaire fut menée jusqu'à son terme. D'un commun accord, ils décidèrent qu'ils partageraient leur temps entre le logement que conserverait Macha à Nice et cette maison où ils mèneraient à bien leurs occupations. Elle herboriserait et Gilles contribuerait à développer le patrimoine touristique de la région. Entre les travaux, la vente de l'appartement du deuxième étage, la transformation de la « partie pension » en chambres indépendantes à louer, l'un et l'autre eurent de quoi s'occuper ! Choisi chez un éleveur, un chiot fit son entrée dans le foyer. Gilles lui passait tous ses caprices. Ce qui ne manquait pas d'agacer Macha, à qui il avait expliqué comment l'éduquer dans les règles de l'art.

— Armstrong ne devrait plus tarder à quitter *Eagle*, s'impatienta Jean en regardant l'écran de télévision.

— Pourvu que tout se passe bien ! s'inquiéta Suzanne.

— Je pense à Collins... Seul dans son module de commande en attendant que les autres reviennent. Qui aimerait être à sa place ? renchérit Macha.

— Imagine un peu leur chance d'entrer dans l'histoire, tempéra Gilles.

— Et leurs familles ! Ce doit être dur à vivre.

En découvrant l'aridité de la surface lunaire, Suzanne avança :

— Jean ne se battra pas pour aller là-bas. Il n'y a aucune plante à rapporter !

Les ventilateurs brassaient un air torride. Comme certaines de ses amies présentes, Virginie trempait régulièrement son paréo dans le lavabo de la salle de bains puis s'en enveloppait. Ils étaient une dizaine, filles et garçons, à s'être regroupés dans une chambre. La troupe, qui se préparait à donner plusieurs représentations à Madrid, était arrivée l'avant-veille à l'hôtel. Cette nuit, tous assistaient à l'alunissage qu'un journaliste commentait en castillan. La plupart des danseurs ne comprenant pas la langue, Virginie assurait la traduction. Au temps de ses tourments, aurait-elle imaginé qu'elle découvrirait cette aventure hors norme dans un pays où s'étaient longtemps focalisés ses espoirs et ses rêves ? Moins de deux cents kilomètres séparaient la capitale de Salamanque, d'où était originaire Pablo, son amour de jeunesse. Depuis son arrivée, elle avait cherché son nom de famille dans les annuaires. Sans obtenir de résultat. Ce qui l'avait moins contrariée qu'elle ne l'aurait pensé. Trop d'événements avaient changé son état d'esprit depuis le retour d'Algérie.

— Armstrong sort d'*Eagle* ! annonça un danseur.

Tous devinrent attentifs. Une jambe puis une autre apparurent sur l'image et, avec lenteur, l'astronaute commença de descendre l'échelle qui reliait la lucarne du module à la surface lunaire. Il fallut un peu de temps avant qu'il ne posât avec précaution un pied sur le sol. Virginie regarda sa montre. Il était trois heures cinquante-six ! En voyant la silhouette sautiller sur un périmètre peu engageant, elle ressentit de l'émotion. Combien d'années de recherches, d'enthousiasme, de désillusions et d'abnégation avait-il fallu pour atteindre ce but ? Derrière celui qui découvrait la mer de la Tranquillité, on ne devait pas oublier d'admirer une équipe d'anonymes. Après des années de concurrence acharnée, l'Amérique devançait l'URSS dans la conquête de l'espace. Un tel exploit ouvrirait-il les esprits ?

À San Francisco, Juliette se posait la même question en pressentant que l'être humain ne s'améliorerait pas. On continuerait de se battre aux quatre coins de la Terre pour des territoires ou des idéologies politiques et religieuses. Depuis son arrivée en Californie, elle constatait combien la guerre au Viêt-Nam était impopulaire chez les jeunes. Sur le campus de Berkeley, les vacances universitaires n'empêchaient pas les discours contre un conflit qui s'éternisait. Xavier devant donner plusieurs conférences sur l'Art déco à travers les États-Unis, ils avaient décidé d'y passer leurs vacances d'été. En quittant Scottsdale où ils avaient résidé dans l'hôtel inspiré par l'architecte Frank Lloyd Wright, ils s'étaient relayés au volant de leur Cadillac pour visiter le parc de Yosemite puis atteindre l'océan Pacifique et la célèbre baie. Au fil des jours, ils découvraient combien le mouvement hippie s'était implanté dans cette ville où l'on prônait la tolérance, le pacifisme, une sexualité épanouie, la musique psychédélique et les métaphysiques orientales. On y croisait des jeunes femmes coiffées de couronnes de fleurs et vêtues de robes imprimées. Leurs compagnons, aux longs cheveux, portaient des vêtements colorés et des sandales. Cette décontraction choquait la génération précédente qui, dans ce mode de vie, ne retrouvait pas ses valeurs.

Tous les deux avaient préféré regarder l'alunissage dans leur chambre plutôt que dans un lieu public. En cette fin de journée, le soleil n'avait pas encore amorcé sa descente. Aussi avaient-ils tiré les rideaux pour mieux discerner les images qui se succédaient sur l'écran. Allongés sur le lit, ils assistaient aux premiers pas de Buzz Aldrin qui venait de rejoindre Armstrong. Il y avait quelque chose de surréaliste dans ces deux silhouettes qui bondissaient comme des kangourous.

— Ce vide ! C'est tellement peu réconfortant ! remarquait Xavier.

Pour se rassurer avait-on besoin de vivre au milieu de constructions dont certaines remontaient à des siècles ? En dépit de leur attrait pour la modernité, tous les deux étaient attachés à ce qui les reliait au passé. Depuis leur rencontre, ils n'avaient cessé d'entreprendre ensemble de petits et grands déplacements à travers le monde.

— Aurais-tu préféré que la Lune soit restée inaccessible ? Ce qui aurait préservé son mystère ? l'interrogea Juliette.

— Je suis partagé… Et toi ?

Lise regardait Buzz Aldrin déployer des instruments scientifiques. Puis les deux hommes installèrent une plaque commémorative et plantèrent le drapeau américain. Après un ramassage d'échantillons, qui dura deux heures trente, ils revinrent vers *Eagle*.

— Et s'ils ne parvenaient pas à repartir ? dit-elle à Christian.

— Le module deviendrait leur cercueil.

La voyant s'assombrir, il se rapprocha, l'entoura de ses bras.

— Ne t'inquiète pas ! Tout va bien se passer.

Rassérénée, elle assista bientôt à la remontée des astronautes à l'intérieur du module.

En réprimant un bâillement, Christian annonça :

— Je vais me reposer. Tu n'as pas sommeil ?

— C'est bientôt l'heure du biberon. Je te rejoindrai plus tard.

Après être allée vérifier que sa fille continuait de dormir, Lise sortit sur le balcon. Le jour n'allait pas tarder à se lever sur la baie des Anges et, bientôt, les gens se regrouperaient pour évoquer l'exploit auquel ils venaient d'assister. Quelles conclusions en tireraient-ils ? Elle-même se remémorait les prédictions de son époux quant aux vaisseaux qui emporteraient les humains désireux de s'établir *ailleurs*. En ce qui la concernait, elle n'aspirait pas à une vie différente de celle qu'elle menait. Certes, il lui avait fallu vaincre quantité de doutes, apprendre à discerner le vrai du faux, étouffer sa naïveté… Forte de ce qu'elle avait compris, elle tenterait de montrer la voie à Apollonia qui, sans nul doute, grandirait sous un ciel promis à de fascinantes découvertes.

DU MÊME AUTEUR (*suite*)

Les Pêcheurs de lune (Presses de la Cité), roman, 2014
Écrits d'amour (Omnibus), anthologie illustrée, 2015
Jeux de clés (Presses de la Cité), roman, 2016
L'Amour fou à Paris 1920-1940 (Omnibus), album, 2018
Quai de la Perle (Presses de la Cité), roman, 2019
Villa Hestia (Presses de la Cité), roman, 2022
Jean Cocteau, Chambres avec vues (Éditions des Saints Pères), album, 2023

www.dominique-marny.com

Vous souhaitez en savoir plus sur les livres
et les auteurs de la collection Terres de France ?

Retrouvez toutes les informations sur le site
www.collection-terresdefrance.fr
et abonnez-vous à notre lettre d'information.

Suivez-nous également sur notre page Facebook,
notre compte 𝕏 et Instagram.

Imprimé en France par
CPI Bussière
en avril 2024

Composition réalisée
par Nord Compo à Villeneuve-d'Ascq

Pour plus d'information :
#lisez! engagé
www.lisez.com
Imprimé sur du papier issu de forêts gérées durablement.

N° d'impression : 2077603